U0682696

本书系南京理工大学自主科研专项计划项目（项目编号：30922011002）、引进人才科研启动项目和江苏省"双创计划"项目资助成果

南京理工大学外国语学院 | 博 雅 文 丛

杨 蔚 赵熠玮 | 总 主 编

战后日本文学中国专题研究

（1945—1955）

陈童君 著

浙江工商大学出版社 | 杭州

ZHEJIANG GONGSHANG UNIVERSITY PRESS

图书在版编目（CIP）数据

战后日本文学中国专题研究：1945—1955 / 陈童君
著. -- 杭州：浙江工商大学出版社，2024. 12.
ISBN 978-7-5178-6268-0

Ⅰ. I313.065

中国国家版本馆 CIP 数据核字第 2024QX7255 号

战后日本文学中国专题研究（1945—1955）
ZHANHOU RIBEN WENXUE ZHONGGUO ZHUANTI YANJIU（1945—1955）

陈童君 著

策划编辑	姚　媛
责任编辑	董文娟
责任校对	李远东
封面设计	望宸文化
责任印制	祝希茜
出版发行	浙江工商大学出版社

（杭州市教工路 198 号　邮政编码 310012）

（E-mail：zjgsupress@163.com）

（网址：http://www.zjgsupress.com）

电话：0571-88904980，88831806（传真）

排　　版	杭州浙信文化传播有限公司
印　　刷	杭州高腾印务有限公司
开　　本	710mm×1000mm　1/16
印　　张	16.5
字　　数	278 千
版 印 次	2024 年 12 月第 1 版　2024 年 12 月第 1 次印刷
书　　号	ISBN 978-7-5178-6268-0
定　　价	68.00 元

版权所有　侵权必究

如发现印装质量问题，影响阅读，请和营销发行中心联系调换

联系电话　0571-88904970

目 录

第三部　作家作品专题篇

第一部 总论篇

第一章 美国对日占领与战后文学研究

第一节 战后占领期日本言论空间

1945年8月15日,日本政府通过天皇亲自广播所谓《终战诏书》的方式宣布无条件投降,第二次世界大战(以下简称"二战")由此正式结束。就在日本宣布投降1周后的1945年8月22日,美国国务院陆海军协调委员会内部发布了一份题为《日本投降后美国初期对日政策》的绝密文件。该文件是同年9月6日美国总统杜鲁门正式签署的同名文件的草案本,文件第2章第1节"军事占领"中写道:"同盟国战后将在日本本土实施军事占领行动,该行动的首要目的是确保日本政府兑现无条件投降的承诺并实现同盟国战后对日政策的各项目标……对日占领军将由美国政府委派的最高司令官负责指挥,对日占领政策的制定与实行将征求'二战'同盟国阵营各个主要国家的意见并尽量满足各方利益需求,但是一旦出现政策分歧,美国将拥有最终决定权。"[1]

"二战"结束之后,为防止战败后的日本出现像德国一样的多国分治和美苏对立的不利局面,美国政府第一时间策划并实行了旨在垄断对日战后处理主导权的单独军事占领行动。1945年8月15日,日本无条件投降当天,美国政府首先拒绝了苏联关于共同统率对日占领军的提议,转而任命美军将领麦克阿瑟独自出任所谓的"同盟国对日占领军最高司令官"(SCAP)。同年8月28日,美国派遣美陆军第6军和第8军抢先进驻并占领日本本土的各主要城市,9月17日在东京第一生命大厦设立占领军政局总部,10月2日将其正式命名为"同盟国占领军总司令部"(GHQ),美国对日

---

[1] "U.S. Initial Post-Surrender Policy for Japan"(SWNCC150/3)、GHQ/SCAP 最高機密ファイル、東京:国立国会図書館デジタル資料。

占领军政的基本组织体系由此成形。① 此后直到1952年4月日美签署的《旧金山和约》生效为止，美国假借"同盟国"的名义对日本实施了长达6年半之久的单独军政统治，美国占领时期也成为各国史家时至今日反复讨论和书写的战后日本史原点。②

就在1945年8月美军登陆日本前后，东京《朝日新闻》率先策划并发表了一系列专题追踪报道。这些报道反映了战后初期日本主流言论界对于美国对日占领的认知态度及表述方式。1945年8月27日，即美军登陆日本的前一天，《朝日新闻》在报纸头版发表社论《进驻当前》。该文要求日本国民认清无条件投降的现实，放下战败的懊恼心结和不切实际的主观幻想，以"坦然无畏"的态度迎接即将进驻日本的美军士兵。③ 为配合这篇社论的主旨论调，《朝日新闻》还在当天报纸第2版刊发了作家木村毅撰写的评论《美军进驻——转祸为福》。该文回顾19世纪末明治维新初期西方列强在日本驻兵的历史往事，劝导日本国民学习祖辈们在危机中寻找国家成长机遇的经验，要求国民以"转祸为福"的积极心态对待美军进驻日本的现实。④ 在这篇文章的同一版面，《朝日新闻》还配了一张标题为"暗云覆盖相模野"的照片。相模野是位于东京西南角的一处平原，当地建有著名的厚木机场，它是美国占领军先遣队和最高司令官麦克阿瑟登陆日本的第一站。《暗云覆盖相模野》是一张美军登陆前夕厚木机场附近的实景照片。照片中央是一位站立着的日本农妇，她面对镜头展露笑容，照片下方写有记者的解说："在这种面对严酷现实仍旧保持沉着冷静的态度之中蕴藏着新生日本的萌动气息。"⑤

1945年8月28日美军正式登陆日本当天，《朝日新闻》又刊发了一篇题为《今日盟军进驻　学生全力清扫》的追踪报道。该报道称"为迎接今天到来的第一批进驻军部队，政府正在竭尽全力安排接待设施并设立军营"，"由于普通劳工难以募集，政府连日来召集了3000人以上的学生参与迎接进驻部队所需的物资搬运和城市清扫工作"。⑥ 这篇报道同样配有一张展现日本国民积极态度的照片，该照片标题为"学生清扫上野车站美化帝都"，它通过可视化的图像信息向日本国民宣传日本与美国

---

① 竹前栄治『GHQ』，東京：岩波書店、1983年、第36—46頁。

② 半藤一利、竹内修司、保阪正康等『占領下日本』，東京：ちくま文庫、2012年；平塚柾緒『写真でわかる事典　日本占領史』，東京：PHP エディターズグループ、2019年。

③「社説　進駐を前に」，東京：『朝日新聞』，1945年8月27日、1版。

④「米兵来駐——禍を転じて福とせよ」，東京：『朝日新聞』，1945年8月27日、2版。

⑤「暗雲・相模野を覆へど」，東京：『朝日新聞』，1945年8月27日、2版。

⑥「けふ連合国軍進駐　学徒清掃に大童」，東京：『朝日新聞』，1945年8月28日、2版。

占领军之间的亲密协作关系。1945年8月28日美国占领军的150名先遣队官兵抵达相模野厚木机场,次日《朝日新闻》刊发了题为《美军先遣队登陆厚木》的追踪报道。报道介绍美军先遣队的任务是负责协调同年8月30日占领军主力部队进驻日本的准备工作,同时强调负责接待的日军参谋本部联络委员会"以临危不乱、沉着冷静的姿态毅然面对皇国日本本世纪以来最大的历史变动","日美双方的交涉过程非常顺利,整体气氛和平友好"。①《美军先遣队登陆厚木》同样搭配有一张现场特写照片。照片中央是2名站立着的身材高大、表情威严的美军士兵,背对镜头的是1名站立着的正在敬军礼的矮小日本士兵,由镜头语言可以看出战败者对于胜利者的恭迎态度。

以"迎合"和"务实"的姿态表述战败后日本接受美国管控的现实图景是《朝日新闻》早期占领系列报道遵循的基本原则。该报发表的一系列占领专题文章偏向于强调美国对日占领的现实不可抗性,并以此规劝日本国民以积极心态迎接美军的到来。一方面,为了消解日本国民的仇美、惧美情绪,《朝日新闻》积极译介美国随军记者的亲日言论,试图在塑造占领军亲日形象的同时宣扬日美之间所谓"和平协作"的战后新关系。②另一方面,随着自1945年8月起美军主力部队陆续登陆日本,出现了因占领军军纪涣散所造成的多起扰民犯罪事件,此后《朝日新闻》的言论立场开始发生转变。

1945年9月5日,《朝日新闻》发布了战后第一则针对美国占领军的批判报道——《不良事件的根绝》。该报道揭发了美军进驻日本以后抢夺、勒索日本人财产等130件丑闻,同时要求美军当局加强对于占领地区的治安保障措施。③2天后的9月7日,《朝日新闻》又刊发了评论文章《美国习俗》。该文认为尽管占领军进驻以来频发的性丑闻本质上来源于日美两国在男女关系方面的风俗差异,但是对美军官兵强暴、猥亵日本妇女的非法行为必须予以严惩。④1945年9月11日,《朝日新闻》再次发布了一则责难美军非法行径的追踪报道,其称"自9月8日盟军进驻首都东京

---

① 「米先遣隊、厚木着陸」、東京:『朝日新聞』、1945年8月29日、1版。

② 「日本を語る入京の米紙記者」、東京:『朝日新聞』、1945年8月31日、2版;「横浜の米兵」、東京:『朝日新聞』、1945年9月1日、2版;「マックアーサー元帥横顔」、1945年9月1日、2版。

③ 「不祥事の絶滅」、東京:『朝日新聞』、1945年9月5日、2版。

④ 「アメリカの習俗」、東京:『朝日新聞』、1945年9月7日、2版。

以来抢夺财物、强征物资的事件频发，至9日晚间已统计有29件不良事件"①。这些针对美国的批判性报道体现了《朝日新闻》战后早期占领系列专题报道包含的"迎合"与"对抗"的两大矛盾主题，这两大主题在此后美国对日占领的历史进程中反复出现，它们也是今天的读者返回历史现场重新阅读和审视美国对日占领史轨迹的基本切入点。

众所周知，美国在"二战"最后阶段向广岛和长崎投掷了2枚原子弹，日本也由此成为人类历史上第一个受到核打击的国家。1945年9月8日，美国组织科学调查团前往广岛和长崎测查原子弹爆炸后的实际破坏力。同年9月11日，《朝日新闻》刊发了追踪报道《原子弹超出想象　美国调查团震惊于广岛惨状》。该报道引用调查团报告并强调"原子弹对广岛的破坏之巨大难以用语言形容，实地考察后才第一次意识到核武器使用的非人道性"。②该报道刊发后引起日本社会对于美国使用原子弹问题的热烈关注。1945年9月12日，《朝日新闻》又刊发了一篇《朝日新闻》记者与美国占领军士兵的对谈录《美军士兵在想什么》。该文采用一问一答的形式介绍美军对于"日本国民看待美国使用原子弹问题"的担忧，从侧面传递了日本社会在核武器问题上的反美情绪。③1945年9月15日，《朝日新闻》刊发了同时期反美色彩最浓厚的署名文章《新党组建的构想》。《新党组建的构想》的作者是战后组建"日本自由党"的政治家鸠山一郎（1883—1959）。文中，鸠山一郎采用回答记者提问的形式阐述了自己对战后日本重建方式的设想，其中包含了一段激烈抨击美国原子弹暴力的谈话。鸠山一郎认为使用原子弹的行为暴露了"美国人信奉的力量即正义"的战争理念，他控诉美国使用核武器无差别杀戮日本国民的行为是"严重违反国际法的战争犯罪"。④鸠山一郎的《新党组建的构想》是日本战败后《朝日新闻》刊发的针对美国批判最直接、对抗性最强的一篇文章。该文的刊发直接导致《朝日新闻》随后遭遇来自美国占领军的首次言论管控处分。

美国对日言论管控是美国对日占领史研究的基本课题之一，《朝日新闻》则提供了占领时期美国对日言论管控的最早案例。根据美国国家档案馆目前公开的

① 「二日間に帝都の進駐事故二九件」、東京:『朝日新聞』、1945年9月11日、2版。

② 「原子爆弾は想像以上　広島の惨状　米調査団も驚く」、東京:『朝日新聞』、1945年9月11日、2版。

③ 「米兵は何を考へてゐる」、東京:『朝日新聞』、1945年9月12日、2版。

④ 「新党結成の構想」、東京:『朝日新聞』、1945年9月15日、1版。

RG331号文件，美国占领军当局在《新党组建的构想》发表3天后的1945年9月18日向日本政府发送了一份题为《有关朝日新闻停刊命令》的备忘录。该备忘录要求"日本帝国政府应当发布命令，停止东京《朝日新闻》的出版发行，停刊命令生效时间从1945年9月18日下午4点开始至同年9月20日下午4点结束"。①1945年9月20日，朝日新闻大阪本社发布公告《东京朝日新闻停刊理由》，其称美国占领军总司令部以"危害公共安全"和"刊载虚假新闻恶意中伤"为理由下达了针对《朝日新闻》的强制停刊命令。②1945年9月21日，重新恢复出版的东京《朝日新闻》再次发布"社告"，该文向读者致歉，并称"本月15日、16日及17日刊载的部分报道违反了占领军当局制定的新闻报道管控方针"③。

　　《朝日新闻》的停刊处分事件标志着占领时期美国对日言论管控史的开端。1945年9月17日，即《朝日新闻》停刊事件的前一天，美国占领军总司令部通过《朝日新闻》发布了题为《抛弃对等意识》的对日言论管控方针宣言。《抛弃对等意识》以不容反驳的强硬姿态主张占领军当局与日本政府之间只存在命令与服从的非对称关系，它指责《朝日新闻》对于美国的批判报道是破坏占领政务的"错误"言论，宣称"今后媒体面向日本国民传播的所有信息必须接受占领军当局的严格言论审查"④。1945年9月19日，占领军当局对外公布所谓的《出版言论法规》(Press Code)，其以强制性军政指令为手段正式开始战后对日言论管控的进程。与此同时，美国占领军当局又在日本各地秘密设立"民间审查支队"（后改称"民间审查局"），并以内部机密文件形式陆续发行《违禁言论类型表》(Categories of Suppressions and Deletions)、《言论审查要项》(Subject Matter Guide)和《审查关键词表》(Key Log)等言论管控实施细则。美国虽然在国际社会一直标榜维护言论自由的基本人权价值，但实际上其在对日占领时期针对日本的公共言论空间实施了服务于占领军政策需要的信息管制和舆论操控。

　　占领时期美国实施的对日言论管控在公共领域主要针对杂志、报纸、图书等

---

① SCAPIN-34: SUSPENSION OF TOKYO NEWSPAPER ASAHI SHIMBUN 1945/09/18, The National Archives and Records Administration（RG331）（日本国立国会書図書館デジタルコレクション「日本占領関係資料」所蔵）。

② 「朝日新聞（東京）停止の理由」、大阪:『朝日新聞』、1945年9月20日、1版。

③ 「社告」、東京:『朝日新聞』、1945年9月21日、1版。

④ 「対等感を捨てよ　マ元帥言論統制の具体方針」、東京:『朝日新聞』、1945年9月17日、1版。

纸质媒体，其通常采用"出版事前审查"的形式。占领军规定日本本土的杂志社、报社和图书出版社在正式发行出版物之前须向占领军下属"民间审查局"（Civil Censorship Detachment）提交样稿接受内容审查。"民间审查局"在收到样稿之后首先交由一名日籍初级审查员（Examiner）进行初步检查。初级审查员参照《出版言论法规》《违禁言论类型表》等言论管控细则审核样稿内容，随后使用圈框、删除线将可能违反占领政策的"问题"言论单独标记，译成英文后交给美籍上级审查官（Censor）。上级审查官负责判断"问题"言论是否属于"违禁"言论，并在此基础上形成一份英文打字稿形式的出版审查结果报告（News Matter or Table of Contents）。根据出版审查结果报告，"民间审查局"最终针对所有包含"违禁"言论的出版物样稿做出"禁止公开"（Suppress）、"删除"（Delete）、"修改"（Change）或"暂时保留"（Hold）这4类管控处分。[1]

除潜伏地下从事非公开活动的"民间审查局"以外，同时期占领军总司令部还设立了从事对外公开活动的"民间情报教育局"（Civil Information and Educational Section）。从事非公开活动的"民间审查局"负责言论审查；从事公开活动的"民间情报教育局"则负责言论指导。言论审查的任务是拦截和消除美国占领军当局认定的"错误"言论；言论指导的任务则是面向日本社会主动传播占领军当局认可的"正确"言论。据占领期担任过东京《展望》月刊主编的文艺批评家臼井吉见回忆，当时"民间情报教育局"每周会定期进行一次"主编教育谈话"，每月会定期进行一次"稿件推荐谈话"，它以出版业主管部门的姿态向日本全国主要杂志社、报社和图书出版社推行有利于美国利益的言论导向方针。[2] 除此以外，"民间情报教育局"还掌控着占领时期日本与海外其他国家之间进行跨文化交流活动的主导权，特别是在翻译出版市场的运营、译著出版的许可和译文内容审查方面扮演了最高主管部门的角色。[3]

---

[1] "REPORTING GUIDE FOR PRESS, PICTORIAL, AND BROADCAST MEDIA", GHQ/SCAP Records RG 331, 日本国立国会図書館「日本占領関係資料」，CIS 00690—00691。

[2] 臼井吉見『蛙のうた：ある編集者の回想』，東京：筑摩書房，1965年、第183—184頁。

[3] 宮田昇『翻訳権の戦後史』，東京：みすず書房、1999年、第21—78頁。

第二节　占领话语与占领文学研究史

"迎合""对抗""言论管控"是战后日本言论界在有关"美国占领"的话语空间形成过程中反复涉及的三大核心主题。而在美国对日占领时期,文学作品、文学刊物、文学出版市场构成的文坛言论场域是战后日本社会公共言论空间的核心组成部分,因此"迎合""对抗""言论管控"也成为过去70余年来美国占领期日本文学研究的3个主要切入点。但是,由于一手资料的匮乏和基础研究的相对薄弱,中国国内的美国占领期日本文学专题研究还处于起步阶段。该课题的研究主体目前主要在国外,特别是日本学界长久以来一直掌握着美国占领期日本文学研究的话语主导权。

日本早在20世纪50年代就开始了针对美国占领期日本文学的研究,迄今已度过了"草创期"(20世纪50—60年代)、"成形期"(20世纪70—90年代)、"高速发展期"(2000年至今)这3个历史阶段。

20世纪50—60年代是美国占领期日本文学研究的"草创期"。这一时期的特点是研究主体多为日本文坛的文艺批评家,研究形式以文学评论为主,系统的学术论著尚未出现。在研究方式上,以带有主观色彩的印象批评为主,研究对象则集中在野间宏、大冈升平、椎名麟三、三岛由纪夫、武田泰淳(1912—1976)、堀田善卫(1918—1998)等有"战后派"之称的战后文坛新生代主流作家。"草创期"的研究焦点在于讨论战后文学与战时、战前文学的差异,以及美国占领时期的社会改革对于战后日本文学的影响。在观点上,按照评价方式的不同,可鲜明地分成"否定派"和"肯定派"两大立场,争论的焦点在于评判美国占领体制之下形成的战后日本文学是否具有自身的独立性和开拓性。

1952年4月,日本与美国签署的《旧金山和约》正式生效,1945年日本战败以来长达6年半的美国对日占领时期就此告一段落。1952年6月,东京岩波书店编辑发行的月刊《文学》抢先组稿了一期"战后文学特集",其中发表了文艺批评家中村光夫(1911—1988)写作的评论《占领下的文学》。《占领下的文学》通常被视作占领期文学研究的开山之作,同时它也是占领期文学"否定派"观点的经典代表作。中村光夫认为,占领期的日本文学被禁锢于美国的军事占领体制之下,日本作家普遍缺乏主动挑战占领军管控的意愿,文学作品缺乏真正意义上的独立性。中村光夫提议采用"被占领期文学"一词替代"战后文学",他认为"战后文学"一词掩盖了美国对日占领的历史事实,采用"被占领期文学"一词更能准确反映战后初期日本文学产生、发展的实际历史轨迹及其本质属性。①中村光夫将作家主体性和创作自主性的缺失视为美国占领期日本文学最显著的局限性。这一点在日后成为占领期文学"否定派"反复论述的核心观点。

与中村光夫相对立的另一种观点来自同时代的文学史家本多秋五(1908—2001)。本多秋五反对全盘否定美国占领期日本文学的历史价值,他写作的长篇文学评论《物语战后文学史》代言了占领期文学"肯定派"的主要观点。日本史家习惯于每隔10年对既往文史发展轨迹进行总结。本多秋五的《物语战后文学史》是战后日本发表的第一部从文学角度全面回顾和反思日本战后史历程的经典著作。

1958—1963年,本多秋五历时5年在东京书评杂志《周刊读书人》连载长篇文学评论《物语战后文学史》。在《物语战后文学史》的连载第一回"从朴素的惊奇出发"之中,本多秋五写道:"战败后日本的复兴历程见证了前所未有的繁荣,同时也见证了前所未有的颓废。这种看起来令人惊奇的战后史进程到底是如何发生的?我的写作目标就是带着这一朴素的惊奇去探寻战后日本文学的发展轨迹。"②一方面,本多秋五提倡从正、反两方面审视战后日本文学的发展历程。他承认中村光夫提出的"被占领期文学"的历史定位合理性,认为占领时期大量日本文人作家失去主体性,被动或自愿沦为美国军政统治的宣传工具是必须正视的历史事实。另一方面,本多秋五更加强调通过与战时、战前文学的平行比较全面评判战后日本文学的历史价值。他认为战后日本文学与美国对日占领时期实行的一系列社会、政治、经济改革同步发展,其一方面打破了战时日本文学的封建主义、军国主义及天皇制思想的束缚,另一方面又挑战了战前日本文学局限于作家个人体验的"私小说"传统,在拓展日本文学的社会性、强化文人作家的政治参与意识方面具有不可磨灭的功绩。本多秋五主张将美国占领时期视为近现代日本文学史上具有开拓性意义的新阶段。他写作的《物语战后文学史》——第一部系统化的战后日本文学史论著,时至今日依然是美国占领期日本文学研究的基础参考文献。

本多秋五和中村光夫分别代表了20世纪50—60年代日本占领期文学的2种主要评价方式,其形成的占领期文学"肯定派"与"否定派"的观点对立与论争现象此后反复出现于荒正人·伊藤整合编《昭和文学研究》(1952)、中岛健藏·中野重治合

① 中村光夫「占領下の文学」,東京:『文学』,1952年6月号、第15—22頁。
② 本多秋五「素朴な驚異を頼りに」,東京:『週刊読書人』,1958年10月13日、2版。

编《战后十年:日本文学的历程》(1956)、平野谦编《昭和文学史》(1963)、三好行雄编《讲座日本文学的争议点 现代篇》(1969)等同时代论著之中,时至今日依然构成占领期日本文学研究的基本论点。总体来说,20世纪50—60年代美国占领期的日本文学研究在学术上还属于"草创期"阶段,相关论著普遍存在着主观性强、实证性弱,以及科学论证不足的缺点。但其树立的从局限性和开拓性的正反两面展开讨论的思路至今依然是这一专题研究的核心理念。

20世纪70—90年代是日本学界在美国占领期文学研究领域的"成形期"。该时期的特点是日本各大高校、科研机构的专业学者开始替代文艺批判家成为研究主体,课题的基础框架建构工作和以文学杂志为主的基础研究资料整理工作得到快速发展,同时还出现了以美国"普兰格文库"档案资料为对象的占领期文学言论管控研究的新动向。

1973年6月,东京学灯社发行的学术刊物《国文学:解释与教材研究》组织了一期特辑"战后文学史的构想"。该特辑邀请了红野敏郎、伊豆利彦、松原新一、龟井秀雄等同时期日本文学研究界知名学者总计20人共同撰稿,目的是集结学界力量讨论战后日本文学史的学术书写范式。[1] "战后文学史的构想"承袭了本多秋五、中村光夫、荒正人、平野谦等文艺批评家在20世纪50—60年代树立的从局限性和开拓性的正反两面讨论占领期文学的思路,同时又提出以"战败后文学与战时旧有文学的相关性""左翼民主主义文学的战后发展历程""战后新生代文学团体""战后派文学的起源与发展""战后文学论争史轨迹"作为美国占领期日本文学研究的5个基础框架课题;"战后文学史的构想"还明确将"占领下的文学"定为书写战后日本文学史的首要关键词,这标志着"美国占领期日本文学"正式成为日本学界公认的战后文学史基础研究对象。

另外,由于日本文坛的传统作家群体大多数是没有固定社会工作的所谓"职业作家",通过发表文学作品获取相应的稿酬是其维持生计的主要方式,发行量大、发行周期稳定且稿酬丰厚的全国性文学杂志和设有文学专栏的全国性综合杂志就成了日本作家发表作品的首选出版媒体。[2] 日本学界通常将文学作品最早见刊的杂志定义为"初出",意指文学作品借由出版媒体向社会公共言论空间传播的初始舞台和第一现场。正因为如此,文学杂志通常被视为书写文学史必不可少的一手文献史料,

---

① 「戦後文学史の構想」、東京:『国文学: 解釈と教材の研究』、1973年6月臨時増刊号。

② 山本芳明『カネと文学: 日本近代文学の経済学』、東京: 新潮社、2013年。

前述"战后文学史的构想"特辑正是以文学杂志为基础史料，通过历史回顾，初步梳理了美国占领期日本文学的发展轨迹。

一方面，20世纪70—90年代也是日本学界针对占领期文学杂志的系统整理工作从起步到成形的重要时期。这一时期，在杂志文献整理方面做出最卓越贡献的是从事出版文化史研究的民间学者福岛铸郎（1936—2006）。福岛铸郎是一位带有传奇色彩的学者，他早年曾在一家民营工厂担任门卫，既没有高学历也没有接受过专业系统的学术训练，完全凭借个人兴趣，利用业余时间搜集整理了大量战后日本发行的人文类杂志。1972年，福岛铸郎出版了轰动学界的专著《战后杂志的发掘：焦土时代的精神》。该书针对美国占领期日本出版的总计101种文学杂志、综合杂志进行了基于一手文献的刊物分析、周边史料整理，以及言论管控机制研究。1972年虽然距离美国占领结束仅过去了不到20年，但是由于此前日本学界在保存、整理占领期出版文化史料方面的工作缺失，导致"1950年之前日本出版的各类杂志已经很难找到实物"，"战后作家发表早期作品的杂志虽在坊间时有提及，但是在图书馆大多已经找不到存本"。[1] 福岛铸郎的《战后杂志的发掘：焦土时代的精神》不但初步填补了这一空白，更重要的是它的出版使得日本学界开始重视对战后杂志史料的系统搜集、整理、保存，并推动了日本学界的实证研究工作。1977年，红野敏郎编著的《展望战后杂志》一书针对包括文学杂志在内的占领期人文杂志进行了分类编目。1979年，日本东京大学社会科学研究所又编著出版了内容更为详尽的《战后杂志目录总览1945～1952》。自20世纪80年代之后，日本又陆续出版了木本至的《从杂志阅读战后史》（1985）、同样来自福岛铸郎的2本著作《杂志中的战后史》（1987）和《战后杂志的周边》（1987）、日本读书研究会编著的5卷本《占领期书志文献》（1995）、日本每日新闻社编著的《岩波书店与文艺春秋：杂志〈世界〉与〈文艺春秋〉的战后思潮》（1996）等一系列针对战后杂志史料的基础研究著作。至此，在经过了从1970年开始长达25年之久的搜集整理工作之后，战后杂志成为开展占领期日本文学研究必不可缺的基础文献史料。

另一方面，20世纪70—90年代的另一个重要学界动向是出现了以美国"普兰格文库"为对象的占领期文学言论管控史研究。"普兰格文库"是以美国对日占领军总司令部参谋第二部（G2）战史室长戈登·普兰格的名字命名的报刊图书文库，它收藏

---

[1] 福島鋳郎『戦後雑誌発掘：焦土時代の精神』、東京：日本エンディタースクール出版会、1972年、第3頁。

有美国占领下日本发行的 10 万余份杂志、报纸、图书出版物,以及占领军"民间审查局"制作的言论管控档案文件。"普兰格文库"的史料原件收藏于美国马里兰大学附属图书馆的地下书库,20 世纪 70 年代日本传媒评论家松浦总三(1914—2011)最早对其进行了文献调查和研究。松浦总三曾在美国对日占领时期担任过东京改造出版社编辑委员,他从 20 世纪 60 年代后半期开始以自己的亲身经历陆续发表了一系列关于占领军对日言论管控史的评述文章,1969 年又结集出版了专著《占领下的言论压制》。1970 年,松浦总三远赴马里兰大学寻访"普兰格文库",之后利用此次赴美调查的成果出版了《增补版 占领下的言论压制》,该书亦因此成为美国对日言论管控史研究的开山之作。

《增补版 占领下的言论压制》一书在文学研究上的贡献在于提供了占领期文学作品言论管控的最早案例分析。访美期间,松浦总三查阅了"普兰格文库"收藏的东京《文艺春秋》月刊,他发现该刊于 1946 年 7 月号发表的川端康成的小说《过去》受到过占领军的言论管控处分。众所周知,川端康成是获得过诺贝尔文学奖的日本著名作家,《过去》是他在战后初期创作的一部描写美国占领下日本风土人情的短篇小说。松浦总三在"普兰格文库"发现了一份占领军"民间审查局"针对《文艺春秋》的出版审查报告。据其内容,小说《过去》在样稿送审阶段被一位署名"桐山"(Kiriyama)的审查官删除了近 10 行文字,内容主要涉及日本女性与美国占领军官兵亲密交往的描写段落。松浦据此推断占领军针对日本文学的言论管控是基于"禁止发表和讨论非公开的占领军相关信息"和"防止引发公众质疑或负面评价占领军"这两大原则,同时他又推断强制性的内容删减是日本作家在占领期普遍遇到过的问题。①

尽管早在 1945 年就有日本作家开始关注美国占领军对于文学作品的言论管控问题②,但是由于美国在对日占领末期隐匿或销毁了大量与言论审查相关的档案文件,针对占领期文学言论管控史的研究一直因为缺乏实证性文献而难以全面展开。③松浦总三不但发现了"普兰格文库"收藏的一级史料,同时他还将文学作品置于社会公共言论空间的视野之下,尝试去解析占领军的言论管控体系与占领期日本文学之

① 松浦総三『増補決定版 占領下の言論弾圧』、東京: 現代ジャーナリズム出版会、1974、第 22—25 頁。

② 河上徹太郎「配給された自由」、東京:『東京新聞』、1945 年 10 月 26—27 日、2 版。

③ 山本武利『GHQ の検閲・諜報・宣伝工作』、東京: 岩波書店、2013 年、第 212 頁。

间的相互关系。另外,尽管松浦总三针对美国的对日言论管控进行了不遗余力的批判,但同时他也拒绝采用单一的民族主义立场全盘否定美国对日占领,而是选择将战后的美国占领军政权与战时的日本帝国政府进行比较,从功与过的两方面客观评价占领期美国对日言论管控的历史意义。

总体而言,松浦总三在20世纪70年代发表的一系列论著为学界提供了从言论管控视角考察美国占领期日本文学史的新思路。自松浦之后,借助于"普兰格文库"的一手文献,在返回历史现场的基础之上实证考察美国言论管控对于占领期日本文学的影响逐渐成为学界普遍认可的新的研究范式。但是,由于松浦访美时期的"普兰格文库"尚处于文献整理阶段,再加上松浦在美国仅停留了1个月时间,《增补版 占领下的言论压制》对于"普兰格文库"的调查和研究尚停留在初级阶段。而继松浦总三之后,另一位针对"普兰格文库"收存一级文学史料进行赴美实地考察的是文艺批评家江藤淳(1932—1999)。

1979年秋,当时在日本文坛声名显赫的批评家江藤淳受邀前往美国华盛顿威尔逊中心担任访问学者。在华盛顿期间,江藤淳选择以"美国占领军的言论审查对战后日本文学的影响"作为自己的访美研究课题,他花费了9个月时间在马里兰大学附属图书馆详细调查"普兰格文库"。返回日本之后,江藤淳首先出版了一册归国报告性质的著作《落叶扫集——战败占领言论审查与文学》(1981),随后4年,他又在东京《诸君》月刊上以"美国对日言论审查"为主题发表了一系列论文,最终于1989年8月15日也就是所谓"平成元年终战纪念日"当天出版了轰动学界的专著《闭锁的言语空间:占领军审查与战后日本》。①

江藤淳继承了前期松浦总三的问题意识和研究手法,他同样试图借助马里兰大学"普兰格文库"的一级史料实证考察占领期美国对日言论管控史与战后日本文学史之间的相关性。就在江藤淳赴美前不久的1979年5月,马里兰大学附属图书馆正式完成了针对"普兰格文库"的文献整理工作,这为江藤淳赴美之后开展系统的史料调查提供了机遇和条件。除此以外,访美期间的江藤淳还在华盛顿国家档案馆发现了占领期美国对日言论管控政策相关的官方档案文件。通过综合运用这些一级史料,江藤淳在20世纪80年代发表了一系列开拓性论著,成功地将美国占领期日本文学言论管控史的研究水平提升到真正意义上的实证高度。

① 江藤淳『閉された言語空間: 占領軍の検閲と戦後日本』,東京: 文芸春秋社、1989年。

但值得注意的是,在20世纪80年代,江藤淳不仅是著名文艺批评家,还是一位具有广泛社会影响力的保守派知识分子意见领袖。江藤淳擅长运用煽情的文学笔调书写带有强烈民族主义色彩的战后史评论,在其20世纪80年代的一系列论著中,他反复强调占领时期美国对日言论管控的目标是对日本实行所谓的"文化去势"。江藤淳将战败后的日本社会描绘成"无辜的受害者",他主张占领时期美国操控大众舆论和知识分子言论空间的终极目标是通过"思想歼灭战"打击日本人的民族自信和文化主体性。除此以外,江藤淳的"普兰格文库"史料使用方式也存在明显的偏向性。他只关注占领军针对日本右翼保守阵营的言论管控,而对同时期美国言论管控的重点对象是日本左翼革新阵营的历史事实采取刻意回避的态度;他只介绍美国实施言论管控的过程及相关史料,但是对于被管控的日本作家如何应对和反制占领军管控的经过略去不谈;他反复论证占领军采用所谓的"洗脑方式"构建有关日本战争罪行的公共言论空间,但是对于占领军刻意制止日本社会讨论天皇战争责任的历史事实置若罔闻。最终,江藤淳创造了一类基于狭隘民族主义的研究范式。他的一系列占领期论著带有明显的右翼意识形态偏向,其内容刻意将战后日本文坛塑造成美国占领体制的受害者,试图通过批判美国的对日占领达到全盘否定战后体制的目的,其实质是假借文学研究的形式助推日本保守派政治势力扩大其社会影响力。这种研究范式对于占领期文学研究的后期发展产生了持续至今的负面影响。①

在进入20世纪80年代之后,日本学界的占领期文学研究开始出现更成熟的学术范式,其重要标志是横手一彦出版的2部研究专著——《被占领下文学的基础研究 资料篇》(1995)和《被占领下文学的基础研究 论考篇》(1996)。横手一彦是专业从事战后日本文学研究的高校学者,他在1988年赴美国留学,和江藤淳一样,选择了在马里兰大学附属图书馆调查"普兰格文库"的美国占领期日本文学史料。学成回国后的横手一彦于1995年和1996年相继出版了《被占领下文学的基础研究 资料篇》和《被占领下文学的基础研究 论考篇》,其中前者是对"普兰格文库"收存日本文学杂志及占领军出版审查文件的汇编整理,后者是利用"普兰格文库"一级史料针对占领期日本文学作品和文学言论管控的具体案例分析。相对于江藤淳带有明显民族主义偏向性的史料调查和文本解读方式,横手一彦基于"普兰格文库"的占领期文学研究更为系统、全面,其观点也更为立体、客观。

---

① 藤田直哉「江藤淳はネトウヨの"父"なのか」,東京:『すばる』,2020年2月号; 田中和生「東日本大震災後の占領研究:『虚体』としての江藤淳」,東京:『三田文学』,2020年冬季号。

　　江藤淳强调来自美国的负面影响,主张大多数日本作家被动接受了占领军当局以所谓的"洗脑方式"灌输的价值观和历史认识,因此丧失了自身独立的文化主体性和民族立场。与之相对,横手一彦更重视占领期日本作家的挣扎意识,他认为这一时期的日本文人表面屈服于占领军统治,实际上则利用各类手段寻求抵抗的机遇和自我主体重建的道路,占领期日本文学的精髓正体现在"迎合"与"对抗"的矛盾张力及其作品话语表现之中;江藤淳缺乏学术史的传承意识,他完全放弃了本多秋五、松浦总三等研究者从局限性、开拓性的正反两面讨论美国占领史的思路,结果导致其偏执于书写民族主义色彩浓厚的美国对日压迫史和战后日本受难史。横手一彦拒绝这种忽视学术史传承的偏激做法,他一方面继承了松浦总三对于言论管控制度和文学作品相关性的研究视角,另一方面也延续了本多秋五的正反两面论的研究思路,同时还重视民间口述史料的参考价值,试图以此弥补旧有的文学研究只关注文人书写的弊端。总体来看,横手一彦的论著侧重于一级史料实证研究,特别重视考察占领期出版的日本文学杂志和以"普兰格文库"为核心的占领军言论管控史料。在研究方法上,横手一彦一方面坚持传统的文学作品个案精读,另一方面又注重于将文学杂志置于广域的大众传媒和公共言论空间之中进行考察,试图全面解析美国占领期日本文学的社会言论职能。横手一彦初步建立了占领期日本文学史、占领期日本传媒史和占领期言论管控史"三位一体"的跨学科型综合研究范式。在他之后的同行学者大多采用与其相近的研究方式从事占领期日本文学研究。

　　2000年至今是占领期文学专题研究在日本的"高速发展期"。这一阶段的特点是专题研究得到了来自日本政府的重视和资金支持,同时伴随基础研究工作的不断开展,大量高质量的专题论著相继问世,美国占领期日本文学研究逐渐发展为文学、历史学、地政学、国际关系学和区域国别学相结合的跨学科型热点课题。

　　进入21世纪之后,美国占领期日本文学研究在数字人文技术和出版文化市场的双重推动下进入新的快速发展阶段。首先是从20世纪90年代末开始在日本政府的资金支持下,日本国立国会图书馆与美国马里兰大学图书馆、东京早稻田大学20世纪媒体中心、东京岩波书店出版社共同合作开展"普兰格文库"的微缩文献保存、电子数据库建设和占领期杂志全集编纂工作。至2010年,该项目初步完成了"占领期报刊图书出版物文库""占领期报刊作品编目索引数据库""占领期杂志资料大系"的建设工作。其中"占领期报刊图书出版物文库"是采用微缩胶片结合数字图片形式制作的"普兰格文库"副本,现保存于日本东京国立国会图书馆宪政资料室;"占领期报刊作品编目索引数据库"是针对"普兰格文库"收藏的10万余份报纸杂志所刊文章制作的篇名索引电子数据库,在形式上与中国的"全国报刊索引"近似,数据库现保存于东京早稻田大学20世纪媒体中心;"占领期杂志资料大系"是东京岩波书店组织近百名学者联合编撰的美国占领期日本杂志史料全集,2009—2010年以10卷本书籍形式出版,目前在东京大学、京都大学、早稻田大学等日本主要高校图书馆均有收藏,中国尚只有中国国家图书馆购藏。

有赖于基础文献史料整理工程的日渐完善,日本学界在进入21世纪之后出现了从事占领期文学专题研究的科研人员和成果数量快速增加的趋势。自2000年以来,已出版的重要学术专著有碓田升《占领军审查与战后短歌》(2001)、浦田义和《占领与文学》(2007)、长志珠绘《占领期占领空间与战争的记忆》(2013)、山本武利《GHQ的审查谍报宣传工作》(2013)、日高昭二《占领空间中的文学》(2015)、谷暎子《占领下的儿童出版物与GHQ审查》(2016)、横手一彦《战后文学成立期研究》(2018)、金志映《日本文学的"战后"与变奏的"美国"》(2019)、坪井秀人《战后表现》(2023)、五味渊典嗣《败北的方式问题:战后文学思想的原风景》(2023)。近年发表的重要学刊论文有安藤阳平《"男性气概"的梦与忧郁——论安冈章太郎〈阴郁愉悦〉》(2020)、齐藤理生《被占领下的石川淳〈森鸥外〉论稿——以普兰格文库藏本为线》(2020)、阿部真也《久生十兰〈预言〉论——占领期文学的方法》(2021)、佐久本佳奈《新垣美登子〈黄色百合〉论——以美军占领下冲绳的民法改革运动为背景》(2021)、同《占领的"内厅"——大城立裕〈鸡尾酒晚会〉论》(2022)。总体来说,21世纪以来的占领期文学研究延续了占领期日本文学史、占领期日本传媒史和占领期言论管控史"三位一体"的跨学科型综合研究范式。同时有别于之前的宏观概述型研究,这一时期出现了大量针对某些主题、个别作家和特定文本的精细个案分析。另外,近年的占领期文学研究论著大多通过独立调查形成真正意义上的一手文献实证,再配合多语种、多国籍、多元立场的视角切入,以及严格的用例主义文本精读形成全面分析,最后提出有挑战性且有说服力的观点论述。这表明美国占领期日本文学的学术专题研究在经过70余年的漫长发展之后,目前已经进入较为成熟的历史发展阶段。

另外,自20世纪末以来,美国学界也开始积极参与占领期日本文学的讨论与研究。与日本学界不同,美国的占领期文学研究大多数置于历史学的框架中展开,其目标在于利用文学作品、文学刊物、文人书信手稿等文学史料作为考察美国对日占领史的辅助性文献。美国学者的代表性论著有约翰·道尔《拥抱战败——第二次世界大战后的日本》（1999）、迈克尔·莫拉斯基《美国的日本·冲绳占领》（1999）、五十岚惠邦《记忆之体——战后日本文化的战争叙事》（2000）、华乐瑞《当帝国回到家——战后日本的遣返与重整》（2009）。美国学界的占领期研究虽然在文学作品的精读缜密性、一级文学史料的探索力度和实证强度方面不如日本，但是更善于从战后冷战格局、东亚地政关系、东西方文明冲突、西方殖民史与后殖民史等全球化视角审读占领期日本文学的历史演变轨迹。这不但为占领期日本文学专题研究的进一步发展提供了文学、历史学、地政学、国际关系学和区域国别学相结合的跨学科型新方向，同时也将该专题研究推向了更广阔的国际学界舞台。

第二章　战后占领期文学研究的中国范式

第一节　占领期文学研究的范式与盲点

尽管日本学界历经70余年的学术积累建立并掌控了美国占领期日本文学的研究范式，但纵观其过去半个世纪的学术史历程，绝大部分研究论著受传统的日美二元论的束缚，对于亚洲国家的"第三视角"缺乏关注，相关方面的讨论也极为不充分。这就造成目前日本学界虽然拥有占领期日本文学的研究话语权，但在研究视角和路线选择的多元化方面存在巨大缺陷，特别是中国相关课题的基础研究发展缓慢，优势与局限性同样明显。

前文已经提到过，东京学术月刊《国文学：解释与教材研究》曾在1973年6月组稿过一期"战后文学史的构想"特辑，该特辑邀请了同时期日本文学研究界的20位知名学者共同撰稿，目的是集结学界力量讨论战后日本文学史的学术书写范式。[①] "战后文学史的构想"特辑收录了红野敏郎撰写的主旨论文《战败与既有文学动向》，该文以东京月刊《文艺》为线索，梳理了1945年前后日本文坛从"战时"走向"战后"的历史轨迹。《文艺》是日本文坛唯一的跨越了战时、战败直至战后没有中断过发行的全国性文学杂志，它在1945年前后成为日本最重要的文学作品发表舞台、文学出版媒体和中央文坛言论阵地。红野敏郎重视《文艺》作为战败转折期文学史料的特殊价值，他详细考察了1945年8月前后《文艺》每期刊载作品的特点和杂志版面设计理念，试图通过回归历史现场分析日本文学的战后原点。但是吊诡之处在于，尽管红野敏郎详细分析了1945年8月前后《文艺》的各期版面特征，却没有发现《文

---

① 「戦後文学史の構想」、東京：『国文学：解釈と教材の研究』、1973年6月临时增刊号。

艺》在日本战败前后发生了从"对话中国"到"疏离中国"的刊物编辑路线转变。红野敏郎评价《文艺》即使在日本战败之后也保持了一贯不变的姿态"①,完全没有意识到《文艺》代表的东京中央文坛媒体在战后初期出现的涉华表述失语问题。

除此以外,杂志《国文学:解释与教材研究》的"战后文学史的构想"特辑还提出以美国对日占领作为原点书写战后日本文学史的设想,它将1945—1970年的战后日本文学史划分为"占领期文学""转型期文学""高度成长期文学"3个历史阶段,尝试通过占领/被占领、美国/日本的二元关系描绘战后日本文学的发生原点和发展轨迹。这种文学史书写方式虽然有利于清晰梳理美国占领对于战后日本文学的影响,但其过度强调日美二元关系,将战后日本文学史完全置于日美关系史的框架之下进行表述,最终形成了束缚于日美二元论的占领期文学史书写范式。

文学史的书写范式一旦形成,就难以改变。1973年"战后文学史的构想"特辑所确立的占领期文学史书写范式成为此后长期影响日本学界的学术标准。2003年10月,日本岩波书店主办的双月刊杂志《文学》再次组稿了一期"被占领下的言语空间"特辑。该特辑收录了山本武利、佐藤泉、横手一彦、龟井秀雄、安藤宏等学者的共计12篇专题论文,旨在通过探讨文学作品的公共言论职能重新审视美国占领期日本文学的战后史意义。②相比较1973年的"战后文学史的构想"特辑,2003年的新特辑在文学史料使用的丰富性、问题论证的严密性和论点的多样性上虽然有所提高,但整体上的研究范式并没有突破1973年以来的日美二元论框架。在特辑收录的12篇论文中,只有矢崎彰《堀田善卫论——从上海到被占领下的日本》尝试提出新的第三视角挑战旧有研究范式。

矢崎彰的论文以日本"战后派"③作家堀田善卫在美国占领时期发表的"上海"系列小说为线索,分析了1945年前后堀田善卫侨居中国的经历对于他回国之后从外部视角审视、书写占领期日本的意义。矢崎彰认为,堀田善卫有别于同时代其他作家的特殊之处在于他的战败体验发生在中国大陆而不是日本本土,来自异乡的战败

---

① 紅野敏郎「『敗戦』と既成文学の動向」、東京:『国文学: 解釈と教材の研究』、第14頁。

② 「特集　被占領下の言語空間」、東京:『文学』、2003年9—10月合併号。

③ "战后派"作家指的是1945年战败之后在日本文坛崭露头角的新生代青年作家群体,主要代表人物有野间宏、武田泰淳、埴谷雄高、梅崎春生、椎名麟三、花田清辉、加藤周一、中村真一郎、福永武彦、大冈升平、三岛由纪夫、安部公房、岛尾敏雄、堀田善卫、井上光晴、长谷川四郎。有关"战后派"作家的文学史定义参考前述本多秋五的《物语战后文学史》。

体验促使堀田善卫获得了从中国视角出发审视美国占领下日本的能力,这是他能够在新生代作家中脱颖而出最终成长为日本战后派代表作家的原因。[1] 矢崎彰的问题意识在于寻找占领期日本文坛脱离美国言论管控的异质化声音。他发现堀田善卫的中国题材作品游离于美国对日占领的话语体系之外,从中能够寻找到摆脱日美二元论束缚、重新审视战后日本文学史的第三视角。

矢崎彰力图从第三视角重新审视战后占领期日本文学史的发展轨迹,但遗憾的是这一问题意识此后并没有得到进一步的实质性发展,单一的日美二元论视角直到今天依旧阻碍着占领期日本文学研究摆脱旧有学术范式。例如,日本近代文学研究会的机关刊物《日本近代文学》素来以发表近现代日本文学研究的前沿成果著称,"占领期文学"是该刊近年主推的专题研究方向,其发表的最新研究成果有佐久本佳奈《新垣美登子〈黄色百合〉论——以美军占领下冲绳的民法改革运动为背景》(2021)和大原祐治《佐多稻子致茜久保奈美书简与〈给友人的信〉》(2022)。这2篇论文选择了以往关注较少的小众作家作为其研究对象,两者均采用了文本精读结合一级史料实证的方式分析占领期日本文学与美国对日占领军政体系之间的相关性。尽管2篇论文都发掘了全新的文学史料,并在此基础之上提出了有说服力的作品阐释,但2篇论文无论是其宏观论述框架还是微观作品分析都没有突破传统的日美二元论研究范式。这反映了现今日本学界在战后文学研究领域呈现的局限,同时也是今天需要回归1945年的历史现场从中国视角出发重新审视占领期日本文学史的原因。

事实上,如果从中国视角出发重新考察美国对日占领的历史现场,就不难发现以往战后日本文学史书写存在的诸多盲点。例如,1945年9月9日即美军登陆日本后的第2周,东京朝日新闻社主办的杂志《周刊朝日》开始连载作家阿部知二(1903—1973)的中国题材长篇小说《新浪人传》。阿部知二是日本文坛著名的知中派作家,1938年他因为发表长篇小说《北京》引起中国文化界关注,1944—1945年受聘任教于上海圣约翰大学,在华生活期间一度扮演了当地日侨文坛的意见领袖角色。[2]《新浪人传》是阿部知二基于自身中国体验写成的战后首部作品,同时它也是日本在进入美国占领期之后文学出版市场上出现的第一部中国题材长篇小说,在发表时间上构成了占领期日本文学涉华表述史的原点。但是,不仅《阿部知二全集》没

---

① 「堀田善衛:上海から被占領下の日本へ」、東京:『文学』、第129—138頁。
② 竹松良明『阿部知二論:〈主知〉の光芒』、東京:双文社、2006年。

有收录《新浪人传》,以往日本出版的各类阿部知二作家年谱也多数将其遗漏。[①]这种奇妙的边缘化现象同样体现了迄今为止的占领期日本文学专题研究在中国视角运用上的缺失。

1945年9月9日,阿部知二在《周刊朝日》连载《新浪人传》之际首先发表了一篇作者感言。该文题为《寄望未来》,文中这样写道:

> 在这个历史大变革的转折期,我又开始了已经停下许久的小说创作。我在战争的后半阶段一直侨居在中国上海,所以就有朋友建议我利用上海时代的回忆创作一部小说,这就是《新浪人传》的最初写作意图。但这并不意味着我一味执着于过去。恰恰相反,我是站在寄望未来的立场之上书写过去的回忆,尽管这种说法或许听起来有些拗口。现在我们都明白日本必须选择拥抱世界的生存方式,但如果我们不能立即行动起来,拥抱世界就会再次沦为有名无实的口号,日本的前途就会陷入绝望的深渊。在日本重新拥抱"世界"的过程中,每个日本人都应当认识到中国是绝对无法回避的对象。彻底地咀嚼和反思噩梦般的过去,努力地去重建中日之间"人与人"的美好羁绊,这就是战败后的日本首先应当做的事情。[②]

与杂志《文艺》战败号的《致读者信》一样,阿部知二的《寄望未来》属于战后日本文坛反思过去和展望未来的最早文本之一。然而与《致读者信》的"诏书范式"截然不同,《寄望未来》不但完全摆脱了天皇《终战诏书》的影响,同时还展现出与《文艺》疏离中国的战后编辑方针大相径庭的涉华表述主动意愿。《寄望未来》首先拒斥了天皇《终战诏书》的日本国内本位立场,它将作者阿部知二的战时海外侨居生活视作书写战后日本"历史大变革"的基本出发点;《寄望未来》还主张战后日本必须选择"拥抱世界的生存方式",作者拒绝将表述战败的话语受众限定为日本国民,反之积极寻求与海外异国读者的对话。阿部知二强调日本在重新融入世界的过程中"中

---

① 1947年,阿部知二将《新浪人传》改写为《大河》后收入了东京新潮社出版的同名单行本作品集,此后《周刊朝日》版本的《新浪人传》逐渐被遗忘。参见阿部知二『阿部知二全集』全13卷、東京:河出書房新社、1974—1975年;姫路文学館『阿部知二:抒情と行動 昭和の作家』、兵庫:姫路文学館、1993年。

② 「新連載小説予告 未来を望んで」、東京:『週刊朝日』、1945年9月9日号、第25頁。

国是绝对无法回避的对象",他认为重建中日羁绊是"战败后的日本首先应当做的事情",并将写作《新浪人传》视为阐述自身理念的方式。

尽管阿部知二日后自我评价《新浪人传》是在日本战败后不久匆忙写成""公开发表之时文章内容还很杂乱"①,但作为战后日本发表时间最早的中国题材长篇小说,《新浪人传》的价值首先体现在贯穿小说题名"新浪人传"的近代中日关系史视角。"浪人"一词在日语中原指江户时代失去官职和俸禄的没落武士,到了中国辛亥革命时期,一些以民间秘密结社形式在中国从事军事、政治工作的日本人被冠以"大陆浪人"的称号,"浪人"随之登上近代中日关系史的舞台并成为历史书写的对象。②日本的"大陆浪人"在近代中日关系史的舞台上扮演了正反两面性的历史角色。他们之中的一些人(如宫崎滔天、北一辉)成为中国革命党人的国际战友,另一些人(如内田良平、川岛浪速)则扮演了日本侵华的推手与尖兵。③

阿部知二的《新浪人传》叙述了主人公伴野万城及其爱徒鸟巢仁一以"大陆浪人"身份在华从事中日交涉活动的一系列事迹。在小说连载开始的第一回和最终第十三回,阿部知二设计了自称"笔者"的小说叙述者与小说主人公伴野万城之间的2段对话,以此向日本读者阐明小说题名"新浪人"的内涵。小说的主人公伴野万城是一名在华生活了近30年的大陆日侨,他前半生一直致力现代农业科学教育在华的普及工作,年迈之后寓居上海,受聘于沪西一所大学教书度日。小说的叙述者"笔者"以阿部知二本人为原型设计,他在小说中被设定为一位侵华战争后期到中国短期旅行的日本文人。某日"笔者"在上海街头偶遇伴野万城,两人意气相投把酒言欢,在此过程中伴野万城向"笔者"阐述了他的"浪人精神"理念。

伴野万城痛心侵华战争造成的中日对立,他认为解决两国纷争的关键在于重新找回辛亥时期为中国革命献身的日本"浪人精神"。伴野万城主张"浪人精神"的精髓在于"诚""爱"和"在野精神",他宣扬"不做官事不搞谋略,只凭诚心面对每一个中国人就是日本的浪人精神""浪人追求世人的信任与爱,他们不追逐伟大只看重人

---

① 「新浪人伝後日考」、『大河』収録、東京: 新潮社、1947年、第167頁。

② "二战"结束之前"大陆浪人"常被称为"支那浪人","二战"结束之后"支那浪人"一词逐渐在日语中消失,"大陆浪人"一词则沿用至今。

③ 参考赵军《辛亥革命与大陆浪人》,北京: 中国大百科全书出版社,1991年;王柯『辛亥革命と日本』、東京: 藤原書店、2011年。

情"。①《新浪人传》从小说叙述者"笔者"的旁观者视角讲述主人公伴野万城实践、反思和重审日本"浪人精神"的历程，小说故事的高潮出现在日本战败前夜"笔者"和伴野万城在上海的重逢。在小说结尾处，即将结束中国之旅返回日本的"笔者"在上海街头再次与伴野万城相遇，此时"笔者"发现曾经热情赞美"浪人精神"的伴野已经转变为"大陆浪人"的严厉批判者。伴野叹息"如今我才意识到自己过去的浪人观念需要进行重大修正，缺乏思想的东西必定会走向堕落"。②伴野万城认为日本的"浪人精神"只存在于献身中国辛亥革命的第一代"大陆浪人"，20世纪20年代之后的"大陆浪人"逐渐堕落为日本军阀、财阀蚕食中国的爪牙，"浪人精神"已经名存实亡。伴野感叹自己30年的在华浪人生涯最终归于徒劳，其根本原因在于未能察觉到比起改变中国，更需要改变的其实是日本自身。在与伴野万城的交谈过程中，小说的叙述者"笔者"也开始阐述他自己对于"大陆浪人"之于近代中日关系史意义的见解。"笔者"认为伴野万城的一生既见证了近代中日关系的矛盾与挫折，也验证了中日之间无法割裂的历史关系纽带；"笔者"承认日本的全面侵华战争导致了中日关系破裂，但同时又认为伴野万城对于"大陆浪人"的自我批判也体现了中日跨越历史断层、延续羁绊的可能性。在小说结尾处，"笔者"从小说的故事讲述者转变为小说的内涵阐释者，他将伴野万城定义为"新浪人"，强调"新浪人不仅是新时代的浪人，他们是经过彻底的自我否定，与过去诀别之后获得重生的浪人"。③

《新浪人传》是一部典型的自我评述型小说，小说的叙述者同时扮演故事讲述者和故事评述者的双重角色，在为读者讲述故事的同时主动评述小说故事的意义。这种自我评述型小说的创作手法，有利于小说作者向读者清晰传达自身的创作理念，特别是有助于作者借助虚构叙事的形式向读者传递自身立场鲜明的政治性言论意见，所以在政治题材小说作品的创作中经常被采用。

从1945年9月开始至1946年2月结束，《新浪人传》在《周刊朝日》前后共连载了5个月。这段时间正好也是美军从登陆日本到建立占领军司令部再到确立对日占领体制的关键阶段。这一时期，战后日本的公共言论空间出现了一股"对话美国"的热潮。全国大小报刊媒体和出版机构竞相策划了各类与美国占领军相关的专栏特辑和系列追踪报道，《周刊朝日》即是其中的领衔媒体之一。

---

① 「新浪人伝　連載第1回」、東京：『週刊朝日』、1945年9月23日、第29頁。
② 「新浪人伝　連載第13回」、東京：『週刊朝日』、1946年2月24日、第21頁。
③ 「新浪人伝　連載第13回」、東京：『週刊朝日』、1946年2月24日、第21頁。

作为朝日新闻社旗下的综合杂志,《周刊朝日》自1922年创刊起一直是日本知识分子群体的言论主阵地之一。战后初期,《周刊朝日》采用以"日本战败"和"美国占领"为两大中心话题的版面设计路线,借助朝日新闻社的资讯优势和舆论影响力建立起日美二元结构的知识分子公共言论空间。例如,1945年8月26日美军登陆前夕,《周刊朝日》率先编辑发行了一期临时增刊号"盟军进驻与国民心态"。增刊号发表有社论《体现国体维护实质》,文章开篇警示日本读者"以美国为首的盟军将于8月28日开始进驻日本本土,此后皇国将进入有史以来第一次被外国军队占领的时代"。[①]《体现国体维护实质》一文认为,美国的军事占领"必然会损害日本民族的纯洁性和主权完整性",文章主张拯救国难的唯一途径是在占领军进驻之前毫不动摇地坚持"承诏必谨";《体现国体维护实质》试图说服日本读者将天皇的《终战诏书》作为应对美国占领的最高行动纲领,强调所谓"皇室中心主义"是维系日本民族共同体的唯一纽带。除《体现国体维护实质》之外,同期《周刊朝日》还策划了战后日本最早的占领专题座谈会"盟军进驻与国民心得"。该座谈会采用匿名发言形式,受邀参会的4位所谓"海外经验资深人士"分别以A、B、C、D的代号出场,谈论各自对美国的认识及应对占领的心得建议。该座谈会的中心主题是"美国人的国民性",4位参会人针对美国人的生活习惯、道德伦理、男女关系、军队纪律和日本认知方式进行讨论,其目的是指导日本国民"从根本上理解日本与美国的国民性差异,尽量规避误解,做好迎接美军的心理准备"[②]。

美军正式登陆日本之后的1945年9月9日,《周刊朝日》编辑发行了日本进入美国占领时代后的首期杂志,其卷首处刊有安倍能成(1883—1966)的评论作品《日本之出发》。安倍能成是日本著名的教育家和哲学家,他从1940年开始先后出任东京第一高等学校校长、日本文部大臣和教育改革委员会会长等重要职务,同时还长年担任日本最有影响力的学术出版社岩波书店的编辑顾问。安倍能成是所谓"天皇制民主主义"的积极倡导者,他认为"一君万民"的天皇制国体包含具有日本民族特色的民主主义理念。在《日本之出发》一文中,安倍能成主张"日本国体的理想形态是天皇议会制度和国民议会制度的和谐统一,因为这种制度既符合日本独特的国情,

① 「週刊時言 国体護持の実を示せ」、東京:『週刊朝日』、1945年8月26日、第2頁。
② 「座談会 聯合軍進駐を前にして 国民の心得ておくべき事ども」、東京:『週刊朝日』、1945年8月26日、第7—11頁。

又遵循了万国共通的普遍原理"①。

安倍能成的《日本之出发》成稿于1945年8月28日美军登陆当天,这是一篇"应周刊编辑要求,旨在为日本青年学生提供战后生活方针建议和今后教育新方向的文章"②。《周刊朝日》试图借助安倍能成的"天皇制民主主义"理念为战后日本青年学生解答美国民主主义与天皇制国体的共存问题。与此同时,为了继续宣扬天皇《终战诏书》的指导意义,《周刊朝日》还在同期杂志刊发了署名"微臣铃木虎雄"的诗歌作品《拜读休战诏书》。《拜读休战诏书》是时任日本"帝国学士"铃木虎雄(1878—1963)采用七言诗体写成的一篇"承诏必谨"八股文,其内容称"至尊大诰骇神州,献替谁分明主忧,昔信杞天终不坠,今看蓬海失深流,封疆或保版图旧,廊庙应虚帷幄俦,一息致身臣子责,敢忘兴复赞鸿猷"③。《拜读休战诏书》和《日本之出发》是2个相互呼应的关联文本,两者将"天皇"问题和"美国"问题结合在一起进行共同表述,以此形成日美二元论结构的公共言论空间。

"美国"与"天皇"在战后初期杂志《周刊朝日》上经常形成话题联动,该刊一方面设置"美国话题""美国新语""美国舆论""美国访谈"等多种涉美资讯专栏,同时又时刻不忘向日本读者宣扬"承诏必谨"的天皇制国体理念。实际上,不仅是《周刊朝日》,贯穿整个对日占领时期,以"美国"与"天皇"问题为中心的日美二元关系议题一直构成战后日本公共言论空间的话语主基调。美国历史学家约翰·道尔的经典著作《拥抱战败》以"拥抱"为关键词书写美国对日占领史的意图即在于此。④

面对这样一种日美二元结构的言论空间,《新浪人传》之类以中国大陆和日本侵华战争为主题的文学作品则扮演了偏离主基调的异质言论生产者。阿部知二认为"大陆浪人"是近现代中日关系内在矛盾的典型体现,他希望借由"大陆浪人"的视角重审"二战"结束为止的中日关系史,以此"彻底地咀嚼和反思噩梦般的过去"⑤。也就是说,在美国对日占领时期,一方面是大量"美国"与"天皇"主题文章相互呼应共同构建日美二元关系结构的社会公共言论空间,另一方面也存在着与占领期日本公共言论主基调相背离的"中国"题材文学作品,继续追问着近代中日关系

① 「日本の出発」、東京:『週刊朝日』,1945年9月9日、第1頁。

② 「日本の出発」、東京:『週刊朝日』,1945年9月9日、第2頁。

③ 「拜読休戦詔書」、東京:『週刊朝日』,1945年9月9日、第7頁。

④ John W. Dower. *Embracing defeat: Japan in the wake of World War II*, W.W. Norton & Co., c1999.

⑤ 「新連載小説予告　未来を望んで」。

的过去、现在与未来。和阿部知二的《新浪人传》一样，这些中国题材文学作品之中的绝大部分从来没有成为以往战后日本文学研究的关注对象。而正是在这些长久以来被各类主流战后日本文学史遗忘和边缘化的中国题材文学作品之中，蕴藏着探索占领期文学研究的中国范式，并在此基础上书写战后占领期中日文学关系史的可能性。

第二节　中国关于占领期文学的研究及其可能性

1976年，日本学者吉田精一（1908—1984）写作的《现代日本文学史》由上海人民出版社发行了中国大陆地区的首个全文中译本。吉田精一是日本近现代文学研究的早期学术奠基人，《现代日本文学史》是他在1963年撰写的一部面向日本大众读者的近现代文学史普及读物。[①] 尽管作为一本大众普及类图书学术价值相对有限，但上海人民出版社以署名"齐干"的形式集体翻译的《现代日本文学史》却成为中华人民共和国成立以来大陆地区出版的第一部近现代日本文学史论著。这一事实客观反映了同时期中国学界在近现代日本文学研究领域发展的相对滞后性。但很少有人知道，同样是在20世纪70年代后半期，中国的日本文学研究者也曾经试图以集体力量编写一部独立自主的日本近现代文学史著作。

2020年，笔者在国内旧书市场购入了一册名为《日本现代文学史（细纲）》的油印本书稿。《日本现代文学史（细纲）》（以下简称《细纲》）采用B5版型油印纸装订，全文共191页，正文使用中文打印体，尾页计有"全书字数125270"。《细纲》书稿随处可见用钢笔书写的校正和注释，再加上书内各章标题多数带有"细纲""大纲""提纲"和"讨论稿"等字样，可见这是一册内容尚未完全成形的草稿本文献。

《细纲》的稿本封面处可见用钢笔手写的书名"日本现代文学史（细纲）"，书名下方绘有一幅标题为"H公寓105号"的建筑风景画，书稿封面内页用钢笔写有吕元明、卞立强、李芒、文洁若、叶渭渠、唐月梅等总计16位编著者的姓名。众所周知，吕元明等人是新中国第一代日本文学研究者的领军人物，由此可以推见《细纲》是当时中国学界精锐尽出合力编写的一部日本研究论著。《细纲》最终没有付印出版，现存书稿也未写明撰稿日期，准确的成书时间不得而知。但从《细纲》正文内容多处出现

---

① 『現代日本文学史』（筑摩現代文学大系別冊）、東京：筑摩書房、1963年。

"反革命修正主义""日本修正主义路线""修正主义文学"等阶级斗争用语,以及全书内容未涉及1976年以后的日本文学作品来看,该书稿的完成时间应当在20世纪70年代中后期。

《细纲》全书分为:第一部"日本帝国主义日益没落和日本无产阶级茁壮成长时期的文学(1917—1937)"、第二部"日本帝国主义发动全面侵华战争和太平洋战争时期的文学(1937—1945)"、第三部"日本帝国主义投降、日本从复兴到发展时期的文学(1945—1960)"和第四部"20世纪60—70年代"。《细纲》书稿以"帝国主义"和"阶级斗争"为主题梳理了1917年俄国十月革命之后日本文学的历史发展轨迹,其采用社会发展史与文学发展史相结合的书写方式,一方面从文学角度描述日本帝国主义、资本主义和无产阶级社会的演变过程,另一方面又采用作家、作品评述形式介绍各个时期日本的主要文学流派,以及代表作家的经典文学作品。

在论述1945年日本战败后的"历史与文学概貌"一节处,《细纲》写道:"日本天皇制反动政府宣告无条件投降,第二次世界大战结束,美帝单独占领日本。《治安维持法》废除,日本共产党重建。其他资产阶级政党逐步组成,日本各种政治势力的改组基本完成。日本从半封建半资本主义的专制主义天皇制国家逐步变为立宪君主制的资本主义国家;从美帝占领的殖民地国家走向独立的资本主义国家。"[①]这段文字是中国学界针对美国占领期日本文学史的最早宏观论述,它突出体现了中国早期日本文学研究实践活动的政治文学论特点。《细纲》首先寻求确立清晰的政治立场和政治路线方向,在立场与路线旗帜鲜明的前提下,再对文学作品做出相对应的价值评判;《细纲》将1945年战败后的日本定性为"立宪君主制的资本主义国家"和"美帝占领的殖民地国家",提出以"资产阶级政党逐步组成"和"美帝单独占领日本"作为解读战后日本文学史的两大核心主题。这种以政治论指导文学论的研究范式较容易形成明快直白的论点与论断,对于立场相近的同温层受众能够产生迅速、强力、高效的言论影响力,但是其明显的立场审判先于文本分析的唯政治论倾向也会在一定程度上影响文学研究的独立性。正因为如此,《细纲》存在大量明显受制于时局、立场的唯政治论倾向内容,在今天看来很多论述和评判缺乏充分的实证考察依据。

例如,《细纲》正文第三部第8章题为"战后新生的现代派作家",该章针对今天文学史中通常被称为"战后派"的日本作家群体进行了集体评述。《细纲》首先概述

---

① 《细纲》,第118页。

了椎名麟三、中村真一郎、武田泰淳、大冈升平、梅崎春生等日本"战后派"代表作家的生平及创作风格，随后逐个分析各人的文学代表作，同时以"正确路线"/"错误路线"的二元对立式论调判定其文学价值的优劣好坏。《细纲》对于日本"战后派"作家的评价总体较为正面，唯一例外的是针对作家堀田善卫作出了近乎全盘否定的负面评价。《细纲》首先严厉批判堀田善卫的文坛成名作《广场的孤独》"为日本垄断资本充当美帝侵朝帮凶做辩护，并对日共滥虐攻击"①。对于堀田善卫以南京大屠杀为主题创作的长篇小说《时间》，《细纲》批判其"没能揭示日本帝国主义的侵略本性"②。对于堀田善卫生涯中写作的唯一的中国题材剧本作品《命运》，《细纲》主张其"把日帝发动侵华战争和中国人民深受涂炭都说成是宿命事件""对中国妇女做了歪曲描写"③。这种全盘否定式的评价与《细纲》对于其他日本"战后派"作家的正面评价形成鲜明对比。

事实上，在1945年日本战败至1955年完成战后初步重建同时成为美国冷战体系附庸国的10年间，堀田善卫是日本"战后派"作家之中少有的涉华关系密切、发表过大量中国题材文学作品和涉华言论的"知中派"文人。直到1972年中日邦交正常化为止，堀田善卫长年扮演着日本文坛至关重要的中国书写者、表述者和阐释者的角色，同时期的他的作家活动几乎涉及战后中日关系史的所有重要事项。按照常理，《细纲》作为新中国学界以集体力量编写的第一部日本近现代文学史，它对于堀田善卫的评价应当体现中华人民共和国成立以来日本文学研究的既往成果。然而吊诡之处在于，《细纲》对于堀田善卫的全盘否定，实际上与新中国文化界对这位日本作家的早期评价方式几乎是背道而驰的。

实际上，在《细纲》总共涉及评述的14位日本"战后派"作家之中，最早进入新中国读者阅读视野的正是堀田善卫。1960年9月，北京杂志《世界文学》刊载了李正伦翻译的堀田善卫作品《河》。《世界文学》创办于1959年，是当时新中国唯一介绍外国文学作品与理论的刊物。《河》是一部以小说文体写成的游记作品，它最早发表于东京《中央公论》1959年1月文艺特辑号，原作是一部长篇小说，《世界文学》节译了其中与中国相关的一段内容。在刊发这段节译之际，《世界文学》编辑部特意附加了一段"前言"，其中介绍"堀田善卫是日本当代进步作家，亚非作家会议日本协议会秘

---

① 《细纲》，第155页。

② 《细纲》，第155页。

③ 《细纲》，第156页。

书长""作者通过这篇类似游记的散文,表达了他对社会主义国家的赞扬,对帝国主义及侵略战争的指责"。[1] 在向中国读者首次介绍堀田善卫之时,《世界文学》特意强调他的"亚非作家会议日本协议会秘书长"身份,而小说《河》正取材自堀田善卫本人的"亚非作家会议"活动经历。由此可见,"亚非作家会议"是当时新中国文化界关注堀田善卫的首要契机。"亚非作家会议"(Afro-Asian Writers' Association)原本是兴起于20世纪50年代的第三世界国家文坛联盟运动,它源于1956年在印度召开的"亚洲作家会议",1958年改名"亚非作家会议"并在苏联乌兹别克斯坦共和国首都塔什干举行了首届大会。由于"亚非作家会议"将反帝国主义和反殖民主义作为其首要理念,中华人民共和国在"亚非作家会议"成立之初就担任了大会常任理事国并积极参加其各项活动。受其影响,20世纪50年代末至20世纪60年代初,新中国文化界曾出现了一股译介、研究亚非文学的热潮,而《世界文学》和它的前身《译文》正是该热潮的主要推手。[2] 另外,1956年堀田善卫作为唯一的日本作家参加了首届"亚洲作家会议",随后又于1957年和1958年作为日本文学家代表团骨干成员访问中国和苏联,1959年正式就任"亚非作家会议"日本协议会事务局长。堀田善卫在20世纪50年代一直致力于促进第三世界国家文学在日本的传播和发展,这为他赢得了来自社会主义国家阵营的高度评价。[3] 也就是说,堀田善卫是在获得社会主义国家阵营对其政治立场正确的官方认可之后,以日本左翼进步作家和社会主义同路人的身份进入新中国文化界的阅读视野。

1961年堀田善卫再次以日本文学家代表团团长身份访问了中国,次年1月他又率日本代表团参加了在埃及首都开罗举行的第二届"亚非作家会议"。1962年春节期间,中国作家协会以刘白羽的名义寄给堀田善卫一封慰问信,文中写道:"北京会晤很快已过半年了。我们参加开罗会议的代表团回来,对于您和日本代表团在会议上所作的贡献十分钦佩。我们两国作家亲密的交往与合作使我们的友谊得到更进一步的发展。"[4]20世纪50—60年代初期,堀田善卫在"亚非作家会议"上的活跃表现和他的亲中立场赢得了新中国文化界的认可与支持。正是受益于此,其文学作品能

---

① 堀田善卫著,李正伦译《河》,北京:《世界文学》,1960年9月号,第17页。

② 世界文学社《塔什干精神万岁:中国作家论亚非作家会议》,北京:作家出版社,1959年。

③ 曾嵘《1956年中国作协参加亚洲作家会议史料钩沉》,《中国现代文学研究丛刊》,2020年第10期。

④ 日本神奈川近代文学馆藏、H04/00113717。

够先于同时代日本其他"战后派"作家被多次译介至中国。但是到了20世纪60年代后半期，"亚非作家会议"受到中苏对立的影响发生派系分裂，堀田善卫因为选择站队苏联而逐渐失去中国的支持。据堀田善卫本人回忆，从1972年中日恢复邦交前后开始，中国文化界已经中断了与他之间的一切往来。[①] 前述《细纲》对堀田善卫的全盘否定，也印证了20世纪70年代之后他在中国的文学评价反转过程。

进入20世纪80年代之后，堀田文学在中国的评价又出现了奇妙的二次反转。如前述《细纲》严厉批评堀田善卫的长篇小说《时间》"没能揭示日本帝国主义的侵略本性"，但是这部以南京大屠杀为题材的小说在20世纪80年代成为堀田文学时隔20年再次进入中国的契机。1989年，安徽文艺出版社发行了《时间》的首个中文译本《血染金陵》（王之英、王小岐译）。《血染金陵》序言处附有一篇"作者简介"，文中介绍堀田善卫是"日本战后著名作家""其代表作的内容大多为追究日本的战争责任，批判日本天皇制，主张和平、民主、探求人生道路"，译者盛赞堀田善卫写作的一系列中国题材文学作品"以生动的笔触客观地展现出中国社会的现实生活，非但具有文学价值，而且对后人了解历史也有一定参考意义"。[②] 这种全面肯定的论调与前述《细纲》背道而驰，却成为改革开放之后中国对于堀田文学的主流评价方式。1994年，上海辞书出版社发行了中国首部日本文学百科词典——《日本文学词典》。《日本文学词典》由吕元明主编，他同时也是20年前《细纲》的主要编著者之一。《日本文学词典》将堀田善卫描绘为"自幼耳濡目染对海外新闻多有所知"的国际作家，评价他的文学作品"描写动荡不定的国际政治动态直接支配着日本的状况""描写日本土著民众贫苦生活""以日军侵占南京为背景描写了中国人民的疾苦"。[③]《日本文学词典》与《细纲》的编著者相同，论述堀田善卫之时涉及的文学作品也几乎完全一致，但是两者对于堀田文学的价值评判发生了从全盘否定到全盘肯定的180度大反转。

从《世界文学》最早向中国读者介绍堀田善卫之际的全面肯定到《细纲》的全面否定，再到改革开放后《日本文学词典》的重新肯定，这种连续反转的小说情节式的评价反映了早期先学在探索日本文学的中国特色研究道路过程中经历的一系列历史曲折。《细纲》诞生于新中国日本文学研究史的草创时期，它是早期先学试图挑战

---

① 堀田善衛『堀田善衛全集8』、東京：筑摩書房、1993年、第426頁。

② 堀田善卫著，王之英、王小岐译《血染金陵》，合肥：安徽文艺出版社，1989年，第1—2页。

③ 吕元明《日本文学词典》，上海：上海辞书出版社，1994年，第544页。

日本学界话语权和学术资源垄断局面的实践行为,同时也是构建中国独立自主的日本文学研究范式的一次尝试。但是在沉重的时代枷锁之下,《细纲》最终落入庸俗化的立场论陷阱,它过度依赖外在价值尺度,受制于立场审判先于实证考察的政治从属型研究模式,而当历史环境和时局状况发生转变之后,必然面临被时代抛弃的危险。在中国学科体系之内,日本文学属于"外国文学"学科范畴,这一点注定了它永远无法像日本学界一样获得所谓"国文学"的特殊研究地位。在任何一个主权国家,"国文学"研究都具有与生俱来的学术话语权和学术资源优势,而外国文学研究则需要寻找到独立自主的研究范式,之后才能在本国和对象国的学术场域获得生存空间。从这一点来看,探索日本文学研究的中国范式不仅是"可为"与"当为"的问题,它实际上构成了该领域的中国学者论证自身学科存在必要性的几乎唯一可行方式。

综观整个美国对日占领时期,中国题材作品在以文学杂志为首的日本文学出版媒体之中一直属于相对边缘化的非主流文本。这一方面说明日美二元关系的主基调化与中国问题的边缘化构成了美国占领期日本公共言论空间的基本特征,另一方面也意味着正是由于偏离日美二元关系的主基调,以中国为对象的文学作品书写更容易成为美国占领下日本公共言论空间的异质声音生产者。占领期日本文学的中国题材作品大多数以侵华战争前后的中国大陆为舞台,通常采用小说、诗歌、戏剧的虚构性表象方式再现帝国日本近代以来所谓"大陆经营"的历史轨迹,以及战败后帝国殖民空间和侵华军政体制的崩析过程,同时也有部分作品采用自传体、回忆体和评论体相结合的随笔形式回顾亲身经历的近代中日交涉史历程并反思其历史教训;占领期日本文学的中国题材作品涉及辛亥革命、五四运动、九一八事变、伪满洲国建立、七七事变、淞沪会战、南京大屠杀、日军对华占领、汪伪政权成立、"二战"战败、日侨遣返归国、国共内战等近现代中日关系史的各类重大事件,它们共同构成了一个与天皇《终战诏书》的"诏书范式"背道而驰,同时又游离于以日美关系为中心的占领期主流话题之外的涉华文学言论空间;占领期日本文学中国题材作品架构的涉华言论空间往往将"中国"问题的表述重要性置于"天皇"问题和"美国"问题之上,这导致它与战后日本公共言论空间的主基调格格不入,但正是由于这种边缘化的境遇促使其具备了生产异质言论、对抗美国占领体制的能力。

另外,由于日本文坛的传统文人群体以职业作家为主,对于此类知识分子群体来说,通过发行量大、发行周期稳定且有广泛社会影响力的主流文学杂志获取定期稿酬是他们维持生计、参与社会公共言论活动的主要方式。特别是在以东京为中心形成的日本中央文坛,文学杂志与文人作家群体通过定期支付/获取稿酬形成稳定的商业雇佣关系,作家们借由文学杂志的社会媒体功能向公众传播自己的作品并参与各类公共话题的讨论,文学杂志则通过作家们的著述活动建立文学出版市场并形成社会公共言论空间的重要组成部分。

有别于战时日本法西斯体制下的国家管制型出版市场,美国在战后对日占领期支持民间出版市场的发展,这促使战后占领期日本文学杂志的全国整体发行量出现爆发式增长。美国占领期日本出版市场发行的有全国影响力的文学杂志总体分为4类:第一类是发行于东京中央文坛且具有全国影响力的主流文学杂志;第二类是发行于地方城市但受到东京中央文坛重视的同人社团型文学杂志;第三类是流通于全国出版市场的偏文学型综合杂志;第四类是设有文学创作专栏的全国主流综合杂志。

日本出版协会战后定期发行的《日本出版年鉴》显示,仅在1945年8月至1946年9月的战后第一年间,日本全国文学杂志的总发行量增长了340%。而到了1946年12月,包括一般文艺杂志、大众文艺杂志、汉诗杂志、和歌杂志、高校文学社团杂志、地方文学同人杂志在内的全国文学刊物达到了惊人的373种,1947年12月该数字更进一步增长到战后最高纪录的432种。①

这种文学杂志出版热潮很快引起了美国占领军当局的重视。1948年1月,占领军民间情报教育局(CIE)以非公开形式针对日本发行的主流报纸、杂志的社会影响力进行调查,并制作了一份机密报告文件《日本代表性报刊调查》(*Survey of Selected Japanese Newspapers and Magazines*)。②据其内容,占领军民间情报教育局从同时期日本出版市场流通的3000余种杂志之中挑选出了12种代表性刊物,其中包括3种全国性文学杂志和5种设有文学创作专栏的综合杂志,分别是《新日本文学》《近代文学》《人间》《文艺春秋》《中央公论》《改造》《世界》《主妇之友》。针对这12种杂志的发行规模、商业价值、读者受众、社会影响力、政治话题性和国内外知名度,《日本代表性报刊调查》进行了系统分析并在此基础上向占领军总司令部提出了相对应的言论管控建议。这一历史事实表明,文学杂志及其形成的文学言论空间是占领期美国对

---

① 日本出版協同株式会社『日本出版年鑑 昭和22至23年版』,東京:日本出版協同株式会社、1948年、第52—53頁、第65—66頁。

② 该调查报告最早由传媒史学者山本武利发现,现收存于日本国立国会图书馆"日本占领相关资料文库"[東京:国立国会图書館「日本占領関連資料」、GHQ/SCAP CIE(A)1224]。

日管控的重点对象。

本书的主要研究对象包括1945—1952年美国单独主导对日军事占领时期日本发行的7种主流文学杂志，分别是《文艺》《文学界》《新潮》《近代文学》《新日本文学》《群像》《人间》。其中，《文艺》是创刊于1933年的日本文坛老牌纯文学杂志，该刊早期隶属于东京改造出版社，"二战"末期由于改造社受困于日本政府的高压言论管控而出现破产危机，1944年11月改由东京河出书房出资发行。《文艺》是日本文坛唯一从战时、战败直至战后都没有中断过发行的全国性文学杂志，是1945年前后日本最重要的文学作品发表舞台、文学出版媒体和中央文坛言论阵地。该杂志原件目前主要收存于日本东京大学综合图书馆（东京都文京区本乡7-3-1）和日本国立国会图书馆（东京都千代田区永田町1-10-1）。

《文学界》同样是日本老牌文学杂志，其创办于1933年，1944年受战事影响一度停刊，1947年6月重新复刊。《文学界》由文艺春秋社编辑发行。该杂志长于发掘文坛新人，编辑风格偏向于纯文学路线，同样是占领期主流文学杂志之一。《文学界》以月刊形式发行，杂志原件主要收存于早稻田大学中央图书馆（东京都新宿区西早稻田1-6-1）和日本近代文学馆（东京都目黑区驹场4-3-55）。

《新潮》创刊于1904年，由东京新潮社编辑发行，是日本文坛出版历史最悠久的老牌文学杂志。《新潮》在1945年3月因战事影响停刊，1945年11月重新复刊，战后以打破文化锁国为理念，重视海外文学译介，同时致力于重振战前日本传统文坛的社会影响力。正因为如此，该刊注重发表文坛中坚作家和元老级作家的作品，编辑风格偏向于纯文学路线。《新潮》以月刊形式发行，杂志原件主要收存于早稻田大学中央图书馆（东京都新宿区西早稻田1-6-1）和日本国立国会图书馆（东京都千代田区永田町1-10-1）。

《近代文学》是创刊于1946年1月的战后新兴文学杂志，其由东京近代文学社编辑发行，以发表日本"战后派"作家的代表作著称。在美国对日占领时期，其是战后新生代日本文人作家群体的言论阵地。《近代文学》以月刊形式发行，杂志原件目前主要收存于东京日本近代文学馆（东京都目黑区驹场4-3-55）。

《新日本文学》创刊于1946年3月，该刊由日本左翼文学团体新日本文学会编辑发行，编辑委员多为日本共产党员，在美国占领时期，其是日本最有影响力的左翼文学杂志和社会主义文学理念的传播媒体。《新日本文学》以月刊形式发行，杂志原件主要收存于日本东京大学综合图书馆（东京都文京区本乡7-3-1）和早稻田大学中央图书馆（东京都新宿区西早稻田 1-6-1）。

《群像》创刊于 1946 年 10 月，同样是战后新兴文学杂志，其由东京讲谈社编辑发行，采用纯文学路线编辑方针，占领期主流文学杂志之一。《群像》以月刊形式发行，杂志原件主要收存于东京大学综合图书馆和早稻田大学中央图书馆。

《人间》创刊于 1946 年 1 月，是一种主要由东京中央文坛的中老年作家群体创办的战后新兴文学杂志，编辑风格追求传统中道，占领期日本主流文学杂志之一。《人间》以月刊形式发行，杂志原件主要收存于早稻田大学中央图书馆和日本近代文学馆。

除占领期日本主流文学杂志以外，本书还考察战后中国大陆地区发行的日文报刊所刊载的文学作品及其公共言论职能、在华日本侨民社群的战后文学活动和中国文人作家的战后对日言论。由于受到单一民族史观和本土中心主义的制约，以往日本学界的占领期文学研究对象多数仅限于日本民族内部的文人作家群体和日本本土发表的文学作品。受其影响，不但外民族作家的日文作品通常被排除在占领期文学研究对象之外，战前日本的海外殖民地文坛、战时侵略衍生的日军占领地文坛，以及越境侨民文坛同样缺乏学界关注。本书将"日文语言书写或日系出版媒体流通的文学作品"作为"日本文学"的概念定义，以求克服以往研究之中常见的单一民族史观和本土中心主义倾向的文学史书写习惯，并在此基础上探索美国占领期日本文学专题研究的中国范式。

总体来说，美国占领期日本文学的中国题材作品大多是以往文学史书写长期忽视或边缘化的对象，它们为今天重写占领期文学史提供了有别于传统日美二元论以外的第三视角，同时也提供了探索占领期日本文学研究的全新中国范式的可能性。占领期日本文学研究的中国范式既不寻求对于以往海外研究成果和对象国文学史书写的简单否定，也不仅限于论证中国视角、中国方法和中国模式的优越性；建立中国范式的目标首先在于倾听长久以来被日本学界的主流文学史书写长期忽视、压抑和边缘化的中国声音，试图通过发掘新的文学史料、关注新的文人作家群体、提出新的文史研究课题寻找以往"正史"书写的盲点，在此基础上挑战日本学界的学术话语权和学术资源垄断局面。本书一方面从中国视角出发重新考察作为战后日本文学史原点的美国占领时期，另一方面寻求文学史研究与知识分子言论史研究的双向切入，通过返回历史现场实证考察占领期日本文学的涉华文学作品、涉华文学出版、涉华文学媒体和涉华文人作家群体在战后日本公共言论空间扮演的历史角色及其承担的社会职能。本书的写作初衷即在于此。

另外，美国对日占领虽然名义上结束于1952年4月《旧金山和约》生效之时，但是由于美国占领军对日管控的影响力一直延续到1955年日本建立保守派自民党与革新派社会党相互制衡的所谓"五五年体制"之后，故本书将1952—1955年的3年间视为"后占领过渡期"纳入考论范围。本书题名《战后日本文学中国专题研究（1945—1955）》的缘由即在于此。

第一部 文学报刊史料篇

第三章　杂志《文艺》与日本文坛的战败空间

第一节　从天皇诏书到《文艺》的战后空间

1945年8月15日，日本《朝日新闻》史无前例地刊发了一期发售时间为当天下午的"朝刊"。《朝日新闻》是"二战"时期日本最有影响力的大众传媒，该报通常每日发行2次，清晨5点之前发售的晨报称"朝刊"，下午5点之后发售的晚报称"夕刊"。但是在日本宣布无条件投降的1945年8月15日，《朝日新闻》为了配合天皇裕仁发布所谓的《终战诏书》，特意将报纸的印刷时间推迟到下午3点，导致当天"朝刊"面世之时已经是傍晚落日时分。在这份罕见的"朝刊"的头版正中央刊登着落款"天皇御名玉玺"的《终战诏书》。众所周知，这是日本天皇裕仁在1945年8月15日当天正午通过东京NHK电台广播发表的投降诏书。

天皇裕仁的《终战诏书》全文共有日文802字，它的行文特点在于：一方面通过强调"时运现实"和"国体意识"掩盖国家领导人的战争责任和政权解体危机；另一方面又采用"君臣对话"的表述形式虚构统治阶级与普通国民之间的家国羁绊。首先在内容上，《终战诏书》主张日本的投降不仅是天皇审视世界大势时运走向之后的现实选择，同时也是为确保日本所谓"万世一系"的天皇制国体能够在战后继续存续的必要选择。其次在形式上，《终战诏书》通篇采用"朕"为主语，以"君主"对话"臣民"的表述方式营造天皇与日本国民之间和谐的君臣一体关系。《终战诏书》通过强调战败客观性的"时运现实"主题、维系天皇制的"国体意识"，以及"君臣对话"的表述形式相互联动，共同构成服务于日本国内政治需要的话语空间。

作为开启日本战后史篇章的第1号公共言论文本，天皇裕仁的《终战诏书》提供了一个完全缺失亚洲他国视角的"诏书范式"。这种"诏书范式"带有明显的自利型民族主义色彩,它将日本以外的其他亚洲国家全部排除在《终战诏书》的表述对象之外,从而规避日本侵略亚洲的战争责任和战后责任的相关议题。作为结果,原本应当成为战后处理首题的侵华战争问题在《终战诏书》之中没有被提及一字。日本就是以这种缺失亚洲他者视角的"诏书范式"启动了它的战后公共言论空间的初始建构。

《终战诏书》最早由时任内阁顾问的日本汉学家川田瑞穗起草底稿,1945年8月14日经内阁审议修改9稿后形成定稿,当晚11点由裕仁天皇完成宣读诏书的录音。次日正午12点,NHK电台向国内外播放了《终战诏书》的天皇宣读录音,同一天《朝日新闻》《每日新闻》《读卖新闻》等日本主流报刊共同在其头版头条发表了《终战诏书》的全文内容。

在战后日本的社会公共言论空间,《终战诏书》的首要职能是以官方立场向国民阐释战败后日本历史走向的"变"与"不变"。《终战诏书》试图说服日本国民相信,尽管无条件投降是世界局势走向导致的历史之"变",但日本的天皇制国体和国民对于天皇的忠心一定能够跨越战败危机保持"不变"。为了促使国民接受这种战后认知方式,日本政府在《终战诏书》颁布之后利用全国大中小各类媒体发起了一场所谓"承诏必谨"的言论宣传活动。1945年8月16日即无条件投降后的次日,日本原文部大臣桥田邦彦和东京帝国大学教授纪平正美首先在《朝日新闻》发表了呼吁国民"承诏必谨"的倡议书。[①]同一天,日本民俗学家同时也是文坛著名诗人折口信夫在《朝日新闻》发表以"承诏必谨"为主题的诗歌作品《正坐:昭和二十年八月十五日》。1945年8月20日,时任京都帝国大学人文科学研究所所长高坂正显又在东京《每日新闻》上呼吁全日本的文人要努力打赢另一场文化战争。[②]此后,陆续有社会各界的知识分子和意见领袖公开发表大量基于《终战诏书》的政治服务型言论,《终战诏书》随之成为战败之后日本政府管控舆论和统一民众思想的言论工具,同时也是日本社会各界人士在表述"战败"之际主动效仿的言论模板。[③]

在这场战后日本最早的社会公共言论空间的话语争夺战中,日本文坛的文人作家群体和文学出版媒体扮演了不可或缺的历史角色。"二战"时期,日本政府在所谓

---

① 「皇国興隆の礎石　承詔必謹」、東京:『朝日新聞』、1945年8月16日、1版。

② 「新しき試練へ踏出せ」、東京:『毎日新聞』、1945年8月20日、2版。

③ 老川祥一『終戦詔書と日本政治:義命と時運の相克』、東京:中央公論新社、2015年、第141—145頁。

"总力战"的法西斯体制下,针对文学出版市场实行国家层面的高压言论管控。受其影响,《新潮》《文学界》《文艺首都》《文艺春秋》《改造》《中央公论》等文学杂志和综合杂志在1944—1945年初前后相继被迫停刊,日本的文学出版市场在临近战败之际已经处于濒临崩溃的边缘。再加上此后日本在战场上的节节败退造成的社会动荡和物资短缺,到1945年8月15日天皇发布《终战诏书》之时,日本东京中央文坛的全国性文学杂志只剩下河出书房发行的月刊《文艺》。①

《文艺》创刊于1933年,是日本文坛的老牌纯文学杂志。1945年8月发行的《文艺》"战败号"尾页附有一封编辑部起草的《致读者信》,文中阐述了日本的战败经历和杂志《文艺》的战后立场:

> 本期《文艺》实际上是从1945年6月初开始编辑的。从6月初到今天8月20日的这段时间里,我们的国家经历了一系列时局巨变,最终所有人都目睹了那个记忆深刻的8月15日……那一天当我们通过广播听到天皇陛下的尊贵决断的时候,一开始是难以置信,仿佛身处幻境之中。随后我们很快意识到了天皇陛下的决断之中包含的严峻现实,同时也意识到了杂志《文艺》今后的重大历史使命。无论今后国家局势发生怎样的改变,《文艺》一直以来的编辑方针都是不会发生任何变化的。不管今后的生活将会变得如何艰苦,我们坚信未来的日本必定会成为一个丰饶高洁的崭新的文化国家。我们会坚决奉守天皇陛下的御诏,努力让日本在不久的将来成为世界与人类的幸福源泉……今天我们应当温情相助教学相长,携手将日本重建为美丽幸福的道义国家。过去的事情不必再谈论,我们每个人的生命都已经献于天皇陛下。让我们珍视生命,共建世界和平的永久基石。②

《文艺》编辑部的这封《致读者信》全文共计527字,它作为日本文学杂志的战后第一声,其内容集中体现了同时期日本文坛言论空间存在的"诏书范式"及其历史局限性。根据日本东京大学综合图书馆收藏的《文艺》保存本,以及主编野田宇太郎(1909—1984)的战后回忆录,1945年8月号的《文艺》原本计划于当月1日发行,但

---

① 日本出版協同株式会社『日本出版年鑑　昭和19—21年版』,東京:日本出版協同株式会社、1947年、第6—10頁、第46—48頁。

② 「御挨拶」、東京:『文芸』、1945年8月号、第97頁。

是由于纸张短缺和人力不足等问题,直到8月下旬才得以正式出版。尽管当期杂志的组稿工作在日本战败之前就已经完成,但是《文艺》编辑部自觉需要针对8月15日的天皇诏书做出回应,所以在"编辑后记"的尾页临时追加了这封《致读者信》以表明刊物的战后言论立场。①

作为《文艺》编辑部回应"承诏必谨"的政治服务型文本,《致读者信》一文承袭了《终战诏书》阐释"变"与"不变"的战后表述方式。《致读者信》首先明确"天皇陛下的尊贵决断"和"记忆深刻的8月15日"作为日本历史转折点的重大意义,它强调《终战诏书》传递的战败之"严峻现实"是《文艺》编辑部必须正视的"局势巨变",而遵循"承诏必谨"执行《文艺》作为文坛言论主阵地的职能则是"今后的重大历史使命"。同时,《致读者信》又强调杂志《文艺》"一直以来的编辑方针都是不会发生任何变化的",它主张"过去的事情不必再谈论",《文艺》的战后使命是"坚决奉守天皇陛下的御诏",用文学的形式实现《终战诏书》已指明的所谓"文化国家"和"道义国家"的战后日本发展方向。《致读者信》体现了日本战败之后杂志《文艺》对于《终战诏书》的"诏书范式"的模仿与服从。尽管《致读者信》强调杂志《文艺》"一直以来的编辑方针都是不会发生任何变化的",但正是在《终战诏书》颁布之后,《文艺》改变了此前一直坚持的"对话中国"的编辑方针,结果导致1945年8月之后《文艺》的刊物版面和编辑方针发生了显著的变化。

作为日本老牌纯文学杂志,《文艺》在"二战"末期的1944年11月曾经经历过一次大规模的体制调整。《文艺》自1933年创刊起一直隶属于东京改造出版社,"二战"末期因改造社受困于日本政府的高压言论管控而出现破产危机,《文艺》于1944年11月改由东京河出书房出资发行。更换出版社之后,《文艺》对杂志编辑方针也进行了大幅度调整,其中一项工作是将"对话中国"设定为改版后刊物编辑路线的新目标。

就在《文艺》进行改版的1944年11月,日本与汪伪政府合作在南京策划举办所谓的"大东亚文学者大会",彼时刚刚就任《文艺》编辑部顾问的小说家丰岛与志雄(1890—1955)收到了参会邀请。据《文艺》主编野田宇太郎回忆,尽管"大东亚文学

---

① 野田宇太郎『桐後亭日録』、東京:ぺりかん社、1978年、第189頁。另外,东京《朝日新闻》1945年9月27日广告栏刊载有《文艺》1945年8月号的发售告示。日本研究者佐久间文子据此推断《文艺》8月号的实际销售时间应当在9月左右(佐久間文子「『文芸』戦後文学史」、河出書房新社、2016年、第45頁)。

者大会"是日本政府下属文学报国会策划的对华政治宣传活动,编辑部仍然希望能够将《文艺》代表的"日本文坛的真正声音"传递到中国大陆,于是劝说丰岛与志雄赴南京参会,希望借此打破日本战时体制下的文化锁国,实现《文艺》编辑部"对话中国"的愿景。①

在野田宇太郎的劝说下,丰岛与志雄最终代表《文艺》编辑部赴南京参加了"大东亚文学者大会"。丰岛与志雄是当时日本文坛著名的法国文学翻译家。1940年3月他曾作为"日华文艺协议会"创设顾问首次访问中国,此后直至"二战"结束为止前后4次访华并创作了大量中国题材的文学作品,战后还担任过日中友好协会副会长职务。② 为了配合丰岛与志雄的访华之旅同时实践"对话中国"的编辑方针,《文艺》在1944年11月改版第1号刊发了丰岛写作的中国题材小说《秦的忧愁》。《秦的忧愁》描写了一位姓秦名启源的中国知识分子在日军占领下于上海的生活方式及其内心的矛盾。秦启源曾经长年担任中国驻东京大使馆翻译官,因为擅长写诗在日本文坛小有名气,太平洋战争爆发之后他辞去大使馆工作,回国开始了隐居生活。秦启源在日期间结识了一位名叫星野武夫的日本文坛友人,星野因为爱惜秦的才华到上海寻找他的踪迹,几番周折之后两人终于相会。《秦的忧愁》的故事高潮设定在秦启源与星野武夫的一组对话当中。星野劝说秦启源放弃隐居重新走向社会,希望他能用自己的诗才弘扬"东洋精神",主动担当中日之间的"在野文化使节"。秦启源则抨击战时日本的所谓"日华文化交流"依附于陈旧的对华蔑视观念,他认为日本宣传的东亚解放口号和中国希求的国家统一愿景之间存在着巨大的认知断层。在一系列的对话中,两人都试图说服对方但均无功而返,最后在星野的"空虚"和秦启源的"忧愁"之中两人匆匆别过,从此失去联系。③

丰岛与志雄本人虽然没有中文书写能力,但是"二战"期间他借助翻译在中国的报刊上发表了大量作品,《秦的忧愁》就是其中篇幅最长的一部小说。1945年3月,《秦的忧愁》被译成中文,在上海当地的日系中文报纸《新申报》的"伐步"副刊前后连载了15天。④ 这一时期,日军在太平洋战场的失利造成了日本本土与海外之间的交通隔绝,侵华战争爆发之后曾经一度频繁的所谓"日华亲善事业"陷入停滞,中日

---

① 野田宇太郎『桐後亭日録』,東京:ぺりかん社、1978年、第43—44頁、46—47頁。

② 関口安義『評伝豊島与志雄』,東京:未来社、1987年、第213—215頁。

③「秦の憂愁」,東京:『文芸』、1944年11月号、第19—27頁。

④ 荻崖译《老秦的忧愁》,上海:《新申报》,1945年3月1—15日。

文坛之间的人员往来和作品译介活动全面进入冰河期。《秦的忧愁》虚构了一对中日文人试图通过对话治愈战争创伤、消解民族仇恨的小说情节。这部作品没有战时日本对华文化宣传常见的高调言辞,反而较多使用诸如"忧愁""空虚""迷茫""苦闷""无为"等负面情绪词汇,以感伤的笔调和曲折的情节凸显抗战沦陷区中国知识分子的内心挣扎。这种书写方式客观上对于日本侵华暴行具有一定的批判力,而作者借由中日双语书写和两地双边发表构设对话通道的问题意识也正符合同时期《文艺》的刊物编辑方针。

第二节 从"对话中国"到"诏书范式"

通过刊载日本作家的中国题材作品构设"对话中国"的文学言论通道是"二战"末期杂志《文艺》的核心编辑目标。除丰岛与志雄的《秦的忧愁》之外,这一时期《文艺》还陆续刊发了火野苇平(1907—1960)的随笔《初冬》、草野心平的诗作《竹》、横光利一的评论《特攻队》、太宰治(1909—1948)的小说《竹青》等相同意图的作品。这些作品有的是日本作家旅华之后的中国体验记,有的是侨居中国的日本作家从中国大陆寄来的海外投稿,有的是同时期中文杂志刊载作品的日文版本,有的是中国古典文学的日文改编作品,它们均体现了同时期《文艺》"对话中国"的编辑方针。

例如,火野苇平的随笔《初冬》刊载于《文艺》1945年1月号,它是作者应编辑部约稿撰写的一篇中国旅行体验报告。火野苇平是战时日本文坛最有影响力的所谓"军人作家"。他在1937年日本发动全面侵华战争之后作为一名日军士兵转战中国各地,之后陆续出版了《麦与士兵》(1938)、《土与士兵》(1938)、《花与士兵》(1939)、《海与士兵》(1939)等一系列战场纪实文学的热销作品,此后他一跃成为日本文坛宠儿和对华问题的文人意见领袖。[①]

《文艺》早在1944年11月改版第1号就刊发过火野苇平写作的长篇评论《新战场》,其意图是希望利用火野苇平的战时言论影响力提高《文艺》的社会关注度。[②]为此,《文艺》编辑部还特地邀请他和丰岛与志雄共同担任杂志的编辑顾问。[③]1944年11月,火野苇平作为日本文坛代表和丰岛与志雄一起共赴南京参加"大东亚文学者

---

① 渡辺考『戦場で書く 火野葦平と従軍作家たち』,東京: NHK 出版、2015年。

② 「編集後記」,東京:『文芸』1944年11月号、第84頁。

③ 野田宇太郎『桐後亭日録』,東京: ぺりかん社、1978年、第29頁。

大会"。11月19日,他在上海《大陆新报》发表随笔《在南京的感想》,阐述自己时隔7年后重访南京的感受。①《在南京的感想》和《初冬》构成一对内容相互关联、但又分别面向中日两地读者的姐妹文本。《在南京的感想》侧重于向中国地区的读者介绍作者在华旅行过程中的期待与收获,《初冬》则面向日本本土读者总结中国之旅的缺憾与教训。《在南京的感想》笔调明亮欢快,强调中日关系的可能性。《初冬》则是笔调黯淡消极,字里行间流露出作者对于战争走向的悲观情绪。也就是说,和丰岛与志雄一样,火野苇平也借助中日两地同时出版的方式形成双边书写,从而能够同时服务于中日两地读者的需要。这同样体现了"二战"末期《文艺》力求"对话中国"的编辑方针。

再例如,《文艺》1945年3月号刊载了横光利一(1898—1947)的短篇评论《特攻队》。该作品与丰岛与志雄的《秦的忧愁》一样采用了双语形式在中日两地刊物同时发表。横光利一是"二战"时期日本文坛公认的文人意见领袖,他在20世纪20—30年代与盟友川端康成、菊池宽共同创办《文艺春秋》《文艺时代》《文学界》等刊物,并获得文坛言论主导权,1937年开始又历时8年发表长篇小说《旅愁》,从而引领了所谓"日本主义"的战时民粹文化风潮。②横光利一主张泛亚洲主义的文化立场,他自己虽然不会中文,却在"二战"时期多次借助翻译发表面向中国读者的作品以寻求对话。

1945年1月,横光利一在月刊《华文每日》上发表了一篇中文作品《寄中国文学家》。该作因为没有收入《横光利一全集》和作家年谱,所以至今鲜为人知。《华文每日》是日本大阪每日新闻社编辑发行的一种中文综合杂志,战时热销于上海、南京、武汉、北京等侵华日军占领地区。1945年元旦,《华文每日》组织了一期"给中国知识界"特辑,《寄中国文学家》是其中收录的作品之一。《寄中国文学家》是一篇采用讲话稿文体的评论作品,文中横光利一主张东亚文学具有西方文学缺失的"谦逊美德",而中日文学家通过对话解决战争矛盾是"东亚人的天性"。横光宣扬中日之间结束战争的唯一方法是"日华两国的文学者打开正直的心胸来对话商谈",同时还强调"翻译这篇文章的人一定会把我的真意传递给中国的文学家"。③横光利一在《寄中国文学家》之中反复阐述架设中日对话通道的意愿,这也是《文艺》同时期刊载他

---

① 火野葦平「南京での感想」,上海:『大陸新報』,1944年11月19日、4版。

② 井上謙『横光利一　評伝と研究』,東京: おうふう、1995年。

③ 横光利一《寄中国文学家》,《华文每日》,1945年1月号,第7页。

的另一篇中日双语作品《特攻队》的原因。

《特攻队》刊载于《文艺》1945年3月号。根据当期杂志编者按语，该作品原本是横光利一专门为中国读者所写，"在编辑部的特别请求之下作者同意将日文原稿发表于本刊"①。中文版《特攻队》刊载于《华文每日》1945年4月号，文章宣扬日本在太平洋战场采用的所谓"特攻"的自杀性攻击方式，是"数万年前太古传来的最纯粹的世界精神之表现"②。与《寄中国文学家》一样，尽管《特攻队》在作品内容上只是宣传日本对外战争合法性的陈词滥调，但它的真正价值存在于作者以双语形式面向中日读者双向传播的意愿和构建跨国文坛言论交互通道的实践尝试之中，而这也正是《文艺》编辑部在"二战"末期一直追求的目标。

1945年4月，《文艺》又刊发了太宰治创作的中国古典改编小说《竹青》。《竹青》的副标题为"新曲聊斋志异"，它改编自《聊斋志异》的同名故事，据作者自述是"专为中国读者而创作"③。这部作品是《文艺》在战争末期企划的所谓"大东亚战时唯一小说特辑"中的一篇，同样是为了实践《文艺》自身的中日交涉理念。④众所周知，太宰治在战后因为发表《斜阳》（1947）、《人间失格》（1948）等社会热点话题作品而名噪一时，但在"二战"期间他的知名度和影响力相对较低，《文艺》之所以刊载其作品，主要是因为太宰治在战争末期积极扮演了日本对华宣传专职写手的角色。1943年11月，日本政府在东京举行所谓"大东亚会议"并发布了旨在将侵略战争合法化的《大东亚共同宣言》。1944年1月，日本内阁情报局召集上百名小说家、诗人和剧作家举办了"大东亚共同宣言"主题文学创作说明会，太宰治参加了本次招募活动并提交了一份题为《〈惜别〉之意图》的小说写作计划书。⑤《〈惜别〉之意图》的手稿现收藏于东京日本近代文学馆"太宰治文库"，文中作者写道："这部小说计划讲述一名纯情而又多愁善感的清国青年学生周树人在日本留学之时的故事。小说既不会贬低中国人也不轻浮吹捧，而是采用纯洁的'独立亲善'的态度去准确而又充满爱意地描绘青年周树人的形象。它将是一部面向当代中国青年知识分子的小说。它的创作目标是让中国青年在读完小说后能相信日本有其知心人，以此产生比枪炮弹药更

① 「編集部」、東京：『文芸』1945年3月号、第47頁。

② 中文译本作品标题"特攻队颂"，《华文每日》1945年4月号，第4页。

③ 「竹青」、東京：『文芸』1945年4月号、第32頁。

④ 「文芸時評　もっと悩みを」、東京：『芸苑』、1945年9月号。

⑤ 太宰治『太宰治全集8』、東京：筑摩書房、1998年、第447頁。

有效的促进日华全面和平的功用。"①《惜别》以鲁迅在日本仙台留学的生平史实为素材,通过小说的虚构笔法刻意塑造了一个亲日留学生的鲁迅形象。《惜别》和《竹青》的小说内容本身充斥着战时日本对华文化工作的话语欺骗性,它们都是太宰治为了迎合日本对外战争需要写作的政治服务型文学作品。但是与前述横光利一作品类似,《惜别》和《竹青》也以沟通中日两地读者为目标,无论是其作品题材、作品内容还是作品公开发表的方式均体现了"二战"末期太宰治和杂志《文艺》试图"对话中国"的意愿。

　　从1944年11月改版到1945年8月日本战败为止,《文艺》不但每期刊发各类中国题材文学作品,同时该刊还邀请东洋史学者石田干之助开设"学艺汇报"专栏介绍日本对华研究和中国对日研究的双边动向。② 由于受到日本战局不利和物资匮乏的影响,《文艺》在"二战"末期经历了杂志版型、刊物页数、纸张质量、发行周期等一系列的出版事项变更,但唯一始终没有改变的就是"对话中国"的刊物编辑方针。然而以1945年8月15日天皇发布《终战诏书》为分水岭,此后《文艺》版面出现了显著变化。尽管主编野田宇太郎在战后标榜《文艺》是"不迎合时势的高贵圣地"③,但事实上不仅是《文艺》战败号的《致读者信》忠实回应了日本政府"承诏必谨"的要求,此后该刊的编辑方式也因为仿效《终战诏书》的国内民族本位和排斥亚洲他者的"诏书范式"发生了180度大转向。

　　从1945年10月发行的战后首期开始,《文艺》此前主推的中国题材作品在刊物版面逐渐失去踪迹,编辑部也不再积极追求"对话中国"的刊物原理念。例如,1945年11月,《文艺》刊发了女作家牛岛春子(1913—2002)的小说《过去》。牛岛春子是战时日本著名的所谓"在满作家",她从1936年开始在伪满洲国所在的中国东北侨居长达10年,《过去》是她在日本战败后公开发表的第一部作品。牛岛春子原本以擅长书写中国东北背景的"满洲物语"闻名,但是《文艺》刊发的小说《过去》是一部内容与中国几乎完全无关的"日本物语"。据主编野田宇太郎日后回忆,当时刊发这部作品的原因是"听闻牛岛春子已经在日本战败后客死异乡满洲""为了纪念这位闺秀女作家特意发表了《过去》作为献给她的墓碑文"。④

---

① 「『惜別』の意図」草稿、日本近代文学館太宰治文庫所蔵、T0034791。

② 「学芸彙報」、東京:『文芸』、1945年3月号、第48—50頁。

③ 「後記」、東京:『文芸』、1945年11月号、第97頁。

④ 野田宇太郎『桐後亭日録』、東京:ぺりかん社、1978年、第201頁。

具有讽刺意味的是,被当作"客死异乡"的牛岛春子实际上在日本战败后依旧生活在中国东北,直到1946年7月,她才结束在华侨居生活,偕同家人遣归日本。①1947年1月,回到日本之后的牛岛春子在东京《芸林间步》月刊上发表了她自己真正意义上的战后处女作《笙子》。《笙子》是一部中篇小说,其讲述了远嫁长春的女主人公笙子在中国东北的异乡生活和日本战败后遣归途中发生的一系列故事。《笙子》从主题素材、背景舞台、人物设定到故事情节都承袭了牛岛春子一贯最擅长的"满洲物语"的书写体式。也就是说,尽管《文艺》编辑部试图用一部与中国无关的小说《过去》去悼念所谓"客死异乡"的牛岛春子,牛岛本人却选择用一部基于中国生活的小说《笙子》开启自己回国之后的战后文学生涯。这种极具反讽意味的错位象征性地体现了《文艺》的"诏书范式"路线刻意排斥中国之后产生的矛盾。

《文艺》是日本文坛唯一从战时、战败直至战后都没有中断过发行的全国性文学杂志,它是1945年前后日本最重要的文学作品发表舞台、文学出版媒体和中央文坛言论阵地。遗憾的是,《文艺》在日本战败之后迅速舍弃了此前一直坚持的"对话中国"路线,曾经以文学作品形式生产涉华言论并以此参与中日关系议题讨论的公共言论职能也在日本战败之后被完全抛弃。这种以放弃涉华言论职能为特征的战后路线转向,一方面是《文艺》主动迎合天皇《终战诏书》的结果,另一方面是"大日本帝国"的领土空间与帝国文坛空间相互联动的产物。

在《终战诏书》之中,裕仁天皇特别声称"朕对始终协力日本解放东亚之盟邦不得不表遗憾",其原因在于《波茨坦公告》明确对无条件投降后日本的领土范围进行了限定,"大日本帝国"就此失去了它在海外的所有殖民地、占领地,以及对于亲日傀偏政权的操控能力。战前日本文坛常有"内地"文坛与"外地"文坛的空间区分方式。"内地"文坛指本土列岛之内以东京中央文坛为轴心形成的本土日本文坛,"外地"文坛指帝国日本在朝鲜半岛、台湾列岛、伪满洲国等地区的殖民地文坛,以及海外日军占领地文坛。直到1945年战败为止,帝国日本的领土空间与帝国文坛空间始终处于相互联动的状态。帝国领土的对外扩张促使帝国文坛的文人活动范围、作品创作题材、文学出版市场和读者受众范围不断向"外地"扩展,而战败之后,伴随"大日本帝国"统治的分崩离析,日本文坛的空间场域又被挤压回"内地"的本土列岛之内。杂志《文艺》之所以会在日本战败之后选择迅速疏离中国,归根到底这是对于帝国领土

---

① 「牛島春子の引揚げ文学」,京都:『立命館文学』,2017年8月号。

与文坛空间联动性的敏感反应。在1945年8月15日之后，日本最重要的政治课题从侵华战争转变为美国单独主导的对日军事占领。而伴随着帝国落日的降临，"二战"期间在"外地"与"内地"之间进退摇摆的日本文人作家们不得不在美国占领时期的历史新篇章中寻找新的历史角色和言论职能定位。

第四章 《新潮》《文学界》与中央文坛杂志的中国表述

第一节 《新潮》的复刊与消失的"中国"

1945年8月日本战败之时,在东京中央文坛流通的全国性文学杂志仅剩下河出书房发行的《文艺》。战后初期,《文艺》选择以天皇《终战诏书》为导向进行杂志版面设计,结果导致由《文艺》单独主导的战败后日本文坛出现明显的"疏离中国"的言论空间特征。在日本战败3个月之后的1945年11月,《文艺》的长期竞争对手杂志《新潮》推出了战后复刊第1号。《新潮》的复刊不仅改变了《文艺》垄断文坛言论舞台的局面,同时也标志着日本文坛在复苏之中逐渐步入美国占领期的历史新阶段。

《新潮》是东京新潮出版社主办的一种月刊型纯文学杂志。该刊最早创办于1904年,是明治维新之后近代日本文坛历史最悠久、同时也是影响力最大的全国性文学杂志。1945年5月,新潮出版社东京总部毁于美军空袭,《新潮》因此进入了长期停刊状态。1945年8月15日日本宣布无条件投降后不久,新潮社聘请知名文学编辑齐藤十一和文学翻译家河盛好藏重新组建杂志《新潮》的战后编辑部。1945年11月,新潮社正式发行了宣告《新潮》复刊的战后第1号。[①]

相对于《文艺》在日本战败之后选择的"诏书范式"编辑方针,《新潮》选择了以顺应美国对日占领的时势舆论导向作为战后编辑路线总方针。1945年11月,《新潮》战后复刊第1号在卷首发表了美国作家布拉德福特·史密斯写作的评论《致日本知

---

① 新潮社『新潮社七十年』、東京: 新潮社、1966年。

识分子》。布拉德福特·史密斯是美国的一位学者型作家,他曾经于1931—1936年任教于东京立教大学和东京帝国大学(现为东京大学),"二战"期间又任职于美国战时情报局从事日本研究,同时创作有《向山》《强健的肉体》《美国的探求》《华丽武器》等小说。① 日本战败后,布拉德福特·史密斯跟随美国占领军重返东京,此后任职于占领军总司令部负责文化宣传工作。《新潮》之所以在战后第1号卷首发表其作品,目的是希望通过日美对话的形式向读者阐释美国对日占领的历史意义,以及日本知识分子的应对方式。②

布拉德福特·史密斯的《致日本知识分子》以占领军总司令部发言人的口吻阐释了美国在太平洋战争中击败日本的历史必然性,以及占领军在日本实施军政统治的历史意义。史密斯认为,日本战败的根本原因在于近代以来没有正确吸收西方文明最为核心的"个人主义""民主主义""科学主义"。他将美国占领军在战后对日本实施的军政统治定义为"善意与诚意的协助之手",认为战后美国的使命是"跨越广阔的太平洋将文明的灯火传播到日本",同时呼吁日本知识分子协助美国推动对日占领,重塑日本的文明面貌。③

史密斯的《致日本知识分子》带有明显的作为战争胜利者的居高临下姿态。为了平衡这种胜利者姿态并同时在杂志版面营造日美平等对话的氛围,《新潮》特意在同期杂志刊发了日本评论家谷川彻三(1895—1989)的文章《日本知识分子的立场》。谷川彻三毕业于日本京都大学哲学系,"二战"期间他是日本知识分子言论界的意见领袖之一,同时也是一位著名的文艺批评家。谷川彻三的《日本知识分子的立场》附有"答复史密斯先生"的副标题,这是他应《新潮》编辑部要求撰写的一篇回应文章。文中,谷川彻三一方面感谢史密斯代表的美国知识分子言论界对日本文化界的善意忠告,但同时又委婉拒绝史密斯有关日本需要全盘接受美国文明改造的建议。谷川彻三主张日本战败的主因恰恰是近代以来对于西方文明"浅薄而简单的移接文化",他认为战前日本吸收西方文化的方式缺乏本民族的文化主体性,结果导致了"日本知识分子群体出现了脱离广大日本民众的现象"④。谷川彻三还认为战争期间大多数日本知识分子选择了非左非右的中间立场,这种立场虽然阻止了很多人堕落为法西

① 「ブラッドフォード・スミス氏略歴」,東京:『新潮』,1945年11月号。

② 「ブラッドフォード・スミス氏略歴」,東京:『新潮』,1945年11月号。

③ 「日本の知識人に寄す」,東京:『新潮』,1945年11月号。

④ 「知識人の立場: スミス氏に答ふ」,東京:『新潮』,1945年11月号。

斯政权的帮凶,但同时也导致日本知识分子群体沦为历史旁观者,进而失去了对于广大日本民众的号召力。谷川彻三委婉地批评了史密斯的战争胜利者姿态导致其对日本传统文化存在偏见,他赞同接受美国占领军的民主指导,但同时强调战后日本知识分子必须拥有重建文化主体性的历史使命感。

作为东京中央文坛历史最悠久的文学杂志,《新潮》的读者受众和传媒渠道与《朝日新闻》《周刊朝日》等大众媒体存在明显差异。但从战后复刊第1号的杂志版面设计来看,《新潮》对于"美国占领"的言论导向方式与《朝日新闻》《周刊朝日》十分相似。和《朝日新闻》《周刊朝日》一样,《新潮》同样选择以对话形式在刊物版面构建日美知识分子的言论交互通道,试图以此向杂志读者提供有关"美国占领的历史使命"和"日本知识分子应对方式"的答案。同时与《朝日新闻》《周刊朝日》一样,《新潮》也选择了"迎合"与"对抗"的双向应对路线:一方面承认美国作为战争胜利者和民主改革指导者的优越性;另一方面又通过刊发日本知识分子带有批判意识的回应文章以制衡、对抗美国占领军的言论主导权。也就是说,在美国占领时期,《新潮》之类的文学杂志与社会公共言论空间存在较高的融合度——占领期日本公共言论空间的话题风潮能够直接影响文学杂志的版面设计,反之具有全国影响力的文学杂志媒体也在主动寻求介入社会公共言论空间的热门话题讨论。另外,积极介入社会公共言论空间,也意味着文学杂志媒体更容易在外界影响之下产生明显的版面设计偏向。例如,与竞争对手《文艺》类似,《新潮》在日本战败后同样出现了杂志版面的"疏离中国"现象。原本在战时频繁见于《新潮》的中国题材作品在其战后复刊之后迅速沦为了被边缘化的对象。

与《文艺》一样,"二战"期间《新潮》的杂志版面频繁出现直接或间接以中国为题材的文学作品。这些中国题材作品虽然大部分服务于日本侵华战争的政治需要,但客观上也促使《新潮》利用其自身影响力尝试构建中日对话交互通道。但是自从1945年11月《新潮》复刊起,该刊发表的中国题材作品数量相较于战前有明显下降的趋势。如《新潮》战后第1号除前述史密斯的《致日本知识分子》和谷川彻三的《日本知识分子的立场》之外,还刊发了法国文学评论家阿兰的《艺术一百零一话》、三好达治的《横笛》、坪田让治的《儿子归来》、法国小说家菲利普的《敌前》、川端康成的《追悼》、龟井胜一郎的《致亡友》、森山启的《回忆》和岛木健作的《黑猫》。从这些作品的作者国籍构成来看,《新潮》在复刊之后十分注重杂志版面的国际化色彩,试图通过增加海外作家的作品数量,有意识地与战前《新潮》偏向民粹色彩的杂志版面设计进行区分。① 但同样是从战后复刊号开始，《新潮》出现了将"世界文化"等同于"西方文化"的海外文化译介倾向。尽管《新潮》注重发表海外作家的文学作品，但绝大多数对象限定于美国、英国、法国等西方国家的文学作品。原本同属于"二战"同盟国阵营的苏联文学在《新潮》上的出现频率已经相对较低，而中国文学在《新潮》上则是被完全排除在"世界文化"的范畴之外的。② 实际上，1945年11月的《新潮》复刊号没有发表任何一篇与中国相关的作品。这种"疏离中国"的现象同样可见于1945年12月出版的《新潮》战后第2号。同期《新潮》发表了生岛辽一的《关于小说》、阿兰的连载评论《艺术一百零一话》、渡边一夫的《天高》、岛木健作的《病闲录》、片山敏彦的《高原记》、菊池重三郎的《回忆中的藤村先生》、北畠八穗的《自在人》和外村繁的《秋风记》。同时，《新潮》还增设了"世界文化信息"专栏以便向日本读者传递更丰富的海外文化资讯，但该期杂志版面依然没有出现任何一篇与中国相关的作品，中国文学也依然被排除在所谓"世界文化"的译介范围之外。③ 另外，1945年12月出版的《新潮》恢复了该刊消失许久的"编辑后记"。文中，编辑部将《新潮》的战后历史使命定义为"立足于新的文坛孕育新的文学""贡献于新日本的新文化建设"。④ 但正是在这种求新求变的战后潮流之中，战前曾经占据杂志《新潮》大量版面的中国题材作品失去了踪迹。

第二节　《新潮》的主基调与异质性

在进入美国对日占领期之后，《新潮》首次发表中国题材作品是在1946年1月号的小说创作栏。巧合的是，这部作品同样出自小说家阿部知二之手。阿部知二从1945年9月开始在《周刊朝日》连载战后日本第一部中国题材长篇小说《新浪人传》。借助这部中国题材小说的书写，阿部知二构建了一种与占领期日本公共言论主基调相背离的异质化的"战败"表述，它与同时期《周刊朝日》以日美二元结构为主体的刊物言论空间形成了明显的对抗关系。《新浪人传》在《周刊朝日》上前后共连载了5个月。而在《新浪人传》的连载期间，阿部知二还向《新潮》投稿了另一部中国题材

① 新潮社『新潮社七十年』，東京：新潮社、1966年。

② 「世界文化情報」，東京：『新潮』，1945年11月。

③ 「世界文化情報」，東京：『新潮』，1945年12月。

④ 「編集後記」，東京：『新潮』，1945年12月。

小说《绿衣》。

《绿衣》是一部共计5万字的中篇小说,它是《新潮》自战后复刊以来篇幅最长的一部作品。再加上《绿衣》发表之时的1946年1月正值日本战败之后的首个新年,无论是从作品篇幅还是发表时间来看,《绿衣》都是《新潮》当期杂志的主打作品。但是从当期杂志"编辑后记"的内容来看,《新潮》对于《绿衣》的关注程度仅停留在形式表面。尽管"编辑后记"称赞阿部知二的《绿衣》是"新春日本文坛的一大收获",但既没有向读者介绍这部作品的刊发意图,也没有解读作品的阅读价值,甚至连《绿衣》的作品题名亦未提及。[①] 这客观上造成了阿部知二的《绿衣》此后一直受到文学评论家和研究学者们的冷落,这部战后第一年"新春日本文坛的一大收获"迄今为止几乎没有受到过任何文学史家的关注。

小说《绿衣》在内容上可以看作《新浪人传》的姐妹篇。与《新浪人传》一样,《绿衣》的故事舞台同样被设定在了日本发动全面侵华战争时期的中国上海。《绿衣》的主人公桧原遵二郎是一位在上海自然科学研究所工作的青年医生,小说讲述了他在日军占领下的上海结识中国女青年李嵋后被其抗日情怀感染,随后开始反思战争并重新审视日本对华关系的一系列心路过程。

《绿衣》采用了和《新浪人传》类似的叙事方式,通过第一人称的小说叙述者"我"回忆自身见闻的方式向读者讲述桧原遵二郎在战时上海的生活经历。这种叙事方式不仅有助于增强小说故事的真实感,也有助于日本读者与小说叙述者共同参与对于侵华史的反思。《绿衣》的主人公虽然是日本青年桧原遵二郎,但这部小说的出场人物之中性格刻画最生动的是中国女青年李嵋。

小说中的李嵋被赋予了多重身份,她既是留日学生又是地下抗日工作者,同时还是一位有才华的戏剧女演员和社会活动家。小说一方面借助多重身份设定凸显中国女青年李嵋的生命力和行动力,另一方面又将日本主人公桧原遵二郎塑造为矛盾彷徨、自我怀疑的虚无性格。小说通过男女主人公在人物形象上的反差设计,寓意战争末期中日两国的不同历史走向。为了凸显李嵋的英雄形象,阿部知二还在小说中虚构了一部名为《飘》的话剧。小说中的《飘》被设定为一部革命话剧,作品描绘了民国时期一位富家小姐在左翼运动中逐渐成长为革命家的人生历程。李嵋在小说中扮演《飘》的女主人公,这种剧中剧的设定进一步强化了中国女主人公的英雄

---

① 「編集後記」、東京:『新潮』,1946年1月。

形象。桧原遵二郎被李嵋的性格所吸引,李嵋的抗日情怀不断触动桧原遵二郎重新审视自己在日军占领上海的侵略者角色。随着与李嵋的交往渐深,桧原遵二郎越发对其当时的自身境遇和民族立场感到不安,小说叙述者将这种不安描绘为"在上海的生活就好像是置身于巨大的牢房",《绿衣》的主体内容正是聚焦于描绘桧原遵二郎的内心苦闷。

和《新浪人传》一样,阿部知二的《绿衣》在《新潮》的杂志版面同样扮演了异质声音生产者的角色。在占领期,《新潮》的杂志版面以反思"战败"为主题的作品虽然并不少见,但大多数作品要么是从美国的战胜国视角出发指责日本的野蛮落后,并呼吁拥抱西方先进文明,要么是从战败国的角度哀悼日本本国的死难者、指责军国主义政权的无能,并在此基础上呼吁回顾日本传统重建所谓的"健全的爱国心"。①在这种日美二元关系结构的战败表述空间之中,以反思战时中日关系为主题的小说《绿衣》明显游离于《新潮》的刊物主基调之外。脱离日美二元关系结构的离散属性使这部小说成为同时期杂志《新潮》版面少见的第三类声音,这体现了中国题材作品在美国占领期日本文学媒体扮演异质声音生产者的言论职能特点。

尽管战后初期的《新潮》整体上采用了"疏离中国"的杂志编辑路线,但并没有完全忽略中国文化对于战后日本重建的借鉴意义。《新潮》1946年2月号的"编辑后记"写道:"我们日本现在处于美国的全面管控之下,所以人们容易忘记中国文化之于日本的重要性。然而正是在日本战败后的今天,日华之间才更应该开始新时代的文化交流。我们需要从中国文化之中学到更多的东西,想必邻国的中国文人也一定有同样的需求。"②《新潮》编辑部认识到,尽管战后中日之间的文化交流受制于美国占领无法正常开展,但两国之间的文化纽带并不会因此轻易断裂,而如何突破美国管控的障碍是重启战后中日正常交流的关键。

美国在占领日本之后首先解散了日本本土主要报社、出版社和通讯社的驻外机构,同时又针对进出日本人员实施严格的出入境管制,以此垄断了日本和海外其他国家之间的资讯交互渠道。在这种情况下,《新潮》即便有意愿向读者介绍中国文化,也会面临无法获得信息交互渠道的问题。正因为如此,战后初期的《新潮》主要通过战前有旅华经历的作家以回忆形式书写中国题材作品。这也是"二战"时期

---

① 「なつかしい日本」,東京:『新潮』,1946年1月。

② 「編集後記」,東京:『新潮』,1946年2月。

旅居上海的阿部知二能够成为战后初期《新潮》倚赖的中国题材作品撰稿人的主要原因。

1946年12月，阿部知二又在《新潮》上发表了另一部中国题材短篇小说《邻人》。《邻人》采用第一人称叙事，作品以"'二战'最后一年冬天的上海"为舞台，基于主人公"我"的视角描写了留日学生吴心波在日军占领下于上海的生活。主人公"我"是一名在上海"圣G"大学任教的日本知识分子，因为战争末期的动荡时局失去了住所，随后接受中国友人吴心波的好意搬去与他同住。吴心波是"我"的一个大学后辈，他早年留学日本，之后回到上海任职于一所日伪机关。小说有意将侵华日军集团成员的"我"和留日归国学生的吴心波设计为共居一处的"邻人"，这也是小说《邻人》的标题来源。借助于"邻人"的境遇设定，小说主人公"我"不仅可以近距离观察吴心波的生活方式，同时还能够借助"邻人"视角理解吴心波的内心情感。小说《邻人》通过第一人称"我"的视角描写中国留日归国学生吴心波在沦陷区生活期间的种种内心纠葛。小说塑造了一个具有双重性格的中国留日学生形象，作品以境遇共情的方式建构了"对日合作者"在占领期日本文学之中的一类典型表象。

另外，在进入1946年下半年之后，随着中国政府针对在华日侨俘遣返归国事务的不断推进，数百万在华生活的日本人或主动归国、或被强制遣返。中国遣归日侨俘群体的跨境移动一定程度上打破了美国占领军在日本的信息封锁，与战后中国相关的最新资讯由此得以出现在《新潮》上。1946年7月和同年10月，《新潮》先后刊发了诗人草野心平（1903—1988）的归国访谈《草野心平先生的谈话》与随笔作品《中国的性格》，这也是占领期《新潮》上第一次出现中国遣归日侨文人的作品。草野心平是日本"历程派"诗人，他曾于1921—1925年留学位于广州的岭南大学（现广州中山大学），1940年受到岭南校友林柏生（时任汪伪宣传部部长）的邀请到日军占领下的南京担任汪伪宣传部日籍顾问。[1] 在南京汪伪宣传部工作期间，草野心平主要负责编辑《中日文化》《黄鸟》等日文期刊以供在华日侨阅读。同时，他还与池田克己、会田纲雄等日侨诗人共同创办了诗歌杂志《亚细亚》，并协助中国诗人路易士（后改名"纪弦"）在上海编辑发行中文诗刊《诗领土》。[2]

1945年8月日本战败之后，南京的日本侨民由南京国民政府安排搬迁至兴中门

---

① 「中央宣伝部の確立　在南京」、東京：『読売新聞』（夕刊）、1940年11月16—17日、20日。
② 《诗坛消息》，上海：《诗领土》（第2号），1944年4月。

外的"日侨集中区"居住,草野心平也在其中,并且还作为日侨代表接受了中国《大公晚报》记者的采访。①南京日侨集中区建成后设有自治会,草野心平当时担任了日侨自治会文化股长一职,继续在南京从事文化宣传工作。②1946年1月,草野心平离开南京前往上海,同年3月乘坐美军的遣归舰船回到日本。

遣归日本之后的草野心平首先在《新潮》1946年7月号上发表了他的归国感言《草野心平先生的谈话》。文中,草野介绍了他在日本战败后滞留中国期间的所见所闻,其中重点讲述了他在南京、上海日侨收容所的生活经历。草野介绍抗战胜利后中国民众对待在华日本侨民的态度比预想的要宽容,反倒是在华日侨自身出现了群体性的颓废现象,这种反差让他产生了重启战后中日交流的紧迫感。草野心平认为战后中日交流最缺乏相互了解所需的最新资讯,他介绍自己正在和其他同样从中国遣归的朋友们共同组建"中国友人会"。草野心平希望将自己从中国带回的报纸、杂志、图书整理成书库,以此为日本本土读者提供了解当代中国所需的信息资源。

在南京日侨集中区生活期间,草野心平曾经参与了当地发行的日文报纸《集报》(后改名为《更生日报》)的编辑工作。《集报》是战后南京地区发行的唯一的日文报纸。该报创刊于1945年10月5日,为节省经费采用简易誊写钢板印刷,每日2版,主要刊载南京日侨自治会的公告、日侨集中区的动态、日侨遣返资讯和中国政治局势相关的新闻报道。③1945年12月11日,《集报》改名为《更生日报》,次年1月1日元旦,草野心平在《更生日报》上发表了他的战后第一部作品《初次正月》。《初次正月》是一篇回忆录式的随笔,文中草野心平描述了他在1921年到广州留学时第一次在中国过正月的经历;草野将1921年初次到中国时的感受和日本战败后现在自己的对华情感相比较,强调"当年18岁的我怀抱着对中国的爱和憧憬,今天虚年44岁的我依然在努力追寻梦想"④。1946年1月23日,草野心平又在《更生日报》上发表了另一篇随笔《告别南京》。此时草野正准备前往上海登船回日本,《告别南京》是他在南京时期的最后一篇作品。《告别南京》记述了草野心平离别南京之际的一次公开讲话,文中草野宣称"我们日本人真心期望此后中国能发展成为名副其实的大国","同时也

---

① 《南京日侨》,重庆:《大公晚报》,1945年10月19日,1版。

② 山中德雄『南京一九四五』,大阪:編集工房ノア、1988年、第53頁。

③ 山中德雄『集報:南京日本人収容所新聞』,東京:不二出版、1990年。

④ 「初めての正月」,南京:『更生日報』,1946年1月1日新年特別版、6版。

期望中日能够作为亚洲的2个大国同心协力一起实现世界和平"。①

　　有赖于在华期间参与过当地报刊的编辑工作，草野心平能够在遣归途中带回美国占领下日本社会稀缺的战后中国最新资讯，这使他能以更加实证的方式向日本读者介绍和解读当代中国。1946年10月，草野心平在《新潮》上发表了一篇散文作品《中国的性格》。文中，草野心平以实例方式向《新潮》的读者们介绍当代中国的语言文字、民俗人情、生活方式等文化元素。草野心平试图以自身在华生活经历矫正以往日本对于中国国民性理解的各种误区与偏见，他认为尽管战败击碎了大多数日本人无知自大的民粹妄想，但并没有彻底消除近代以来日本人对于中国根深蒂固的文化优越感。草野心平认为日本战败的根本原因在于大多数日本人缺乏政治参与意识和异文化交涉意识。前者导致日本民众将政权交给法西斯主义者和军国主义者掌控，后者导致日本在战时出现非理性的极端排外民粹风潮。草野心平认为，中国能够取得抗战胜利的文化原因正是源自中国人强烈的政治参与和异文化交涉意识。正因为如此，草野心平强调日本在战后尽快重启对华交流的必要性。他将学习中国的民族性格视为重塑日本民族性格的必要途径，告诫《新潮》的读者"傲慢是无知者的特权，曾经拥有这种特权的我们如今面前出现了一片沙漠，这是一片既没有围墙也没有城壁的沙漠"②。

　　在美国对日占领初期，中国遣归日侨返回本土后发表的各类归国感言构成了同时期日本报刊涉华言论的主体部分。这是因为受美国占领军的海外信息封锁政策影响，日本本土读者接触中国的资讯途径十分有限，而遣归日侨群体的跨境移动天然形成了占领期日本稀缺的涉华信息通道。早期遣归日侨多数来自伪满洲国所在的中国东北地区，由于该地区在日本战败之后迅速成为美苏争霸和国共内战的战场，致使东北日侨的遣归言论以描绘自身作为战争受难者的苦难史叙事为主。③尽管同样是从遣归日侨立场表述当代中国，草野心平发表于《新潮》的作品几乎不存在东北日侨遣归言论常见的苦难史叙事，强调遣归期间中国民众的友善，讲述抗战胜利后中国的新风气，主张以中国为镜反思日本战败构成了草野心平遣归作品的主体

① 「さようなら南京」、南京：『更生日報』、1946年1月23日終刊特別版、6版。

② 「中国の性格」、東京：『新潮』、1946年10月、第41頁。

③ 林昌二「蒙古脱出記：邦人引揚者の脱出手記」、東京：『真相』、1946年4月；眞杉静枝「浦賀にて：引揚同胞訪問記」、東京：『婦人文庫』、1946年6月；高柳登美「祖国の表情：外地引揚の女性は語る」、東京：『女性改造』、1946年7月；等等。

内容。从这一点来看，草野心平和阿部知二的中国题材作品在杂志《新潮》上发挥的言论职能十分类似，即都扮演了异质性言论生产者的角色。

除遣归日侨文人之外，同时期《新潮》传播战后中国最新文化资讯的另一个渠道是发表访日中国知识分子的作品。1947年5月，《新潮》刊发了沈觐鼎（1894—2000）的文章《致日本的文化人》。沈觐鼎早年毕业于日本东京帝国大学，后留学美国，1932年起担任中国国民政府外交部亚洲司司长，1945年抗战胜利后赴日担任国民政府驻日代表团首席顾问兼副团长。①《致日本的文化人》是沈觐鼎赴日之后第一次，同时也是唯一的通过文学杂志寻求与日本读者对话的作品。

从《新潮》当期"编辑后记"来看，该刊编辑部对于沈觐鼎的《致日本的文化人》的重视程度远不如前述美国作家史密斯的《致日本知识分子》。与发表于卷首的《致日本知识分子》相比，沈觐鼎的《致日本的文化人》被安排在了当期杂志的后部，"编辑后记"对于沈觐鼎的作品也是一字未提。和史密斯一样，沈觐鼎也试图以"二战"交战国知识分子的视角向日本读者阐释战败的原因和战后日本重建过程中需要解决的问题，同时也试图在其作品中寄托对于日本文人履行战后责任的期待。但是与史密斯《致日本知识分子》的文明论笔调不同，沈觐鼎的《致日本的文化人》着重论述日本文人的战时责任问题、战后反思问题，以及文化工作者在战后中日交流事业之中需要扮演的历史角色等具体问题。沈觐鼎认为，多数日本文人在战争期间扮演了不光彩的强权追随者，原本应当站在反侵略最前线的文人放弃了自己的文化职责，日本战败之后许多文人还刻意使用"终战"一词代替"战败"，以寻求自我欺瞒式的心理安慰。沈觐鼎认为所有这些现象都体现了日本文人群体在文化职责意识上的缺失，他提出10条有关日本文化界承担战后责任的建议，包括履行《波茨坦公告》、清算军国主义思想、吸收中国文化精华、促进东西方文化融合、放弃军备、寻求世界大同等。沈觐鼎还告诫日本文化界在进行战后重建之时不能忘记日本作为东亚国家的立场，他以同时期发生的"涩谷事件"为例，告诫日本文化界自我审视尚未得到彻底清算的对华优越感和军国主义思想余孽，同时希望自己的文章能够成为"日本文化工作者的他山之石"②。

就在沈觐鼎以国民政府驻日代表团首席顾问身份赴日后不久的1946年7月，东京市中心的涩谷地区发生了一起在日华侨与日本警察发生激烈武装冲突的群体暴

---

① 徐友春《民国人物大辞典》，石家庄：河北人民出版社，2007年，第760页。
② 沈觐鼎「日本の文化人に」、『新潮』、1947年5月号、第41頁。

力事件,同时期日本媒体称之为"涩谷事件"。[1] 由于"涩谷事件"发生在侵华战争结束不久的战后初期,再加上该事件最终导致多达7名中国籍人士死亡,这引发了在日华侨媒体的强烈谴责,"涩谷事件"由此成为举证日本未能正确反思侵华责任的标志性事件。[2] 时任国民政府驻日代表团副团长沈觐鼎身负保障在日华侨权益的职责,他在《致日本的文化人》对于日本战争责任的严厉责难姿态即来源于此。

值得注意的是,沈觐鼎对于战争责任问题的严厉责难姿态并不意味着他拒绝与日本文人进行平等对话。恰恰相反,与史密斯居高临下的战胜者姿态不同,沈觐鼎在《致日本的文化人》一文中特意加入了强调中日平等对话的内容。沈觐鼎认为,中国和日本有着同为东亚国家的文化共同性,日本需要反思的问题对于中国也必然存在一定的借鉴意义。沈觐鼎还认为中国虽然是"二战"同盟国阵营的战胜国,但客观上国家发展程度尚处于较低阶段,与战败后的日本面临相同的战后发展问题。沈觐鼎试图唤醒日本文人的"自觉",强调"只要日本的文化工作者不忘记自身作为东洋人的立场自觉,中国文化界就会全力协助日本的战后重建,两国携手共同发扬东洋的固有文明价值,如此才能融会东西方文明,最终贡献于世界"[3]。

沈觐鼎的《致日本的文化人》寄托了作者对于中日两国跨越战争仇恨重新建立文化共同体的期望。而表述中日两国作为东亚国家和东洋文化命运共同体的利益一致性也是占领期杂志《新潮》上刊载的中国题材作品反复涉及的核心主题。除前述阿部知二、草野心平和沈觐鼎的作品以外,占领期的《新潮》还陆续刊发了大鹿卓的《南京的一人》(1947年7月)、丰岛与志雄的《上海插话》(1949年10月)、奥野信太郎的《文豪的遗产》(1950年5月)等包含相似理念的中国题材作品。这些作品无一例外地表达了战后重建中日文化共同体的意愿。这种表述与日美二元关系结构的占领期日本公共言论主基调格格不入,它同样体现了《新潮》的中国题材作品文本在占领期日本公共言论空间扮演异质言论生产者的角色。

① 「三国人の不法と渋谷事件」、東京:『朝日新聞』、1946年7月20日。
② 「関於渋谷事件」、東京:『華光』、1946年9月;「渋谷事件に対する青島台胞の要求」、大阪:『旬報僑聲』、1946年8月11日。
③ 沈觐鼎「日本の文化人に」、『新潮』、1947年5月号、第41頁。

第三节 《文学界》及其中国表述方向

除河出书房的《文艺》和新潮社的《新潮》以外,美国占领期日本文坛另一种具有全国影响力的老牌文学杂志是东京文艺春秋社发行的《文学界》。《文学界》创刊于1933年,最早以同人杂志形式发行,后改为东京文艺春秋出版社主办,无论是战时还是战后均为具有全国影响力的东京中央文坛主流杂志。但是相对于竞争对手《文艺》和《新潮》,《文学界》在战时停刊时间最早(1944年4月),而在战后复刊时间又是最晚(1947年6月),这也反映了《文学界》相对于《文艺》《新潮》经营实力较弱的客观事实。

作为东京中央文坛主流杂志之中复刊时间最晚的迟来者,《文学界》从1947年6月战后第1号发行之初起就寻求与《文艺》和《新潮》展开差异化竞争,其中一个手段就是有意识地选择“去政治化”的艺术至上主义编辑路线,刻意回避介入时事性话题。尽管《文学界》1947年6月复刊号的“编辑后记”主张“现在的日本正处于政治的时代,日本的文学家们应当走出狭小的文坛空间,直面政治向社会发出自己的声音”[1],但从复刊后《文学界》的实际情况来看,其所谓“文人承担社会公共言论职责”只停留在了口号层面。占领期的《文学界》总体上多采用以风花雪月为主题的情色类文学作品和描写作家个人修养、人生历练经历的私小说类文学作品,该杂志发表的时事性、社会性和政治性话题作品数量明显不如同时期的《新潮》和《文艺》。不仅如此,《文学界》还在其文坛时评专栏“风神雷神”多次讥讽积极介入政治话题的文学杂志是“在文学与政治之间来回摇摆的见风使舵者”[2],从这一点来看,《文学界》与其竞争对手《新潮》《文艺》在是否应当积极介入占领期日本公共言论空间的理念与立场上存在明显差异。

《文学界》之所以在战后复刊后选择“去政治化”办刊路线,一个重要原因是规避编辑部成员战时履历的负面影响。战后复刊之时,《文学界》的编辑部同人成员共有25位,其中林房雄、龟井胜一郎、横光利一、上田广、三好达治、火野苇平等核心成员在“二战”时期均深度参与了日本对外侵略战争的文化宣传工作,他们在日本战败之后被视作“战犯文人”受到社会舆论强烈谴责,在文坛丧失了战时享有的话语权和

---

① 亀井勝一郎「文学界後記」、東京:『文学界』、1947年6月号、第65頁。

② 「風神雷神」、東京:『文学界』、1947年11月号、第38頁。

生存空间。

1947年10月,《文学界》在当期杂志刊尾处发表了编辑部成员佐藤信卫(1905—1989)撰写的《杂记》。佐藤信卫毕业于日本东京帝国大学哲学系,本职工作是大学教师,业余从事文艺批评。佐藤并非职业作家,战争期间也没有积极参与日本对外侵略战争的文化宣传工作,所以在《文学界》编辑部成员之中属于战后言论立场相对自由的一位。在《杂记》一文中,佐藤信卫表达了自己对于复刊之后的《文学界》的看法,他认为日本的文人在"二战"期间大多选择了依附强权的政治服务型言论立场,这一情况即便在战后也没有出现本质性改变。佐藤信卫含蓄地批评《文学界》编辑部同人在战时为军国主义政府服务的行为,他认为战后复刊的《文学界》"只听到了缺乏矜持的一群人的声音,却很少能听到货真价实的正义声音"。[1] 佐藤信卫的《杂记》可以看作来自《文学界》内部的自我批判声音,它从侧面印证了《文学界》采用"去政治化"的杂志版面设计规避讨论编辑部成员战争责任问题的意图。

除"去政治化"以外,《文学界》另一个不同于《新潮》《文艺》的编辑方针在于主动寻求以娱乐消遣为导向的大众文艺路线。同样是在战后复刊第1号的"编辑后记"之中,时任《文学界》主编的龟井胜一郎主张传统文学杂志存在固守"纯文学"理念、排斥"大众文学"的陋习,这妨碍了文学杂志借助娱乐性、消费性作品获得销量上的成功,最终导致其社会影响力只停留在少数文学爱好者的范围之内。龟井胜一郎声称复刊后的《文学界》将力求打破"纯文学"和"大众文学"之间的壁垒,最大限度地扩大文学杂志的读者群体,在保证纯文学杂志作品质量的同时积极追求大众化的商业成功。[2]

有别于战时日本法西斯体制下以国家管控为特征的政府主导型出版市场,美国在对日占领时期大力支持日本民间出版市场的发展,这促使占领时期日本全国文学杂志整体发行量出现爆发式增长。根据《文学界》编辑部在占领后期的1950年所做的统计,同时期东京中央文坛发行的全国性主流文学杂志月均销量在3万册以上,相对于战前同类杂志的销量增长了大约5倍之多。[3] 文学杂志销售量的急剧增加带来了文学消费市场和文学读者层的持续性扩张,《文学界》主张的"大众文学"路线正是为了迎合占领期文学出版市场的发展新趋势。

---

① 「雑記」、東京:『文学界』、1947年10月、第63頁。

② 亀井勝一郎「文学界後記」、東京:『文学界』、1947年6月号、第65頁。

③ 「風神雷神」、東京:『文学界』、1950年2月号、第84頁。

1947年6月,《文学界》在战后复刊第1号创作栏发表了林房雄(1903—1975)的中国古典改编小说《金瓶梅》,这是占领期日本东京中央文坛杂志刊载的极少数消费娱乐型中国题材文学作品之一。林房雄是日本文坛著名的所谓"转向作家",他曾在20世纪20年代以左翼新锐青年作家的身份积极参与日本无产阶级文艺运动,1930年因协助日本共产党募集革命活动资金而被捕入狱,2年后发表"转向"声明放弃共产主义革命立场,之后逐渐倒向帝国主义成为日本右翼民粹文化阵营及其后台军国主义政府的御用作家。林房雄在"二战"期间深度参与了日本对外侵略战争的文化宣传工作,战后受到舆论的谴责,作家地位一落千丈。美国占领时期,林房雄为了谋生写了大量情色文学作品,《文学界》刊发的小说《金瓶梅》就是其中一部。

林房雄版《金瓶梅》采用长篇改编小说形式在《文学界》上前后连载了1年半的时间,它也是占领期《文学界》刊载篇幅最长的一部中国题材作品。林房雄版《金瓶梅》在内容上并无新意,只是采用简单易懂的日文将《金瓶梅》原著中潘金莲偶遇西门庆再到毒杀武大郎的段落重述了一遍。① 《金瓶梅》作为中国古典小说名著早在17世纪末就开始在日本流传。1923年,侨居中国的日本汉学家井上红梅在上海出版了《金瓶梅》的首个现代日语译本。该书在出版之后不久即被日本政府以"不良风俗"为理由禁止发售,一直到1945年日本战败之后,《金瓶梅》才得以重返日本本土的文学出版市场。② 另外,日本本土文学出版市场在进入美国占领时期之后出现了一股译介和改编《金瓶梅》的热潮。不少书商和杂志编辑试图利用《金瓶梅》的禁书噱头和情色文学的话题性吸引读者关注,以此谋求商业利益。林房雄在《文学界》连载《金瓶梅》的缘由即在于此。

由于采用了"去政治化"和娱乐消费主义的杂志版面设计路线,《文学界》在美国占领期的很长一段时间内没有像竞争对手《新潮》一样刊载政治性话题的中国题材作品。但是到了1949年10月中华人民共和国成立之后,随着"新中国"成为日本全社会高度关注的热点话题,《文学界》的杂志版面也开始出现政治话题性较强的中国题材作品。

1950年9月,《文学界》发表了武田泰淳的自传体小说作品《F花园19号》。武田泰淳毕业于东京帝国大学"支那"文学科,早年从事专业的中国文学研究,1943年因

---

① 林房雄『金瓶梅』(第1回—第9回)、東京:『文学界』(1947年6月号—1948年12月号)。

② 『風俗禁止　発禁本金瓶梅　大正12年』,国立国会図書館デジタル資料、028045770。

为发表长篇文学评论《司马迁》而步入文坛，1944年接受汪伪中日文化协会邀请赴上海担任东方文化编译馆日籍主任，"二战"结束之后作为中国遣归日侨的一员返回日本。

1947年，武田泰淳在朋友林广吉和日本东方书局出版社的支持下在东京成立了"日华文化协会"，同年4月创办会刊《随笔中国》。《随笔中国》采用了综合杂志的编辑样式，主要发表与现当代中国相关的评论、翻译、书评和文学作品。《随笔中国》由时事栏、译介栏和创作栏三大部分构成，其中时事栏刊载针对战后中国政局动态的时事观察，译介栏介绍中国抗战文学作品，创作栏发表遣归日侨文人基于在华经历的文学作品。也就是说，林广吉等人从上海返回日本后，利用他们在东方文化编译馆工作时期积累的经验和人脉，重新在东京打造了一个由遣归日侨文人构成的小型文化圈。

1947年9月发行的《随笔中国》第2号刊有武田泰淳的短篇小说《才女》。《才女》以武田自身的上海经历为蓝本，通过日本主人公"杉"的视角描写沦陷区中国知识分子的生存状态。"杉"是上海一家日系企业的文化研究所职员，他住在一栋名叫"F花园"的洋房里，这座洋房里另外还居住着在日伪机关上班的中国人"周女士"和她的男友"黄先生"。三人共同居住的"F花园"被设定为日军占领租界后强制征用的豪华民宅。小说叙述者试图通过"F花园"3名居住者之间的力量对比描绘日军占领下上海的权力空间缩影。日本人杉是"F花园"名义上的主人，平常自认为是与人为善的老好人，一旦醉酒就会面目全非，变身蛮不讲理的暴徒；周女士曾经留日多年，回国后游走于日伪官场和商界，为人处事精于计算，对待杉则是表面迎合暗地捉弄；黄先生是周女士的恋人，平日里对杉和周女士唯唯诺诺，但他的真实身份是一名地下抗日工作者。三人的身份设定隐喻了日军占领下上海的三方力量。小说一方面刻画三人之间的角力，另一方面又叙述日本战败后主人公杉对自己在华生活的反思过程。杉一直自我定位为"无能的好人"，认为自己作为一个手无寸铁的日侨与日本军人有着本质区别，对于周围的中国人来说自己只是一个完全没有任何威胁的外国人。日本战败之后，日军在上海的统治体系随之瓦解，此时杉才发现自己这个"无能的好人"实际上一直在分享着侵华日军的"权力"。同时杉还发现，供职于日伪机关的周女士原本自诩为"才女"，但她的"才华"随着日本的战败瞬间凋零，反倒是战时表现懦弱的黄先生在战后恢复了他作为抗日工作者的本色。日本的战败不仅重塑了上海的权力结构，同时带给上海日侨群体重新审视自身的契机。

《文学界》刊载的《F花园19号》可以看作《才女》的姐妹篇。这部小说同样以武田自身的上海经历为蓝本，描写日本战败前后在华日侨的中国体验，以及他们与周围中国民众之间的权力关系。日本侵华战争期间，武田泰淳居住在上海租界以西一个叫"福世花园"的别墅住宅区。福世花园位于现在上海长宁区安化路200弄内，20世纪40年代曾是沪上富裕阶层居住的高级住宅区，小说《F花园19号》的题名即来源于此。

《F花园19号》的故事舞台设定在日本战败后不久的上海。小说描写了日本主人公"丘"在F花园19号意外目击中国女性"谢女士"离奇遇害的经过。谢女士是一个典型的战时"对日合作者"。侵华日军占领上海时期，谢女士在一家日系机构工作，平时周旋于在华日本人的交际圈从中牟利，战争期间一直借宿在主人公丘居住的F花园19号。日本战败之后，谢女士沦落为汉奸审判的对象，而丘也因为失去了日军保护伞而被迫搬离F花园19号前往日侨集中区。一天早上，丘在家中发现了神秘遇害的谢女士的尸体。小说叙述者采用倒叙方式，从丘的视角描写谢女士在日本投降前后因为惧怕汉奸审判，性格逐渐变得乖戾、偏激，直至最后神秘惨死的过程。

和《才女》一样，《F花园19号》的小说叙事也体现出明显的寓意性设计。首先，丘和谢女士以日本统治者和"对日合作者"的关系共同居住在F花园19号，这种同居设定可以看作日军占领下上海都市空间的缩影。日本战败后发生的谢女士离奇死亡事件寓意了"对日合作者"的命运凋零，主人公丘回忆谢女士战时生活足迹并寻找其死因线索的过程寓意了日本人无法逃避的侵华记忆和战争责任问题。小说中，丘在发现谢女士的尸体之后陷入一种幻觉，他虽然知道谢女士死于他人之手，却不断想象自己才是真正的杀人凶手。在和谢女士的尸体共处一室几天之后，丘带着不安与恐惧离开F花园19号逃往中国政府设立的日侨集中区。通过对小说主人公丘的心理描写，武田泰淳以自我审判的形式将他本人在中国的战败体验呈现在《文学界》的读者面前。这种表述方式与同时期日本言论界流行的基于受害者视角的"战败"表述主基调截然不同，形成了基于中国视角的异质性表述空间。

除《F花园19号》以外，1949年中华人民共和国成立之后《文学界》刊发的另一部政治性话题较强的中国题材作品是堀田善卫的小说《汉奸》。《汉奸》是一部4万字的中篇小说，作品描写了伴随日本的战败陷入悲剧命运的"对日合作者"的历史曲折经历。《汉奸》一经发表就获得了许多好评，有些评论家认为这部作品针对日本战败前后中国大陆地区"令人眼花缭乱的历史境况进行了深刻描写"①,有些评论家认为"作者巧妙摒弃了那些一不小心就会让作品沦落为猎奇故事的低级趣味素材,成功地将小说写成了生动色彩的作品"②。1952年1月,《汉奸》与《广场的孤独》一起成为1951年度暨第26届"芥川奖"获奖作品,它也因此成为战后日本文学史上第一部以"汉奸"为题的经典小说。

《汉奸》以一句"占领即将结束"拉开小说故事的帷幕。小说叙述者首先将焦点置于一名叫"安德雷"的中国诗人身上,故事通过讲述安德雷的个人经历,描绘一位"对日合作者"在日本战败前后发生的生活剧变。安德雷是一位于上海土生土长的诗人,他热爱日本翻译的法国超现实主义诗学,全面抗战爆发后选择了留在日军占领地做顺民,受聘于侵华日军的御用报纸《大华报》担任文艺记者。1945年8月11日,安德雷从《大华报》"号外"得知日本无条件投降的消息之后丝毫没有意识到自己即将到来的悲剧命运,他为和平的到来而感到欢喜,四处拜访在上海的日本友人,传递战争结束的祝福。小说叙述者采用了一组对比镜头描绘安德雷和他身边的日本友人对于战败的不同反应,通过呈现安德雷的理想化反应和日本友人的现实反应之间的巨大反差,将"对日合作者"的安德雷塑造为"非政治化"的艺术至上主义者形象。

《汉奸》与堀田善卫同时期创作的另一部小说《广场的孤独》共同获得了1951年度日本文坛的最高荣誉"芥川奖"。但是如果重新审视1951年度芥川奖的评选过程,不难发现占领期日本文坛对于《汉奸》和《广场的孤独》的关注程度实际上存在巨大差异。尽管是同一作家同一时期的作品,《广场的孤独》在9名评选委员之间引起了热烈讨论,《汉奸》却只有泷井孝作和川端康成在芥川奖评选会上对其提及了只言片语。③参考同时期有关《汉奸》的文学评论,不难发现这种关注程度差异的原因在于占领期日本文坛存在的本土中心主义倾向的文学作品价值评判尺度。同时期的日本文学评论家们认为《汉奸》只不过描写了战后上海这样一个"对于战败后的日本人来说是失去了祖国和民族立场的特殊历史舞台",《广场的孤独》则是描写了"经历战败5年之后逐渐复苏成形的日本社会"④。像这样基于国内本位主义和民族主义的

---

① 武田泰淳「文芸時評 惚れる文学」、東京:『毎日新聞』、1951年8月23日。
② 吉田健一「文芸時評 虚無感に基く行動の実感」、東京:『東京新聞』(夕刊)、1951年9月3日。
③ 「第26回芥川賞選評」、『芥川賞全集第四巻』、東京: 文芸春秋社、1982年。
④ 河上徹太郎等「創作合評」、東京:『群像』、1951年12月号。

评价尺度在《汉奸》问世的20世纪50年代普遍存在于日本文学评论界。[1]受其影响，日本学界对于《汉奸》的研究关注度一直不高，时至今日这部小说仍然是学术研究和文学史书写的边缘化对象。

第四节　中央文坛杂志的中国表述基本特征

《文艺》《新潮》《文学界》作为美国占领期日本中央文坛的3种历史最悠久的老牌文学杂志，它们在战后复刊的过程、占领期的办刊路线、文学杂志理念、杂志刊载中国题材作品的方针、所刊作品文本的特点，以及介入美国占领期日本社会公共言论空间的方式上体现了日本中央文坛传统文学杂志在战后初期构建中国表述空间的基本特征。

1945年8月日本战败之时，在东京中央文坛流通的全国性文学杂志仅剩下河出书房发行的《文艺》。一方面，由于战后初期《文艺》以天皇《终战诏书》为导向进行杂志版面设计，这使得以《文艺》为单一中心形成的战败后日本文坛言论空间呈现出"疏离中国"的特征。另一方面，如果说《文艺》在日本战败之后选择了将迎合天皇的《终战诏书》作为刊物编辑理念，那么《新潮》则是选择了以顺应美国对日占领的时势需求作为它的战后编辑路线总方针。作为历史悠久的老牌纯文学杂志，《新潮》在应对美国对日占领的言论导向方式上和《朝日新闻》《周刊朝日》采用的迎合／对抗的双向模式十分近似。一方面，《新潮》选择以文人跨国对话的方式构建刊物版面的日美交互言论通道，通过策划美国作家的对日占领使命认知和日本作家的美国民主认知等话题作品引起杂志读者对于日美对话的关注。另一方面，《新潮》又策划刊发日本作家带有美国批判意识的文章，以此寻求制衡和对抗美国在战后占领期日本文坛的话语权。与竞争对手《文艺》相类似，《新潮》同样在日本战败后出现了明显的"疏离中国"的杂志版面偏向性，原本在战时频繁见于《新潮》的中国题材作品到了战后迅速沦为被边缘化的对象。此外，《新潮》编辑部也认识到战后中日之间的文化交流虽然受制于美国对日占领无法正常开展，但两国之间的文化纽带并不会因此轻易断裂，中国题材作品之于《新潮》既是被边缘化的对象，同时也是游离于占领期日本公共言论主基调之外，进而能对其产生对抗、反制作用的异质声音生产者。占领

---

[1] 本多秋五「物語戦後文学史　第108回」、東京:『週刊読書人』、1962年5月14日号。

期《新潮》刊载的中国题材作品，不仅体现部分日本作家的个人涉华视角，更重要的是体现了占领期日本文学杂志的中国题材作品作为异质言论生产者的职能特点。

美国在占领日本之后第一时间解散了日本本土的主要报社、出版社的驻外机构，同时又针对进出日本的人员实施严格的出入境管制，以此垄断了日本和海外其他国家之间的资讯交互渠道。在这种情况下，《新潮》即便有意愿向杂志读者介绍中国文化也会面临无法获得最新资讯的问题。因此在占领初期，《新潮》主要通过有旅华经历的作家以回忆的形式书写中国题材作品。而到了1946年下半年之后，伴随着中国政府针对在华日侨遣返归国事务的不断推进，大量在华生活的日本人返回日本国内，中国遣归日侨群体的跨境移动一定程度上打破了美国占领军在日本的信息封锁。在同时期日本各类报刊上，中国遣归日侨回到日本之后发表的各类遣归言论构成了涉华言论的主体组成部分，特别是有较高文化水平和文字信息传播能力的遣归日侨文人成为占领期日本文学媒体的中国表述者主体，他们同样是占领期《新潮》最为仰赖的中国题材作品创作者。除遣归日侨文人之外，同时期《新潮》传播战后中国最新文化资讯的另一个重要渠道是发表访日中国知识分子的作品。访日中国知识分子的作品既对于日本的战争责任采取了严厉责难的言论姿态，同时也表达了与日本文人进行平等对话的意愿。这类作品往往寄托作者对于中日两国跨越战争仇恨重新寻找建立文化共同体的期望，而表述中日两国作为东亚国家和东洋文化命运共同体的利益一致性正是占领期杂志《新潮》的中国题材作品文本反复涉及的核心主题。这种中国表述与美国占领下日本公共言论空间以日美二元关系为核心的言论主基调格格不入，它同样体现了《新潮》的中国题材作品在占领期日本公共言论空间扮演的异质言论生产者的角色职能。

《文学界》作为中央文坛主流杂志之中复刊时间最晚的迟来者，它从1947年6月战后第1号发行之初就寻求与《文艺》和《新潮》展开差异化竞争，其中一个手段是有意识地选择去政治化的艺术至上主义编辑路线，尽量回避介入占领期日本社会的时事性话题，另一个手段是主动寻求以娱乐消遣为导向的大众化文艺路线。也正因为如此，在进入占领期之后的相当一段时间内，《文学界》只发表消费娱乐型的中国题材文学作品。但在1949年10月中华人民共和国成立之后，随着"新中国"成为日本全社会高度关注的热点话题，《文学界》上也开始出现一些具有较强政治话题性的中国题材作品，其中最重要的2部小说作品是武田泰淳的《F花园19号》和堀田善卫的《汉奸》。这2部作品都试图描写日本人在中国大陆的战败体验及其与日本本土战败体验之间的差异,并在此基础上表现作家对于日本战争责任和战后责任问题的历史见解与言论立场。也就是说,在中华人民共和国成立之后,即便是《文学界》这样以去政治化和娱乐消遣为导向的文学杂志也开始出现具有异质性言论生产功能的中国题材作品。

第五章 《群像》《人间》的中国表述主题

第一节 《群像》的创刊与中国表述空间

进入美国占领时期之后,不但占领军政府出于自身的舆论宣传需要大力支持日本本土文化出版业的发展,日本政府在战后提出的所谓"文化国家"的建设口号,以及日本读者摆脱战时法西斯文化专制束缚后产生的旺盛求知欲也推动了文化出版行业出现普遍繁荣现象。①占领期日本中央文坛的主流文学杂志普遍销量激增,这刺激了一些有实力的出版社在战后创办新的全国性文学杂志参与文学出版市场竞争。

1946年10月,日本老牌出版社"大日本雄辩会讲谈社"在东京创办了一种新的文学杂志《群像》。《群像》虽然是一种诞生于战后的新兴文学杂志,但依赖于讲谈社强大的经营实力,其从1946年10月的创刊号起就获得了文坛第一线作家们的支持,进而拥有了可比肩《新潮》《文学界》《文艺》等老牌文学杂志的丰富版面。《群像》对于自身杂志的发展也是充满自信,其创刊号就设置了长达150页的创作栏篇幅,同时创刊号"编辑后记"中还明确提出了通过刊发优质作品、发掘文坛新人挑战老牌文学杂志的意愿。②

作为一种战后新兴刊物,《群像》的编辑方针较《新潮》等老牌文学杂志更为强调国际化视野,这点突出体现在《群像》对于中国题材作品刊发意愿之中。1946年10月《群像》创刊号发表了2部中国题材文学作品,一部是平田小六(1903—1976)

① 「出版三年史」,『日本出版年鑑 昭和19～21年版』所收、東京:日本出版共同株式会社、1947年。

② 高橋清次「編輯手帖から」、東京:『群像』、1946年10月号。

的战争小说《后院儿》，另一部是中国诗人黄瀛（1906—2005）的诗歌作品《望乡》。平田小六是一位中国遣归作家，侵华战争期间他在北京、天津从事记者工作，《后院儿》是一部取材自他在京津地区从军经历的短篇小说。平田小六早年以无产阶级作家的身份进入文坛，他擅长从底层贫民视角书写日本社会，小说《后院儿》也体现了他的这类创作特征。

《后院儿》采用了群体描写、报告文学和心理小说文体相结合的手法。小说中的出场人物大多以"士兵""军官""苦力""民众"等集体性名词形式出现，小说叙述者一方面采用俯瞰视角描绘一场发生在中国京津地区的小型战役的宏观过程，另一方面又不断将镜头聚焦于"吉田伍长""后藤曹长""柳泽一等兵"等几位日军下级军官和士兵的个体视角，试图从微观层面刻画战争场景和日军士兵的战场心理。小说标题"后院儿"是指一所日军战地医院。小说的主体部分描写了"后院儿"里的日军士兵们彷徨、焦虑、恐惧、迷茫的心理，以及底层社会出身的士兵与上级军官之间的矛盾，作品带有明显的反战小说和阶级斗争意识形态宣传色彩。

黄瀛的日语诗歌作品《望乡》同样刊载于《群像》创刊号。《望乡》是由3首自由体诗构成的一部组诗作品，包括同题诗作《望乡》《南京的广播》《香烟》。在3首自由体诗之中，最能体现这一时期黄瀛日语诗歌作品特点的是《南京的广播》。

中日混血的黄瀛不仅是同时期中国诗坛少数有能力创作日语诗歌的作家，同时也是战后最早在日本文学杂志上发表作品的中国诗人。[1] 黄瀛在《南京的广播》一诗中写道："在电灯的蓝光之下，在临时拼造的被炉之下，听着远方故土的乡音乡语，听着故乡寂寥的歌谣……麦克阿瑟总部的广播新闻，东京的记忆与留恋，妻子迟迟未到的书信，喝不醉的酒，是久违的白梅和酒精鸡尾酒。"黄瀛在1931年九一八事变之后参军，之后加入抗战，1945年抗战胜利之时已经是官拜少将的高级军官。对黄瀛来说，日本既是敌国亦是故土，《南京的广播》体现的正是这种双重意象。黄瀛因为日本发动的侵华战争不得不远离四川故乡和在故乡的妻子，而同样是因为侵华战争，他与另一个故乡东京也渐行渐远。黄瀛在全面抗战爆发后停止了日语写作，侵华战争不仅使他远离空间上的2个故乡，同时也夺去了他的语言故乡。

《南京的广播》描写了抗战胜利后黄瀛在南京工作期间的一个生活片段。作品中，诗人偶然听到来自美国占领军总司令部发送的广播新闻，这引发了他对于2个故

---

① 黄瀛「心平への戯れ書」、東京：『人間』，1946年7月号。

乡的思念。《南京的广播》故意采用指涉对象暧昧的语词形成可供读者多重联想的双重语境，诗中出现的"远方故土""乡音乡语""故乡寂寥的歌谣"既可以指涉四川，亦可以是东京。借助于这种双向指涉功能的语词，《南京的广播》构建了一个游走于中日之间的跨境式语言空间。而借助诗歌语言空间谋求与日本读者的跨境对话是黄瀛作品一贯的母题。①

本书前述章节已经介绍过，《新潮》《文艺》《文学界》等日本老牌文学杂志在进入占领期之后都出现过疏离中国的问题。与之相对，《群像》不但在创刊第1号即刊发了平田小六以侵华战争为主题的小说《后院儿》，同时还配以发表中国诗人黄瀛的战后新作，以此为日本读者营造中日作家作品的交互阅读空间。除此以外，《群像》对于中国题材作品的重视在1947年1月号发表的武田泰淳作品《俗世的和脱世的》之中也有体现。

《俗世的和脱世的》是一篇评论作品，文中武田泰淳以中国文坛为比较对象，对于战败后日本文坛的文人风气进行了分析与批判。武田泰淳认为战败后的日本文坛虽然出现了新旧两代人的对立，但无论是谷崎润一郎、佐藤春夫等战前文坛元老，还是坂口安吾、太宰治等战后文坛新宠都普遍存在着以"俗世"之名回避参与政治性、社会性话题讨论的习性。武田泰淳将这种习性定义为日本文人的"脱世"风气，他以林语堂和郭沫若为例，介绍当代中国文人截然不同的"俗世"志向。武田泰淳认为当代中国文人无论其文学理念和作家风格有多大差异，在积极参与政治性、社会性话题讨论的意识上体现出和日本文人截然不同的"俗世"志向。武田主张"今天日本文坛最犀利、最有活力的话题在林语堂和郭沫若眼中，恐怕也只呈现出脱离人世的文人妄想的样子"②。武田泰淳认为，正是这种"俗世"志向体现出中国文学作为世界文学的"普世价值"，他将同时代的中国文人以文论政、积极介入公共言论空间参与政治性话题讨论的风气视为日本文坛战后革新的他山之石，而占领期《群像》发表的各类中国题材作品也普遍体现了类似的立场。

和《新潮》一样，由于美国在军事占领日本之后解散了日本本土的主要报社、出版社的驻外机构，同时又针对进出日本的人员实施严格出入境管制以垄断日本和海外其他国家之间的资讯交互渠道，《群像》唯有借助于中国遣归日侨的跨境移动打破

① 岡村民夫「詩人黄瀛の再評価：日本語文学のために」，西宫：『言語と文化』，2019年1月総第16号。

② 武田泰淳「人間臭と人間ばなれ」，東京：『群像』，1947年1月号、第50頁。

占领军在日本的信息封锁。正因为如此,该刊早期发表的各类中国题材作品大多出自遣归日侨文人之手,前述平田小六的小说《后院儿》和武田泰淳的评论《俗世的和脱世的》均属于这类性质的中国题材作品。除此以外,《群像》还在1947年9月号发表了奥野信太郎(1899—1968)的随笔作品《现代中国文学的一个标识》,它同样展现了中国遣归日侨文人的独特战后视角。

奥野信太郎毕业于日本庆应大学,学生时代主修中国现代文学。1936—1938年,奥野信太郎作为日本外务省在华特别研究员留学北京,1944年受聘于北京辅仁大学担任日语系客座教授,1945年日本战败后以日籍特别留用人员的身份继续在辅仁大学任教,1946年作为遣归日侨回到日本。[①]《现代中国文学的一个标识》发表于《群像》1947年9月号,刊发之时文末附有一段后记。文中奥野信太郎介绍自己侨居北京期间结识了中国文人赵荫棠(1893—1970),受其所托,他原计划将赵荫棠写作的长篇小说《影》译介到日本,但是因为条件所限,最后选择以随笔形式通过《群像》向日本读者介绍赵荫棠的这部小说作品。[②]

赵荫棠是钱玄同的弟子,他毕生从事汉语声韵学研究,学者生涯之余也进行小说创作。1937年侵华日军占领北京之后,赵荫棠先后在辅仁大学和伪北京大学任教,1944—1945年间担任伪华北作家协会古典部主任。[③]据赵荫棠自述,1945年伪华北作家协会策划出版一套文艺丛书,他作为古典部主任承担了其中一册,但是苦于没有写作素材迟迟无法交稿,最后只好借用友人费村提供的日记材料"把北平的花街柳巷着实写一番"[④]。这段作家自序亦真亦假,既可以看作赵荫棠的创作意图自述,也可以视作小说虚构内容的一部分。但无论其形式,它反映出赵荫棠在创作长篇小说《影》之际有采用纪实文学笔法记录沦陷时期北京生活史的意图。

《影》的小说背景设定在了20世纪30年代日本全面侵华前后的北京。小说描写了北京一所大学教授的主人公费村意外结识风尘女子李依兰之后持续数年的感情纠葛。《影》出版于1945年6月,由于2个月之后日本的无条件投降,这部小说也就成为附逆文人的旧时代作品从而失去了人们的关注。奥野信太郎之所以要在2年之后将这部作品介绍给日本读者,主要是希望"以这部长篇小说为基轴,通过论述这部

① 藤田祐賢「奥野信太郎年譜」、『芸文研究』、1969年3月総第27号。

② 「附記」、東京:『群像』1947年9月号、第16頁。

③ 赵荫棠《陇上学人文存:赵荫棠卷》,兰州:甘肃人民出版社,2015年,第1—2页。

④ 赵荫棠《影》,北京:华北作家协会,1945年,"序"。

作品内在的文学精神,向日本读者介绍笔者眼中的现代中国文学特质"①。

一方面,奥野信太郎无意夸大赵荫棠和小说《影》的文学史地位,他承认赵荫棠在五四以来中国新文学作家之中并不出众,并且《影》这部小说不管是文笔、情节还是人物形象"缺乏精致的设计,在细节处理上甚至可以说是稚拙"②。另一方面,奥野信太郎又认为《影》的价值在于它是一部罕见刻画日军占领下北京知识分子精神苦闷的长篇小说作品,他强调侵华战争期间"北京是带给中国知识分子最多创伤记忆的城市之一","许多中国知识分子因为种种缘由生活在日军占领地区,他们在战争期间遭遇了另一种精神痛苦"。奥野信太郎将赵荫棠视作侵华日军占领地区的中国知识分子典型,他试图通过介绍赵荫棠的作品向日本读者展现沦陷下北京文人的精神苦闷及其书写方式。也正因为如此,奥野信太郎在介绍《影》的故事情节之时带有明显偏向性。《影》的小说主体内容原本聚焦于北京风尘女子的底层生活境遇,奥野信太郎在介绍该小说情节之时,却将风尘女子的相关内容大幅压缩,反之聚焦于小说主人公费村的知识分子精神层面,将他在沦陷区生活过程中的精神苦闷及其导致的颓废、虚无生活境遇作为小说的主体内容介绍给日本读者。

与平田小六和武田泰淳一样,奥野信太郎在战后遣归过程中不仅将最新的中国资讯带回了日本,更重要的是借助于自身的在华体验获得了从外部审视美国占领下日本社会的中国视角。对于奥野信太郎来说,美国的对日占领问题只是战后日本社会必须面对的"占领"课题的一个侧面,除正在进行中的美国占领之外,战时日本的对华占领是"占领"这一历史课题的另一个不能遗漏的侧面。这种双重"占领"的历史观察视角是奥野信太郎、武田泰淳等中国遣归文人的占领期文学作品明显有别于日本本土作品的独特之处,而这也促使他们书写的各类中国题材作品能够在美国占领期日本公共言论空间成功扮演异质言论生产者的角色。

第二节 《群像》与战后新生代的中国书写

《群像》从1946年10月创刊号开始就十分重视"文艺时评"版面设计。该版块早期由文学评论家板垣直子主持,每期针对日本各类文学杂志刊载的最新作品进行

---

① 「現代中国文学の一標識」,東京:『群像』,1947年9月号、第11頁。
② 「現代中国文学の一標識」,東京:『群像』,1947年9月号、第12頁。

择要点评。1947年4月开始,《群像》又在每期杂志新设"创作合评专栏"版块,该专栏之后发展为占领期日本文坛最有影响力的文学评论舞台。与同时期许多资本主义国家一样,日本的传统文坛场域由文人、文学出版媒体和文学读者群体三位一体的形式构成。《群像》重视"文艺时评"的原因一方面是希望沟通文人、文学出版媒体和文学读者群体之间的三者联系,另一方面是试图通过"创作合评专栏"挖掘战后新人,以此增强《群像》相对于《新潮》《文艺》《文学界》等老牌文学杂志的文坛竞争力。①

《群像》每月的"创作合评专栏"注重挖掘青年新人作家之中创作风格明显有别于战前日本文坛的战后新生代作家。一方面,通过给予这些战后新人进入东京中央文坛舞台的机会,形成《群像》作为战后新兴文学杂志的竞争力。②另一方面,《群像》早期挖掘战后新人作家的尝试并不顺利,特别是1947年下半年举办的"新人小说家"作品募集活动最终以"无作品入选"宣告失败。③在总结这次新人发掘活动的失败教训之际,时任《群像》顾问丹羽文雄、川端康成、井伏鳟二等人认为,其原因在于占领期日本本土的新人作家出现了创作风格同质化的集体倾向。为了克服这种倾向,川端康成等人寄希望于从海外归来的新人之中能够出现真正有独创性的"战后派"作家。④

在占领期《群像》陆续推出的多位战后新生代作家之中,与中国关系最密切的是青年文人堀田善卫。堀田善卫毕业于东京庆应大学法国文学专业,1942年10月大学毕业之后进入战时日本负责对外文化工作的窗口机构国际文化振兴会担任调查员,1945年3月外调国际文化振兴会上海资料室,同年8月日本战败之后受聘于中国国民党中央宣传部对日文化工作委员会担任日籍留用人员,战后在华工作1年多之后遭归日本。

在回到日本之后,堀田善卫陆续发表了《波涛之下》(1948)、《共犯者》(1949)、《无国之人》(1949)、《被革命的人》(1950)、《祖国丧失》(1950)、《彷徨的犹太人》(1950)、《齿轮》(1951)、《汉奸》(1951)、《断层》(1952)、《历史》(1952—1953)、《时间》(1953—1955)等大量以中国为题材的小说。这一系列中国题材小说的发表很快引

① 高橋清次「編輯手帖から」、東京:『群像』、1946年10月号。
② 群像編集部「新人小説・評論募集」、東京:『群像』、1947年10月号。
③ 川端康成等「新人を語る　新人小説銓衡委員座談会」、東京:『群像』、1948年4月号。
④ 川端康成等「新人を語る　新人小説銓衡委員座談会」、東京:『群像』、1948年4月号。

起了日本文坛的关注，当时还是青年文人的堀田善卫由此崭露头角，成为战后日本新生代作家的旗手。特别是在1945年日本战败至1955年完成战后初步重建同时成为美国冷战体系附庸国的10年间，堀田善卫是日本"战后派"作家之中涉华关系最密切、同时也是发表中国题材文学作品和涉华言论最为频繁的文学家之一。直到1972年中日邦交正常化为止，堀田善卫长年扮演着日本文坛至关重要的中国表述者，他的创作活动几乎涉及了战后中日关系史的所有重要事项。

　　1950年5月，当时还是文坛新人的堀田善卫在《群像》发表了小说作品《祖国丧失》。《祖国丧失》是堀田善卫战后发表的小说处女作，这部作品不仅内容独特，其发表过程也颇为曲折。堀田善卫的最初计划是写作一部长篇小说，但因为当时他在文坛默默无名，找不到能够提供长篇连载版面的刊物，最后只能拆分为5个中短篇，在1948—1950年间先后发表于《个性》《改造文艺》《人间》《群像》等不同文学杂志。[1]1952年，当时已经获得"芥川奖"成为文坛宠儿的堀田善卫重新将5个中短篇整理成一部长篇小说，最终由东京文艺春秋出版社发行了单行本《祖国丧失》。

　　《祖国丧失》的小说背景设定在1945年日本战败前后的上海，故事讲述了日本主人公杉在中国前后近2年的生活经历。杉是一位向往跨国生活的自由主义知识分子，他在"二战"末期为了逃离闭塞窒息的战时体制来到上海。在这座当时亚洲的国际之都，杉遇到了因为出生于上海而对日本缺乏归属感的女主人公公子，因为纳粹的反犹迫害被剥夺了国籍游荡在上海的无国籍犹太人格哈特，在上海震旦大学专攻法国文学但同时又从事地下抗日活动的中国大学生朱剑英等形形色色的"无国籍主义者"。在与这些民族、国籍、政治立场和人生追求各不相同的异乡人的接触过程中，同时也在饱受战争之苦但同时又保留着多元化属性的国际都市上海，杉不断思索着国家、民族、国籍等国族化的主体属性与个人主体性之间的紧张关系。一方面，杉在侵华日军对上海的军事占领和沦陷区中国青年的抗日运动中看到了国族对立的不幸；另一方面，他又在国际都市上海的多元化空间和多国籍居民群体之中看到个体超越国族对立相互对话的可能性。厌恶战时日本极端民族主义的杉以"祖国丧失者"自居，他向往游荡在国际都市上海的多元化空间之中，成为摆脱国族束缚的"无国籍

---

① 「波の下」、東京：『個性』、1948年12月；「共犯者」、東京：『個性』、1949年6月；「被革命者」、東京：『改造文芸』、1950年1月；「彷徨える猶太人」『人間』、1950年5月）、「祖国喪失」、東京：『群像』、1950年5月。

者",故而主动选择远离上海日侨社群,混迹在犹太人、白俄等无国籍人群之中。但在战争结束之后,对于日本侵略战争和战后重建的责任意识促使杉重新开始思考国族与个体之间的关系。在小说的最后,杉选择了直面国族与个体的对立但不放弃国族责任的战后人生道路,尽管他并不确信这条道路是否有成功的可能性。

《祖国丧失》是一部描写战败前后日本知识分子的内心苦闷和主体责任意识重建历程的作品。在美国占领期日本文学之中,相同主题的作品实际上并不少见,而《祖国丧失》之所以能受到《群像》的重视,主要原因并不在于作品主题本身,而在于堀田善卫表述这一主题之际使用的中国素材和中国视角。

《祖国丧失》刊载于《群像》1950年5月号,而就在小说见刊前夕的1950年4月27日,东京《朝日新闻》登载了一则题为"给法务省的请愿信　为了永久和平意欲脱离日本国籍"的专题报道。该报道称,由于同时期日本新制定的国籍法承认国民具有放弃国籍的权利,日本法务省收到大量要求脱离国籍的请愿书,这引起了日本社会对于"无国籍者"现象的关注。据堀田善卫的文坛友人山本健吉回忆,当时堀田善卫曾经给他寄来书信,坦言自己写作《祖国丧失》的契机正源自美国占领期日本社会出现的国族认同感的丧失问题。① 也就是说,《祖国丧失》追求的主题和这部小说力图刻画的"祖国丧失者"形象是作者堀田善卫对于美国占领期日本公共言论空间热点话题的回应。

堀田善卫将小说《祖国丧失》的背景设定在日军占领下的上海,他寻求和奥野信太郎一样具有双重"占领"视角意识的文学书写,将"无国籍者""祖国丧失者"之类的美国占领期日本社会热点话题置于战时日本对华占领的语境之下进行重新表述。《祖国丧失》的主人公杉在出场之初就被设定为一位厌恶战时日本民族主义但同时也没有任何明确目标,只是在上海流亡的虚无青年。杉拒绝融入当地日本人社群,每日游荡在上海街头,经常出入于上海租界的一所名叫"国际地狱"的酒吧。酒吧"国际地狱"每天挤满了俄罗斯人、犹太人、波兰人、意大利人、英国人、日本人等旅居上海的外籍游民,在杉的眼中代表着一种多国籍多民族人群杂居的"无国籍"空间。来到上海之后,杉发现了一个接一个日本战争宣传的谎言,这使他进一步想要逃离帝国日本支配空间。对杉而言,寄身于一个排斥任何民族主义立场的"无国籍"空间是他逃离帝国日本的有效途径,作者在小说开端将杉的日常活动空间设定在酒

---

① 山本健吉「解説『現代日本名作選　広場の孤独・祖国喪失』」,東京:筑摩書房、1953年。

吧"国际地狱"的原因即在于此。

　　除杉以外,《祖国丧失》还在小说中塑造了多个和主人公有相似特征的"祖国丧失者",这些"祖国丧失者"无一例外地排斥民族主义,选择游走于多重国族立场之间,其中一个代表人物是小说中的女主人公公子。公子在小说中与杉如影随形,两人通常共同行动,一起推动小说的故事发展。公子虽然是日本人,但因为其出生于上海并在上海长大,所以在杉的眼中"皮肤的颜色、表情都和日本内地的女孩明显不同"。公子因为厌恶日本侨民聚居的虹口而独自在上海法租界生活,她被设定为一个极度拒斥民族主义、游走于日本社群之外特立独行的在华日侨。公子这一小说人物是以堀田善卫侨居上海时期结识的日本女性中山丽为原型设定的。中山丽日后成为堀田善卫的妻子,据堀田善卫本人回忆,出生于日本三重县的中山丽因为常年居住在上海,对中国有强烈的故乡意识,生前时常自称"出生在上海"[1]。也就是说,在公子的人物设定中,作者从一开始就计划融入"上海"与"日本"共存的二元性意义。结果是,公子同时兼有"上海"和"日本"属性的人物形象之中融合了对上海的故乡意识和日本在华侨民的殖民主义属性,她在小说中正是以这种二元性身份参与《祖国丧失》的故事进程的。

　　公子在小说中以具有矛盾性人格的形象出场,她一方面主张自己"在上海出生,对日本没有乡情",另一方面又承认自己是受到日本在华殖民统治庇护的帝国侨民。公子自称在"日本人聚居的虹口"感到帝国"残酷血腥的风气",出于厌恶感搬到远离虹口的法租界独自居住。但公子又讥讽同样从虹口逃到法租界的杉是"无用之人",她厌恶日本在华殖民统治,但同时又对其存在依赖心理。与公子的矛盾性格类似,主人公杉自身也与帝国日本之间存在拒绝与依存的双重关系。杉一方面厌恶日本的侵华战争和在华殖民统治,因此试图尽可能逃离帝国日本的统治空间。但当他整日出入于流亡犹太人、白俄等无国籍人群之中的时候,他又不断怀疑"在上海的自己是一个彻头彻尾的幽灵,比起无国籍人更加无国籍"。在小说开头,杉向往着成为像上海犹太人那样完全摆脱国籍束缚的"无国籍人",但是随着故事的发展,杉逐渐意识到所谓"无国籍人"只是"祖国丧失者"的别称,在以民族国家为基本单位的时代,完全脱离国家而存在的生活方式只是自欺欺人的幻想。对侵略战争的责任感是杉试图逃离帝国日本的原因,然而同样是因为清算战争责任和履行战后责任的意识

---

[1]　木下順二『日中の原点から』東京: 河出書房新社、1972年、第260頁。

使得杉无法舍弃作为日本人的国族主体性。

在日本近现代文学中,以国际都市上海为背景的作品并不少见,例如横光利一的长篇小说《上海》(1928—1932)一直是国内外学界公认的日本文学经典作品。堀田善卫的《祖国丧失》与横光利一的《上海》有着相类似的小说构造,两者都设计了一位试图逃离帝国日本的自由派知识分子作为小说主人公,小说中都描写了主人公在上海这座凝聚了中国近现代发展史的城市中观察中国、思考中国,并以此为镜反思日本的心路历程。但是由于2部小说写作时间相隔了近20年,两者描写的中国形象和小说叙事的发展轨迹也随之截然不同。横光利一的《上海》以1925年的中国为背景,质疑帝国日本在华殖民统治暴力的主人公参木在中国革命者芳秋兰的引导下出入于上海的多元化都市空间,他原本试图在国际都市上海寻找超越民族主义的可能性,却在目睹了中国革命的冲击力之后重新唤起了他对祖国日本更强烈的归属意识。与之相对,在以1945年的中国为背景的《祖国丧失》之中,日本的战败致使主人公杉无论是在主观心理还是在客观条件上都成了名副其实的"祖国丧失者"。由于战败的现实,20年前《上海》描写的"回归祖国"的叙事设定在《祖国丧失》之中已经无法成立,杉不得不在异乡目睹"日本"分崩离析的全过程。这种"祖国丧失者"的体验,一方面促使杉产生了放弃国籍成为"无国籍者"的想法,另一方面也使他催生重建日本、寻找新的国族认同和民族主体性的强烈渴望。

在《祖国丧失》的小说结尾处,作者特意设计了一段主人公杉和2位中国友人一起前往上海郊区万国公墓瞻仰鲁迅墓的故事情节。在鲁迅墓碑前,抗战胜利后进入国民党机关工作的王效中与共产党员朱剑英的未婚妻倪小姐围绕鲁迅的政治立场展开争论,两人各执己见,争辩如果鲁迅还活着,他是否会成为某个特定政党的体制内文化人。在两人争论不休之时,杉独自一人环顾四周,他在宋氏家族的豪华墓地附近找到了鲁迅低调不起眼的墓碑。杉发现鲁迅的墓碑已经被无名人士损坏,墓碑白瓷砖上的鲁迅肖像只剩下鼻子上沿部分,他突然感到"肖像中鲁迅睁开的眼睛浸润着深沉而热烈的悲愁",小说的故事就此结束。

以描写"祖国丧失者"的矛盾纠葛作为故事主线的《祖国丧失》最后在主人公杉被"鲁迅"凝视的场景之中结束。小说结尾处的"鲁迅"凝视场景设计暗示了杉对于鲁迅精神人格的共鸣。在多年之后的一部回忆录中,堀田善卫描写了自己在1945年6月拜访鲁迅墓时的往事。当时正处于日本战败前夜,堀田善卫在上海瞻仰鲁迅墓之时感叹"鲁迅的眼神似乎能看穿我的内心""鲁迅与日本的异民族交涉是我所向往的类型，他是一位彻底的异民族交涉者"。[1] 据堀田善卫自述，1944年他在结束短暂军旅生涯回到故乡之后沉迷于阅读日本改造出版社出版的鲁迅全集的日译本，在其中他发现了鲁迅作为"彻底的异民族交涉者"的精神形象。[2] 堀田善卫认为，鲁迅永远行走在文化越境的旅途之中，他同情受压迫国家的民族主义，但同时又拒绝归属于任何自我绝对化的国族共同体。堀田善卫认为，鲁迅一方面向往国际主义的开放性与多元性，另一方面又坚持在独立的国族主体性之上推动文化他者之间的对话。堀田善卫将鲁迅的这种态度定义为"彻底的异民族交涉"，他在《祖国丧失》的小说结尾处设计"鲁迅"凝视场景的理由正在于此。堀田善卫将鲁迅拒绝立场固化的独立知识分子属性与主人公杉的"祖国丧失者"属性相互重叠，最终形成了"彻底的异民族交涉者"的形象雏形。

《祖国丧失》首次以单行本形式出版是在美国对日占领结束的1952年。在《祖国丧失》单行本出版之际，堀田善卫为自己的这部长篇小说处女作写下了一段题句——"驴是悲壮的吗，在不堪重负却也无法丢弃的重担之下走向毁灭"。该句取自尼采的名著《偶像的黄昏》(1888)，原本是尼采用来表现面对二选一的难题进退两难陷入困境之人的格言。在《偶像的黄昏》中，尼采频繁使用"驴"一词作为体制内御用思想家的隐喻，堀田善卫则是借用尼采的隐喻指涉"二战"时期盲信天皇权威失去批判性思考能力的日本知识分子。[3] 堀田善卫在小说《祖国丧失》之中试图表现的正是战后日本知识分子的尼采式困境——不得不背负战败国这一"不堪重负却也无法丢弃的重担"在历史中前行。堀田善卫在1945年的上海目睹了帝国日本分崩离析的全过程，他立足于中国的战败体验，借助塑造"祖国丧失者"的小说中的人物形象，为战后日本知识分子的二律背反式困境赋予文学表现。《祖国丧失》试图追问与战后日本知识分子的主体性重建密切相关的两大课题——"国家重建"与"人性再建"。作者堀田善卫将日本战败的国家责任与个人责任视为战后日本知识分子必须直面的两大课题，他希望扬弃"国籍"与"无国籍"、民族主义与国际主义的二元对立，通过建立两者间的张力关系，追问"我们过去从来没有真正拥有过属于自己的祖国，因此也无所谓丧失，问题在于如何以己之力创建真正的祖国"这一战后日本知识

---

① 堀田善衛『上海にて』，東京：筑摩書房、1959年。

② 堀田善衛『上海にて』，東京：筑摩書房、1959年。

③ 堀田善衛『祖国喪失』，東京：文芸春秋新社、1952年。

分子的时代课题的答案。[①]

第三节　《人间》的战败意识和中国遣归视角

　　和《群像》一样，创刊于1946年1月的《人间》是一种诞生于战后，并在美国占领期成长为中央文坛主流文学媒体的新兴刊物。但是相对于《群像》立足于战后风潮热衷于推陈出新，《人间》更依赖于战前日本的传统文坛社群和文学理念进行刊物经营，这点尤其体现在杂志《人间》版面的战败意识及其导致的言论管控处分事件之中。

　　《人间》最早由东京镰仓文库出版社创刊于1946年1月。在杂志创刊之际，东京镰仓文库聘请了毕业于东京帝国大学法文系的木村德三出任杂志主编，同时又邀请川端康成、久米正雄、小林秀雄等文坛知名作家担任编辑部顾问，确定以"文学参与日本重建"作为其创刊口号。[②] 创办《人间》的东京镰仓文库是"二战"末期为躲避美军空袭隐居在日本神奈川县南部镰仓地区的文人出于维持生计需要而创立的文人互助协会，主要成员有川端康成、久米正雄、高见顺、中山义秀等40余名东京中央文坛知名作家，早期业务以租借、出售珍本古籍和个人藏书为主。[③] 有赖于这些文坛知名作家的支持，《人间》自创刊号起就拥有丰富的稿件资源，其创刊号页数达到了惊人的240页，这使得《人间》自诞生之日就成为占领期日本全国文学杂志之中体量最庞大的一种刊物。

　　由于重视传统，虽然同属战后新兴文学杂志，相较于作为竞争对手的《群像》，《人间》在刊物版面设计上体现更强的战时回顾意识和战败反思意识。1946年1月《人间》创刊号的"编辑后记"中写道："回想去年那个战败的夏天，多少日本人伫立在惨烈的焦土之上绝望四顾，同时又有多少人在荒芜之中满含泪水发现战后重建的希望新芽……如果说日本的战败根源于战时狂热的非理性社会言论风潮，那么原本应当阻挡这种狂热并引导理性言论的日本文学家就必须严肃反思自身的失责。审视以往日本文学的思想性、社会性和普世性价值的贫瘠，由此重新确立日本文学的

---

① 堀田善衛『堀田善衛全集14』，東京：筑摩書房、1994年。

② 「編集後記」，東京：『人間』、1946年1月号。

③ 川端康成「貸本店」，「鎌倉文庫と文芸雑誌『人間』」所収、東京：大空社、1993年。

国民课题,这就是战败后的日本文学探寻新生的途径。"①《人间》编辑部认为,战前日本文坛的文人、文学出版媒体和文学读者群体都存在社会性自闭特征,无论是作家、文学媒体还是文学读者都倾向于将活动空间限制在狭小的文坛内部,导致其严重缺乏文坛言论空间与社会公共言论空间的共生、互通意识。

据《人间》第一任主编木村德三回忆,《人间》的创刊目标之一就是通过设计综合文化型文学杂志样式改变日本文坛的自闭性特征,其称"杂志《人间》的编辑方针参考综合杂志文学专栏和大型报纸文艺文化专栏的版面设计风格,旨在打造区别于以往传统文学杂志的综合型文艺刊物"。② 追求综合型文学杂志的编辑方针促使《人间》在创刊之后积极发表以"战败"为主题的作品文本。这种主动介入社会公共言论话题的立场一方面成功打造了《人间》作为综合性文学杂志的刊物品牌,另一方面也直接导致《人间》在创刊后不久就遭遇来自美国占领军的言论管控处分。

1945年9月19日,美国占领军当局一方面对外公布所谓的《出版言论法规》(Press Code),另一方面在日本各地秘密设立"民间审查支队"(后改称"民间审查局"),并以内部机密文件形式陆续发行《违禁言论类型表》(Categories of Suppressions and Deletions)、《言论审查要项》(Subject Matter Guide)和《审查关键词表》(Key Log)等言论管控实施细则。美国虽在国际社会一直标榜维护言论自由的基本人权,对日占领时期却针对日本的公共言论空间实施了服务于占领军政策需要的信息管制和舆论操控。占领时期美国实施的言论管控在纸质媒体方面主要针对有全国性影响力的杂志、报纸、图书;言论管控通常采用出版事前审查形式,占领军规定日本本土的杂志社、新闻报社和图书出版社在正式发行纸质出版物之前,需要先向"民间审查局"(Civil Censorship Detachment)提交样稿接受内容审查。"民间审查局"在收到样稿之后交由一名日籍初级审查员(Examiner)进行初步检查,初级审查员参照《出版言论法规》《违禁言论类型表》等言论管控细则审核样稿内容,随后使用圈框或删除线将可能违反占领政策的"问题"言论进行单独标记,并译成英文交由美籍上级审查官(Censor),上级审查官负责判断"问题"言论是否属于"违禁"言论,并在此基础上形成一份英文打字稿形式的"出版审查结果报告"(News Matter or Table of Contents)。根据出版审查结果,"民间审查局"最终对所有包含"违禁"言论的出版物样稿做出"禁止公开"(Suppress)、"删除"(Delete)、"修改"(Change)或"暂时保留"(Hold)的4

---

① 「編集後記」、東京:『人間』、1946年1月号。
② 木村德三『文芸編集者その跫音』、東京:ティビーエス・ブリタニカ、1982年。

类管控处分。①

　　根据美国马里兰大学"普兰格文库"（Gordon W. Prange Collection）现存审查档案，《人间》是同时期日本中央文坛7种主流文学杂志中唯一在创刊第1号就遭遇占领军言论管控处分的刊物。1946年1月《人间》创刊号原计划发表一篇小宫丰隆（1884—1966）的随笔作品《没有印刷的手稿》，但在杂志样稿送交占领军"民间审查局"审核过程中受到"禁止公开"（Suppress）的言论管控处分，最终迫使《人间》删除了这部作品中近2000字的内容。② 小宫丰隆是夏目漱石门下的文学评论家，1946年当时已是一位年过花甲的文坛老人。《没有印刷的手稿》是一篇回忆录文体的随笔作品，内容讲述了小宫丰隆在"二战"期间由于日本政府情报局的言论管控无法自由发表作品的种种经历。根据美国占领军"民间审查局"制作的英文记录文件，当时负责对《人间》进行审查的是一位署名"古川"（Furukawa）的审查官。他认为《没有印刷的手稿》之中有一段内容包含"战时文章表述"（wartime article），因此判定不予公开发表。③

　　在《没有印刷的手稿》一文中，小宫丰隆以回忆笔调讲述了1945年3月美军发动冲绳战役之际，他对战争局势发展的预测。占领军审查官之所以判断其包含"战时文章表述"，是因为小宫丰隆在文章中将美军统一表述为"敌军"。对日占领时期，美国为了营造有利于占领军统治的社会舆论环境，积极推动所谓的"太平洋战争史观教育"。其手段之一是利用日本大众媒体传播美国视角的太平洋战争史叙事，并在其中建构美军的"解放军"形象。④1945年12月8日即日军偷袭美国珍珠港事件4周年当天，日本三大全国性报纸《朝日新闻》《每日新闻》《读卖报纸》在占领军总司令部授意之下同时开始连载《太平洋战争史》。《太平洋战争史》由美国占领军总司令部民间情报教育局编写，1945年12月首先连载于日本三大报，次年1946年4月又出版了单行本，此后成为美国对日舆论宣传最重要、同时也是社会影响力最广泛的"二战"叙事文本。⑤

---

① 同前"REPORTING GUIDE FOR PRESS, PICTORIAL, AND BROADCAST MEDIA"。

② 『人間』検閲文書、プランゲ文庫マイクロフィルム N489、国立国会図書館所蔵。

③ 『人間』検閲文書、プランゲ文庫マイクロフィルム N489、国立国会図書館所蔵。

④ 「聯合軍司令部提供　真実なき軍国日本の崩潰　太平洋戦争史」、東京:『朝日新聞』1945年12月8日。

⑤ 聯合軍総司令部民間情報教育局『太平洋戦争史』、東京: 高山書院、1946年。

《太平洋战争史》最显著的特点在于完全以美国视角讲述日本自1931年九一八事变到"二战"战败前后近15年对外侵略战争的历史经过。中国作为日本对外侵略战争的最大受害国原本应当成为这段历史叙事的主角，但由于《太平洋战争史》采用了美国中心视角，该作品近90%的内容聚焦于1942—1945年美军对日作战经过。与此同时，《太平洋战争史》还采用了典型的二元对立叙事，叙述者极力描绘美军破除万难击溃日本法西斯，并最终解救亚洲的军人形象。借助于这种脸谱化、英雄史诗型的历史叙事，占领军总司令部试图改变战时日本舆论塑造的所谓"鬼畜英美"的负面形象，通过《太平洋战争史》在战后日本公共言论空间建立有别于日本天皇《终战诏书》的另一类"战败"表述范式，消除日本民众对美国占领军的敌对情绪。

《没有印刷的手稿》原本是一篇旨在批判战时日本军国主义政府的文章，按照常理应该受到占领军的欢迎。但是由于作者小宫丰隆在作品中沿用了战时话语将美军表述为"敌军"，结果被视为危险言论遭遇管控处分。《没有印刷的手稿》的管控案例体现了美国占领时期日本反体制型作家在表述"战败"之际遭遇的共同困境。由于反感战时日本政府的言论管控，小宫丰隆没有采用日本天皇《终战诏书》的表述范式，他拒绝以"终战"一词替代"战败"回避日本无条件投降的现实。但同时，小宫丰隆也不愿意迎合美国占领军的《太平洋战争史》试图构建的"解放军"叙事，他同样拒绝采用美国视角的战争表述方式。在这种情况下，小宫丰隆的"战败"书写面临双重困境。他既不愿意放弃"战败"这一文学主题，又受制于占领军的言论管控，无法获得独立自主的"战败"表述自由。

除小宫丰隆的作品之外，占领军审查官对《人间》创刊号的封面设计也提出了否定意见。《人间》创刊号封面由日本著名西洋画家须田国太郎负责设计。为了体现《人间》的刊名含义并反思战时日本对于西方文化的过度排斥，《人间》编辑部特意选择了以亚当、夏娃形象为蓝本绘制的一男一女并肩背身站立的构图用作创刊号封面，以此寓意日本人民在战后重获新生。据《人间》时任主编木村德三回忆，占领军审查官认为《人间》创刊号封面绘制的一男一女并肩背身站立的构图"看上去更像是2个被押送的囚犯""现在的日本国民绝不是占领军的囚犯，必须告诉读者他们都是被盟军解放的自由人民"。[①]

美国占领军的一系列言论管控致使《人间》在创刊后不久即面临两难抉择。原

———
① 木村德三『文芸編集者その蹤音』，東京：ティビーエス・ブリタニカ、1982年。

本《人间》将"文学参与日本重建"作为创刊口号,立志打造能够积极介入社会公共言论议题的综合文化型文学杂志。但在实际编辑过程中,由于受到占领军的言论管控制约,《人间》很快就陷入了自我审查的危机。美国占领军的言论管控采用暗箱操作模式,在实施严格管控的同时严禁被管控者向外界透露管控内幕,以此诱导出版媒体形成"自我审查机制"。①占领军在下达"禁止公开""删除""修改""暂时保留"的4类管控处分之后,会要求出版物重新调整版式和版面内容以便隐匿占领军言论管控处分的痕迹。由于读者无法察觉占领军的言论管控痕迹,出版商就必须独自承担管控处分导致出版物内容品质下降的全部责任。为了回避言论管控处分带来的商业利益风险,出版物会逐渐形成排除所谓"危险言论"的自我审查机制,这也是美国占领军的言论管控处分最希望达到的威慑效果。

在小宫丰隆作品的言论管控处分事件发生后不久,《人间》即出现了启动自我审查机制的迹象。除《没有印刷的手稿》以外,《人间》创刊号还发表了其他文坛中老年作家回顾战时生活、反思战败的同题材作品,而1个月之后发行的《人间》第2号将大部分刊物版面用于发表美国文化论题材的作品。《人间》第2号组稿了一期"美国思潮"特辑,其中发表了清水几太郎的《作为二十世纪思想的美国思想》、三枝博音的《实用主义与日本文化》、西村孝次的《美国人的性格》、宫原诚一的《实用主义和教育》、中野好夫的《美国思潮与文学》和矶部佑一郎的《去年最佳美国小说》。这些美国文化论作品分别从思想、哲学、教育、语言、文学、国民性格等方面论述美国文化的特殊价值,以及对于战后日本"文化国家"建设的启示意义,整体上表现出积极迎合美国对日文化传播需求的倾向。

例如,清水几太郎的《作为二十世纪思想的美国思想》是《人间》第2号"美国思潮"特辑的基调文章。清水几太郎认为,美国作为西方国家的后起之秀能够迅速崛起存在重要的文化原因,其中最重要的几点体现在美国社会崇尚的科学主义、多元主义和实用主义。清水几太郎认为,科学主义是美国人看待世界和处理现实问题的基本方法,借助于此,美国得以创造物质文明的惊人成就。清水几太郎还认为,多元主义促使美国能够最大化吸收外来文化造就社会活力和创新力,实用主义则塑造美国人的国民性格,使其能够包容并蓄各类异质性文化,最终屹立于20世纪人类思想

---

① 吉野泰平「松本清張『筆記原稿』をめぐる三重の自己検閲:忘却の覚書の忘却」、東京:『日本近代文学』、2015年11月総第93号。

发展的最前沿。^①再例如，中野好夫的《美国思潮与文学》是《人间》"美国思潮"特辑的另一篇主旨文章，该文通过梳理美国文学史的发展轨迹分析美国文化思想的特征。中野好夫认为，仅有300年短暂历史的美国文学在它的非传统性、多变性、边境开拓精神和清教式批判精神之中表现出有别于其他国家的独特价值。美国文学衍生于欧洲文学，缺乏悠久的历史传统，但是正因为没有过往历史的束缚，美国文学才能不断追求多变的可能性。中野好夫还主张美国新大陆持续近百年的边境开拓风潮赋予了美国文学不同于旧大陆的外向型浪漫主义精神，美国人的清教传统又造就了美国文学的批判精神，这些特质均体现了美国文化思想的基本特征。^②

"美国思潮"特辑所收录的文章对于美国文化的评价方式虽然各不相同，但是整体上表现出论证美国文化优越性的一致倾向。这种迎合美国的版面基调既能够防止《人间》触犯占领军言论禁忌，进而有效规避审查处分的危险，又能够确保《人间》服务于占领期日本读者对于美国文化的阅读需求，因而成为日后杂志《人间》版面设计的主基调。尽管《人间》编辑部自我辩解"宣扬美国文化并不是出于对美国迎合跪拜的心理"^③，但事实上将美国文化视作民主文化样板和战后日本"文化国家"的建设模板是《人间》贯穿整个占领期一直奉行的刊物立场。

另外，与竞争对手《群像》一样，《人间》也试图通过刊发一定数量的中国题材作品来改变占领期日本文学缺乏外在视角的闭塞性。在此过程中，《人间》最为依赖的作品书写者依然是中国遣归日侨文人群体。

1946年5月，《人间》在当期杂志卷首发表了剧作家真船丰（1902—1977）的作品《中桥公馆》。真船丰毕业于日本早稻田大学英文学科，学生时代曾参加无产阶级文学运动，其于20世纪30年代通过发表多部知名舞台剧和广播剧作品，从而成为文坛著名剧作家。真船丰在1944—1945年先后侨居于伪满洲国的哈尔滨和侵华日军占领下的北京，《中桥公馆》是他在1945年12月从中国遣归之后创作的一部描写战败后北京日侨生活百态的戏剧作品。^④《中桥公馆》同时也是杂志《人间》发表的第一部中国题材剧本作品。1946年9月《中桥公馆》在日本大阪每日会馆上演，它也由此成为战后日本第一部正式公演的中国题材话剧作品。

① 清水幾太郎「二十世紀思想としてのアメリカ思想」、東京：『人間』、1946年2月。

② 中野好夫「アメリカ思潮と文学」、東京：『人間』、1946年2月。

③「編集後記」、東京：『人間』1946年2月。

④「真船豊年譜」、『現代日本文学全集50』所収、東京：筑摩書房、1956年。

　　《中桥公馆》的故事背景设定在1945年的北京,作品讲述了主人公中桥勘助及其家人在中国的战败体验。该作品采用5幕剧形式,作品全文总计42000字,占当期杂志《人间》版面的过半空间,侧面体现出编辑部对这部作品的重视程度。因为采用了剧本文体,《中桥公馆》主要以出场人物的对话或独白的形式推进故事情节发展。《中桥公馆》前后共塑造了15个出场人物,其中的核心角色是主人公中桥勘助和他的父亲中桥彻人。

　　《中桥公馆》的故事主要讲述作为理想主义者的中桥彻人和作为现实主义者的中桥勘助对于战败之后在华日侨命运的不同设想,以及两人截然不同的战后生活方式。中桥彻人是一位已经年过8旬的老人,他在中国生活了50年,自认为完全融入了中国社会。日本无条件投降之后,中桥彻人不满北京日侨社群弥漫着的绝望、虚无氛围,他主张将日本的战败视作在华日侨的新生契机,认为侵华战争打断了日侨在中国大陆的异民族融合进程,战争的结束则意味着进程的重启。中桥彻人策划了一个破天荒的所谓"大陆农耕定居计划",这个计划旨在促使数百万在华日侨放弃回国彻底扎根中国大陆,其手段是前往中国广阔的农村地区集体务农。中桥彻人认为"大陆农耕定居计划"不但能解决日侨生计问题,还可以偿还日本侵华战争的罪责。不久之后,中桥彻人又声称自己收到了中国共产党的招募信,一旦"大陆农耕定居计划"无法实现,就打算带领志同道合的日侨前去投奔延安。

　　与中桥彻人的理想主义形成鲜明对比的是,其长子中桥勘助的现实主义战败认知。已经年过半百的中桥勘助和他的父亲一样长年侨居中国,他对于父亲主张的日侨在中国大陆的异民族融合进程持批判态度。中桥勘助认为,在华日侨社群是以侵华日军的强权为后盾所建立起来的虚假移民社会,日本的战败必然意味着它的分崩离析。中桥勘助反对父亲不切实际的胡思乱想,他认为父亲所谓的异民族融合只是从日本视角看到的一厢情愿的历史景象,对于中国人来说,在华日侨社群一直都扮演着侵略集团帮凶的角色。中桥勘助更关心的是日侨社群在侵华战争失败后的现实生存问题。他认为战败已成事实之后,日侨在中国已经失去立足之地,尽快返回本土才是唯一现实的选择。《中桥公馆》一方面描写中桥彻人和中桥勘助的不同战后选择,另一方面又描绘中桥家族其他成员对于2位家长的不同态度,通过一个北京日侨家族的悲欢离合刻画战败时期在华日本人的生活百态。

　　整体而言,《中桥公馆》采用了类型化设计刻意塑造2位战败意识截然相反的主人公,通过描写两人之间的对立和冲突推进剧情发展。另外,尽管中桥彻人和中桥勘助的战后立场存在巨大差异,但是两人对于战败后的日本都表现出相同的亡国危机意识。《中桥公馆》的独特之处在于,该作品使用了在华日侨社群视角描写日本人的战败意识。借助于此,《中桥公馆》几乎完全规避了来自天皇《终战诏书》和占领军《太平洋战争史》的话语影响,由此形成了另一种从中国视角出发的全新"战败"表述。《中桥公馆》作为占领期日本文学的特殊价值即体现于此。

除《中桥公馆》以外,占领期《人间》发表的另一部重要的中国题材作品是驹田信二(1914—1994)写作的小说《脱出》。《脱出》发表于《人间》1948年7月号,和《中桥公馆》一样,这部总长5万字的中篇小说同样是《人间》当期杂志的主打作品。

1948年,《人间》以杂志社名义举办了"战后新人小说奖",《脱出》是当时唯一的获奖作品。和堀田善卫《祖国丧失》类似,《脱出》也是一部从中国遣归者视角描写作者本人在华战败经历的自传体作品。《脱出》的作者驹田信二毕业于日本东京帝国大学,他原本是一位从事中国文学研究的学者,1942年应征入伍被派往侵华战场,之后驻扎在安徽大通的一个日军炮兵联队担任下级士兵。据驹田信二晚年回忆,1944年初夏他在随军参加湖南省衡阳市的一次战役时因为伤病遭部队遗弃,之后被俘成为中国国民党下属反战日俘组织的一名文化工作员。驹田信二在中国工作了近2年时间,1946年6月因病辞去职务遣归日本。[1]

发表《脱出》之时的驹田信二还是一个没有职业作家头衔的无名文学青年。为了向读者介绍这个战后新人,《人间》特意在同期杂志版面刊载了一段驹田信二的自我介绍。据其内容,《脱出》取材自驹田本人在中国战场的经历,写作初衷在于"书写人们在战场上表现出的赤裸人性","参照我自己的亲身体验去客观审视自己对于战场心理、战场行为的种种想法"。[2]《脱出》采用第一人称叙事,小说以主人公"我"的视角叙述了森中尉、中村曹长、原兵长和下级士兵的"我"负伤掉队之后在贵州省与湖南省交界地带四处逃亡的经历。这部作品采用了心理小说的文体,主人公兼第一人称叙述者的"我"事无巨细地描绘自己在逃亡过程中的内心波折,以及对于其他日军逃兵的行为观察。在占领期日本文学之中,采用"二战"题材刻画日军士兵的战场心理并以此表述作者反战理念的作品并不少见。《脱出》的新颖之处在于,其将战争叙事视角聚焦于中国战场的日军逃兵,以此形成不同于其他占领期文学的战争书写方式。例如,前述由美国占领军总司令部民间情报教育局编写的《太平洋战争史》

---

① 驹田信二『私の中国捕虏体験』,東京:岩波書店、1991年。

② 驹田信二「『脱出』について」,東京:『人間』,1948年7月、第37頁。

将中国塑造为遭受日本军国主义欺凌无力还击的弱小受害者,而美国则被塑造为以压倒性军事实力击溃日本侵略野心的强大解放者。在《太平洋战争史》的历史叙事中,中国抗战史是被彻底边缘化的对象,这与占领期日本文学的战争题材作品绝大多数偏向于太平洋战场的现象形成呼应关系,同时又与战时日本文学大量生产侵华战争宣抚作品的原有方向形成反差,突出体现了日本在进入美国占领期之后文学作品战争表述范式的转变。

驹田信二的《脱出》最突出的特色在于,其尝试建构一个既不同于战时日本宣抚文学,同时又脱离美国占领期日本战争文学叙事范式的另类表述空间。首先,有别于战时日本宣抚文学刻意塑造日军胜利者形象,驹田信二的《脱出》选择了以逃兵视角描绘日军在中国战场溃败过程中的败者心理;其次,同样有别于《太平洋战争史》构建的美国中心式的"二战"叙事,《脱出》将小说的故事空间完全限定在中国战场,日美太平洋战场反而成为被边缘化的叙事对象。晚年的驹田信二在重新出版单行本《脱出》之时曾提到这部小说最初手稿的题目是"落日"。据驹田回忆,他将《落日》投稿给杂志《人间》之后,主编木村德三认为小说题名与同时期另一位战后新人梅崎春生的代表作《日之尽头》近似,为了避免雷同将其题名改为"脱出"。①

从《脱出》的实际内容来看,原题"落日"实际上更符合这部作品的主旨。在小说的结尾,作者设计了一个日落场景作为"我"的逃亡生涯终点。"我"和森中尉、中村曹长、原兵长在经过数日逃亡之后终于来到友军部队驻扎的湖南省沅州,在跨越最后几座高山之际,"我们"遭遇了中国抗日便衣队的狙击,本身已经临近生命极限的几人仓皇逃窜之后爬上一处断崖。"我"看到断崖之下是平静流淌着的沅江河水,远处的天空悬挂着一轮落日,小说故事就此结束。在占领期日本的战争题材文学作品中,以"落日"象征日本战败的寓意描写虽然并不少见,但大多集中于描写太平洋战场的"落日"或废墟下日本本土的"落日"。从这一点来看,最初以"落日"为题名书写中国战场的驹田信二展现了他作为中国遣归文人的独特战后视角。

在《脱出》之后,《人间》刊发的另一部重要的战后新人作品是堀田善卫的小说《广场的孤独》。《广场的孤独》全文8万字,虽然篇幅略小于长篇小说的标准体量,但因为战后多次以单行本形式出版,通常被视作堀田善卫的长篇小说代表作。《广场的孤独》以主人公木垣的视角描写朝鲜战争爆发之后日本知识分子的不安、彷徨,以

---

① 驹田信二「『脱出』を書いたころ」、『脱出』所収、東京: 彩古書房、1986年。

及对于美国占领体制的质疑。《人间》原计划将《广场的孤独》拆分为前篇与后篇分2次刊发，但在小说前篇发表之后，《人间》因为出版社经营问题突然被迫停刊，日后获得"芥川奖"的《广场的孤独》便成了《人间》推出的最后一部重要作品。

　　和驹田信二一样，写作《广场的孤独》之时的堀田善卫也是一位默默无名的战后文坛新人。堀田善卫能够在占领期文坛同时得到《群像》和《人间》的推崇，来自这位战后新人遣归日本之后带回的文学创作冲击力。这种冲击力源于堀田善卫本人的创作才华，但更多有赖于他在遣归过程中从中国带回了不同于本土日本国民的另一种战后体验。这种源自中国的战后体验包含了与占领期日本社会言论主基调相背离的各类声音，在其基础之上形成的文学作品自然而然能够产生与美国占领体制相对抗的各类异质性言论。扮演异质性言论的生产者，寻求与美国占领体制的对抗，这是占领期日本文学杂志的中国题材作品最重要的公共言论价值和文史研究价值。

第六章 《新日本文学》《近代文学》的
民主日本与革命中国

第一节 《新日本文学》与占领期日本左翼文学媒体

1945年11月15日,中野重治、江口涣、藏原惟人、宫本百合子、藤森成吉、德永直、壶井繁治、洼川鹤次郎和秋田雨雀等9人作为日本文坛左翼作家的代表在东京共同组建了"新日本文学会创立准备委员会"。该委员会旨在创立名为"新日本文学会"的全国左翼文学家联盟,其目的是借助日本战败之后的民主主义革命机遇建立左翼文人统一战线,以此重启战前由于军国主义政权打压而分崩离析的日本左翼文学运动。① 为了尽可能扩大战后日本左翼文学运动的文坛影响力,"新日本文学会创立准备委员会"在成立之后陆续向300余位文坛知名作家寄送了入会邀请函,截至同年12月30日该会正式成立,成功召集了职业作家会员173人。② 以此为基础,"新日本文学会"此后逐渐发展为美国占领期日本文坛最有影响力的左翼文学运动团体。

"新日本文学会"在成立之后的次年即1946年3月开始发行机关刊物《新日本文学》。《新日本文学》是美国占领期日本中央文坛主流杂志中唯一明确支持无产阶级革命的左翼刊物。创立之初,《新日本文学》以贯彻执行"新日本文学会"的两大任务、两个运动方针和五项纲领作为自身的办刊宗旨。其中,两大任务是"弘扬和展现日本人民大众的文学创作活力"和"回应日本人民乃至世界人民对于左翼民主主

---

① 中野重治「新日本文学会創立準備会の活動経過報告」,東京:『新日本文学』,1946年3月号。
② 「新日本文学会発足」,東京:『朝日新聞』,1945年12月31日、2版。

义文学的期待"；① 两个运动方针是"在战后日本创造和普及左翼民主主义文学"和
"推动日本的文学家们与人民相结合、关注人民问题、以文学批判之力为人民大众开
眼"；② 五项纲领在包含前述任务和方针的基础上，又提出"与反动文学文化进行斗
争""争取左翼进步文学运动获得完全的自由""联合国内外左翼进步文学、文化团
体建立国际运动联盟"等3项目标。③ 与《文艺》《新潮》《文学界》《群像》《人间》等同
时期其他中央文坛杂志相比，旗帜鲜明的左翼文化立场促使《新日本文学》在刊物经
营方式和编辑理念上呈现出更强的组织性和党派性特征。

　　1946年3月《新日本文学》创刊后，首任杂志主编由文艺批评家藏原惟人
（1902—1991）担任。藏原惟人毕业于东京外国语大学俄语系，他早年曾留学苏联，
回国后积极参与20世纪20—30年代日本无产阶级文学运动，在多年历练中成长为
日本首屈一指的无产阶级文艺理论家。藏原惟人于1929年加入日本共产党，1932
年在日本政府针对无产阶级文学运动的社会大清洗中被捕入狱，因为拒绝签写所谓
"转向"声明入狱7年，一直到日本战败后才得以重新投身于左翼文学运动。藏原惟
人在战时未屈服于法西斯专制政权，同时他又具有长年从事左翼文学运动的实践经
验和坚定的无产阶级革命立场，这是他被选为《新日本文学》首任主编的原因。而是
否与法西斯专制政权进行过抗争、是否具有左翼文学运动经验和无产阶级革命理念
是占领期《新日本文学》在选择刊发作品稿件时秉承的基本原则。

　　《新日本文学》追求以自身刊物版面为基础，打造占领期日本最有影响力的左翼
文学期刊和言论阵地。正因为如此，《新日本文学》自创刊起积极介入有关战后日本
的"民主建设目标""文化国家路线""战争责任问题""知识分子主体性""无产阶级
革命方向"等社会公共议题的讨论。1946年3月，《新日本文学》创刊号卷首发表了
主编藏原惟人撰写的评论《新日本文学的社会性基础》。该文提出战败后的日本正
在进入数百年以来最激荡的社会革命历史阶段，日本左翼文学运动最重要的战后使
命是推进和完成明治维新以来一直未能实现的民主主义文学进程。藏原惟人逐个
分析了坪内逍遥、二叶亭四迷、北村透谷、尾崎红叶、幸田露伴、与谢野晶子、田山花
袋、岛崎藤村、有岛武郎、菊池宽、横光利一等作家的创作风格、文学理念、意识形态
特征和阶级属性，他针对各个作家存在的创作问题进行批判，在此基础上总结了明

---

① 「新日本文学会創立大会宣言」，東京：『新日本文学』，1946年3月号。

② 中野重治「運動方針について」，東京：『新日本文学』，1946年3月号。

③ 「新日本文学会の綱領」，東京：『新日本文学』（創刊準備号），1946年1月。

治维新以来日本近现代文学发展的局限性。

藏原认为直到1945年战败为止,日本近现代文学是在半封建形态的近代社会、金融商业资本、政治权贵势力和来自地主阶级、官僚阶级、贵族阶级、资产阶级出身的上层阶级文人的相互依存关系下发展而来的。这种发展方式严重缺乏与工人阶级、农民阶级、中下层市民阶级等社会革命主力军的相互联系,最终造成了日本近现代文学难以孕育摆脱封建束缚、挑战天皇专制国家体系的民主主义文学。藏原惟人还认为,战败不仅沉重打击了日本旧有的封建势力,削弱了天皇制国家的社会性基础,同时日本国内资产阶级势力大伤元气的局面也为社会主义民主制度的战后发展提供了难得的历史机遇。藏原惟人主张《新日本文学》的历史使命是引导战后新日本的工人阶级、农民阶级和中下层市民阶级共同推进以人民民主主义理念为核心的左翼文学运动,最终目标是实现社会主义文学对于封建文学和资产阶级文学的全面胜利。①

美国在对日占领初期曾经将《波茨坦公告》规定的“日本民主化改革”作为占领军施政的第一要务,“民主”因此成为“战败”以外另一个占领期日本社会广泛关注的言论热点议题。在占领期日本社会的“民主”议题展开过程中,“民主日本”的表述方式问题和“民主”定义的话语权归属问题一直是各方争论的焦点。

1945年9月21日,东京《朝日新闻》发表了一篇无署名的“民主”专题评论《终战政治基本动向　建立真正的民主日本》。该文开篇指出,日本在宣布无条件投降1个月之后正逐步走出战败休克期,此后将正式进入“新日本建设”的历史新阶段。在这一新阶段,日本最重要的历史课题是清算战时军国主义,并在此基础上进行民主制度改革。为达到此目的,日本首先需要对于何为“民主”、何为“民主主义”的基本实现方式、“民主日本”的核心内涵是什么等问题进行充分、细致的社会大讨论。《朝日新闻》认为,战败1个月以来国内报刊虽然传播了大量有关美国民主制度的相关资讯,但是新日本的民主建设首先应当立足于本国历史传统和社会实际,对美国民主制度的简单模仿难以实现真正有内涵的新日本民主建设。②

《朝日新闻》提出的“民主”议题是同时期日本公共言论空间的热点话题。1945年9月23日,作为《朝日新闻》竞争对手的《读卖新闻》发表了早稻田大学政治学教授吉村正的评论《美国民主主义的真髓》。这篇文章以“人民主权”“权力制衡”“法

① 藏原惟人「新日本文学の社会的基礎」,東京:『新日本文学』,1946年3月号。

② 「終戦政治の基本的動向　真の民主日本確立」,東京:『朝日新聞』,1945年9月21日、1版。

治理念""政党竞争"为关键词,向日本读者讲解美国民主制度的核心要素及美式民主能够取得成果的原因。相对于《朝日新闻》主张以近代天皇制为基础建设民主日本的保守派立场,《读卖新闻》更为强调利用美式民主彻底改造日本的愿景。早在1945年9月1日,《读卖新闻》就以"社论"形式发表过《日本国民的民主主义训练》。该文认为日本国民在战败过程中虽然遭受了巨大精神打击,但有赖于日本本土没有成为直接战场,大部分国民尚有足够能力维持日常生活,然而伴随着美国单独主导的盟军对日占领进程的展开,日本国民正面临前所未有的民主主义生活历练。《读卖新闻》批评日本国民缺乏民主生活所需的社会实践训练,文章号召所有日本人在迎接占领军进驻之际应当注重培养自主、自律的民主素养,主动配合占领军履行《波茨坦公告》的各项条款,尽快实现日本民主化改革的目标。①

　　占领期日本"民主"议题的公共言论空间形成过程与"战败"议题的形成过程有着十分相似之处。占领期日本公共言论空间的"战败"议题受到来自天皇《终战诏书》和占领军《太平洋战争史》的双重话语影响,同时期日本报刊的"战败"表述与《终战诏书》和《太平洋战争史》发生或迎合、或对抗的关系,在此基础上向读者传递各自不同的"战败"立场与见解。与之类似,占领期日本公共言论空间的"民主"议题同样是在"天皇制民主"和"美国式民主"的双重话语影响下展开论述的。"天皇制民主"的倡导者们主张在不改变日本天皇制传统的前提下,通过回归明治维新的改革传统,重拾大正民主主义的自由风气建设天皇制民主日本;"美国式民主"的倡导者们则主张以美国民主制度为模板,通过积极配合推行美国占领军在日本进行的各类占领军政事务,全面实现战后日本的美式民主化。

　　包括《新日本文学》在内,《新潮》《文艺》《文学界》《群像》《人间》等美国占领期日本中央文坛杂志或多或少都参与了有关"民主"议题的社会公共言论空间建构。这些文学杂志对于天皇制民主和美国式民主的态度各有差异,表述过程中体现的民主立场也随之千差万别。例如,《新潮》作为美国占领期东京中央文坛七大文学杂志之首,其对于美式民主持欢迎态度,积极主张以文学之力吸收美国民主文化精髓。《群像》和《人间》的立场与《新潮》相近,同样支持美式民主在日本的传播,而同为日本老牌文学杂志的《文艺》《文学界》的"民主"表述立场则相对保守,它们对于美国民主文化与日本天皇制国体之间可能发生的文化冲突持警惕态度。《文艺》和《文学

---

① 「社説　国民の民主主義的鍛錬」、東京:『読売新聞』、1945年9月1日、1版。

界》虽不反对战后民主改革,但是相对于直接输入美国式民主,更倾向于重建明治维新以来的所谓"近代日本改良精神"。

《新日本文学》作为占领期日本中央文坛最有影响力的左翼文学媒体,它的"民主"表述的基本策略是建构天皇制民主和美国式民主之外的第三种"左翼民主日本"的表述范式。例如,前述藏原惟人的《新日本文学的社会性基础》强调工人阶级、农民阶级、中下层市民阶级是战后日本民主主义文学发展的社会性基础。藏原惟人既拒绝天皇制民主的旧式保守方案,亦不同意美国式民主的外来嫁接方案,他将民主日本的诞生希望寄托在劳动人民大众获得国家主导权的社会革命运动发展前景之上,认为人民民主主义政权的建立是保证战后日本民主主义发展的前提条件。另外,《新日本文学》在创刊前2个月的1946年1月曾经发行过一期"创刊准备号",其卷首发表有著名左翼女作家宫本百合子(1899—1951)的随笔作品《歌声响起——新日本文学会之由来》。宫本百合子认为,"民主"一词虽然在日本战败之后流行于大街小巷却没有能够真正深入人心,其原因是人民大众对于战后日本民主发展走向缺乏信心,"新日本文学会"的使命即在于代言人民意志,将其实践于民主主义文学运动的战后发展之中。宫本百合子主张,近代以来日本文学发展最大的局限在于作家群体的人民意识缺失。她认为近现代日本作家大多执迷于以私小说为代表的自我意识文学,这造成了日本以往的民主主义文学运动无法获得广泛的社会性和人民性。宫本百合子提倡将"作家步入人民生活""作家提高人民自觉""作家融入人民历史"作为日本文学的战后发展方针。她号召日本作家借助于《新日本文学》的左翼文学媒体积极参与战后日本民主议题的社会大讨论。[1]

除藏原惟人和宫本百合子之外,早期《新日本文学》的另一位左翼民主主义文学理论家是除村吉太郎(1897—1975)。除村吉太郎是当时日本首屈一指的俄罗斯文学研究者,他从1946年4月开始在《新日本文学》连载评论作品《民主主义文学的诸课题》,这篇文章尝试将战前日本左翼民主主义文学运动的发展轨迹与同时期的苏联进行比较,通过确认两者之间的差异,总结战后日本民主主义文学亟须解决的课题。除村吉太郎认为日本文学在明治中期实现"文学语言近代化"之后就进入了发展停滞阶段,特别是和十月革命后苏联社会主义文学的历史发展轨迹相比,日本左翼民主主义文学的发展显著滞后。除村吉太郎认为其一方面在于日本文坛未能实

---

[1] 宫本百合子「歌声よ、おこれ: 新日本文学会の由来」、東京:『新日本文学』(創刊準備号)、1946年1月。

现"文学语言民主化",另一方面在于持续存在混淆无产阶级"世界观"和无产阶级"现实感觉"的认知误区。除村吉太郎主张日本左翼民主主义文学应当有两大首要发展目标,一是孕育出比肩普希金的《叶甫盖尼·奥涅金》的民族叙事诗作品,另一个是产生比肩果戈理的《钦差大臣》的批判现实主义文学杰作。除村吉太郎认为前者要求日本作家对于文学语言进行民主化改革,通过大量使用工人阶级、农民阶级、中下层市民阶级的生活语言促使劳动人民大众成为文学书写的主体对象;后者要求日本作家立足于本国社会发展的实际情况,不简单套用无产阶级意识形态,而是借鉴俄罗斯文学的发展经验,将提高日本文人作家的批判现实主义意识作为左翼民主主义文学运动的首要目标。①

除村吉太郎的《民主主义文学的诸课题》体现了《新日本文学》在战后初期构建"左翼民主日本"表述范式过程中尝试采用的国际比较视角。为了尽可能扩大左翼民主文学阵营的势力,《新日本文学》从创刊之日起就将联合国内外左翼进步文学、文化团体建立国际运动统一战线作为刊物的核心言论职能。正因如此,面向日本本土读者介绍海外左翼文学最新动向构成了占领期《新日本文学》的版面特色。特别是在美国占领军实施严格的出入境管制,并以此垄断日本和海外其他国家之间的资讯交互渠道之后,《新日本文学》对于海外左翼文学的介绍不仅是日本读者了解外界的主要渠道,同时也是《新日本文学》构建自身作为左翼文学媒体独特言论视角的强有力手段。

第二节 《新日本文学》的中国路线与延安视角

1946年6月,《新日本文学》在当期杂志卷首刊发了小田切秀雄撰写的评论作品《新文学创造的主体》。《新文学创造的主体》是《新日本文学》创刊后发表的第一篇来自左翼文学阵营内部的自我批判文章。小田切秀雄认为,日本左翼文学阵营虽然在法西斯政权倒台后迎来了前所未有的发展机遇,但是战后大半年的运动实践没有产生应有成果,这种历史机遇与实际成就之间的偏离现象反映了日本左翼作家文学创造力的普遍缺乏。小田切秀雄从"世界观问题""现实主义创作方法问题""民主主义革命阶段认知问题"这3个方面展开论述,他以中国作家鲁迅为例,重点分析了

---

① 除村吉太郎「民主主義文学の諸課題」、東京:『新日本文学』、1946年4—6月号。

"文学家的人民立场问题"对于左翼文学发展的意义。小田切秀雄认为,鲁迅作为近现代中国文坛巨匠的卓越之处在于他以"对话"而非"迎合"的立场建立了作家与无产阶级人民大众之间的动态关系。小田切秀雄将鲁迅描绘为中国文坛的孤行者,认为鲁迅孤独地行走于劳动人民大众、左联和无产阶级革命政党之间,与一切阵营进行对话,但同时拒斥成为任何特定意识形态立场的附庸喉舌。小田切秀雄主张鲁迅的孤行者立场是所有追求文学创造力的日本左翼作家应当效仿的对象,他认为生前未曾以左翼作家自居的鲁迅去世后却成为中国左翼文学的精神化身,这种来自邻国的左翼文学运动经验是战后日本文坛必须参考的他山之石。[1]

日本国内文坛和知识分子言论界曾在1924—1934年间经历过左翼文化运动的黄金10年。在这10年的黄金发展期,日本左翼文坛以"普罗文学"之名推动的无产阶级文学运动对同时期中国左翼文学阵营产生过强大的辐射效应。[2]但在进入20世纪30年代之后,由于受到法西斯专制政权的强硬镇压,日本本土的左翼文化团体陆续解散,左翼知识分子们或是转变政治立场,或是转入地下,或是流亡海外,日本左翼文学运动由此逐渐走向衰退。而到了1945年日本战败之后,中日左翼文学阵营的相互影响关系逐渐发生方向性反转,原本处于相对弱势立场的中国左翼文学开始成为日本左翼作家借鉴和学习的对象。再加上国共内战爆发后中国革命形势的发展日新月异,中国左翼文学的国际影响力随之大幅提升,进而出现了逆向辐射日本左翼文坛的现象。前述小田切秀雄文章对于鲁迅的推崇即反映了这一时代风潮。

事实上,面向日本读者介绍中国左翼文学的名家名作,在此基础上分析总结左翼民主文学发展的中国方法是《新日本文学》贯穿整个占领期不曾改变的基本编辑方针。例如1946年6月,《新日本文学》发表了鹿地亘(1903—1982)的随笔作品《我的师友鲁迅》。鹿地亘毕业于日本东京帝国大学国文学科,他从学生时代起参与左翼文学运动,1932年加入日本共产党后被捕入狱,4年后逃亡海外在上海结识晚年的鲁迅。《我的师友鲁迅》以回忆笔调描写了鲁迅去世前夕与鹿地亘的几次谈话,文章侧重刻画晚年的鲁迅面对死亡的超然心态和他对于后人继续其未竟事业的期待。

鹿地亘认为,死亡是任何作家都必须面对的终极文学命题,处理这一命题的方式决定了作家的文学精神底色。鹿地亘将鲁迅与1927年自杀身亡的日本文坛巨匠

[1] 小田切秀雄「新文学創造の主体」、東京:『新日本文学』1946年6月号。
[2] 安宇植等「左連の成立とその活動(中国)」『資料世界プロレタリア文学運動: 第3巻(1927—32年)』所収、東京: 三一書房、1975年。

芥川龙之介进行对比，他主张鲁迅和芥川龙之介处理死亡命题的不同方式代表了中日近现代文学的2种不同发展方向——鲁迅面向未来而生，他以希望之名消解对死亡的不安；芥川龙之介则是主动投身于不安之中，以生命为代价拥抱死亡。鹿地亘认为，芥川龙之介的文学生涯体现了日本作家过分追求悲情、缺乏社会变革意识的局限性。鹿地亘坦言自己也是芥川龙之介的精神后裔之一，但正是通过与鲁迅的相遇，他寻找到了另一种面向未来而生的全新文学道路。①

《我的师友鲁迅》是《新日本文学》在占领期刊发的第一部中国题材作品。该文虽然篇幅不长，但其内容集中体现了《新日本文学》尝试以中国文学为镜反思日本文学局限性的问题意识。在《新日本文学》1946年6月号的杂志版面，鹿地亘的《我的师友鲁迅》与前述小田切秀雄的《新文学创造的主体》是一对相互呼应的作品。小田切秀雄的《新文学创造的主体》总结日本战败以来左翼文学运动发展乏力的现象，在此基础上提出以鲁迅为师，反思日本左翼作家的创造力不足；鹿地亘的《我的师友鲁迅》则是对比鲁迅与芥川龙之介的文学晚年，通过分析2位文坛巨匠面对死亡这一人生终极命题的不同态度，总结中日近现代文学的发展道路差异。2篇文章都认为鲁迅是中国现代文学的精神化身，都试图通过阅读鲁迅、发现鲁迅和学习鲁迅，提出鲁迅精神对于日本左翼文学运动的指导意义，最终获得能够帮助日本左翼作家在战后孕育新的文学创造力的中国方法。

作为"新日本文学会"的机关刊物和东京中央文坛唯一的左翼文学媒体，美国占领期的《新日本文学》一直承担着维系国内外左翼文学阵营对话渠道的职能。也正因如此，该刊从占领初期开始，一直注重面向日本读者介绍中国共产党领导下的延安解放区文艺。

例如1946年10月，《新日本文学》刊发了中国作家周而复（1914—2004）的短篇小说《地道》的首个口译本。周而复早年毕业于上海光华大学英文系，1938年大学毕业后到延安参加抗日文艺宣传工作，抗战胜利后以《新华日报》和新华社特派员身份跟随周恩来访问东北、华北，同时期写下了大量抗战题材的报告文学和小说作品。②《地道》原载于桂林《文艺杂志》1945年6月号，它是周而复创作于1944年9月的一部描写华北人民地道战的小说。1946年10月《新日本文学》在当期杂志组稿了

---

① 鹿地亘「わが師友魯迅」，東京：『新日本文学』，1946年6月号。

② 上海师范大学中文系《周而复小传》，《中国当代文学研究资料周而复专集》收录，上海：上海师范大学中文系，1979年，第1—3页。

一版"世界文学特辑"，周而复的《地道》作为抗战后中国文坛新人作家的话题性作品被收入其中。《新日本文学》希望借助这部作品展现中国左翼作家基于抗战经验发展而来的人民文艺创作理念。[①]

"抗战精神"和"人民文艺路线"是同时期《新日本文学》介绍中国左翼文学时最常使用的两大关键词。由于受到美国占领体制的束缚，日本左翼民主主义文学运动在战后最初2年迟迟无法取得相应成绩。再加上《新日本文学》因为财务和纸张问题多次停刊，这使得日本左翼作家出现集体性的创作焦虑和对无产阶级文学革命前景的悲观情绪。[②] 在这种情况下，研读中国左翼作家基于抗战经验的人民文艺作品、人民文艺理念及其运动实践经验，从中寻找占领期日本左翼文学运动的他山之石就成了《新日本文学》的编辑方针之一。

在刊发周而复的小说《地道》之后，《新日本文学》1947年5月号又刊发了坂井德三（1901—1973）的短篇回忆录《中共解放区的文化风景》。坂井德三毕业于早稻田大学英文系，他从20世纪20年代开始参加日本无产阶级文学运动，1936年因出版反体制诗集《百万人的哄笑》而被捕入狱，出狱后离开日本流亡海外。1940年开始，坂井德三受聘于侵华日军在北京扶持成立的殖民企业"华北交通社"，主要负责该社日文刊物《兴亚》的编辑和对华调查工作。此后坂井德三长年侨居北京，他在1945年日本战败前夕参加了中国共产党组织的"日本人民解放联盟"，战后在中共解放区从事文化宣传工作，于1946年结束在华生活遣归日本。[③]

《中共解放区的文化风景》是一部带有报告文学色彩的在华回忆录作品。作品的前半部分回忆了作者坂井德三在晋察冀边区跟随八路军文工队下乡演出秧歌剧的经历，后半部分介绍了抗战胜利后坂井德三在张家口解放区工作期间对于当地人民戏剧运动的观察。文中，坂井德三详细描述了1946年正月期间，其通过中国诗人艾青的介绍，在张家口解放区观看中共文工队上演歌剧《白毛女》的经历。坂井德三认为，《白毛女》之所以能够获得中国劳动民众的热烈支持，首先是源自这部作品的抗战背景，其次得益于秧歌剧和歌舞剧相结合的创新表现形式，最后还有赖于不同于传统个人写作的集体创作方式及中共倡导的人民文艺路线。坂井德三的《中共解

① 吉川操「訳者のことば」，東京:『新日本文学』，1946年10月号。
② 松本正雄「明日の発展のために」，東京:『新日本文学』，1947年11月号。
③ 坂井德三在华工作履历，参考戸塚麻子「坂井德三『北京の子供』と児童文学: 日本占領下北京の日本語文学」，静岡:『常葉教育研究実践報告誌』，2017年10月号。

放区的文化风景》虽然篇幅不长，但这篇文章一方面促使《白毛女》首次进入了日本读者的阅读视野，另一方面该文有关中共文工队的文艺路线、组织形式，以及工作实践经验的介绍也为此后日本左翼文学运动的发展提供了可以借鉴的中国方法。

从1947年下半年开始，《新日本文学》对于中共解放区文艺的关注和介绍与"新日本文学会"在战后占领期大力推动的"劳动者职场文学社团运动"形成相互呼应关系。"劳动者职场文学社团运动"是新日本文学会自1947年开始以东京为中心向日本全国推广的无产阶级文学社团运动。该运动的口号是"在劳动职场集结所有文学同志"，其目标是鼓励日本全国的无产阶级劳动者在各自职场依托工会建立左翼文学社团，通过组织工人进行文学集会、创办工会文学刊物，鼓励工人以职场生活为主题进行文学创作，以此推动日本左翼民主主义文学运动的大众化发展。[1]在"劳动者职场文学社团运动"之中，前述《中共解放区的文化风景》的作者坂井德三扮演了运动组织者和运动理念阐释者的双重核心角色。

1947年10月，坂井德三在《新日本文学》上发表了旨在分析"劳动者职场文学社团运动"初期成果与不足的报告《东京地方文学社团协议会成立始末》。文中坂井德三回顾了"新日本文学会"从1947年1月开始在东京、横滨地区近百家企业、工厂、事务所推动劳动者开展职场文学交流活动的经过，其中重点介绍了日立株式会社工友们组织"职场文艺恳谈会"，并将其推广到全国的成功经验。坂井德三认为，"劳动者职场文学社团运动"与中共解放区的人民文艺路线在理念上有共通之处，两者都追求职业文艺工作者和劳动人民群众的结合，都试图通过培育劳动人民群众的文学创作主体性，以自下而上的方式推动左翼民主主义文学运动的发展。[2]

坂井德三在中共解放区的生活和工作经历使他很早就产生了借鉴延安解放区人民文艺路线来发展日本左翼文学运动的想法。遣归日本之后的坂井德三在《新日本文学》上发表的一系列文章均体现了他对于延安解放区人民文艺路线的共鸣和学习意愿。除坂井德三以外，同时期另一位在《新日本文学》上积极介绍中共延安文艺的是同样有长年在华生活经历的岛田政雄（1912—2004）。

岛田政雄出生于日本西部鸟取县的一个单亲家庭，他从中学时代开始受共产主义思想影响参加并组织社会主义文化运动，1933年因为触犯所谓"治安维持法"被

---

① 「職場の文学仲間よ集れ　東京地方文学サークル協議会設立趣意書」、東京:『新日本文学』1947年6月号。

② 坂井德三「東京地方文学サークル協議会の成立まで」、東京:『新日本文学』1947年10月号。

捕入狱服刑3年。① 刑满出狱之后,岛田政雄为了谋生受雇于战时日本对华宣传机构——"帝国更新会亚洲自治协会",1938年被外派到侵华日军占领下的上海,担任日本国策公司昭和通商的华中地区调查员。② 在华侨居期间,岛田政雄积极从事中国近现代文学的研究、翻译和评论工作,他从1941年起受聘于上海《大陆新报》担任专栏作家,此后直至1945年日本战败,在华中沦陷区的日系报刊发表数量众多的中国文学文化评论作品。1945年日本战败后,岛田政雄又以日籍留用技术人员身份供职于中国的国民政府第三方面军总司令部下属《改造日报》编辑部,在工作1年半之后于1946年底遣归日本。③

　　1947年7月,岛田政雄在《新日本文学》上的"世界文学视野"专栏发表文学评论《人民文学的发展》。文中,岛田政雄梳理了中国1927年大革命失败之后中国左翼文学运动走出低潮并在抗日战争胜利之后迎来"人民文学"发展新阶段的历史过程。岛田政雄介绍自己在华工作期间接触到2份有关中国"人民文学"运动理念的基础文献,一份是中华全国文艺界抗敌协会于1944年发表的报告《文艺工作底发展及其努力方向》,另一份是北京人民文学杂志社于1946年发表的座谈会议录《人民文艺问题谈话》。《文艺工作底发展及其努力方向》是中华全国文艺界抗敌协会(以下简称"文协")在第6届年会上以"文协"理事会名义发表的一篇论文,该文最早刊发于重庆《抗战文艺》1944年9月号。④《人民文艺问题谈话》源自北京人民文学杂志社在1946年2月邀请周扬、周而复、光未然、舒扬、沈一帆等文艺批评家以"怎样创造人民文艺"为主题举办的一次座谈。1946年3月,人民文学杂志社以"人民文艺问题谈话——本社第一次文艺座谈会记录"为题公开发表了该座谈会的内容纪要。⑤ 岛田政雄认为,这2份文献是中国左翼文坛对于1942年毛泽东《在延安文艺座谈会上的讲话》所作的回应,其核心理念是倡导和宣传中共延安有关"作家走向人民"的文艺工作政策。岛田政雄的《人民文学的发展》采用缩译方式将《文艺工作底发展及其努力方向》和《人民文艺问题谈话》的核心内容介绍给《新日本文学》的读者。借助于岛田政雄的译介,指涉中共延安文艺的"人民文学"概念首次出现于《新日本文

---

① 岛田政雄「迷った時代」、『窓の会会員創作選集』所収、越谷: 窓の会、1983年。

②「思想日誌　昭和13年3月～4月」、東京:『思想研究』、1938年6月。

③「島田政雄略歴」、『戰後日中関係五十年』所収、東京: 東方書店、1997年。

④《文艺工作底发展及其努力方向》,重庆:《抗战文艺》,1944年9月总第64·65合并号。

⑤ 北京:《人民文艺》第1卷第3期,1946年3月。

学》的杂志版面,并由此进入占领期日本文坛的话语空间。^①

1947年9月,《新日本文学》为了进一步向日本读者介绍中共延安的"人民文学"理念,在当期杂志上发表了竹内好(1910—1977)的文学评论《鲁迅与毛泽东》。竹内好毕业于东京帝国大学"支那"文学科,早年从事中国现代文学的翻译和研究工作,1943年应征入伍后作为侵华日军"中支"派遣军第17旅团下级士兵驻守在湖南省岳州。1945年日本战败后,竹内好在湖北省汉口日侨俘收容所生活了近1年时间,1946年经由上海乘船遣归日本。^②竹内好在1944年、1948年、1949年先后出版过3册以鲁迅为对象的文学评论专著,这为他赢得了中国现代文学研究专家的文坛声誉。^③从1947年开始,竹内好又陆续发表了一系列论述毛泽东和鲁迅的精神传承关系,并以此阐释中国现代革命文化特质的文章,这些社会话题性强的文学评论作品使他迅速成为美国占领期日本文坛的焦点人物。

1947年9月发表于《新日本文学》的《鲁迅与毛泽东》是竹内好在占领初期文学评论活动的代表作之一。这篇文章将"文学的民主化"和"中共文化政策"作为两大主题,论述了竹内好对于毛泽东的文学理论及其鲁迅精神底蕴的看法。竹内好认为,以《在延安文艺座谈会上的讲话》(以下简称《文艺讲话》)为核心的毛泽东文学理论虽然正在成为战后日本左翼文坛关注的焦点,但是以往有关《文艺讲话》的理解与阐释普遍存在着将政治与文学相对立的庸俗二元论问题,究其原因是大多数日本左翼知识分子没有理解毛泽东文学理论中的鲁迅精神内涵。竹内好首先逐一概述了泷崎安之助的《新文学的政治性和艺术性》、宫本百合子的《有关世界观》、野坂参三的《延安的民众艺术》、中野重治的《日本文学的诸问题》等同时期日本左翼文坛意见领袖发表的有关毛泽东《文艺讲话》的评论文章。随后竹内好批判中野重治等人普遍存在肤浅阐释"文艺为政治服务"这一毛泽东主张的问题,他认为只有在理解鲁迅精神谱系的前提下才能正确领悟《文艺讲话》的内涵。

在竹内好看来,毛泽东的《文艺讲话》和20世纪30年代日本左翼文坛一度流行的"政治价值判断高于艺术价值判断"的主张存在本质上的不同。竹内好强调,《文艺讲话》的诞生源自毛泽东对于鲁迅文学精神的理解,其内涵主要体现在"文学斗争精神""反英雄主义理念""领袖拒斥意识"这3个方面。竹内好主张从毛泽东和鲁迅

---

① 島田政雄「人民文学の発展」,東京:『新日本文学』,1947年7月号。

② 竹内好「復員日記」,『竹内好全集:第15卷』,東京:筑摩書房、1981年。

③ 竹内好『魯迅』,東京:日本評論社、1944年。

的精神传承关系视角重新理解《文艺讲话》有关"文艺为政治服务"的论述,他认为《文艺讲话》反对文学的"非政治性",同时也拒斥文学的"唯政治性"。竹内好主张中共延安文艺诞生于抗日战争的历史环境,作为延安文艺路线纲领的《文艺讲话》以"抵抗"和"反叛"作为其精神底色,因此不存在迎合强权、堕落为政党统治工具的可能性。①

竹内好的《鲁迅与毛泽东》与坂井德三、岛田政雄的文章存在相近的中日比较视角和他者借鉴意识,其意图都在于借助中共延安文艺的革命视角反照美国占领下日本文坛的战后发展局限。1945年美国对日占领开始之后,占领军当局与日本左翼文化阵营曾经出现过一段短暂的蜜月合作期。美国占领军试图借助日本左翼革新阵营的力量打击法西斯军国主义守旧势力,而左翼知识分子们也希望通过与美国占领军的合作,尽快实现日本从天皇专制国家向人民民主国家的转型。正因为如此,《新日本文学》在占领初期对于美国民主制度的评价相对正面,反之占领军对于《新日本文学》的言论管控力度也较为宽松。但进入1947年下半年之后,伴随着美苏对立加剧及中国革命形势的发展,占领军当局与日本左翼文化界之间的关系逐渐由合作转为对抗。《新日本文学》针对美国占领体制的批判立场也随之日益坚定。

就在竹内好发表《鲁迅与毛泽东》的《新日本文学》1947年9月号,杂志便组稿了一期"战后文学"特辑,其中原计划收录岩上顺一(1907—1958)的文学评论《理论的达成》。但在当期杂志编辑过程中,《新日本文学》遭遇了来自占领军"民间审查局"的言论管控处分,最终导致岩上顺一的文章未能公开发表。② 岩上顺一时任"新日本文学会"中央委员兼书记长,《理论的达成》是他针对美国占领初期日本左翼文学运动局限性的批判性总结。文中,岩上顺一针对中野重治、小田切秀雄、除村吉太郎、泷崎安之助、荒正人、平野谦等占领期左翼文坛有重要影响力的文学评论家进行了观点梳理和逐个批判。岩上顺一认为,这些左翼文坛的意见领袖虽然持有不同的文学理念和言论立场,但在阶级斗争意识不足、脱离占领期日本社会现实、过度推崇近代西方个人主义和过高评价资产阶级民主文化等方面表现出相似的局限性。岩上顺一强调日本已经明显落后于国际左翼文化运动的战后发展步伐,他主张基于阶级斗争视角重新审视美国占领体制建立之后日本无产阶级遭受封建、资本势力双重压迫的社会现实。岩上顺一还提倡应当从战后国际左翼文化运动的实践经验中获

① 竹内好「鲁迅と毛泽东」、東京:『新日本文学』、1947年9月号。
②『新日本文学』検閲文書、日本国立国会図書館プランゲ文庫マイクロフィルム、ZK24。

取新的革命世界观,他呼吁运用革命浪漫主义与现实主义相结合的方式推动日本左翼民主主义文学运动步入新的斗争阶段。[①]

岩上顺一的《理论的达成》与同时期竹内好等人的中共延安文艺评论形成明显的呼应关系。岩上顺一强调占领期日本左翼文学运动必须从资产阶级民主路线转向无产阶级革命路线,竹内好等人则是将中共延安文艺路线阐释为无产阶级文化革命的"中国方法"。1947年9月24日,占领军"民间审查局"以"含有煽动性言论"为理由,向《新日本文学》编辑部发布了禁止刊发岩上顺一文章的言论管控处分决定,在占领军的强权压力下,《新日本文学》最终被迫将《理论的达成》全文删除。[②]该事件表明随着战后东西方冷战格局的逐渐形成,《新日本文学》作为左翼文学媒体的批判性言论职能逐渐成为美国占领军警惕和防范的对象。而正是在这种情况下,竹内好等人的延安文艺评论为《新日本文学》的读者们提供了另一种以战斗和对抗为基调的中国革命文学路线。坂井德三、岛田政雄和竹内好都属于战后中国遣归者群体的一员,他们在战败之后结束长期在华生活返回日本,作为中国遣归文人有着十分相似的问题意识,都试图借助自身在华经历面向美国占领下日本的文学读者们介绍同时期中国出现的革命文学发展方向。从这一点来看,尽管《新日本文学》与《新潮》《文艺》《文学界》《人间》《群像》等其他占领期日本中央文坛杂志存在明显的意识形态立场差异,但是在利用遣归文人的中国视角和跨境资讯通道打破美国对日言论管控方面拥有十分相近的文学媒体战略意识。

第三节 《近代文学》的战后立场与中国视角

《新日本文学》自创刊起实行编辑、作者和读者三方会员体制,不但是杂志编辑部成员全部由"新日本文学会"的委员级会员担任,每期刊载文章的作者也以会员作家为主,刊物销售的渠道也主要依赖于会员读者的自购、代购和荐购。[③]这种严格的

---

① 岩上順一「理論の達成」,『新日本文学』検閲文書、日本国立国会図書館プランゲ文庫マイクロフィルム、ZK24。

② 岩上順一「理論の達成」,『新日本文学』検閲文書、日本国立国会図書館プランゲ文庫マイクロフィルム、ZK24。

③ 「会員となる資格」,東京:『新日本文学』,1946年3月号;「本会を支持する読者諸君へ」,東京:『新日本文学』,1946年7月号;「新日本文学友の会」,東京:『新日本文学』,1947年9月号。

会员制运营方式有效强化了《新日本文学》的刊物党派性,但也在客观上限制了《新日本文学》的开放性与外联性。

在占领期日本中央文坛的7种主流文学杂志中,《新潮》《文艺》《群像》《人间》奉行自由主义文化立场,主张"不偏不党"的政治中立路线;《文学界》因为编辑部成员中有多人参与过战时日本的战争宣传,政治立场偏向保守,它们均与奉行左翼文化立场的《新日本文学》泾渭分明,很少与其发生刊物联动,这一点客观上造成了《新日本文学》在占领期日本文坛受到孤立的不利局面。作为其结果,《新日本文学》每月2万册前后的发行量远低于同时期其他中央文坛杂志月销5万册的平均水平。[1]

在占领期日本中央文坛,唯一积极与《新日本文学》进行刊物联动的全国性主流文学杂志是《近代文学》。《近代文学》创刊于1946年1月,最早由荒正人、平野谦、本多秋五、山室静、佐佐木基一、埴谷雄高、小田切秀雄组建的"近代文学同人会"编辑发行,办刊初衷是面向职业作家、评论家和文学爱好者们宣扬"近代文学同人会"的战后文学理念。[2]《近代文学》的7名创刊人兼编辑部成员均为战后崭露头角的新生代中青年文学评论家,相较于传统色彩浓厚的《新潮》《文艺》《文学界》《群像》《人间》,《近代文学》与《新日本文学》在战后文学革新诉求和旧有文坛批判意识方面持有相近的立场。再加上《近代文学》的刊物定位于"不追求商业利益的纯文学杂志"和"不追求文坛名利的纯同人杂志"[3],这与《新日本文学》作为左翼媒体的社会使命意识高度契合,也是2种刊物能够形成联动与合作关系的重要原因。

《近代文学》的刊物母体"近代文学同人会"在1946年成立之初虽然只有7名成员,但在1947—1949年间,"近代文学同人会"先后吸收了花田清辉、野间宏、加藤周一、中村真一郎、安部公房、武田泰淳、福田恒存、高桥义孝、日高六郎、椎名麟三、三岛由纪夫等30余名新成员,由此形成了美国占领时期日本中央文坛规模最庞大的文学同人团体。由于"近代文学同人会"成员涵盖了战后日本绝大部分有影响力的新生代作家和文学评论家,自占领中期的1947年开始,《近代文学》就已经成为战后文坛新星们最重要的作品发表舞台和文坛言论阵地。[4] 今天,大多数日本战后文学史

---

① 有关《新日本文学》每月刊物销量参考日本国立国会图书馆藏本销售记录,Z13–572。

② 本多秋五「芸術歴史人間」、東京:『近代文学』(創刊号)、1946年1月。

③ 本多秋五「編集後記」、東京:『近代文学』、1949年12月号、第80頁。

④「雑誌部門別一年史」、『日本出版年鑑 昭和22・23年』、東京:日本出版協同株式会社、1948年。

论著惯常使用的"战后派文学"一词能够获得文学史家们的认可，最早正是源于占领期《近代文学》及其同人成员的概念定义、传播与推广。①

早有文学史家总结过《近代文学》在美国占领期日本中央文坛最重要的职能是担当了日本"战后派"文人作家群体的文坛论争媒体。②1946年创刊后，《近代文学》陆续主导了文学主体性论争、文学世代论争、文学家战争责任论争、左翼转向文学论争、政治与文学关系论争等一系列不但在文坛影响深远，同时引起整个战后日本知识分子言论界关注的文学话题论争。其中，有关"文学家战争责任"问题的提出与讨论是《近代文学》与《新日本文学》在占领初期推动日本文坛革新运动的最初尝试，它直接促使《近代文学》从早期默默无闻的同人杂志转变为美国占领期日本中央文坛的主流刊物。

据《近代文学》创刊人之一小田切秀雄回忆，1945年12月"新日本文学会"成立之际，时任"新日本文学会"中央委员中野重治曾邀请《近代文学》的7位创刊人集体入会，目的是联合其力量打破旧有的文坛格局，推动左翼文学运动在战后日本的快速发展。③作为回应，小田切秀雄作为"近代文学同人会"代表加入"新日本文学会"并入选中央委员。同时，《近代文学》还在1946年1月创刊号上发表了编辑部同人与《新日本文学》主编藏原惟人的座谈会记录《文学与现实》。这次座谈会是《近代文学》和《新日本文学》通过刊物对话建立战后日本革新派文学媒体同盟的一次尝试。

《文学与现实》以问答形式讨论了"艺术的真实性""文学的人性""艺术家的立场""文学与政治的关系""文学家的职责""文人的群众关系""战后日本文学的变革方向"等议题。④座谈会上，藏原惟人主张战败后的日本正在迎来社会主义民主革命的历史契机，他强调日本的文人需要反思自身作为小资产阶级知识分子的历史认知局限，通过深入群众生活、学习群众视角、树立群众立场积极推动日本文学的战后革新进程。荒正人、佐佐木基一、本多秋五等《近代文学》编辑部同人虽然并不完全同意藏原惟人以阶级斗争为导向的文学运动理念，但是对于藏原惟人有关战前日本文

---

① 中村光夫、荒正人「対談　近代文学の再検討」，東京：『近代文学』，1949年5—6月合併号。小田切秀雄「アプレ・ゲール批判」，東京：『新日本文学』，1948年5月号。

② 伊藤成彦「解題」，日本近代文学館編『復刻版　近代文学』所収，1982年。

③ 小田切秀雄「一つの側面」，東京：『復刻版　近代文学』所収，1982年。

④「文学と現実　藏原惟人を囲んで　同人荒正人・佐々木基一・埴谷雄高・平野謙・本多秋五」，東京：『近代文学』（創刊号），1946年1月。

学的保守性、封建性、自闭性和社会责任感缺失的一系列批判表示了毫无保留的全面赞同和革新协作意愿。

1946年1月，"近代文学同人会"在《近代文学》之外又创办了一种专门用于讨论"文学家战争责任"的简报型子刊《文学时标》。《文学时标》采用8开小报体式，每半月发行一期，每期策划4—8个版面，其中第3、第4版面常设有"文学检察"专栏。"文学检察"专栏旨在以模拟法庭形式，逐个追究战时日本知名作家、文学评论家以文坛意见领袖身份支持、参与侵略战争的责任问题。专栏第1号开篇写道："战争时期，有哪些文学家自甘堕落扮演了侵略政权的奴仆驱使日本人民走向战场？又有哪些文学家放弃了守护人民灵魂的文人职责，投靠侵略政权导致文坛荒芜，最终导致文学沦为强权压迫人民的工具？今天我们开设'文学检察'专栏，就是为了长时期、不间断地追究这些问题。我们的目标是找到彻底反思日本战争责任的文学方法。"① "文学检察"专栏从1946年1月开始至同年11月为止前后共发表了12篇战争追责文章。这些文章由《近代文学》编委及其特约撰稿人轮流执笔，采用点名问责的形式，先后针对火野苇平、高村光太郎、吉川英治、龟井胜一郎、保田与重郎、佐藤春夫、林房雄、菊池宽、久米正雄、岸田国士、和辻哲郎等近40名战时日本知名作家、评论家的战争责任问题进行了批判性讨论。火野苇平等人在"二战"时期不但创作了大量战争题材和宣传军国主义思想的文学作品，同时还直接或间接地任职于日本军部下属的各类文化机关、言论机构及御用媒体。"文学检察"专栏一方面追究他们在战争期间的个体言论责任，另一方面还试图追问由文人、文学出版媒体和文学读者群体共同构成的战时日本文坛的整体言论责任。②

作为《近代文学》的子刊，《文学时标》有两大基本主张：其一是"与读者一起彻底追究文学家的战争责任，埋葬所有亵渎文学神圣性的无耻战犯文人的文坛生命，以此确立日本在文学领域的民主主义发展的第一步"；其二是主张"从少数精神贵族手中夺回文学财富，将其交还于人民大众之手，最终实现文学领域的民主主义革命目标"。③ 这些主张与同时期《新日本文学》追求的左翼民主主义文学运动方向一致，也是两刊合力推动日本文学战后革新运动的理念共识。

---

① 「文学検察　一」、東京:『文学時標』(創刊号)、1946年1月1日。

② 同前「文学検察　一」、東京:『文学時標』(創刊号)、1946年1月1日。

③ 荒正人、小田切秀雄、佐々木基一「発刊のことば」、東京:『文学時標』(創刊号)、1946年1月1日。

1946年3月29日，小田切秀雄代表《近代文学》参加"新日本文学会东京支部"创立大会，并起草了追究菊池宽、久米正雄、小林秀雄、龟井胜一郎、佐藤春夫、武者小路实笃等25位战时文坛意见领袖战争责任的共同声明书《文学的战争责任追究问题》。该声明书谴责这些知名作家或是曾经任职于"二战"时期日本反动文学组织担当领导职务，或是曾经利用其文坛影响力鼓吹侵略战争合法性，扮演军国主义专制政府的言论喉舌。该声明书强调文学创作行为的私人性和文人社会言论的公共性之间的关联性，主张文学家的社会影响力决定了作家群体具有的社会公职属性，战时日本文坛的意见领袖们应当承担各自作为社会公职人员的战争责任。[①]

就在《近代文学》针对日本文学家发起战争责任追究运动的1946年1月，美国占领军总司令部发布了震动日本社会的"公职追放"指令。1946年1月4日，美国占领军总司令部向日本政府下达了《有关部分问题人员公职追放指令》的备忘录。1月5日，东京《朝日新闻》刊发专题报道《军国主义领导者的公职追放指令》，其内容称占领军总司令部的"公职追放"指令旨在清算日本政府机关、社会公共事务部门，以及与政府密切相关的民营企事业单位领导人员的战争责任；"公职追放"指令计划分批次取缔"二战"时期日本军国主义者、极端国家主义者和侵略战争决策人员在战后继续担任公共性职务的资格，目的是确保《波茨坦公告》规定的"将法西斯军国主义势力永久驱逐出日本"的目标能够顺利实现。[②]

美国占领军发布"公职追放"指令之时，日本正处于战后首次全国议员选举前夕，"公职追放"指令受到日本共产党、社会党等进步左翼和中道左翼政党的热烈欢迎，当时支持左翼革新运动的《朝日新闻》《读卖新闻》纷纷在各自报纸社论中以"无血革命攻势""民主阵线的成立""人民政权的可能性"为关键词句阐释"公职追放"指令的历史意义。[③] 由于占领军的"公职追放"指令明确规定"以言论著述活动积极为日本军国主义对外侵略活动代言的社会人士"属于惩治对象人员，曾经深度参与日本侵略战争宣传工作的战时文坛意见领袖们由此成为有待清算战争责任的

---

① 「文学における戦争責任の追求」，東京：『新日本文学』，1946年6月号。

② 「軍国主義指導者を官公職より追放」，東京：『朝日新聞』，1946年1月5日。

③ 「軍国主義者の追放」，東京：『朝日新聞』，1946年1月5日；「指令の経済的側面」東京：『朝日新聞』，1946年1月6日；「新春劈頭の革命」，東京：『読売新聞』，1946年1月5日；「人民戦線内閣を作れ」，東京：『読売新聞』，1946年1月6日。

问题人员。①

从时代背景来看,《近代文学》联合《新日本文学》发起的文学家战争责任追究运动既是战后日本左翼文学运动的组成部分,同时也是美国占领军主导的"公职追放"运动的文坛分支部分。也就是说,《近代文学》一方面联合《新日本文学》推动战后日本左翼民主主义文学运动的发展,另一方面又积极配合美国占领军在日本推行的非军事化和民主化改革进程,试图利用占领军的政治威慑力促使日本文坛彻底反思战争责任进行自我革新。从这一点来看,相较于《新日本文学》对于意识形态党派性立场的坚持,《近代文学》更偏向于实行门户开放的多元化意识形态路线,它同时寻求与日本左翼文学阵营和美国占领军政权的双边协作,力图联合一切可联合之力量共同挑战日本文坛守旧势力,以此形成"战后日本文学运动独一无二的言论阵地"②。

门户开放的多元化意识形态立场构成了《近代文学》的核心刊物理念,它是《近代文学》作为占领期日本文坛新生代作家、评论家的言论主阵地,此后一直坚持的"战后派"立场。这一刊物立场不仅意味着《近代文学》致力于以多元化意识形态团结日本文坛的革新势力,同时还包含了该刊对于海外文坛革新势力的关注、学习和借鉴意识。1947年6月,《近代文学》在刊物版面上企划了一场座谈会——"中国文学一席谈"。该座谈会邀请了日本"中国文学研究会"的3位核心成员竹内好、武田泰淳、千田九一做客《近代文学》,由《近代文学》的3位编委荒正人、佐佐木基一、埴谷雄高担任联席主持人兼与谈人,采用对话方式针对"中国现代文学在日本文坛的接受方式""中国现代文学的借鉴价值""鲁迅文学精神与毛泽东文艺理论的承袭关系""延安左翼作家的革命性与民族传统性"等话题进行了讨论。③"中国文学一席谈"首先讨论了日本文坛对于中国现代文学的传统偏见和战后出现的评价新尺度。《近代文学》编辑部认为,日本文坛传统上存在以西方为中心的文学评价尺度,其通常将中国现代文学视为东方落后国家地域封建文化的组成部分,以此否定中国文学的现代性意义及其借鉴价值。而在战败之后,日本文坛虽然出现了重新评价中国现代文学的趋向,但是由于缺乏一手资讯,对于中国现代文学的实际评价方式与战前

---

① 「望ましからぬ人物の公職よりの罷免排除に関する覚書」,東京:『朝日新聞』,1946年1月5日。

② 「編集後記」,東京:『近代文学』,1946年10月号。

③ 「座談会　中国文学を語る」,東京:『近代文学』,1947年6月号。

相比并没有发生本质性的变化。《近代文学》认为,竹内好等人的"中国文学研究会"是日本文坛极少数不但了解中国现代文学最新动向,同时还有志于战后日本文学革新运动的同人团体。《近代文学》希望通过与竹内好等人的对话为日本读者提供阅读中国现代文学的全新视角,在重新评价中国现代文学的同时,探索其对于日本文学战后革新运动的借鉴意义。

日本"中国文学研究会"成立于1934年,最早是以竹内好、武田泰淳、冈崎俊夫等东京帝国大学"支那"学科的青年学生为中心创立的同人团体。"中国文学研究会"致力于研究、评论和翻译中国近现代文学作品。竹内好等研究会核心成员反对偏重古典、轻视近现代的日本汉学传统,他们成立"中国文学研究会"的初衷旨在改变日本的中国文学研究范式。竹内好等人力图将日本的中国文学研究重心由汉诗、汉文转变为20世纪以后的中国近现代文学,尤其提倡关注五四文学革命之后中国新文学的历史发展动向。[①] "中国文学研究会"在1943年由于竹内好等核心成员应征入伍一度宣布解散,日本战败之后又于1946年完成重建,此后通过编辑发行机关刊物《中国文学》积极向日本读者介绍抗战前后中国现代文学的最新发展动向。战后重建的"中国文学研究会"主张打破中日文学研究的学术壁垒,倡导通过重新评价中国现代文学的独特价值,反思日本近现代文学的历史发展问题。[②] 竹内好、武田泰淳和千田九一是"中国文学研究会"战后重建之后的3位核心领导成员,三人分别以中国现代文学评论家、中国题材小说家和中国文学翻译家的身份活跃于美国占领期日本中央文坛。

竹内好、武田泰淳和千田九一是《近代文学》自创刊之后最为倚重的中国文学解说人。该刊邀请三人进行座谈会"中国文学一席谈"的主要目的有2个:一是借助"中国文学研究会"的力量向日本读者介绍中国现代文学的最新发展动向;二是针对抗战前后蓬勃发展的中共延安文艺进行专题讨论。《近代文学》希望通过"中国文学研究会"向日本读者解读中国现代文学的革命特质及其对于日本文学战后革新的启示意义,作为回应,竹内好、千田九一和武田泰淳分别从3种不同视角阐述了各自对于中共延安文艺路线的理解。

在座谈会"中国文学一席谈"上,对中共延安文艺评价最高的竹内好首先以"毛

---

① 朱琳『近代日本における知識人の中国認識: 中国文学研究会を中心に』,仙台:日本東北大学博士学位論文、2017年度。

② 千田九一「編集後記」、東京:『中国文学』、1946年4月総第94号。

泽东的鲁迅观"为主题阐述了他的个人观点。竹内好认为：毛泽东对于鲁迅的推崇本质上源于两人都拥有革命孤行者的精神特质——鲁迅是拒绝任何党派归属、坚持个体立场的文学革命家；毛泽东是不惧怕任何派系孤立、敢于直面异议且具有斗争精神的革命政治家。竹内好认为鲁迅和毛泽东都拥有革命者的历史使命意识和孤行者的独立人格精神，而这正是毛泽东在延安大力推崇和宣传鲁迅精神的根本原因。竹内好在"中国文学一席谈"上阐述的观点与同时期他在《新日本文学》发表的《鲁迅与毛泽东》一脉相承，两者的主旨都在于强调鲁迅文学与中共延安文艺之间一脉相承的关系，都试图在革命文学史的叙事框架下表述中国现代文学从鲁迅的"文学革命"到中共延安的"革命文学"的历史发展脉络。除在"中国文学一席谈"上阐述的观点以外，占领期的竹内好还在《近代文学》发表了《藤野先生》《给某位中国旧友》《茅盾》等一系列中国题材文学评论作品。这些评论作品虽然主题各异，但都将革命者的历史主体意识、历史使命感和抗争精神视为中国现代文学的价值内核，倡导将中国现代文学作为日本文学战后革新运动的借鉴对象，而这也正是《近代文学》认同并试图在占领期日本文坛大力推广的观点。①

与《新日本文学》类似，《近代文学》同样是从1947年中后期开始积极向日本读者介绍中共延安文艺的借鉴价值。这一时期由于亚洲冷战格局逐步成形，美国对日占领政策开始转向积极防共路线，其标志之一是占领军当局日渐强化针对日本左翼革新势力的言论管控力度。②尽管《近代文学》并不完全认同《新日本文学》强调文学运动从属于阶级斗争实践需要的刊物立场，但是对于占领军日渐强化的左翼言论管控及其造成日本文学战后革新运动陷入停滞的现象抱有相同的危机意识。正因为如此，《近代文学》关注中共延安文艺运动的方式与《新日本文学》类似，同样是试图以"抗战精神"和"人民文艺路线"为关键词面向日本读者介绍中国革命文学的独特价值和借鉴意义。另外，由于《近代文学》提倡门户开放的刊物言论立场，该刊对于中国现代文学的评价方式较之《新日本文学》也更为多元化。

例如，以中国文学翻译家的身份活跃于占领期文坛的千田九一虽然是毛泽东《在延安文艺座谈会上的讲话》的最早译者③，但是他在参加座谈会"中国文学一席

①「書評　竹内好『現代中国論』」、東京：『近代文学』、1951年12月号。
② 山本武利「左翼メディアの弾圧」、『占領期メディア分析』所収、東京：法政大学出版局、1996年。
③ 新日本文学会『現段階における中国文芸の方向』、東京：十月書房、1946年。

谈"之际对于延安解放区文学的赞赏程度远不如竹内好热烈。千田九一虽然也主张重新评价近现代中日文学的优劣关系,但他并不认同竹内好对于鲁迅和毛泽东的精神传承关系的论述。千田九一认为毛泽东在延安大力推崇鲁迅的行为内含一定程度的政治性宣传动机,他质疑延安文艺工作路线存在政治优先于文学的价值评断倾向,同时忧心政党主导的文学运动对于作家的创作自由和批判精神的限制。千田九一推崇从自由主义视角多方面评价中国现代文学不同流派的作家作品,而这也是《近代文学》自创刊初期开始一直推行的中国文学介绍方针。

1946年《近代文学》创刊之初曾在其子刊《文学时标》设立"文学通信"专栏,采用海外文化通信形式向日本读者介绍世界各国的最新文学动态。千田九一先后2次为"文学通信"专栏供稿,他撰写的2篇评论作品旨在向日本读者解读"二战"前后中国现代文学的发展方向。[1] 相对于竹内好的延安偏向,千田九一更加关注重庆、昆明等国统区文学在抗战时期的历史发展轨迹。千田九一反对将国统区文学与解放区文学进行简单的二元对立,他主张以"抗日"和"流亡"为关键词解读"二战"前后中国文人作家共同的时代命运和文学课题,目的是以此发现超越党派、地域、阶级差异而存在的中国现代文学的整体共性。

与千田九一类似,武田泰淳对于中国现代文学的解读方式也与竹内好的革命文学论大相径庭。在座谈会"中国文学一席谈"上,武田泰淳提出中日近现代文学发展的一个明显差异在于中国没有产生和日本一样相对独立、但同时也更为封闭的职业文坛空间。这一方面致使中国的文人作家更容易与政治权力形成或依存、或对抗的相互关系,另一方面也意味着在知名度较高的主流作家之外,中国现代文学还存在着大量不被日本文坛知晓的无名作家群体。相对于竹内好的"革命者视角"和千田九一的"自由主义视角",武田泰淳追求以"边缘人视角"解读中国现代文学的非主流作家。武田泰淳在侵华战争时期侨居于日军占领下的上海,相对于延安和重庆的抗战区文学,他更关注俞平伯、废名等沦陷区的中国作家。武田泰淳认为沦陷区的中国作家注定成为文学史的边缘角色,然而正是在这些边缘人的文学人生和作品书写中蕴藏着中国现代文学的挣扎与矛盾。

武田泰淳当时是"中国文学研究会"和"近代文学同人会"的双料会员。在占领期文坛,武田泰淳不只是一名中国文学研究者,他同时还是《近代文学》力捧的"战

---

[1] 千田九一「中国」、東京:『文学時標』(第5号)、1946年3月15日; 千田九一「中国」『文学時標』(第11号)、1946年9月10日。

后派"新人小说家。武田泰淳善于写现代中国题材的小说,在1949年10月,他为《近代文学》撰写了一部短篇小说《L恐惧症》,这也是中华人民共和国成立后《近代文学》刊发的第一部中国题材作品。

中华人民共和国宣告成立的1949年10月1日,《近代文学》组稿了一期"同人作品特辑"。该特辑邀请了当时"近代文学同人会"的32位核心成员以"今后的文学"为关键词各自撰写一篇题目、文体、字数自定的作品。《L恐惧症》是武田泰淳受邀为特辑撰写的作品,这是一部以"鲁迅"为主题的短篇小说。

《L恐惧症》采用了私小说式的写作手法,主人公"我"以作者武田泰淳为原型,小说采用独白文体讲述受邀成为《近代文学》特辑号撰稿人的"我"面对一位神秘听众告白所谓"鲁迅恐惧症"的经过。"我"从学生时代开始一直在鲁迅文学中感受到巨大的精神压力,这种压力来自鲁迅针对守旧软弱、无立场、无责任感的虚假文学家的无情批判,而"我"正属于被鲁迅蔑视的日本文人类型。"我"对鲁迅的恐惧感直到他去世10多年后的今天仍然没有消退,但当"我"收到《近代文学》的约稿时,首先想到的写作主题依然是"鲁迅"。"我"读过鲁迅晚年写作的杂文《现代史》,这部作品用"变戏法"的寓言批判现代中国历史的种种虚伪与欺瞒。受其启发,"我"为《近代文学》草拟了一篇题为"鲁迅与历史"的文学评论,在其中"我"模仿鲁迅的论战式文体评述历史书写者以现代视角重塑过往历史的"肉体意识"。但与鲁迅不同,"我"刻意回避提出清晰的论点和负责任的结论,最终生产出一篇徒有虚表的鲁迅文体的戏仿作品。"我"知道这种拙劣的戏仿剥离了鲁迅文学最重要的现实愤怒感和革命斗争意识,也明白它无法帮助《近代文学》的读者认清眼前的战后日本现代史。但同时"我"又得意于自己移花接木的能力和中庸自保的智慧,自称比起早逝的鲁迅更懂得文人的生存之道。在听完我的"自白"之后,一直沉默不语的神秘听众突然掏出匕首刺向"我"的胸膛。"我"定睛一看,发现他正是本应该在10多年前就已经死去的"鲁迅"。自称患有"鲁迅恐惧症"的"我"就这样最终遭遇了来自"鲁迅"的审判,小说的故事到此结束。[1]

《L恐惧症》公开发表的1949年10月不但是中华人民共和国成立的月份,也是鲁迅逝世13周年忌的月份。《L恐惧症》是武田泰淳为此创作的一篇寓言体小说,作品通过荒诞剧式的情节设计描绘鲁迅文学带给战后日本文人作家的精神冲击。武

① 武田泰淳「L恐怖症」、東京:『近代文学』、1949年10月号。

田泰淳对于鲁迅文学的价值认知与竹内好有相似之处,他同样认为日本近现代文学没有孕育出鲁迅一样的革命孤行者,构成鲁迅精神内核的现实愤怒感、革命斗争意识,以及由此产生的永不妥协的批判精神是日本近现代文学最为欠缺的精神属性。但是,武田泰淳并不赞同以偶像化方式配合革命话语过度阐释鲁迅文学的做法。与竹内好相比,他更为关注鲁迅文学作为日本文学的"他者"所体现的异质性,以及日本作家对于鲁迅精神人格的疏离感。小说《L恐惧症》的主人公"我"是一名熟悉中国现代文学的日本作家,自称善于借用鲁迅的批判视角审视美国占领下的日本社会现实。"我"发现战后日本的"现代史"和鲁迅写作的《现代史》一样充满了虚伪与欺瞒,但同时又认识到自己缺乏像鲁迅一样的批判精神和抗争意识。"我"害怕成为像鲁迅一样的孤行者,自知永远无法成为鲁迅精神人格的拥有者。"我"不断摇摆在对于鲁迅文学的认同感与疏离感之间,"我"的"鲁迅恐惧症"正是源于这种摇摆导致的自我怀疑与内心矛盾。

竹内好在《近代文学》发表的一系列中国文学论中反复表述了对于鲁迅精神人格的认同、崇拜和自我同化的意愿,他试图成为鲁迅一样的文学革命导师,促动并领导战后日本文坛的革新运动。与之相比,武田泰淳虽然同样推崇鲁迅之于日本文学战后革新的借鉴价值,但不同于竹内好的革命领导者视野,他更为关注那些在历史大变革时期被边缘化的革命落伍者的命运,小说《L恐惧症》刻画的正是此类战后日本知识分子的自画像。包括《L恐惧症》在内,占领期的武田泰淳创作了数量诸多的中国题材小说作品,它们往往存在相似的人物设定和叙事模式,主人公们通常被设定为有着强烈怀疑主义和虚无倾向的"知中派"日本知识分子,他们一方面认可中国革命的活力与创造力,另一方面又畏惧中国革命的冲击力和破坏力,因此甘愿成为革命运动的旁观者和边缘人。武田泰淳的中国题材小说往往采用荒诞、嘲弄的笔调描写日本主人公对于中国革命的憧憬与畏惧、赞赏与怀疑的矛盾心理。与竹内好不同,武田泰淳无意为美国占领下的日本文坛提供一个源于鲁迅、毛泽东或是延安文艺的革命文学发展模板。他认同中国文学的革命发展方向,但是拒绝将其视作日本文学战后革新的唯一方向。

竹内好、千田九一、武田泰淳同属于日本"中国文学研究会"成员,但在占领期《近代文学》的杂志版面,三人分别从革命者视角、自由主义视角和边缘人视角针对中国现代文学的特质及其对于战后日本文学的借鉴意义展开了立场迥异的3类不同解读。能够兼容三人不同立场的中国文学认知方式,并以此建构多元化的中国表述空间正是《近代文学》在占领期文坛追求门户开放办刊路线的结果。实际上,和《新日本文学》一样,在中华人民共和国成立之后,《近代文学》也有意识地强化了以延安文艺为主体的中国革命文学在占领期日本文坛的介绍、宣传和评价工作。① 但是即便如此,直至1952年美国对日占领结束为止,《近代文学》不仅始终没有改变创刊以来一直坚持的门户开放的刊物言论立场,在1951年美国与日本签署所谓《日美安保条约》致使日本政坛更加保守化和反共化之后,《近代文学》又进一步提出了旨在团结日本文坛一切革新势力的"广场"理念。

《近代文学》的"广场"理念最早源于1951年日本"芥川奖"年度获奖作品《广场的孤独》。《广场的孤独》是"战后派"新人作家堀田善卫发表于1951年的一部政治题材小说,作品描写了战后从中国遣归日本的主人公木垣在朝鲜战争爆发后重新审视美国占领下的日本现状,并从中思索战后日本知识分子主体性的一系列心路历程。由于堀田善卫是《群像》《人间》《文学界》《新日本文学》《近代文学》等中央文坛主流杂志媒体共同力捧的占领期文坛新星,《近代文学》在1952年2月专门为堀田善卫举办了《广场的孤独》的"芥川奖"获奖纪念会。该纪念会邀请了高见顺、龟井胜一郎、阿部知二、中野好夫、大田洋子、武田泰淳、水野明善、吉田精一等来自占领期日本文坛左翼阵营、中道自由主义阵营和保守阵营开明派的24位作家、文学评论家和文学研究学者共同参加针对《广场的孤独》的集体讨论会。而就在该讨论会结束2个月之后的1952年4月,日美共同签署的《旧金山和约》正式生效,持续了6年半之久的战后美国对日占领就此告一段落。

1952年5月即美国对日占领结束后的次月,《近代文学》刊发了堀田善卫"芥川奖"纪念会兼讨论会议纪要《广场的孤独与共同的广场》。② 文中,《近代文学》以堀田善卫的《广场的孤独》为线,提出了"国际政治即国内政治""文学介入政治""作家承担政治职责""战后文学的政治职能"等一系列讨论话题。《近代文学》提倡战后日本文坛的所有革新势力以"广场"形式共同构建"文学对话政治"的文坛言论空间。《近代文学》主张只有跨越意识形态党派壁垒,集结文坛所有民主派人士的力量,才能直面日本成为美国的亚洲冷战桥头堡之后出现的战争问责进程停滞、战犯政治家重新登场、国家军事化路线重现等反民主化的历史逆流。从这一点来看,占领期杂志《近代文学》版面的"中国"表述和"民主"表述实际上互为表里关系。通过革命

---

① 佐々木基一「編集後記」、東京:『近代文学』、1949年11月号。

② 「広場の孤独と共通の広場」、東京:『近代文学』、1952年5月号。

者视角、自由主义者视角、边缘人视角等多元化的"中国"表述构建多棱镜式的中国表象，采用反中心化、去中心化和离散化的方式为日本读者提供美国式民主以外的其他"民主"表述的可能性，这是《近代文学》在占领期日本文坛追求实现的核心价值理念，同时也可以看作美国占领期日本左翼文学媒体刊发的各类中国题材作品文本共同追求的社会言论价值。

第七章　在华日侨报刊的战后言论与文艺空间

第一节　从"在留邦人"到"日侨"

1945年8月15日天皇公布《终战诏书》当天,侵华日军总司令部以"现地大日本陆海军最高指挥官"的名义向沦陷区中国民众发布了《现地日军当局布告》。《现地日军当局布告》称:"现地日本军遵奉上司命令,暂时继续执行确保治安之任务,切望中国民众信赖日本军,不受流言蜚语之蛊惑,始终保持冷静态度,协力日军维持治安。"① 同日下午7点,日本驻南京伪政府大使谷正之发表广播讲话,呼吁"身处异国之同胞诸君,今后所面临之困难,较之本国同胞,更为巨大""希望诸子适应此非常事态,冷静沉着,超越一时的胜败,始终发挥日本精神之真髓"。次日该讲话被译成中文,题为"谷大使向在华日侨广播",刊载于上海的日系中文报纸《新申报》。② 这篇广播稿的标题使用了"日侨"一词指涉侨居中国的日本人群。这种看似理所当然的语词选择,实际上体现了1945年日本战败前后在华日本人群体的自我认知方式转变。

"日侨"一词原本是近代以来中国官方和大众媒体对于在华日本人群体的广义称呼,它的现代中文用例最早可以追溯到20世纪初。③ 据1945年10月中国陆军总司令部统计,日本投降后初期,包括已解除武装的待复员日俘(又称"徒手官兵")在内,在华日侨群体的总人数为1895413。④ 而根据日本政府战后统计,这一数字还未计入

---

①《遵奉上司命令　暂时维持治安》,上海:《新申报》,1945年8月16日,1版。

②《谋国家万事安泰　谷大使向在华日侨广播》,上海:《新申报》,1945年8月16日,1版。

③《东省日侨自治奉天》,上海:《申报》,1907年11月22日,3版。

④ 中国陆军总司令部《中国战区中国陆军总司令部处理日本投降文件汇编　下卷》,昆明:中国陆军总司令部,1946年,第232—238页。

当时居留中国东北伪满洲国地区的百万日侨。^① 战前数百万侨居中国的日本人长期习惯于扮演帝国空间的海外延伸载体,他们虽然在华生活,但是对于中国言论界的"日侨"认知缺乏关心。作为其结果,战前日本在中国大陆出版的各类日系报刊普遍缺乏中国本地化视角,日系报刊习惯使用"在留邦人"一词指称侨居中国大陆地区的日本国民,而来自中文的"日侨"则一直受到日本在华媒体的刻意排斥。^②

但是在1945年6月冲绳战役结束之后,日本失去了太平洋战场的制海权和制空权,其在大陆生活的侨民也失去了撤归本土的现实条件,在华日本人群体开始注重从中国本地化视角讨论大陆侨民的战争使命和历史转折期的角色职能问题。而在1945年8月日本战败之后,如何从中国本地化视角建构新的在华日本人言论空间更是成为所有日侨必须面对的现实问题。前述谷正之的"8·15"讲话之所以采用中文形式在"日侨广播"发表,正是缘于战败时期在华日本人群体对于本地中国人社群的目光给予了前所未有的关注。实际上,在"日侨广播"公布后的第二天,即1945年8月17日,谷正之又借助《新申报》发表了面向中国听众的演讲《中日进入新境地　再度归于君子之交　谷大使谈》。本次演讲中,谷正之以"日侨"代表自居,他极力主张通过在华日侨群体的"日华亲善"职能重塑中日关系,期望以此在战后新时期恢复中日之间所谓的"君子之交"。^③

另外,就在日本宣布投降1个月后的1945年9月,中国的国民政府第三方面军开始进驻上海并着手处理战后对日受降事宜。其首要工作是解除当地日军武装并接收以《大陆新报》为首的当地日系报刊。《大陆新报》创刊于1939年1月,是侵华战争及"二战"期间朝日新闻社和日本军部合作在中国大陆地区发行的日文报纸,前后发行了长达6年,直到1945年8月日本战败后不久被迫停刊。^④1945年10月,国民政府第三方面军在《大陆新报》的基础上重新创办了一种日文报纸《改造日报》,并试图

---

① 引揚援護庁『引揚援護の記録』,非売品、1950年。

② 例如据笔者的调查,战时上海唯一的日文报纸《大陆新报》1939—1945年所有版面从未使用过"日侨"一词。

③《中日进入新境地　再度归于君子之交　谷大使谈》《应忍耐前途困苦　加强与中国亲善　楠本公使告日侨民》,上海:《新申报》,1945年8月17日。

④《大陆新报》原件分散收藏于上海图书馆徐家汇藏书楼、日本国立国会图书馆和美国议会图书馆,目前最晚可见1945年9月10日号。

将其打造为战后中国大陆地区最有影响力的日语言论媒体。①

1945年10月5日发行的《改造日报》创刊号称："日本投降后,上海日侨集中区内不断有人散布各种荒谬的谣言动摇人心。为了杜绝这一现象并向日侨传递正确信息,同时也为了担负起启蒙日侨的责任,我们决定发行一种日文报纸。"② 除新闻报道和时事评论以外,《改造日报》自创刊号起设有"文化"专栏,专门刊载在华日侨投稿的和歌、俳句、随笔、评论、小品文等作品。1945年11月起,《改造日报》又新设"副刊栏",在刊发日侨文学作品的基础上提供"读者论事或谈感想或发挥诗兴之舞台"。③ 也就是说,《改造日报》不但是国民政府策划用于对日宣传的政治服务型刊物,而且在战后初期承担了中国大陆地区日侨文人群体的作品发表舞台和言论主阵地的职能。

除《改造日报》以外,抗战胜利后上海地区还陆续发行了《儿童新闻》《改造周报》《改造评论》《新生》《导报》《导报画刊》等各类日文报刊。一方面,战后初期的上海拥有中国大陆地区最丰富的日文媒体资源,以此为基础形成了一个独立于美国占领下日本本土文坛之外的在华日侨文坛和基于中国本地视角的日语言论空间。另一方面,1945年8月15日无条件投降后,日本政府通过强调对天皇《终战诏书》的"承诏必谨",人为营造出和谐、统一的战后言论环境。作为其结果,战后初期日本本土言论界出现了大量基于《终战诏书》的模仿文本,背离《终战诏书》的异质性言论被人为消除,进而出现了一个高度同质化、易于日本政府管控的公共言论空间。与之相对,在远离日本本土的中国大陆,由于侵华日军和其他日本在华政府机构在战败后随即解体,在华日侨群体一方面失去了来自侵华日军公权力的保护,另一方面也不再受到日本政府的言论管控影响。这意味着相对于日本国内,在华日侨群体能够摆脱天皇《终战诏书》的话语影响,更有可能发出与日本官方论调相背离的异质声音,进而形成不同于日本本土的另一种"战后"言论空间。

另外,根据国民政府第三方面军于1946年3月在上海编订发行的《日侨归国

① 陆久之《创办改造日报的经过》,《20世纪上海文史资料文库》(第6卷),上海:上海书店出版社,1999年。

② 「創刊の辞」,上海:『改造日報』,1945年10月5日。《改造日报》的停刊日不明,目前上海图书馆保存了1946年8月5日为止的报纸。另外,近年在日本东京都三鹰市亚非文化财团附属亚非图书馆(又名"日本郭沫若文库")又发现了新的《改造日报》原件存本。

③ 「副刊欄創設に就て」,上海:『改造日報』,1945年11月19日。

指南》,国民政府在战后遣送日侨归国之际,明令禁止遣归日侨携带在华出版的图书、报刊及其他资料类文件回国。[1] 也正因为如此,目前日本全国各地图书馆、资料馆、档案馆极少收存有1945年前后中国大陆地区发行的日文出版物,这种历史文献的缺失直接导致在华日侨文坛长久以来一直没有成为占领期日本文学研究的主体对象。[2]

本章整理了笔者近年来通过国内外图书馆、档案馆、资料馆实地调查收集而成的战后中国发行日文报刊和日侨文坛史料。本章将以上海日侨社群及其日文报刊为中心,考察战败时期在华日侨文坛的历史演变轨迹和它的涉华言论空间特性,试图通过在华日侨文坛史料的发掘整理及从中国视角的切入,重新审视战后占领期中日文学关系的历史轨迹。

第二节　“日侨”文坛言论史的战后原点

日本无条件投降前夕,一种刊名为《新大陆》的日文综合杂志在上海发行了创刊号。《新大陆》目前仅在中国国家图书馆查有收存,该杂志的出版方是“上海新大陆社”,杂志底页上印有“每月一次定期发行”,最早策划为月刊。由于创刊后仅2周时间日本即宣布无条件投降,《新大陆》实际上只发行了第一期就被迫停刊。[3]

《新大陆》创刊于日本战败前夜,它是“二战”末期沪上日侨文人们为了应对即将到来的战后中日关系新局势而创设的日文杂志,杂志编辑部以“展现最新的日本,把握最新的中国”作为其创刊理念。[4] 由于创办时间的特殊性,《新大陆》成为战时上海出版的最后一种日文刊物,它与战后上海最早的日文媒体《改造日报》前后衔接了日本战败的历史转折期,两者之间的延续性和差异性展现了战败时期日侨在华言论空间的历史演变过程。

首先,日本战败前夕在《新大陆》发表署名文章的作者共有19人,其中“8·15”

---

① 「絶対に携行出来ぬもの」,『日僑帰国案内』,上海: 改造日報社、1946年。
② 具体参考拙著《在华日侨文人史料研究——堀田善卫的上海时代》,上海:上海人民出版社,2020年。
③ 有关杂志《新大陆》的创刊经过,参考秦剛「上海で出発した戦後派作家: 雑誌『新生』の堀田善衛と武田泰淳」、東京:『すばる』、2019年3月号。
④ 「編輯後記」,上海:『新大陸』,1945年8月、第104頁。

之后继续以《改造日报》为舞台发表作品的有和田齐、高桥良三、加田哲二、辻久一、岛本惠似子、内山完造、三浦桂祐、武田泰淳、小宫义孝、堀田善卫等10人。也就是说，国民政府第三方面军虽然在抗战胜利后接管了上海本地的所有日文媒体，但并没有因此改变当地日侨言论界的意见领袖人员构成。特别是战前活跃于上海日侨文坛的武田泰淳、内山完造、三浦桂祐、堀田善卫等人，他们在"8·15"之后依旧通过发表文学作品积极介入当地日文媒体言论空间的战后重构进程。这一点与日本本土文坛在战败之后迅速发生意见领袖群体更替的情况截然不同。

日本无条件投降后，上海日侨言论界亟待解决的首要课题是如何建立新的"日侨"身份认知。1945年10月5日，刚刚创刊的《改造日报》在当天报纸第2版采用大幅标题刊登了一则专题报道《指导监督日人 新设日侨管理处》。该报道称"上月进驻上海的国民政府第三方面军，近日新设'日侨管理处'作为管理本地在留日本人一切相关事务的官方机构，日侨管理处已于本年9月24日起在狄思威路原联络部旧址设办公室启动工作"①。随着国民政府"日侨管理处"的设立，战前上海日文媒体广泛使用的"在留邦人"一词逐渐消失，取而代之的是来自中文的"日侨"称谓。如《改造日报》在1945年10月5日创刊后陆续刊载了大量带有"日侨"标题的新闻报道，自同年10月20日起，《改造日报》版面的在华日本人称谓完成了从"在留邦人"到"日侨"的用词转变，仅用不到2周时间就将"在留邦人"的旧称移出沪上日文媒体的话语空间。原本是中文用词的"日侨"在国民政府公权力的背书之下成为在华日本人在战后必须认可的全新自我称谓。而借助于语言的可视化效果，从"在留邦人"到"日侨"的称谓转变向所有在华日本人展示了言论主导权发生转移的事实。由于这种转变过程既迅速又富有戏剧性，如何表述"日侨"一词的内涵、如何阐释"日侨"这一新称谓代表的战后中日关系新形态成为同时期沪上日文媒体的关心话题。②

在战后上海的日侨文坛，最早意识到这种历史转变过程的重要性并以之为主题进行作品书写的是武田泰淳。武田泰淳毕业于东京帝国大学"支那"文学科，早年从事专业的中国文学研究。1943年他因发表长篇文学评论《司马迁》而步入文坛，1944年接受汪伪中日文化协会邀请赴上海担任东方文化编译馆日籍主任。根据中国国家图书馆收存油印本《东方文化编译馆概况》的内容，当时武田泰淳工作的东方文化编译馆是由汪伪中日文化协会上海分会、上海伪申报馆和上海东亚同文书院大

---

① 「日本人を指導監督　日僑管理処を新設」、上海:『改造日報』、1945年10月5日、2版。
② 「何故日僑と呼ぶか」、上海:『児童新聞』、1946年2月8日。

学共同策划的中日图书翻译出版机构。东方文化编译馆于1944年6月创立于上海咸阳路,机构宗旨自我标榜为"翻译日本清新优秀学术以介绍于中国,对于东亚共荣圈之建设,新中国之建设贡献之处极大,此为刻下文化人所应尽职责之一端"。[①] 东方文化编译馆当时聘用了专任编译员4名、外部兼职编译员26名,翻译校阅8名,监修2名,同时还在日本东京设立了驻外办事处,仅驻外经费一年就达到了393200日元,约合今天的2600万元人民币,足可窥见该机构规模之庞大。

武田泰淳当时担任东方文化编译馆日籍主任,负责监修并处理一切翻译相关事务。同时他还依托《大陆新报》《上海文学》《长江文学》《大陆》《扬子江》等沪上日文报刊发表各类文学作品和时事评论,战争期间扮演了上海日侨文坛的意见领袖。日本战败前夕,武田泰淳向《新大陆》投稿了一篇文学评论《关于苏青女士》,这也是他战时发表的最后一部作品。[②]《关于苏青女士》采用了作品论文体对中国女作家苏青的文学作品进行介绍和评述。众所周知,苏青在1944年出版了自传体小说《结婚十年》,该小说的单行本创下半年内连续加印10次的惊人销量,苏青也因此成为日军占领下上海文坛风靡一时的现象级女作家。武田泰淳写作《关于苏青女士》的目的是向当地日侨读者解释苏青能够成为上海文坛超人气作家的原因。他对苏青的写作风格进行分析,评价其"能够打破晦涩人生哲学的坚硬外壳,拥有释放清新之气的文人品性,这是上海人士将她的作品视为健康文学的原因"[③]。作为一篇文学评论,《关于苏青女士》的文体特点在于笔锋冷静,注重客观分析,极少存在主观情绪化的表述,评述者武田泰淳与他的评述对象苏青之间刻意保持了情感上的距离。这种文体不仅体现了同时期的武田泰淳作为中国文学研究者的严谨态度,同时也反映了战争末期武田泰淳的对华言论立场——他一方面将中国作为客体进行观察和书写,另一方面又尽量避免使用对华情感一体化的语言表现,以此满足杂志《新大陆》的日侨读者们既希望了解中国、同时又试图与当地中国人社群保持距离的双重心理需求。

但是日本战败之后,随着国民政府对于上海日文媒体的全面管控,武田泰淳很快在其作品中调整了自身的对华言论立场。1945年10月5日,武田泰淳在《改造日报》创刊号"文化"专栏发表了战后第一部作品《郭沫若的事》。众所周知,郭沫若在

---

① 封面上记述了"民国三十三年十月　东方文化编译馆"。另外相同内容的文献也收藏于神奈川近代文学馆(故佐藤正彰寄赠品)。

② 「蘇青女士について」,上海:『新大陸』,1945年8月、第47—52頁。

③ 苏青《结婚十年》,北京:天地出版社,1945年。

1928年为逃避政治迫害流亡日本,此后他在日本生活了将近10年,直到1937年日本全面侵华战争爆发之后才返回中国参加抗战。由于抗战期间郭沫若在国民政府军事委员会政治部担任要职,同时期日本文坛对于郭沫若一直存在一种负面论调,认为郭沫若是以文学服务于政治的"文人官僚"。武田泰淳写作《郭沫若的事》的意图就在于反驳这种看法。

《郭沫若的事》是一篇采用回忆录和文学评论相结合的文体写成的随笔作品。文章一方面追忆了郭沫若流亡日本期间与东京"中国文学研究会"成员之间的交友经历,同时又针对郭沫若的文学生活、作家品格进行评述。文中,武田泰淳回忆了郭沫若在流亡期间与日本友人之间的"性情交往",他勾勒出郭氏重情轻利、行事决绝的文人形象,并依此主张"郭沫若是一个纯粹的人,他的纯粹性情使其永远无法成为政客,正是他的纯粹赢得了我们的敬爱"①。《郭沫若的事》和《关于苏青女士》的作品发表时间前后仅相隔2个月,2篇文章都以当代中国知名作家为对象,书写了作者武田泰淳眼中的中国文人形象。但是如果将《郭沫若的事》和《关于苏青女士》进行比较,不难发现两者使用的文体及其体现的言论立场却是大相径庭。武田泰淳在《关于苏青女士》之中使用的"抑情"笔调,在《郭沫若的事》的写作过程中转变为截然相反的"移情"笔调。他不再试图与自己评述的中国作家保持距离,反而以日本文坛的知中派文人代表自居,采用煽情的笔调表述自己对于郭沫若和中国文坛的亲近感。在《郭沫若的事》一文中,武田泰淳反复强调"中日两国文艺界的亲近",文章通过讲述作者武田泰淳与中国文坛领袖郭沫若之间的友情故事,试图构设一个以"中日文人共同体"为主题的宏大叙事。实际上,同时期《改造日报》"文化"专栏最为关注的话题正是如何重建中日文化界之间的"友情"。除武田泰淳的《郭沫若的事》以外,代表性的作品文本还有三浦桂祐的《友情片片》和内山完造的《十月十九日》。

三浦桂祐的《友情片片》刊载于《改造日报》1945年10月17日,这是一篇采用告白体形式写作的随笔。三浦桂祐是上海日侨文坛的著名诗人。他从1938年侨居上海之后在当地日系报刊发表了大量诗歌作品,1943年开始在上海编辑发行日文诗歌杂志《真土》,1944年出版了诗歌集《上海短歌》。②《友情片片》采用自我告白的形式叙述了"我"与"吴君""许君""方小姐"等中国友人之间的情谊和日本战败后自己对中国友人的愧疚。叙述者的"我"回忆了自己在搬入日侨集中区之际和中国友人

---

① 「郭沫若のことなど」,上海:『改造日报』,1945年10月5日、2版。
② 「卷末小记」,『上海短歌』,上海: 大陆往来社、1944年11月、第187—190页。

们告别时的场景,强调"我们之间的友情不会改变,这些真正的中国知己给了我心灵上的慰藉"。同时"我"又向读者们告白,"自己在集中区每天忙于生活琐事,忽略了更重要的自我反省","如果中国朋友们来集中区看我的话,我不知道应当如何回报他们的友情"①。

内山完造的《十月十九日》是为纪念鲁迅而写的散文。1945年10月19日是鲁迅逝世"九年忌"。10月17日,《改造日报》报道了上海苏联广播电台策划的"纪念鲁迅特别节目",该节目从10月16日开始,连续4天播放了许广平的《回忆》、奥田杏花的《我和鲁迅的最后谈话》等演讲稿。②作为鲁迅生前最亲密的日本友人,内山完造在鲁迅"九年忌"的当天通过《改造日报》发表了散文《十月十九日》。文中内山写道:"我这个人学识有限,没有资格对伟大的鲁迅先生发表什么高深的评论,我对鲁迅先生印象最为深刻的是他的那双眼睛。先生的那双眼睛清澈、锐利同时又饱含温情。任何人第一次见到先生,都是首先从那双眼睛体会到鲁迅的伟大。"③

武田泰淳、三浦桂祐和内山完造的作品均采用了第一人称叙述,叙述者的"我"通过告白和喊话的表述形式向中国友人们倾诉情谊。这种表述形式具备了两方面的效果:一方面,它用于强调叙述者的"我"作为一名十分了解中国的"知中派"日本文人和中国文化界之间存在的天然联系,由此以"我"为中心构设一个中日文化界的友情共同体;另一方面,自认为是"知中派"的"我"反复强调自己对中国的亲近程度,以此凸显自身与其他普通日侨之间的差异,确保"我"能够获得一种自身属于特殊日侨群体的角色定位和身份认同。尽管刊载三人作品的《改造日报》是主要提供给日侨读者阅读的日文报纸,三人的作品却都是以中国读者为假想受众书写而成。这意味着对于武田泰淳等日侨文人来说,如何在日本战败之后重新寻找到与中国对话的方式是他们最为关心的问题。这个问题既是日侨文坛最核心的战后文学书写主题,同时也是日侨文人言论界最为关注的战后话题。它构成了在华日侨文坛言论史的战后原点,同时也是审视日本本土文坛言论史的外在视角切入点。

---

① 「友情片々」、上海:『改造日報』、1945年10月17日、2版。
② 「魯迅を偲ぶ」、上海:『改造日報』、1945年10月17日、2版。
③ 「十月十九日」、上海:『改造日報』、1945年10月19日、2版。

第三节　《郁达夫之死》与日侨文坛的独特性

　　除武田泰淳的《郭沫若的事》以外,1945年10月5日的《改造日报》创刊号还刊载了一篇题为《郁达夫氏失踪》的专题报道。该专题报道公开了日本投降后中国作家郁达夫在日据印尼苏门答腊岛神秘失踪的消息,其内容称"今年8月29日晚,有不明人士前往郁达夫家中邀其外出,郁氏至今未归。郁氏失踪时,有目击者在郁宅附近看到日本人车辆停留"①。众所周知,郁达夫曾经在20世纪10—20年代留学日本,与郭沫若一样是同时期中国文坛著名的"知日派"作家。1937年卢沟桥事变之后,郁达夫前往新加坡担任当地《星洲日报》的编辑,此后以南洋华侨为对象开展抗日文化宣传活动。1942年日军占领新加坡以后,他又和胡愈之等人一起逃亡到了苏门答腊岛,之后隐姓埋名潜伏岛内直到1945年日本投降。②

　　1945年8月29日,原本应当踏上归途的郁达夫却在苏门答腊岛神秘失踪。1个月之后的1945年10月4日,重庆《中央日报》援引"中央社新加坡10月2日电报",首次向国内读者报道了郁达夫在日本投降后下落不明的消息。尽管此时有关郁达夫失踪的来龙去脉尚未查明,《中央日报》已经将他作为日本侵华战争的受害者进行报道。③次日,《改造日报》基于《中央日报》的中文资讯第一时间发布了前述专题报道《郁达夫氏失踪》。1946年2月12日,《中央日报》又再次发文明确报道了郁达夫已被日军杀害的消息。④次日,《改造日报》也迅速刊发了报道《郁达夫氏确认遇害　星港日军恶行曝光》,该文称"郁达夫终究是成了日本侵略战争的牺牲品,他的悲剧性结局给中国文坛带来了巨大的打击"⑤。

　　《改造日报》之所以急于面向在华日侨社群传递郁达夫失踪的消息,一方面是由于曾经长年留学日本的郁达夫在日侨社群中拥有较高的知名度,另一方面则是因为同时期中国舆论正在追究郁达夫事件与日本战争责任的相关性问题。⑥《改造日报》

---

① 「郁達夫氏失踪す」,上海:『改造日報』,1945年10月5日、2版。

② 有关郁达夫在苏门答腊岛的经历参照鈴木正夫『スマトラの郁達夫』,東京: 東方書店、1995年。

③《星报人脱险　郁达夫失踪》,重庆:《中央日报》,1945年10月4日。

④《郁达夫确已被日寇所害》,重庆:《中央日报》,1946年2月12日。

⑤ 「郁達夫殺害は確実　星港日軍の旧悪暴露」,上海:『改造日報』,1946年2月13日。

⑥《胡愈之等返新加坡　郁达夫失踪》,上海:《立报》,1945年10月4日、2版。

通过编译中文报刊资讯向日侨读者介绍中国舆论对于郁达夫事件的看法,同时又反复强调"郁达夫在日本文坛也有很多知己",之后还于1946年2月13日刊发了内山完造写作的悼文《纯情之人》。内山完造在战前经营着上海首屈一指的日系出版机构"内山书店",日本战败后他在中国的国民政府第三方面军的支持下担任上海文化服务社负责人,依旧发挥着当地日侨言论界意见领袖的作用。① 在《纯情之人》一文中,内山完造首先介绍并总结了郁达夫的文学成就,随后他又回顾了郁达夫与日本文坛的交涉经历,认为郁达夫的死"不但对于中国文坛来说是巨大损失,如果他的日本好友佐藤春夫君听到此事想必也会十分悲伤"②。

留日期间的郁达夫曾经结识当时在日本文坛名噪一时的小说家佐藤春夫,两人一度交往频繁关系密切。但是1937年全面侵华战争爆发后,佐藤春夫为配合日本对华文化宣抚工作发表了小说《亚洲之子》,作品中他以郁达夫为原型设计了亲日中国留学生的主人公形象。③《亚洲之子》的发表激怒了郁达夫,作为回应,他撰写一篇言辞激烈的评论文章《日本的娼妇与文士》,此后宣布与佐藤春夫绝交。④ 另外,就在日本投降4个月之后的1945年12月20日,东京NHK广播电台播放了佐藤春夫撰写的作品《呼吁旧友》。⑤《呼吁旧友》是佐藤春夫为东京NHK电台撰写的一份广播稿,1945年12月20日下午7点由NHK播音员东山千荣子在电台节目"两个故事"中播出。《呼吁旧友》开头写道:"郁达夫君,现在有人希望我为战后的日本听众讲述一个日华亲善的故事。我虽然不知道自己写的文章是否符合要求,但很想借此机会通过电波与你交谈。"《呼吁旧友》采用了书信体,文中佐藤春夫以"郁达夫的挚友"自居,通过直接对话的口吻叙述了和郁达夫的交友经历,以及自己对于友人的文学观、人生观、政治观的理解。

佐藤春夫称郁达夫是"自己最为喜爱的中国文人之一",他一边回顾与郁达夫的交友经历,一边自我设问"今天是否有办法如你我一样将友情传播到彼此国度"。佐藤春夫反复使用"不经世事""厌恶政治""亲近自然""日语娴熟""热衷中日交流""真正理解日本"等词句强调郁达夫是一个与政治相背离、与社会和时代格格不

---

① 「名著を翻訳 上海文化服務社活躍」,上海:『改造日報』,1945年11月3日。

② 「純情の持ち主」,上海:『改造日報』,1946年2月13日。

③ 佐藤春夫「アジアの子」,東京:『日本評論』,1938年3月号。

④ 汉口《抗战文艺》,1938年5月14日号。

⑤ 佐藤春夫『定本 佐藤春夫全集:別巻1』,京都:臨川書店、2001年。

入同时热爱日本文化的"知日"文人。在《呼吁旧友》的最后，佐藤春夫以煽情口吻呼吁"达夫君，请你忆起旧日友情，抓住我现在无力又悲惨的手""像你一样过去在日留学并且深受日本友人信赖的人如果可以伸出援手，我的希望就一定能够实现"。《呼吁旧友》偏向性地建构了"颓废""厌世""亲日"的郁达夫形象，佐藤春夫通过强调郁达夫的政治无涉和脱离社会，暗示日本的侵华战争无损于两人之间的友谊，以此形成一个能够服务于战败后日本读者自我慰藉需要的所谓"日华亲善"的中日关系叙事。

已经有学者考证过，佐藤春夫在"二战"期间对于郁达夫流亡海外的情况并不了解，战后写作《呼吁旧友》之时尚不知道郁达夫已经遇害。① 《呼吁旧友》对于郁达夫遭遇的认知偏差不仅具有讽刺意味，同时它也体现了占领期日本本土文坛与在华日侨文坛之间存在的言论信息不对称性。郁达夫失踪于1945年8月29日，同一天东京《朝日新闻》头版头条以《美军进驻我国本土》为标题报道了美国正式启动对日军事占领的消息。② 也就是说，"郁达夫之死"是和美国对日占领同时发生的事件，但是郁氏的死讯实际上直到美国占领1年之后才传到日本本土。1946年9月，日本"中国文学研究会"主办的月刊《中国文学》在"文化消息"专栏刊发文章《郁达夫的最后结局》，其称"郁在太平洋战争之前生活于新加坡，'二战'结束后因告密被日军逮捕，最终惨遭杀害③。郁达夫遇害事件随即引起日本文坛的关注，此后以"郁达夫之死"为主题的作品陆续发表于占领期日本的各类刊物媒体。④

实际上，早在1946年4月，上海本地出版的日文杂志《新生》就已经刊载了一部题为《郁达夫之死》的文学作品。《新生》是中国国民党中央宣传部对日文化工作委员会在上海创刊的日文综合杂志，目前仅在北京中国国家图书馆和华盛顿美国国会图书馆收存有6册藏本。该杂志创刊于1946年3月，采用16开本，每期33页，最初策划为旬刊，每10日发行1期，之后陆续变为半月刊、双旬刊和月刊。《郁达夫之死》是

① 鈴木正夫『日中間戦争と中国人文学者』，横浜：春風社、2014年。

② 「米軍わが本土に進駐」，東京：『朝日新聞』，1945年8月29日、1版。

③ 「文化消息　郁達夫の最期」，東京：『中国文学』，1946年9月号。

④ 近藤春雄「郁達夫のこと」，東京：『桃源』，1947年1月；千田九一「中国文学と私小説　郁達夫の死について」，名古屋：『文明』，1947年9月；岡崎俊夫「スマトラにおける郁達夫」，京都：『中国文学』，1947年9月；増田渉「中国作家の思い出」，東京：『民鐘』，1947年10月；中室員重「秋の追憶　郁達夫の死」，東京：『日本未来派』，1948年3月；小田岳夫「動乱中国の二作家郭沫若と郁達夫のこと」，市川：『新生』，1948年4月；等等。

一部采用"一幕二场"形式的剧本作品，全文19000字，发表时被拆成两部分，分载于《新生》第3号和第5号。《郁达夫之死》的作者是日本图书馆学者菊池租，他同时也是一位中国文学翻译家。"二战"期间，菊池租先是在北京日本近代科学图书馆任职总务主任，[①]后于1944年出任日本国际文化振兴会上海资料室室长直到日本战败。[②]《郁达夫之死》是侨居上海期间菊池租发表的唯一的文学作品。

由于同时期有关郁达夫遇害的详细经过尚不明朗，菊池租选择了以半虚构的方式描绘郁达夫去世前后的场景。《郁达夫之死》讲述了主人公郁达夫在地下抗日工作者的协助下试图逃离日军占领下的新加坡，但最后在宪兵追捕下落水身亡的故事。这部作品采用了多场景剧本的文体设计，叙述者通过蒙太奇式的场面转换，借由地下抗战工作者"小张"、郁达夫之子"麟儿"、日本军医"佐伯"、宪兵队长"谷中佐"等不同人物的台词，以及郁达夫本人的独白，从多个不同视角建构各种不同的"郁达夫"形象。

在《郁达夫之死》的序言处，菊池租写道："谨以此作向已成为战争牺牲者的故人致以满腔哀悼之情，希望这部虚构的文学作品不会打扰到郁氏在天之灵。"[③]前述佐藤春夫的《呼吁旧友》回避了有关侵华战争责任的书写，并在此基础上片面构建郁达夫的亲日形象。与之相对，菊池租明确意识到了日本在郁达夫遇害事件上的战争责任，他试图通过书写一部安魂曲形式的文学作品来慰藉郁达夫的亡魂。从这一点来看，《郁达夫之死》是一部与《呼吁旧友》具有相反叙事倾向的作品。但实际上，《郁达夫之死》的真正特色在于：它所构建的"郁达夫"形象既不同于佐藤春夫的《呼吁旧友》，同时又与战后中国文坛对于郁达夫遇害事件的叙事方式有所差异。

1946年9月，上海《人物杂志》在卷首刊载了郭沫若的文章《论郁达夫》。《论郁达夫》与佐藤春夫的《呼吁旧友》有异曲同工之妙，两者都采用了回忆录与作家评述相结合的文体，一边回忆作者本人与郁达夫的深厚友谊、悼念逝者的创作过程，一边对他的文人品格进行评价。与佐藤春夫不同，郭沫若虽然也肯定了郁达夫的文学成就，但同时他又批评缺乏抗争精神是郁氏最后走向悲剧命运的原因，认为郁达夫"迎接外来的攻击上却非常的懦弱，他的神经是太纤细了"[④]。与始终站在国内抗战第一

---

① 日本東亜研究所秘文書『日本の在支文化事業』，1940年、第142頁、日本国立国会図書館蔵。
② 「国際文化振興会130回理事会議録」，1944年7月14日、国際交流基金四谷図書館収藏。
③ 「郁達夫の死（一）」，上海：『新生』第3号、1946年4月10日、第31頁。
④ 原文为日文，笔者译，下同。

线的郭沫若不同,战争期间郁达夫长年旅居海外,流亡苏门答腊期间出于生活需要还担任过日军宪兵队的翻译。正因如此,当郁达夫遇害的消息传回国内之后,中国文坛对郁达夫的评价毁誉参半,时有文章批判他的消极抗战立场,甚至有观点将郁达夫的遇害解释为"逃避者的失败"。①

菊池租的《郁达夫之死》在故事开头首先设计了一位名叫小张的地下抗日工作者对于郁达夫的抗战立场的批判。小张认为,旅居新加坡的郁达夫是"一个人躲在南方世界寻求灵魂的自由",他指责郁氏选择了错误的战时生活方式,要求其逃离日军占领地奔赴抗战前线。《郁达夫之死》的故事主线描写了郁达夫与小张之间的一系列争论,这种故事设计说明作者菊池租了解同时期中国文坛存在批判郁达夫的声音并将其融入创作之中。另外,《郁达夫之死》又将主人公郁氏的对日感情分成了"亲和""逃避""憎恨"这3个层次,在此基础上描绘了"亲日者""逃避者""抗日者"这3种郁达夫形象。一方面,菊池租并不回避书写郁达夫对于日本的亲近感及其厌恶纷争、趋向避世的隐士秉性。另一方面,菊池租又将"憎恨"定义为"郁达夫的存在本身",强调郁氏对于日本的憎恨"只有死亡才能治愈",同时又借用出场人物日本宪兵队长谷中佐的台词阐释"郁达夫之死"的意义。谷中佐在作品中扮演了郁达夫遇害事件的推手,在郁氏身亡后,谷中佐感叹"郁达夫仿佛是为了被抓捕才逃脱,不断地逃脱,又不断地被抓获,然后再次逃脱,这也许就是郁达夫反抗日本、表达他的内心憎恨的方式,同时也是郁达夫的生存之道"。作为战后发表时间最早的郁达夫遇难题材文学作品,菊池租的《郁达夫之死》构建了一个既包容中日文坛的视角,同时又寻求与两地文坛形成差异的"郁达夫"表象空间。菊池租笔下的郁达夫既包含了佐藤春夫推崇的"亲日者"形象,又融合了郭沫若批判的"逃避者"形象,同时还塑造了作为"抵抗者"的第三种形象。这种多元化的书写方式不但凸显了菊池租个人的文学独创性,同时体现了在华日侨文人群体试图跨越中日国族界线、构建自身独特言论空间的集体趋向性。

---

① 梅梦田《关于郁达夫先生的二三事》,上海:《中坚月刊》,1946年6月号。

第四节　留用日侨文人的双向言论立场

　　刊载《郁达夫之死》的《新生》是中国国民党中央宣传部战后在上海发行的一种日文杂志，编辑部当时以"留用日籍技术人员"的名义聘用了上海本地的多位日侨文人作为杂志编委，其中有一位是后来成为"战后派"小说家的堀田善卫。堀田善卫毕业于东京庆应大学法文科，1945年3月作为日本国际文化振兴会海外派遣职员来到上海，此后在沪上侨居了近2年的时间，其间经历了日本无条件投降、国民政府接收上海、百万日侨遣返、国共内战等一系列战后历史事件，1947年1月遣归日本。根据堀田善卫在上海时期的日记，他在1945年12月通过朝日新闻社上海特派员须田祯一的介绍进入《新生》编辑部工作，此后成为中国国民党中央宣传部对日文化工作委员会的一名"留用日籍技术人员"。①"留用日籍技术人员"原本是抗战胜利后国民政府为了解决中国政府机关及企事业单位专业人才紧缺问题而设立的日籍员工短期聘用制度，在华日侨社群和本地日文媒体习惯对其简称为"留用者"。②当时招募堀田善卫为"留用者"的国民党中央宣传部对日文化工作委员会（以下简称"对日文工会"）总部设在重庆，1945年12月该会在上海虹口区昆山路128号开设沪上分会办事处，主要针对当地日侨社群及徒手官兵开展文化宣传工作。③根据现在上海市档案馆收存的国民政府公文，截至1946年6月对日文工会在编职员共有109人，其中日籍留用人员为34人。④另据1946年10月上海市政府制作的日侨住址登记表，堀田善卫的登记身份是国民党中央宣传部对日文化工作委员会正式职员，当时他在上海的住址是"吴淞路350弄20号"。⑤

　　由于抗战胜利后有关日本国内局势混乱、生活条件恶劣的信息不断流传到上海，对于一些有学科专长的日侨技术人员和文人来说，作为中方的日籍留用人员继续在华工作成为一个有吸引力的生活选项。⑥1945年11月12日，国民政府第三方面

---

① 堀田善衛『堀田善衛上海日記: 滬上天下一九四五』、東京: 集英社、第103—111頁。

② 「中国側留用者へ」、上海:『改造日報』、1945年12月12日、2版。

③ 「日本人の民主化を指導　宣伝部対日文化工作を展開」『改造日報』、1945年12月10日、2版。

④ "申请分配房屋机关登记表"，上海市档案馆，Q30-1-164-151。

⑤ "房屋报告书"，上海市档案馆，Q30-1-25-122。

⑥ 「あす残留希望者懇談会開催」、上海:『改造日報』、1945年11月24日、2版。

军上海日侨管理处召开"上海日侨文化人茶会",邀请包括堀田善卫在内的30多位本地日侨文化界的意见领袖参加战后首次中日知识分子座谈会。根据次日《改造日报》的报道,日侨管理处召开本次座谈会的目的之一是招募在上海的日侨文人协助国民政府开展战后对日宣传工作。受邀参会的中国文化服务社社长刘百闵在基调演讲中呼吁:"战争结束后的今天,中日两国迎来了真正的相互协作机会,我们这些文化工作者应该抓住这次机会,实现中日文化人的团结合作。"①与此同时,同一时期日侨管理处还为受聘于中国政府机关或企事业单位的日侨职工发放"留用日籍人员出入证"(后改名"留用日籍人员服务证")。②对日侨来说,拥有留用资质不仅意味着一份收入稳定的工作,还可以免除只能在虹口集中区活动的人身自由限制,等同于获得了国民政府给予的物质和行动特权。而正是这种特权地位赋予了堀田善卫等留用日侨文人特殊的言论立场。

1945年10月,堀田善卫发表了他的战后第一部作品《有关希望》。这是一篇3000字的评论,连载于《改造日报》1945年10月6日至8日的"文化栏"。《有关希望》一文表述了堀田善卫对于上海日侨群体战后生活方式的批判立场。文中堀田善卫重点抨击了战败后上海日侨言论界缺乏诚意的虚假反省姿态。堀田善卫写道:"日本战败以后,上海的日本人中出现了很多自诩为早就预见到了这一结局的人。如果事实的确如此的话,那么意味着这些人在战争期间是戴着双重面具生活的。他们嘴上说着日本必胜,鼓吹减私奉公,心中则思量着日本必败寻求自保。这些两面派毫无节操的生活方式恐怕可以说是抛弃了作为人的尊严。日本战败后,上海当地的日语报刊上充斥着这样没有尊严的言论。最近听闻言论界有人在感叹战败后上海日本人的道义缺失,如果连作为人的尊严都放弃了的话,理所当然不会再有道义存在了。"③《改造日报》之所以会在创刊后不久连载《有关希望》,一方面是源于这篇评论本身犀利的问题意识,另一方面也是因为堀田善卫的作品与《改造日报》创刊时自我设定的办报目标及文化宣传策略相互契合。《改造日报》创刊号的"发刊辞"介绍了该报的四大目标,依次为:(1)追究日本在华文化机构的战争责任;(2)重建中日唇亡齿寒的命运共同体关系;(3)教育日本民众反省侵略历史;(4)帮助日本民众清算军

---

① 「中日真の結合へ　きのふ初の文化座談会」、『改造日報』、1945年11月13日、2版。

② 《第三方面军上海日侨管理处启事》,上海:《申报》,1946年3月27日,4版。

③ 「希望について」連載第1回、上海:『改造日報』、1945年10月6日、2版。

阀独裁体制,建立民主新日本。[①]堀田善卫的《有关希望》在文章内容和问题意识上与《改造日报》的办报目标相一致。不难推测《改造日报》在创刊之初连载《有关希望》的意图之一,是期望利用堀田善卫的文人言论高效宣传《改造日报》自身的对日文化工作理念。

作为国民政府聘用的对日文化宣传人员,留用日侨文人的首要言论职能是通过自身的日文作品书写传播国民政府的战后对日方针政策。但是由于大多数日侨文人在侵华战争期间参与过形形色色的日本对华文化宣抚工作,战败之后出于对政治服务型文学路线的反思,一部分留用日侨文人在国民政府工作期间主动扮演了异质言论生产者的角色。

例如1946年3月,堀田善卫在《新生》创刊号上发表了一篇评论作品《文学的立场》。堀田善卫在文章开头写道:"今天所有的一切在我眼中都呈现出一种思考能力的死亡迹象。言论界每天都出现各种新的口号、新的术语,以及它们的各类廉价仿制品。这些战后新词大多概念不清,在其引导下产生的现实活动接触得越多,就越可以看清今天言论界正在出现一种思考能力的垂死现象。"[②]堀田善卫认为战后上海发行的报刊"很多是为了论证某种特定意识形态的正确性而存在的",这些政治宣传言论"正在强行删去人们内心深处的真实想法",而文学家的职责就在于"向人们警戒这一类言论的威胁,守护人们的内心情操,这就是今天文学应当有的立场和使命"[③]。日本战败后伴随着侵华日军的解体,上海的统治权力结构发生转变,战时供职于日军各类宣传机构的日侨文人们纷纷转向服务于战后进驻上海的国民政府第三方面军。在权力的交替过程中,大量日侨文人寻求与新的统治层建立依存关系,试图寻找到继续从事政治服务型文化工作的途径。堀田善卫抨击战后上海日侨言论界存在着和战争时期一样媾和强权的问题。在他看来,所谓文学家就是那些"在战时不适应所谓'战时生活方式',在和平时期也不适应'和平生活方式'的一类人,真正的文学家无法采用顺应时势的方式书写自己的作品"[④]。

堀田善卫虽然受聘于国民党中央宣传部下属机构,但他拒绝单方面充当国民政府的对日宣传工具,在向日侨社群传递中国战后对日政策的同时,寻求保持日侨自身

---

① 同前「発刊の辞」。
② 「文学の立場」,上海:『新生』第1号、1946年3月1日、第29页。
③ 「文学の立場」,上海:『新生』第1号、1946年3月1日、第29页。
④ 「文学の立場」,上海:『新生』第1号、1946年3月1日、第31页。

的言论独立性。堀田善卫主张"文学之于人类社会,应当始终扮演政治警告者的角色",这种对于文学自律性的坚持使他在留用期间一直寻求在华日侨文人的双向言论立场。堀田善卫一方面主动承担战后中国对日文化工作的传音人职责,另一方面则是利用留用日侨作为外籍群体的离散性特点,寻求扮演国民政府内部的异质言论生产者。另据上海日侨管理处的统计,截至1945年11月31日,国民政府各机关留用日籍人员总计1045人。① 由于国民政府在聘任"留用者"之际,优先挑选理工医学专业方向的日侨文人,堀田善卫之类的文人属于日籍留用技术人员之中的极少数群体。在这些人数不多的留用日侨文人中,追求双向言论立场却是普遍可见的现象。

例如,在堀田善卫留用期间的日记中多次出现一名叫榛叶修的同事,他是当时上海日侨言论界的另一位知识分子意见领袖。榛叶修原本是日本"中支"派遣军第11军九江支部的一名卫生防疫兵,1944年前后被国民党九江第三区党部游击队俘虏。② 随后榛叶修被送至重庆国民政府军政部日俘集中营进行思想教育,1945年成为中国国民党中央宣传部所属的反战工作人员。③ 1946年1月,榛叶修以"留用者"的身份进入中国国民党中央宣传部对日文化工作委员会上海分会,此后成为堀田善卫的同事和好友。④ 早在重庆中宣部工作期间,榛叶修就是当地日文杂志《尖兵》的组稿人,同时他还为重庆《中央日报》和上海《改造日报》撰写评论员文章。⑤ 另外,榛叶修还是国民政府治下规模最大的反战日俘团体"日本民主革命同志会"的主要领导人,他曾向国民政府军政部提交过一份《日军罪行证明书》,该文件揭露了侵华日军"荣字1644"部队在1942—1943年间前后3次在中国华东华中地区实施细菌战的经过。⑥ 在堀田善卫的同事中,榛叶修是当时公开发表作品最多、言论界活跃度最高的留用日侨意见领袖。

---

① 《日侨管理处工作报告(三)》,上海:《导报半月刊》第3期,1945年12月10日,第26页。
② 《忠勇可风》,重庆:《大公报》,1944年5月23日,2版。另外有研究称榛叶修是"因不满该部队的非人道活动,设法脱离了该部队"。详见谢忠厚《日本侵华细菌战研究报告》,北京:中共党史出版社,2016年,第335页。
③ 「反戦同盟外郭団体員名簿」,『日本人民反戦同盟資料: 第6巻 』所収、東京: 不二出版、1994年、第304頁。
④ 「本会工作の近况 」,『新生』第2号,1946年3月11日。
⑤ 榛葉修「東洋の理想につきて」,重慶:『尖兵』第2号、1945年2月;「侵略即"神ながらの道"」、上海:『改造日報』,1945年11月7日。
⑥ 「榛葉修 日軍罪行証明書」,《日军罪行证明书》收录,南京:南京出版社,2015年,第12—13页。

　　与堀田善卫相仿,留用期间的榛叶修同样追求游走于中日国族界线之间的双向言论立场。例如,1946年4月发行的《新生》第3号刊载有榛叶修的随笔作品《一位日本女医生的故事》。该文表面讲述了一位日本女医生在卢沟桥事变后跟随家人来到中国行医救人的故事,实际上是作者借用一段抗战美谈来探讨中日文化交流与政治权力关系问题的小论文。在榛叶修发表《一位日本女医生的故事》的同期杂志《新生》卷首处,国民党中央宣传部刊发了一篇阐述国民政府战后对日政策理念的卷首语。文中称:"中国对于新生日本的民主文化建设满怀赞同和协助的意愿,同文同种的中日两国民族有着数千年的交流历史,以同文同种的民族交流为基础,中国将发扬邻人爱的精神,理解和援助日本。"①榛叶修虽然受聘于国民党中央宣传部,但他并不赞同国民政府以"同文同种"为口号的战后对日宣传方针。《一位日本女医生的故事》写道:"以往的所谓中日亲善工作很多都是服务于某些特定的政治需要,中日间的文化交流被当作服务某些政治事业的手段。在特定条件下,这种文化工作的方式或许也有其合理之处。但是至少在我个人看来,采用依附于特定政治需要的工作方式无法带来真正的中日文化交流。"②榛叶修强调侵华时期日本的教训已经证明"同文同种"之类口号式的中日交流最终只会蜕变为虚假的政治宣传,他警示"今天我们要重新开展的中日文化交流不能重蹈覆辙,我们这些文化工作者不应当从事那些表面热闹、实则有名无实的口号式中日交流"③。

　　榛叶修希望利用留用日侨与国民政府之间若即若离的特殊关系构建一种介入政治但不隶属于政权的中日文化交流新途径。但是在国民党政权的高压式言论管控下,榛叶修的理想一直难以得到实现。根据堀田善卫的日记,榛叶修是在1946年7月遣归日本的。离开中国前夕,榛叶修写了一篇题为《虹之桥》的自由体诗,该诗手稿现收存于日本神奈川近代文学馆"堀田文库"。④《虹之桥》中写道:"我知道生活不能没有目的,就像重炮手不能没有炮弹,我也发现理想会成为生活的重担,我甚至没有在人前自由交流的权力……也许理想只是不知足的人自娱自乐的道具,也许我应该学会冷眼漠视,站在远处沉默旁观这个世界;但是每当我仰望天空,总会在天空发现无数的线缆,它们有时幻化为彩虹,诱惑我去怀抱理想。"《虹之桥》以感伤的

---

① 「巻頭の辞」,上海:『新生』第3号、1946年4月10日、第1頁。
② 「ある日本女医のこと」,上海:『新生』第3号、1946年4月10日、第18—19頁。
③ 「ある日本女医のこと」,上海:『新生』第3号、1946年4月10日、第18—19頁。
④ 「虹の橋」,日本神奈川近代文学舘所蔵。

笔调表述榛叶修留用期间寻求自身独立的言论立场但最终不得不屈服于现实的挫折感,而与之相似的苦闷心境在堀田善卫的上海日记中也有记述。1946年10月21日,堀田善卫在日记里倾诉了作为留用日侨的内心纠葛,他感叹"当初急切想要获得的留用证明,拿到手之后才发现自己变得好像俘虏一样"①。

国民政府留用日籍技术人员的特殊身份为一部分日侨文人提供了难得的战后在华言论舞台。但是国民党政宣系统的言论管控现实又引发了他们对于自身言论立场和在华言论职能的反思。堀田善卫和榛叶修都意识到,留用日侨文人群体的双向言论立场意味着可能性与危险性的两者并存。一方面,留用日侨文人与国民政府之间若即若离的雇佣关系和他们流动于中日国族界线之间的跨境性促使这一群体有条件寻求中日双向观察的独特言论立场;另一方面,双向言论立场的离散性特征也意味着留用日侨文人时常伫立于中日言论界之间的无主之地,他们越是追求自身的言论独立性,就越可能被置于腹背受敌的两难境地。从宏观角度来看,留用日侨文人的这种双向言论立场体现了整个在华日侨文坛及其战后言论空间的流动性、离散性和异质性特征。无论是战败后在华日本人群体最早面对的"日侨"认知课题,还是抗战胜利后来自中国言论界的他者凝视问题,抑或是同时期在华日文媒体关注的郁达夫遇害问题,在华日侨文人们一贯寻求构设一个既区别于日本本土文坛、同时又相对独立于中国文坛之外的自主言论空间。尽管由于战后不久开始的遣返归国事务,在华日侨文坛只在历史舞台上存在了相对短暂的一段时间,但是它所具有的独特属性为今天重审战后中日文史关系提供了新的视角切入点,同时也为书写战后占领期日本文学史提供了探索中国范式的可能性。由于中国大陆的日文媒体游离于美国对日占领体系之外,战后在日本本土文坛被禁止发表的文学作品和文人言论可以无障碍流通于同时期在华发行的各类日文报纸、杂志和图书出版物。这意味着当日侨文人们在离开中国回到日本的时候,他们不仅是从一个国家移动到另一个国家,同时也是从一种言论环境转移到了另一种言论环境下。日侨文人们在被遣返归国之际带回日本的不仅是在华生活体验,更重要的还有包含中国视角的言论表述方式;他们在中国构设了不同于本土日本的在华日侨言论空间,又在遣返归国的过程中将其带回了美国占领下的日本。

---

① 堀田善衞『堀田善衞上海日記: 滬上天下一九四五』、東京: 集英社、第289頁。

第五节　附论:《改造日报》与在华日侨的战败期言论空间

《改造日报》由蒋介石的女婿陆久之担任报社社长,尽管前后只发行了不到1年时间,却是战后初期中国大陆地区最有影响力的日文报纸。《改造日报》名义上是国民党系统的报纸,但由于时任报社总经理金学成实际上是中共地下党员,编辑部又聘用了中尾胜男、宇崎重、赤津益造、岛田政雄、竹本节、菊地三郎等在沪日本共产主义活动家,《改造日报》的编委系统很大程度上由左翼亲共知识分子掌控。[1]

在创办《改造日报》的过程中,国民政府第三方面军利用了原大陆新报社的出版印刷设备,同时还吸纳了《大陆新报》的部分日籍编辑人员。[2]《改造日报》的社址乍浦路455号原本是《大陆新报》下设"大陆印刷所"的所在地,[3] 报纸的版面设计上也部分保留了《大陆新报》的一些特点。例如日本战败后不久,《大陆新报》为了增加来自平民阶层日侨群体的声音,新开设了用于刊载大众读者来稿的"呼喊"(「叫び」)专栏;《改造日报》创刊后,"呼喊"专栏被改名为"民声"并移到该报每天的第2版面,"我的思考"专栏则变为"自由论坛",不定期地刊载于《改造日报》头版。另外,日本战败后不久,上海地区还短暂发行过一种名为《新日本报》的日文报纸,《改造日报》创刊后,《新日本报》的报社旧址乍浦路417号转为用作"改造日报日侨关系业务处"。[4]1945年11月22日,《改造日报》又将社址迁至汤恩路(今哈尔滨路)1号,原社址乍浦路455号则改用作《改造日报》的印刷所。

《有关希望》是《改造日报》创刊后"文化栏"版面连载的第一部评论作品。文章开篇处,堀田善卫首先提出了自己对上海日侨群体战后生活态度的质疑。堀田善卫写道:"8月15日以来,在上海的同胞们相互见识到了各自在日本战败后的种种行径。同胞们的战后行径中出现了一些既令我不能理解,自然也是无法赞同的现象。街道上碰到的日本同胞们大多是带着一副焦虑的表情急匆匆地行走。8月15日以来,上海的日本人似乎每个人都异乎寻常忙碌,而这正是最令我感到不可思议的地

---

① 高纲博文、葛涛《上海最后的日文报纸〈改造日报〉——围绕其"灰色地带"背景的考察》,上海:《史林》,2017年第1期,第5—11页。

② 前芝确三、奈良本辰也『体験的昭和史』,京都:雄渾社、1968年3月、第335—340页。

③ 岛津长次郎『支那在留邦人人名録』(第35版上海版)、上海:金風社、1945年、第224页。

④ 「社告」、上海:『改造日報』、1945年10月9日、2版。

方。尽管说忙于应对战败带来的巨变也是情理之中的事情,但是奇怪的地方在于,上海的街头竟然看不到任何一个日本人因为战败而陷入茫然自失的绝望之中。对很多同胞来说,忙碌的生活或许是维系战败后精神健康的手段。但是在上海的日本人之中竟然看不到哪怕一个因为战败而彻底绝望的人,这件事越思考越让我觉得不可思议。"[1]

由于远离正面战场,上海日侨群体既不像日本国内的同胞那样经历过大规模的美军空袭和物资短缺,同时也没有像抗战区的中国民众一样直接蒙受严重的战争损害。在生命安全和财产损失上,战败对于上海日侨群体的影响极其有限,因此战后上海日侨群体最为关心的一个实际问题是如何尽可能地维持旧有的生活环境和在华财产利益。1945年9月6日,时任日侨上海自治会部长稻垣登在《大陆新报》上发表评论《当前存在于军官民三者的道义缺失》。稻垣登在文中写道:"对我们这些滞留在中国的日本人来说,接下来会遇到什么样的不幸谁也不知道。虽然有的人说不管发生什么,都是过去日本人在华不义之举的应得报应,但是我想大多数人还是不希望遭遇报复。为了向中国人证明在华日本人的价值,我们要像过去一样发扬日本民族减私奉公、社会互爱、公共互爱和邻族互爱的道义力量。"[2]

稻垣登的评论使用了"减私奉公""邻保爱""道义力量"等战时日本政府进行民众宣导工作时的惯用语词,要求上海日侨群体在战败之后依旧维系所谓"日本国民的修身准则"。尽管稻垣登同时也谴责了侵华时期日侨的"不义之举",但是这种自省带有明显的功利性目的,是为了回避所谓"来自中国人的报复"而刻意造作的低姿态。除担任自治会部长职务以外,稻垣登当时还担任着上海三井物产总务课长、上海工部局物资统制局长和日本中贸联常务理事。他的言论态度代表了日侨商界和所谓"老上海"富裕阶层的战后立场。

作为1945年3月才到上海生活的"新日侨",堀田善卫更容易发现老日侨群体的保守倾向和缺乏自省的局限性。早在日本战败之前,堀田善卫就曾在一篇题为《上海与南京》的随笔中讽刺日军占领下的上海虽然表面繁荣,实质上只是一座缺失人性的虚无都市。堀田善卫认为上海虽然是东亚地区首屈一指的国际商业大都会,"但是在这座城市的街头完全看不到'爱'的存在","这座城市繁荣的实业看起来都

---

① 「希望について」連載第1回、上海:『改造日報』,1945年10月6日、2版。
② 「現存する軍官民の不道義」、上海:『大陸新報』,1945年9月6日、2版。

更像是一片虚业"。①堀田善卫还认为上海是一座缺少对死者敬意的城市，"在这样的城市里生活久了，人们对于历史的认知必然发生扭曲和变质"。《有关希望》一文延续了堀田善卫对于上海日侨群体的批判姿态。文中堀田善卫重点抨击了战败后上海日侨言论界缺乏诚意的虚假反省态度。堀田善卫写道："日本战败以后，上海的日本人中出现了很多自诩为早就预见到了这一结局的人。如果事实的确如此的话，那么意味着这些人在战争期间是戴着双重面具生活的。他们嘴上说着日本必胜，鼓吹减私奉公，心中则思量着日本必败寻求自保。这些两面派毫无节操的生活方式恐怕可以说是抛弃了作为人的尊严。日本战败后，上海当地的日语报刊上充斥着这样没有尊严的言论。最近听闻言论界有人在感叹战败后上海日本人的道义缺失，如果连作为人的尊严都放弃了的话，理所当然不会再有道义存在了。"②

堀田善卫将"希望"定义为"只有在地狱之中才能生长出来的东西"。他以日本古典名著《方丈记》和当代诗人立原道造的作品《废墟》为例，主张文学艺术家与常人不同之处在于习惯将"灭亡"看作获得新生的必要途径，强调偏向以"灭亡"为起点观察世界的文人视角正适用于思考日本战败后的中日关系。堀田善卫写道："万事万物都有迎来灭亡的那一刻。日本的对华政策恐怕也是不能例外的。过去的我们是否曾拥有过这种灭亡的觉悟呢？我想一个民族如果时时刻刻拥有着迎接灭亡的觉悟，那么这个民族理应当处处表现出谦逊的态度才对。我还记得8月12日的时候，日本国内的报纸曾用'不惧怕一亿国民灭亡'的标语报道日本民族面临的危机。现在我想提醒在上海的各位，假设日本这个民族真的就此灭亡，那么今后除中国以外，是否还会有其他国家能够为日本传承它的东方文化呢。"③

比起长年在沪生活的老日侨群体，到上海时间短又身无分文寄人篱下的堀田善卫更善于从"解体重构"而不是"维系原状"的角度出发去看待战败后的上海日侨社群。他试图劝导《改造日报》的日侨读者们从"灭亡"的视角看待战败，自主否定以往的在华生活方式和对华态度。另外，作为一个有泛亚洲主义倾向的文人，堀田善卫又极力强调中日民族同属东方文化共同体的利益一致性。他寄希望于利用战败作为重构中日关系的契机，同时还期待日侨群体能在战后滞留中国期间寻找到重建日本这个国家及其文化主体性的途径。《改造日报》之所以会在创刊后不久连载《有

---

① 「上海・南京」、上海：『新大陸』、1945年8月、第91頁。

② 「希望について」連載第1回、上海：『改造日報』、1945年10月6日、2版。

③ 「希望について」連載第3回、上海：『改造日報』、1945年10月8日、2版。

关希望》,一方面是因为这篇评论本身具有的犀利的问题意识,另一方面是因为堀田善卫的作品与《改造日报》创刊时自我设定的办报目标及文化宣传策略相互契合。《改造日报》创刊号的"发刊辞"介绍了该报的四大目标,依次为:(1)追究日本在华文化机构的战争责任;(2)重建中日唇亡齿寒的命运共同体关系;(3)教育日本民众反省侵略历史;(4)帮助日本民众清算军阀独裁体制,建立民主新日本。① 堀田善卫的《有关希望》在文章内容和问题意识上与《改造日报》的办报目标一致。不难推测《改造日报》在创刊之初连载《有关希望》的意图之一,是期望利用堀田善卫的文人言论高效宣传《改造日报》自身的对日文化工作理念。

1945年10月国民政府第三方面军上海日侨管理处正式运营之后,利用日侨文人群体的言论影响力推进针对日侨日俘的文化宣传是管理处的早期主要工作目标。据日侨管理处宣导科于1945年11月所做的统计,日本战败后滞留上海的日侨中总共有123名具有一定社会影响力的文化界知识分子。② 其中既包括小说家、诗人、剧作家、翻译家等狭义的文坛文人,又包括学者、教师、新闻记者、出版社编辑、演艺界人士、社会活动家等所有具备高度的公共言论传播能力和表达意愿的广义知识分子。一方面,"二战"期间,这些日侨文人或多或少都参与过日本政府或军方主导的对华文化工作,因而熟悉文化宣传工作的方式和政治服务型言论的话语操作模式;另一方面,相比较在华日侨中的官僚群体、军人群体和工商界群体,文人群体虽然同属于日侨社会的中上流阶层,但是对于日本侵华的战争责任和轻文崇武的军国体制有着更为强烈的批判意识和批判言论的表述意愿。

1945年11月12日下午2点,国民政府第三方面军上海日侨管理处召开了日本投降后的首次日侨文化思想座谈会。据日侨管理处《导报》刊载的会议记录,该会"聚集30多位本市知名的日侨文化人,是应兼处长王光汉中将之邀来讨论如何推进日侨在逗沪期间各项文化运动"③。

堀田善卫也受邀参加了这次座谈会。他在11月12日的日记中写道:"下午2点,我去参加了第三方面军上海日侨管理处举办的文化事业相关人员座谈会。到会的日本人一共有30人左右。我认识的只有基督教牧师末包先生、朝日新闻的和田先生和高桥先生。座谈会开始后,先是由管理处的王处长讲话,随后是国民参政会员中

① 同前「発刊の辞」。
② 「日僑中の文化人」、上海:『改造日報』、1945年11月18日、2版。
③《特写上海日侨文化人茶会》,上海:《导报》第2期,1945年11月25日,第18页。

国文化服务社社长刘百闵发言,之后由小岩井净先生做了回应讲话。"这次座谈会令堀田善卫印象最为深刻的是刘百闵作的题为"王道与霸道"的发言。刘百闵称:"王道是仁义道德的'仁'字,'仁'的解释是2个人,有了我亦要有你,我要生存你亦要生存,而近年来日本的思想家误以为只有我而没有别人,这也是这次大战症结所在。"①次日11月13日,堀田善卫去找友人武田泰淳谈论了自己的参会感受,同一天他又前往上海改造日报馆向日籍主编宇崎重交送了一篇题为"寄与刘百闵先生"的座谈会感想,他还在当天的日记中写道:"最近几天我一直都在想着'中国和日本'这个话题,我发现自己对中日关系的兴趣似乎每天都在增强。"

尽管堀田善卫本人对日侨管理处的文化工作表现出了浓厚的兴趣,但是从整体上看日侨管理处的早期对日宣传工作进行得并不顺利。据战后多次参加日侨管理处座谈会的日本妇女教育家山岸多嘉子回忆:"虽然每次开会时中方人员都表现出开诚布公的坦率态度,但是到场的日本人一个个像嘴上加了盖一样沉默不言,那场面有时候就像是一群人在为刚去世的人守夜一样压抑。"②日侨管理处原本希望通过文化座谈会的形式构建一个中日文人相互对话的平台,但是由于多数日侨文人缺乏主动对话的意愿,原本应当双向交流的座谈会变质为单方面的训导会。这一时期日侨管理处面临着如何激发上海日侨文人群体的言论表述主动性的难题。而这不仅是日侨管理处亟待解决的问题,同时也是上海的日侨文人群体自身急切希望寻求到答案的战后首要课题。

在隔海相望的日本本土,原本在战时体制下受到高压管制的文人群体也在日本战败后获得了言论表述环境的改善。1945年9月5日,刚刚重新组阁并成为战后日本第一任首相东久迩稔彦发表施政纲领,其中特别强调了"新日本的建设将以倡导和平的'文化日本'作为国家和全体国民共同追求的目标"③。此后"文化日本"成为战败后日本最早的社会流行语,文人们参与社会公共事务讨论的意愿也随之不断增强。1945年9月27日,辰野隆、新居格、山本实彦、山田耕作等日本国内文坛、学界、出版界、新闻界的意见领袖们联名倡议建立旨在推进战后新日本文化建设、鼓

①《特写上海日侨文化人茶会》,上海:《导报》第2期,1945年11月25日,第19页。
②「敗戦の果実: 戦後の上海より」,東京:『婦人公論』,1946年12月、第34頁。
③「万邦共栄 文化日本を再建設 東久邇首相宮 施政方針演説で御強調」,東京:『朝日新聞』,1945年9月6日、1版。

励文人参与国家改革事务的"日本文化人联盟"。^①1个月之后的1945年10月26日，在上海的日侨文人们也仿照"日本文化人联盟"的形式成立了"在上海自由思想家联盟"。

1945年10月27日，堀田善卫参加了"在上海自由思想家联盟"成立后次日在沪日侨文化人组织的例会。他在日记中写道："这次例会参加的人主要有赤间、会田、武田、高桥、刘屋、菊池，以及一个叫藤冈的《每日新闻》的记者。藤冈记者是武田的同学，他详细地给我们介绍了战争时期目睹的日军军纪颓废的现象，他说自己从那时起就看清了日本必败的态势，之后藤冈记者还对'在上海自由思想家联盟'发表了一些看法。今天参会时我惊讶地发现'在上海自由思想家联盟'的成员竟然几乎全都是旧左翼出身。"

日本国内的文坛和言论界曾在1924—1934年间经历过左翼运动的黄金10年。之后由于受到日本政府的强硬镇压，各类左翼团体陆续解散，左翼知识分子们或是转变政治立场，或是转入地下，或是流亡海外。"二战"期间，上海是流亡海外的日本左翼知识分子们主要选择的寄身地之一。根据日本政府于1944年6月制作的调查报告《华中左翼转向者略名簿》，同时期侨居上海、苏州、无锡、杭州等华东地区的日本左翼活动家共有124名，其中上海本地就有83名。^②日本战败后，这些在上海的左翼知识分子群体成为左右日侨言论界的重要力量，同时期《改造日报》刊载的各类政治、社会、经济、文化话题大部分是由左翼知识分子首先提出并展开讨论的。

例如，1945年10月"在上海自由思想家联盟"成立后不久，以《改造日报》为舞台发生了一场由左翼日侨文人主导的言论界论争，主题是有关如何认识日侨文人的战争责任，以及日侨文人群体与平民大众之间的阶级关系。

1945年10月27日，《改造日报》刊发了"在上海自由思想家联盟"的成立倡议书。该倡议书作者署名"山木十一"，文章开篇写道："对于日本的思想家来说，1931年9月发生的柳条沟事变是此后一系列受难历程的原点。从那以后，日本又陆续发生了1932年的'五·一五'事件和1936年的'二·二六'事件，并在1937年7月正式发动了全面侵华战争。一直到1945年日本接受《波茨坦公告》宣告投降为止，日本的思想家们受到了10余年的言论压迫，有的人选择了沉默，有的人无奈地伪装了自己

①「日本文化人聯盟」，東京：『朝日新聞』，1945年9月28日、2版。
②「昭和19年6月30日現在·在華中左翼転向者略名簿」，日本国立公文書館、3A/15/11-9。

的言论立场。"① "在上海自由思想家联盟"的倡议书将日本的共产主义者、无政府主义者、自由主义者、科学主义者统称为"自由思想家"，同时又将九一八事变之后到日本战败为止的近15年定义为"日本自由思想家的受难期"。倡议书还将这些"日本自由思想家"按照他们各自的战时言论立场划分为2类人，一类是"因为坚持自己的信仰而入狱，要么是在狱中被拷打致死，要么是用沉默来反抗的人"，另一类是"因为迫于强权和生活压力，不得已服务于帝国主义战争的国家总力战体制，或多或少为日本的战争部门工作过的人"。倡议书认为，后一类人虽然曾经为法西斯政权服务过，但是因为"他们即便是在为日本的战争部门工作期间也曾努力纠正这场战争的反动性，也试图减轻战争所带来的灾祸，所以本质上来说，他们和前一类人同样属于反战主义者"②。

战后滞留在上海的日本文人们此前大多供职于《大陆新报》及其中文姐妹报《新申报》、《朝日新闻》上海分局、《每日新闻》上海分局、日本同盟通信社上海分局、上海日本商工会议所、上海市政研究所、日本华中铁道公司调查所、日本大使馆上海事务所情报部、日本陆海军在沪报道部等日本政府或侵华日军资助建立的对华情报机关和文化工作机构。③ 这些日侨文人或多或少协助过日本的对华侵略，以及日军占领地的文化宣传工作，"在上海自由思想家联盟"的成立倡议书实质上是一部分日侨文人针对战争责任问题进行的自我辩解和利益维护。倡议书建议将所有在上海的日本知识分子统一视为"日本军国主义的受害者"，刻意强调这一群体作为"反战主义者"的共性，进而回避讨论每个人具体的战时履历及个人的主体战争责任。这种战后言论立场很快遭到了来自左翼日侨文人的批判。

"在上海自由思想家联盟"的倡议书发表后不到1周，一位名叫竹本节的日本农民活动家在《改造日报》上发表了批判"在上海自由思想家联盟"的文章《作为自由人的修养》。竹本节是日本共产党员，1932年因参加左翼运动被捕入狱5年，刑满释放后流亡到上海。"二战"期间他在《大陆新报》担任农村调查记者，日本战败后转入《改造日报》工作，从上海回国后又重新加入了日本共产党。④《作为自由人的修养》刊载于《改造日报》1945年11月1日的"自由论坛"专栏，文章开篇写道："日本战

① 「自由思想家聯盟の提唱」，上海：『改造日報』，1945年10月27日、1版。

② 「自由思想家聯盟の提唱」，上海：『改造日報』，1945年10月27日、1版。

③ 島津長次郎『支那在留邦人人名録』（第35版上海版）、上海：金風社、1945年。

④ 竹本節『私は何故日本共産党に入党したか』、鳥取：村上印刷所、1949年。

败后我们终于得到了期望已久的言论自由,这当然是值得高兴的。但是我们必须警惕不要被一些抽象的公式化言论所毒害,今天我们最需要的是对具体问题的具体讨论。特别是一些战后新成立的日侨团体,在发表组织纲领时必须认真考虑今天我们所处的实际环境。我们要牢记一切从现实生活出发思考问题的原则,必须防止那些没有经过现实考量,只会传播幼稚俗套言论的日侨团体出现在我们身边。从这一点来看,我觉得上个月27日发表的'在上海自由思想家联盟'的倡议书是有必要进行批判提醒的。"①

在发表倡议书之前,"在上海自由思想家联盟"整理制作了一份"上海自由思想家名册",竹本节本人的名字也被列入其中。竹本节写道:"当我在名册上看到自己名字时,首先感到的是慌张和困惑。日本侵华期间我曾在《大陆新报》当记者,和《大陆新报》一样,我当时的对华认识是陈旧的。我写过一本名为《米粮春秋》的书,为日军在华的粮食掠夺政策提供合法化依据。即便是在今天这样提倡'言论自由'的时代,像我这样的人,也没有资格面对数十万在上海的日侨日俘自称为'自由思想家'。如果在接下来的5年甚至10年的时间里,我能够通过自己的言行去证实自身的思想革新,我才有资格自我标榜是一个自由思想家。"②

竹本节在《大陆新报》供职期间主要负责报道中国农村的米粮问题。他在1945年1月曾出版过一册名为《米粮春秋》的时事评论集,该书是针对汪伪"米粮统制委员会"(以下简称"米统会")的工作实效所做的调查和评述。"米统会"成立于1943年10月,是汪伪政府为了配合日军对苏浙皖三省及京沪两地米粮生产、收购的军事化管制而成立的机构。③尽管竹本节自我批判《米粮春秋》"为日军在华的粮食掠夺政策提供了合法化依据",但是从该书的实际内容来看,《米粮春秋》的主旨在于抨击"米统会"的汪伪政府官员和日军下属粮食收购商的贪污腐败现象,论述立场总体上偏向于同情受到日伪双重盘剥的中国农民,美化日本侵华战争的言论并没有构成该书的主体内容。④从这一点来看,竹本节的自我批判体现了他作为共产主义者高于普通日侨文人的道德自律性和对战争追责的严厉态度。

《米粮春秋》一书中,竹本节将汪伪米统会最大的失误归为"忽略了农民自己的

---

① 「自由人たる修養」,上海:『改造日報』,1945年11月1日、1版。

② 「自由人たる修養」,上海:『改造日報』,1945年11月1日、1版。

③ 《米粮统制委员会组织经过》,上海:《米粮统制会刊》(创刊号),1943年12月,第38页。

④ 『米糧春秋』,上海:大陸新報社、1945年、笔者珍藏。

声音"。他认为"中国农民正在天灾、战乱和贪官污吏的苛捐杂税下痛苦地呻吟，虚心聆听农民的声音才是现在最应该做的事情"[1]。这样一种阶级立场也被竹本节用于批判"在上海自由思想家联盟"的成立倡议书。"在上海自由思想家联盟"的倡议书将日侨文人群体定位为"上海十万日侨和数十万日俘的思想启蒙者"[2]，竹本节反对这样一种居高临下的姿态，他强调真正需要接受启蒙教育的恰恰是自诩为"思想启蒙者"的日侨文人们。竹本节认为，在平民日侨阶层中"生活着成百上千的无名思想家们，我自己天天就在接受着他们的启蒙教育"；竹本节主张，"如果真心要进行思想启蒙的话，我们需要的不是以居高临下的姿态将温室里培养出来的空洞思想强加给这些无名的同胞，而是应该虚心地、自发地跟随在人民大众的身后，向他们请教源自实践生活的真正思想"。[3]

竹本节抨击的是一部分日侨文人居高临下的选民意识。他声明自己"赞同并理解在上海自由思想家联盟的存在价值"，但是拒绝承认"在上海自由思想家联盟作为一种言论特权阶层的存在形式"。竹本节期望借助日本战败的契机对上海日侨言论界进行自下而上的改革，试图通过增强平民阶层日侨群体的言论话语权，迫使知识分子群体进行自我反思，借此重构上海日侨言论界的阶级力量对比。竹本节此时正担任《改造日报》的日籍编委，他对于"在上海自由思想家联盟"的批判也反映了《改造日报》在构建战后日侨言论空间时的阶级立场。

日本战败后，上海周边苏浙皖鄂等华东华中地区的日侨陆续来沪，为了防止这些外地日侨威胁到上海本地日侨社群的利益，日侨上海自治会在1945年9月8日通过《大陆新报》发表了题为"新来沪人员应对措施"的公告。该公告称，日侨上海自治会决定以日本战败的消息传至上海的1945年8月11日为界线，将所有之后来沪的外地日侨统一视为"遣归者"；自治会向所有"遣归者"发放"临时居民证"，并对这些"临时居民"的居住场所、粮食配给、子女教育等方面实行区别于本地日侨的差异化待遇措施。[4] 由于此后流落到上海的外地日侨人数不断增加，他们大多生活窘迫且缺乏收入来源，日侨上海自治会的差别化措施进一步加剧了日侨群体内部的阶级对立，贫富矛盾成为战后初期上海日侨言论界最关心的话题之一。

---

① 『米糧春秋』、上海：大陸新報社、1945年、第92頁。

② 「自由思想家聯盟の提唱」、上海：『改造日報』、1945年10月27日、1版。

③ 「自由人たる修養」、上海：『改造日報』、1945年11月1日、1版。

④ 「新来滬者の措置」、上海：『大陸新報』、1945年9月8日、2版。

1945年10月5日《改造日报》创刊后,报社为了拓宽言论渠道在每日第2版面设置"民声"专栏,用以刊登600字以内的大众读者来信。① 此后"民声"专栏刊登了大量来自匿名或化名日侨读者的来稿,其中大多是反映下层日侨群体利益的时事短评。例如,《改造日报》创刊号的"民声"专栏刊登了署名"无名青年"的短评《救济失业者》。该文用激烈的言辞抨击上海日侨的富裕阶层是"借助战争为自己敛财的罪犯团伙","不愿意抛弃旧有错误观念的伪当权派们";作者"无名青年"号召"没收这些罪犯的财产作为失业者的救济资金","上海的日本青年们必须站起来去解救将要饿死的同胞们"。②

1945年10月,国民政府第三方面军下令重组日侨上海自治会并同时解散了日本居留民团等在沪日侨行政组织。③ 之后伴随着日侨社群内部权力体系的重组,协助下层日侨群体与旧当权派争夺言论界的话语权成为《改造日报》的基本立场。这一时期,"无产者"与"特权者"、"普通大众"与"旧官僚财阀"、"日本人民"与"伪当权派"的二元对立是《改造日报》反复出现的话语表述形式。例如,《改造日报》1945年10月8日的"民声"专栏刊载的短评《倾家荡产》抨击"伪当权派们正妄图继续欺骗日本人民",④ 10月10日刊载的《卖国卖民之贼》则呼吁"上海的日本人民站起来共同埋葬那些卖国卖民的旧官僚财阀"。⑤ 1945年10月6日,改组后新成立的日侨自治会选举了土田丰担任会长,侵华战争时期他曾担任过日本驻伪中华民国公使。10月7日至9日,《改造日报》连载了一篇无署名的长篇专论《日本居留民的共济自救之道》。该文抨击新成立的日侨自治会"没有立足于日侨民意,依然是过去旧体制的延续",要求"驱逐那些没有清算自身战争责任的伪当权派"。⑥ 与之呼应,10月15日《改造日报》"民声"专栏刊登了署名"老青年"的短评《对自治会的要求》。该文质疑仓促成立的日侨自治会不是产生于民主选举,认为战后上海的日侨社群"还是由过去的旧当权派依靠垄断人事权掌握着实权"。⑦

---

① 「投稿規定」,上海:『改造日報』,1945年10月5日、2版。

② 「失業者救済」,上海:『改造日報』,1945年10月5日、2版。

③ 「日本人の相互扶助に 『日僑自治会』誕生す」,上海:『改造日報』,1945年10月7日、2版;「卅九年史に終止符 日本居留民団解散」,上海:『改造日報』,1945年10月8日、2版。

④ 「総投出しを」,上海:『改造日報』,1945年10月8日、2版。

⑤ 「売国売民の賊」,上海:『改造日報』,1945年10月10日、2版。

⑥ 「居留民共済自救の道」,上海:『改造日報』,1945年10月7—9日、2版。

⑦ 「自治会へ要請」,上海:『改造日報』,1945年10月15日、2版。

　　《改造日报》"民声"专栏的这些短评都采用了和前述《救济失业者》近似的二元
对立式表述。这些短评构成了"无产者"与"特权者"、"人民"与"伪当权派"、"普通
大众"与"旧官僚财阀"之间的二元对立,通过强调前者相对于后者的阶级道义优越
性争夺言论主导权。值得注意的是,如果去掉"日本"二字,《改造日报》的这些短评
就和同时期中共《解放日报》抨击国民党政权的言论高度雷同。例如,《解放日报》
1945年10月3日"社论"《前进或后退》同样使用了"人民"与"特权者"、"人民"与
"垄断者"的二元对立式表述,鼓励中国民众质疑作为国家当权派的国民党集团的执
政合法性。相同的论述风格也可见于次日10月4日的"社论"《要求国民党当局履
行还政于民的诺言》。[①] 这意味着尽管《改造日报》是国民政府第三方面军的机关报,
却从创刊初期开始就构建了一个与中共系统的主流报纸具有相似话语模式的言论
空间。

---

① 延安:《解放日报》1945年10月3—4日,1版。

第八章　《改造评论》《中国资料》与郭沫若的占领期文学关系

第一节　《改造评论》的文学史料问题

1946年6月，抗战胜利后在上海负责对日接收工作的国民政府第三方面军下属改造日报馆创办了一种日文刊物《改造评论》。《改造评论》采用综合杂志的编辑样式，最初策划为月刊，创刊号的总页数达到了256页，是同时期上海发行的日文刊物中体量最庞大的一种。有关《改造评论》，上海《史林》2017年第1期介绍过日本学者高纲博文的考识论文。[①]高纲博文调查并研究了日本东洋文库图书馆收藏的《改造评论》创刊号，他发现《改造评论》虽然名义上是国民党系统的对日宣传刊物，但是编辑部成员包含了众多中共地下工作者和亲中共的日本左翼知识分子。这使得《改造评论》形成了偏向中共意识形态和左翼文化立场的日文刊物版面，构建了一个游走在国共两党之间作为"灰色地带"存在的特殊的日文言论空间。

高纲博文的论文对于研究"二战"后中国出版的日文刊物及其言论空间特点具有启发性意义。但是高纲博文的论文在考察《改造评论》时将重点只放在了该刊的创刊号，理由是后续期号还没有发现实物无法进行准确的实证研究。另外，笔者近年在调查抗战后华中地区稀见日文出版物的过程中发现，中国国家图书馆收藏有发行时间为1946年9月的《改造评论》第2号和同年10月的第3号。[②]新发现的《改造评论》第2号刊首发表有一篇署名"郭沫若"的日文作品《寄日本文化工作者》。有关

---

① 高纲博文、葛涛《上海最后的日文报纸〈改造日报〉——围绕其"灰色地带"背景的考察》，上海：《史林》，2017年第1期。

② 馆藏外文期刊库/北区 –3北8库，编号 R/052/力03力。

这篇《寄日本文化工作者》，在2017年中国社会科学出版社的最新版《郭沫若年谱长编（1892—1978年）》第三卷记述有郭沫若"1946年7月7日作《寄日本文化工作者》，发表于《日本论坛》8月15日创刊号，又发表于8月17日上海《联合日报·晚刊》"①。但是，年谱长编记述的是郭沫若同时期写作的中文版《寄日本文化工作者》，《改造评论》刊载的日文版《寄日本文化工作者》既没有被记入年谱，亦未被收入《郭沫若全集》和业已出版的各种佚文集。另外，2016年日本岩波书店出版了5卷本的《日中120年文艺评论作品选》，其中第4卷虽然用日文的形式收录了郭沫若的《寄日本文化工作者》，但是据编者按语，该文其实是日本学者饭塚容以中文版《寄日本文化工作者》为底本翻译而成的。② 也就是说，迄今为止中日学界均没有发现《寄日本文化工作者》原本就存在郭沫若自己署名发表的日文版作品。另外，《寄日本文化工作者》一文的主旨是传递郭沫若对日本文化工作者的战后期待，从常理上来说该作品只有在使用日文书写的前提下才能够将作者的意图直接传递给日本读者。也就是说，新发现的日文版《寄日本文化工作者》在语言形式上更符合这篇文章的写作本意，进而应当是郭沫若在写作之时更为重视的作品版本。

《改造评论》在创刊时曾向当时的上海市社会局提交过一份"杂志登记申请书"，其称该刊"专载我国对日问题之评论"，发行目的是"对日宣扬国策"。③ 而同时期上海地区发行的唯一的日文报纸《改造日报》又报道："《改造评论》是介绍中日各界消息，编辑有价值的资料，以及促进中日文化交流的最权威的通道。"④ 另外根据上海改造日报馆于1946年3月编辑发行的日文手册《日侨归国案内》，国民政府规定在华日本侨民在被遣返归国之际严禁携带"历史书籍、事件报告书、数字统计资料，以及其他类似的文献资料"。⑤ 但是由于《改造评论》被列为"帮助日本民主主义发展的刊物"，国民政府特别许可日侨在归国之际不受行李限制自由携带回国。⑥ 也就是说，《改造评论》虽然发行于上海，但创办者的设想是将其打造为中国战后对日宣传

① 林甘泉、蔡震《郭沫若年谱长编（1892—1978年）》（第三卷），北京：中国社会科学出版社，2017年，第1156页。
② 張競、村田雄二郎『日中の120年文芸・評論作品選4』、東京：岩波書店、2016年、第41页。
③ 《改造评论杂志登记申请书》，1946年8月3日，上海市档案馆，Q6-12-62-22。
④「本誌の使命　改造日報館発行の日文総合雑誌　改造評論本日愈よ発売」，上海：『改造日報』、1946年6月10日、2版。
⑤ 改造日報編輯部『日僑帰国案内』、上海：第三方面軍司令部、1946年、第12页。
⑥「帰国携帯許可」，上海：『改造日報』、1946年4月2日、2版。

的跨国言论媒体,希望借助日侨群体在遣归过程中自然形成的跨境资讯通道向日本本土读者传播有利于中国的日文言论。而《改造评论》刊发郭沫若的日文版《寄日本文化工作者》的意图正是要利用作家的日文书写能力构建面向日本读者的对话通道,由此将中国文化界的声音传递到战后日本本土的公共言论空间。

此外,在"二战"结束后不久的1945年8月28日,美国第一时间派遣陆军第6军、第8军进驻日本,此后假借"同盟国"的名义对日本实施了长达6年半之久的单独军事占领。在此期间,美国占领军在日本各地秘密设立了"民间审查支队"(后改称"民间审查局",Civil Censorship Detachment),采用出版审查的手段对战后日本本土的公共言论空间实施了服务于占领军总司令部需要的信息管制和舆论操控。[①]1945年9月,美国占领军首先公布了所谓的《出版言论法规》(Press Code),此后又以内部机密文件的形式陆续发行了《违禁言论类型表》(Categories of Suppressions and Deletions)、《言论审查要项》(Subject Matter Guide)和《审查关键词表》(Key Log)等多种言论管控实施细则文件。[②]特别是在美苏对立导致冷战格局形成之后,大量日本左翼刊物、左翼文化团体和左翼文人被列入重点监控对象,美国占领军当局针对日本左翼言论界的纸质媒体、图像媒体和广播媒体实施了全方位的言论管控。[③]

美国对日言论管控的目的在于防止日本本土的言论空间出现反美异见人士的声音。在这种实质上的美国对日言论封锁时期,中国的日文刊物由于发行地远离日本本土故而能够有效规避美国的管控。本章将以新发现的《改造评论》为线,论证战后中国出版的日文刊物是中日左翼文人合作创设的对日言论媒体,它形成了游离于美国对日管控体系之外的独立自主的日文言论空间,又在遣归日侨文人的跨境言论传播工作的推动下对美国占领下日本本土的公共言论空间产生了冲击与挑战。本章将首先以《改造评论》及其刊载的郭沫若的日文作品为切入点,通过针对作品文本的精读和相关史料的梳理,论述战后中国日文刊物的言论空间特点,以及郭沫若借助遣归日侨文人之手向日本读者传递中国之声的问题意识。本章还将整理和分析日本国立国会图书馆"占领期报刊图书出版物文库"收藏的日文刊物《中国资料》及

---

① 山本武利『GHQ の検閲・諜報・宣伝工作』,東京: 岩波書店、2013年、第1—36頁。

② "REPORTING GUIDE FOR PRESS, PICTORIAL, AND BROADCAST MEDIA", GHQ/SCAP Records RG 331, 日本国立国会図書館「日本占領関係資料」、CIS 00690–00691。

③ 山本武利「左翼メディアの弾圧」,『占領期メディア分析』所収、東京: 法政大学出版局、1996年。

其言论审查档案文件，实证考察《中国资料》作为《改造评论》的姐妹刊物在中日之间跨境传播，以及遭遇美国言论管控处分的历史过程。本章将梳理郭沫若与中国遣归日侨文人合力对抗美国对日言论管控的历史轨迹，重新考察和认识战后中日文史关系的原点及其意义。

第二节　郭沫若战后日文作品的言论职能

众所周知，郭沫若自留学生时代起在日本前后生活过长达20年的时间。在鲁迅逝世之后的中国文坛，郭沫若是少数不但熟知日本，同时还具备日文作品书写能力、主动与日本读者直接对话的中国文人。在写作《寄日本文化工作者》之前，郭沫若首先于1946年1月3日在东京《每日新闻》上发表了他的战后首部日文作品《寄日本人》(「日本人に寄す」)[①]。在时间上，郭沫若的《寄日本人》是"二战"后日本主流报刊发表的第一篇中国当代文人的作品，它实质上形成了中国文化界向日本读者传递战后中日关系构想的第一次尝试。2017年中国社会科学出版社的新版《郭沫若年谱长编（1892—1978年）》第三卷第1122页记述有郭沫若"1946年1月1日作《告日本的人民大众》"的一段信息。这篇题为《告日本的人民大众》的文章在1983年江苏人民出版社出版的《郭沫若年谱》和1992年天津人民出版社出版的《郭沫若年谱》中均没有被提及，同样也没有被收入人民文学出版社出版的《郭沫若全集》，可见是新版年谱挖掘出的郭沫若佚文。

但是，新版年谱长编并没有记述《告日本的人民大众》的创作动机和公开发表信息，也没有介绍它的具体内容，只注明了《告日本的人民大众》是"郭沫若纪念馆馆藏资料"。笔者在史料调查过程中发现，《告日本的人民大众》不但曾经于1946年1月16日公开发表在南京《新民报晚刊》上，并且从文章内容来看，它实际上就是前述东京《每日新闻》1946年1月3日刊《寄日本人》的中文版。这意味着针对《告日本的人民大众》的史料爬梳可以为郭沫若的境外作品研究及战后中日文史关系研究提供一些重要的新线索。

---

① 「日本人に寄す　郭沫若　重慶特電（UP特約）卅一日発」、東京：『毎日新聞』，1946年1月3日、1版。在东京《每日新闻》发表《寄日本人》之后，郭沫若又在1946年1月16日以《告日本的人民大众》之题名将《寄日本人》的中文版发表于南京《新民报晚刊》。

　　为了便于史料考释,本文首先将刊载于东京《每日新闻》的日文版《寄日本人》和南京《新民报晚刊》刊载的中文版《告日本的人民大众》进行全文抄录,随后通过对2个版本的内容解读及相关史料的梳理,分析郭沫若的写作意图及其作品战后初期在中日两国之间跨境传播的文史意义。

　　东京《每日新闻》1946年1月3日第1版:

日本人に寄す

郭沫若

　　日本の国民諸君、諸君は恐らくいま戦ひに打のめされて意気銷沈の真只中にあるだらう。しかし私は諸君は落胆すべきではなく反対に歓喜すべきだと思ふ。敗北を喫したのは諸君ではなくして諸君の敵、即ち諸君を搾取し圧迫した吸血階級の人々であり、またファッシスト的軍国主義者の手先乃至は傀儡となつてゐた者達であつた。これらの人間の武装解除は諸君達の勝利を物語るものである。私はかねてから日本民衆の友であつた。私は日本を十分によく知つてゐる。日本人は人類中最も活気に満ちた民族の一つである。侵略戦争の罪は諸君の双肩にのみ帰せられるべきではない。諸君は余りにも弱過ぎてファッシスト的軍閥主義者の残酷な圧迫に対抗し得なかつたのだ。もし諸君に罪ありとせば、それは諸君を圧迫の犠牲たらしめた諸君の弱さに帰せらるべきだ。

　　諸君、今日直ちに蹶起せよ! 諸君に蔽ひかぶさつてゐた圧迫者と搾取者の総ては次々と崩壊し去つたのだ。諸君はいま自由を手にして民衆による統治の時代へ一歩々々々突き進んでゐる。戦時中諸君は破滅的な損害を蒙らなかつた。諸君の人的損失は限られたものであり諸君の産業は実質的には無疵である。教育の普遍性、科学研究に対する諸君の熱意或は諸君の精励恪勤から判断すれば諸君が戦争の惨禍から回復することは実に易々たるものであらう。諸君のやらなくてはならない仕事はファッシスト的病源の根絶を完了することである。これらの病源が無くなれば日本の回復は容易であり、日本は以前よりも更によい健康状態に改められるであらう。

日本の大衆諸君、元気を出せ、そして諸君の真の民衆の日本を創造せよ!

南京《新民报晚刊》1946年1月16日第4版:

告日本的人民大众

郭沫若

日本的人民大众，你们或许是在悲叹当中罢，因为你们在战争中打败了。但我感觉着你们不应该悲哀，你们应该庆幸。打败了的不是你们，而是你们的敌人——压迫你们、宰制你们的那群吸血阶级和他们的爪牙法西斯军部。是他们被解除了武装，人民是胜利了。

我作为日本人民的朋友，知道得比较清楚。日本人民是人类中可爱的民族之一，侵略战争的罪过是不能完全由你们来担负的。法西斯军部的压力太大，你们太软弱了。要说你们有罪，这软弱就是罪。今天，你们振奋起来罢。压迫你们、宰制你们的人是逐次倒下去了。你们现在可以自由自在地步入人民的世纪。

你们在战争中，事实上并没有损失什么。你们的人员的牺牲有限，产业差不多还是完整的，以你们教育的比较普及，科学研究的比较有根底，再加以你们人民的勤苦努力，你们从战争的灾祸中恢复转来是很容易的。主要是要把法西斯病菌祛除干净，病源既除，病体不仅容易复原，而且还要增进健康的。

振奋起来，日本的人民大众，创造真正的人民日本。

《寄日本人》与《告日本的人民大众》虽然在作品标题上有明显差异，但对比上述引文可以发现两者的内容完全相互对应，毫无疑问是同一篇作品的2个语种版本。另外，东京《每日新闻》所刊《寄日本人》的正文前还附有一段来自报纸编辑的按语:

戦ひに敗れた日本はいま新しい年を迎へて惨憺たる戦禍と崩壊の中から民主主義日本の建設に立ち上らうとしてゐる。この新日本の胎動に対して過去八年、侵略戦争の毒牙に痛められた中国は蒙つた惨禍の最

も甚だしかつたに拘はらずその怨恨を忘れて今や立ち上る日本とその
原動力たる解放された日本の大衆に鼓舞と激励を贈らうとしてゐる。
以下は日本を最もよく知る中国一流の知識人郭沫若氏が特に本社の邀
を容れて UP を通じて重慶から日本人に寄せた一文である。【重慶特電
（UP 特約）卅一日発】

　　战败了的日本现在迎来了新的一年。这个国家正在从惨痛的战祸和
崩溃中站起来，重新建设民主主义的新日本。面对这样一种新日本建设的
胎动，过去八年在日本侵略战争的毒牙之下蒙受了最严重灾祸的中国现在
却不计前嫌，要向那些被从战祸中解救出来的日本大众传递鼓舞和激励的
声音，促使日本大众成为新日本建设的原动力。以下刊载的文章来自中国
第一流的知日派知识分子郭沫若先生。在本报社的邀请之下，郭沫若先生
通过美国合众社从重庆向日本读者寄来了以下这篇文章。【重庆专电（UP
社特约）三十一日发】①

　　《每日新闻》的这段编辑按语简明扼要地概述了郭沫若写作《寄日本人》即《告
日本的人民大众》的缘由，同时也有助于纠正 2017 年版《郭沫若年谱长编》的一处记
述偏差。上文介绍过年谱长编记述有郭沫若"1 月 1 日作《告日本的人民大众》"的信
息，但是鉴于《每日新闻》的编辑按语末尾有"重庆专电（UP 社特约）三十一日发"的
明确发稿时间，可见郭沫若在 1945 年 12 月 31 日前就已经完成了这部作品并通过美
国合众社（United Press）以电报形式投稿至日本《每日新闻》。根据按语内容可知，
《告日本的人民大众》原本是《每日新闻》为了配合 1946 年元旦的新日本系列报道主
动向当时在重庆的郭沫若约的稿。1946 年元旦是日本战败后的第一个新年，各大报
社为了凸显新年新气象纷纷在年初刊发各类新日本建设的相关文章。《每日新闻》
将郭沫若作为"中国第一流的知日派知识分子"介绍给日本读者，希望通过郭沫若传
递来自侵华战争受害国的"鼓舞和激励的声音"。《每日新闻》显然是希望曾经在日
本生活了长达 20 年之久的郭沫若能够扮演侵华战争和解人的角色，以此满足日本大
众对于编辑按语中所说的"过去八年在日本侵略战争的毒牙之下蒙受了最严重灾祸

---

① 原文为日文，笔者译，下同。

的中国现在却不计前嫌”的心理期待。

从《寄日本人》的实际内容来看,郭沫若在写作之际明显意识到了日本《每日新闻》对他的期待。文中,郭沫若采用二分论的方式重新阐释日本战败的意义。他将所有日本人分为“日本的人民大众”与“吸血阶级和他们的爪牙法西斯军部”这2个阵营,强调日本的战败只是后者的失败,而对于前者则是解放与胜利。郭沫若主动称自己是“日本人民的朋友”,赞扬“日本人民是人类中可爱的民族之一,侵略战争的罪过是不能完全由你们来担负的”,以此鼓励战后日本的人民大众建立真正的民主日本。

郭沫若的《寄日本人》是“二战”结束后中国文人在日本发表的第一部作品,也可以说是记述战后中日文化交涉史的源流文本之一。《寄日本人》的文史价值首先在于它与同时期日本本土文人的对华表述作品形成呼应关系,客观上促成了“二战”后中日文化界的第一次隔空对话。在《每日新闻》刊发郭沫若文章的2天前的1946年1月1日,东京的另一种主流大报《朝日新闻》刊发了平野义太郎的评论作品《日华和协的新型基本方式》(『日華和協の新基本方式』)。平野义太郎是日本马克思主义学派的中国研究者,他出生于1897年,是郭沫若的同龄人,《日华和协的新型基本方式》是他在日本战败之后发表的第一篇论述战后中日关系的作品。文中,平野义太郎将侵华战争定义为日本的军阀政权、军国主义者和垄断资产阶级为了转移国内矛盾而发动的对外战争,强调“日本的军阀政权在发动侵华战争压迫中国民众的同时,也将相同的压迫施加到了日本民众的身上,不知道有多少热爱中国的日本人和研究中国的学者曾经被秘密警察逮捕,他们在战争时期遭受了牢狱之灾”。同时,平野义太郎还从中国研究者的角度出发要求“日本人必须抛弃以往只从日本的角度出发看待中国的方式”,主张“要尝试按照中国人本来的样子去理解中国”。

显而易见,平野义太郎采用了和郭沫若完全一致的二分论的表述方式,试图将日本的人民大众与军阀政权解释为2个对立阶级,强调中日人民之间利益的一致性以消减战争带来的创伤记忆构建战后新的中日关系。同时,平野义太郎也和郭沫若一样尝试采用对方国家的主体视角,倡导换位思考的重要性。在《日华和协的新型基本方式》一文中,平野义太郎还特意举出1937年抗战全面爆发后当时流亡日本的郭沫若秘密回国参加抗日的例子来论述中日文化界之间的紧密关系。他强调“在郭沫若先生回国之后,他在日本的朋友们很多受到牵连被逮捕入狱,尽管如此郭沫若留在日本的3个儿子还是受到了那些理解他的日本朋友的照顾,郭沫若的儿子们在日本接受了大学教育如今成了有为青年,而这些都是郭沫若的日本朋友们在承受军阀政权的重压之下做到的事情"。也就是说,平野义太郎的《日华和协的新型基本方式》和郭沫若的《寄日本人》实际上共同构建了一个中日文化人相互对话的文本空间。尽管目前并没有史料显示2位作者是相互协商后刻意为之,2篇作品的表述方式和内容却形成了明显的呼应关系。

但从另一个角度来看,郭沫若的《寄日本人》与平野义太郎的《日华和协的新型基本方式》之间也存在着重要的差异。平野义太郎认为日本人必须学会正确认识抗战胜利后诞生的新中国,他特别强调日本人要看到"国民党与中共的对立并不是新中国的真正姿态","那些今天还在夸大重庆和延安的对立的旧日本军阀、政客和外交官的态度是会对新日本的未来产生错误导向的"。平野义太郎的这一观点和郭沫若的想法实际上是背道而驰的。前文已经提到过郭沫若在东京《每日新闻》上发表《寄日本人》后不久又将其中文版《告日本的人民大众》发表在了南京《新民报晚刊》上。中文版《告日本的人民大众》在内容上和日文版完全相互对应,唯一的区别在于《新民报晚刊》刊载的作品正文之前还附有一段来自郭沫若的"作者附识",称"日本大阪《每日新闻》来电,要我在元旦增刊上向日本的人民大众说几句话,我坦率地这样说了。我感觉着日本人民是很有希望的,他们在民主建国的步骤上说不定会要快过我们"。

1945年10月10日,日本政府在盟国对日占领军总司令部的要求下释放了此前一直被作为政治犯关押的德田球一、志贺义雄等日本共产党领袖。获释之后的德田球一等人于1945年10月20日重新出版党刊《赤旗》并在复刊第1号上发表党部领袖共同起草的宣言《呼吁人民》(『人民に訴ふ』)。受其鼓舞,侵华战争时期受到严酷镇压的日本左翼文化界迅速复苏并于1945年12月成立全国性团体"新日本文学会",同时发行期刊《新日本文学》构建战后日本的左翼民主文化言论阵地。但是在另一边的中国,由于日本投降之后国民党政府迅速针对中共开始了新的内战攻势,文化界的言论环境和民主风气较之抗战时期反而恶化。1945年12月1日昆明发生了国民党军警围攻大学毒打师生的"一二·一"惨案,同月15日郭沫若就此事件写作《历史在大转变》一文,发表在上海《文汇报》1946年的元旦增刊第4版上。文中郭沫若认为赢得了抗战胜利的中国本来已经获得"我们民族解除厄运的千载难逢的机会",但是在国民党政府的内战攻势之下又面临着沦为"一个万劫不复的落后民族"的危机。郭沫若强调挽救这一危机的关键是要改变国民党的专制作风,他质问:"国民党固然有不少的人才,但中国之大除国民党员之外,难道就没有可用的人才了吗?"郭沫若主张"人民是国家的主人,是历史的主人,为了应付大时代、大转变,国家的根本组织法都可以变,兢兢于既成的法统之争,那完全是近视眼式的见解"。

《历史在大转变》与《告日本的人民大众》是郭沫若同一时期的作品。两者的主旨都是论述"二战"的结束对于国家命运和历史走向的意义所在。但是两者的差异在于,《历史在大转变》以战后中国为对象,行文论述以批判为基调,强调国民党政权下的国家危机。以战后日本为对象的《告日本的人民大众》反而以正面评价为主,郭沫若盛赞"你们教育的比较普及,科学研究的比较有根底,再加以你们人民的勤苦努力,你们从战争的灾祸中恢复转来是很容易的"。郭沫若认为战败帮助日本消灭了法西斯病菌,因而"病源既除,病体不仅容易复原,而且还要增进健康的"。《历史在大转变》的悲观基调和《告日本的人民大众》的乐观基调形成了明显的反差。也就是说,郭沫若在同一时期就同一主题分别以中日两国为对象发表了2篇基调完全相反的文章。这一历史事实可以用来解释为什么郭沫若在东京《每日新闻》上发表《寄日本人》之后,又要将它的中文版《告日本的人民大众》发表在南京《新民报晚刊》上。

从常理来说,《告日本的人民大众》既然是郭沫若受东京《每日新闻》的邀请专门为日本读者写作的文章,如果没有特殊的理由应当就没有必要再提供给中国读者阅读。但是郭沫若在投稿《每日新闻》的半个月后又将《告日本的人民大众》刊发在了《新民报晚刊》上。当时的《新民报晚刊》第4版设有"出师表"副刊,这是《新民报晚刊》的文艺栏版面,刊载作品多用于为中国读者介绍外国的文艺文化资讯。郭沫若在"出师表"副刊上发表《告日本的人民大众》的同时又添加"作者附识",强调"日本人民是很有希望的,他们在民主建国的步骤上说不定会要快过我们",显然是意图引导中国读者以"二战"后的日本为参照重新审视内战局势下中国民主进程的危机,希望将原本为日本读者写作的《告日本的人民大众》转化为侧面抨击国民党政权的作品。从这一点来看,《告日本的人民大众》的标题实质上暗含了"告中国的人民大众"的寓意。也就是说,郭沫若通过中日双语版本的书写将同一部作品置于2个国家的不同言论环境和历史语境之下,进而同时实现了2种言论的效果。东京《每日新闻》刊载的《寄日本人》与同时期《朝日新闻》刊载的平野义太郎的《日华和协的新型基本方式》形成呼应关系,客观上实现了"二战"后中日文化界的第一次对话。

第三节　遣归日侨文人的占领期言论斗争

在《寄日本人》一文中,郭沫若首先将"二战"时期的日本划分为压迫者的"吸血阶级"和受压迫者的"日本人民"两大社会阵营。他以"日本人民的朋友"的立场展开论述,提出"侵略战争的罪过是不能完全由你们来担负的","打败了的不是你们,而是你们的敌人","是他们被解除了武装,人民是胜利了"。郭沫若试图利用"人民"一词的阶级话语属性跨越国籍壁垒消解民族主义情绪的战争仇恨。他认为中日之间存在着拥有共同阶级利益的"人民"阵营及构建超国籍的"人民"共同战线的可能性,同时强调"步入人民的世纪"是中日两国需要联合起来共同追求的战后历史目标。

郭沫若对战后中日关系的这一构想实际上并非他个人的一厢情愿。已有学者考证过,抗战时期在延安从事日俘教育的日本共产党领袖野坂参三是中国共产党的"人民外交"理念的早期推动者。[①]1945年4月,野坂参三以"冈野进"的化名在延安召开的中国共产党第七次全国代表大会上发表演说《建设民主的日本》。野坂参三极力宣扬日本存在着和中国人民一样受到军国主义和法西斯政权压迫的"人民日本"阵营,他强调中日人民之间有着共同的阶级利益,应当建立超国籍的人民民主联盟,以此能在"二战"结束后的历史新阶段共同实现无产阶级政党领导下的人民政权。[②]另外,正是在郭沫若发表《寄日本人》的1946年1月,从延安回到日本的野坂参三在东京《朝日新闻》先后5次发表了一系列归国感言。[③]在此过程中,野坂参三反复向日本读者介绍自己在延安协助中国共产党开展反战运动,以及参与人民政权建设的经历,表示归国后自己的首要使命是总结海外时期的斗争经验、建设战后日本的左翼民主统一战线。郭沫若的《寄日本人》和野坂参三的归国感言均在1946年

① 刘建平《战后中日关系:"不正常"历史的过程与结构》,北京:社会科学文献出版社,2010年,第28—49页。

② 野坂参三《野坂参三选集　战时篇》,北京:人民出版社,1963年,第349—390页。

③「野坂參貳氏、嵐の祖国へ帰る　一党員として全力　民主主義の大同団結へ」、東京:『朝日新聞』、1946年1月13日、2版;「民主戦線結成に　全身の努力傾注　野坂氏東上の車中で語る」、東京:『朝日新聞』、1946年1月14日、1版;「愛される共産党　同志へ将来説く野坂氏」、東京:『朝日新聞』、1946年1月15日、2版;「指導権は勤労大衆に　選挙前に民主戦線」、東京:『朝日新聞』、1946年1月25日、1版;「新たな愛国戦線へ　危機打開に大衆の結束」、東京:『朝日新聞』、1946年1月27日、1版。

1月发表于东京,客观上形成了中日左翼知识分子相互呼应共同构建的对日言论空间。野坂参三以自己的延安经验为基础向日本读者宣扬建立左翼民主战线和人民政权的战后远景;郭沫若则是通过自己的日文作品书写直接对话日本读者,传递来自中国左翼文化界的基于"人民外交"理念原型的战后中日关系构想。从这一点来看,1946年1月实际上可以看作战后中日人民外交史揭开帷幕的时刻。而郭沫若在东京发表《寄日本人》则是中国实践战后对日人民外交的最早尝试。

在写作《寄日本人》之际,郭沫若已经意识到了美国对日占领造成的言论封锁问题。《寄日本人》虽然是郭沫若代表中国文化界向日本社会发出的战后第一声,但据《每日新闻》的编者按语所述,《寄日本人》当时是借由美国合众社以"专电"的形式发稿至日本的。① 之所以如此,是因为美国在占领日本之后第一时间解散了日本本土的主要报社、出版社的驻外机构,同时又针对进出日本的人员实施严格的出入境管制,以此垄断了日本和海外其他国家之间的资讯交互渠道。② 在这种实质上的资讯锁国时期,如何突破美国的言论管控向日本读者传递独立自主的中国之声是郭沫若的战后日文作品书写的主要课题。在《寄日本人》发表后的同年7月7日卢沟桥事变纪念日,郭沫若又写作了他的战后第二部日文作品《寄日本文化工作者》。如前文所述,《寄日本文化工作者》刊载于新发现的上海《改造评论》1946年9月第2号。该文采用了讲话稿的书写体式,文中郭沫若使用复数代名词"我们"指代中国文化工作者,使用"你们"指代日本文化工作者,所有语句均采用"我们"向"你们"喊话的形式展开论述。《寄日本文化工作者》一方面继承了《寄日本人》的主动谋求对话日本读者的言论姿态,另一方面又是郭沫若试图摆脱美国的管控构建战后中日自主言论交互渠道的一次新的尝试。而摆脱美国的管控向日本社会传递中国的声音不仅是郭沫若的日文作品书写追求的目标,同时它也是在华日侨左翼文人在战后遣归日本的历史旅程中实际承担过的跨国言论传播职能。

《改造评论》第2号的"编辑后记"写道:"本期刊载的郭沫若先生送给日本文化人的寄语中提到,日本的战败是日本统治阶级的失败却是日本人民的胜利。这段寄语应当成为日本人民大众的普遍信念……今天日本已经组建了由15个加盟团体构成的日本民主主义文化联盟。现在中国文化界向日本民主主义文化联盟送来了激

---

① 同前「落胆無用、歓喜せよ　真の民衆日本を創造」。

② 阿部純一郎「旅券法の誕生:占領期日本の渡航管理体制と密出国」,『東海社会学会年報』第6号、2014年6月。

励之言,期待双方今后进一步的文化交流。"①1946年2月在日本共产党和著名左翼作家中野重治的呼吁下,东京成立了旨在实现日本左翼文化工作者大联合的"日本民主主义文化联盟"。《改造评论》编辑部希望利用郭沫若的《寄日本文化工作者》沟通中国左翼文化界与"日本民主主义文化联盟",而郭沫若本人也充分意识到了自己的日文书写的言论职能。在《寄日本文化工作者》一文中郭沫若写道:"你们当中的优秀的一员,鹿地亘君,他在这八年当中名副其实地和我们甘苦共尝,他是深深博得我们敬爱的真正的民主战友……关于我们的情形他是很知道的。当他回国的时候我们欢送了他,并托他代替我们转达对你们的关切。想来他也一定把我们的情形告诉了你们的。"②文中郭沫若提到的鹿地亘(1903—1982)是日本著名左翼作家,他在1937年日本发动全面侵华战争之后由郭沫若介绍到重庆组织领导"在华日本人反战同盟"支援中国抗战。"二战"结束之后的1946年3月,郭沫若在重庆召集左翼文化界人士为鹿地亘举办了声势浩大的归国送别会,之后鹿地亘结束长年在重庆的侨居生活转至上海,1946年4月底跟当地侨民一起遣归了日本。③

1947年3月,遣归日本后的鹿地亘在"日本民主主义文化联盟"的机关刊物《文化革命》上发表了评论作品《民主文化人的侧脸——有关郭沫若的片段》④。

但是同样在《寄日本文化工作者》一文中,郭沫若还警示鹿地亘"目前的世界依然是资本帝国主义称霸的时代""我们不忍再见中日两国人民陷入殖民地的命运"⑤。这表明同时期的郭沫若对于战后美国对日占领的殖民主义暴力性已经有清醒的认识和危机感。实际上,除《寄日本文化工作者》之外,新发现的《改造评论》第2号还刊载有1946年6月郭沫若在上海参加的"日本问题座谈会"的会议记录。⑥这次"日本问题座谈会"由上海改造日报馆主办,除郭沫若以外,还邀请了茅盾、田汉、马叙伦、翦伯赞、冯乃超、叶圣陶、陈望道、于伶等文化界的多位意见领袖参会。会上,郭沫若从日本的天皇制政体、教育体制和经济制度这3个方面论述战后假借同盟国的名义对日本实施军事占领的美国在对日管理政策上的局限性。他认为,在美国庇护

---

① 「編集後記」,上海:『改造評論』第2号、1946年9月。
② 「寄日本文化工作者」,上海:『改造評論』第2号、1946年9月、第1頁。
③ 《鹿地亘今归国 日侨千余同船离沪》,上海:《大公报》,1946年4月30日,4版。
④ 鹿地亘「民主文化人の横顔: 郭沫若についての断片」,東京:『文化革命』第1号、1947年3月、第35—37頁。
⑤ 「寄日本文化工作者」,上海:『改造評論』第2号、1946年9月、第2頁。
⑥ 「日本問題座談会」,上海:『改造評論』第2号、1946年9月、第4—18頁。

之下日本的法西斯势力正在逐渐复苏，主张日本的战后民主改革应当加入"苏联式的方法"，而中国则必须深刻反省以往盲从他国路线的做法，真正发挥中国在日本战后民主化进程中的主导作用。郭沫若批判美国单独主导的战后日本民主改革是"假民主"，提倡采用以苏联为首的社会主义阵营的左翼视角重新审视美国对日占领政策的弊端，而这也正是遣归日本之后的鹿地亘面对的首要问题。

1945年9月美国对日占领正式开始之后，占领军当局规定日本本土发行的所有刊物必须在正式印刷前提交样稿接受内容审查。鹿地亘在前述"日本民主主义文化联盟"的机关刊物《文化革命》刊发文章之际也遇到了占领军的出版审查。目前日本国立国会图书馆宪政资料室保存有《文化革命》编辑部当时提交的杂志样稿及占领军"民间审查局"的言论审查记录文件，档案编号VH1-B342。[①] 根据该档案记录，《文化革命》创刊号原本策划了一个用于介绍苏联工会文化的专栏版面，但在样稿审查过程中，"民间审查局"对其提出了"推迟出版并删减内容"（Hold and Delete）的处分意见，理由是该专栏包含大量"外国来源文章"（Article of Foreign Source）。与此同时，"民间审查局"还将《文化革命》定性为"激进的、政治性的、文学类左翼刊物"（Radical, Political, Literary, Left），并以此为理由要求其进行版面内容的整改。据档案记录，《文化革命》创刊号的原定发行日期是"1946年12月20日"，前述鹿地亘文章的成稿时间是"1946年11月13日"。但是由于占领军言论管控处分的阻挠，《文化革命》创刊号的出版计划受挫，最终鹿地亘遣归日本之后回应郭沫若的文章被迫延迟3个月才得以公开。

战后美国在日本针对左翼文化界和海外资讯通道实施了严格的言论管控，鹿地亘和《文化革命》的遭遇是这一历史事实的铁证。但由于战后中国出版发行的日文刊物可以免于美国的审查，这使得郭沫若与在华日侨文人们能够借助《改造评论》的刊物版面构建具有左翼问题意识和中国视角的对日言论空间。正如前文所述，《改造评论》虽然发行于上海，但创办者试图将其打造为战后中国对日宣传的跨国媒体，希望借助日侨遣归过程中自然形成的跨境通道面向日本本土的读者传播有利于中国的日文言论资讯。尽管《改造评论》从1946年6月创刊到同年10月停刊只发行了短暂的4个月，但是根据现存刊物的版面内容，除鹿地亘以外，鲁迅生前的日本友人内山完造、战后担任日本郭沫若文库常务理事的菊地三郎（1904—1995）、日本杂志

---

① 『文化革命』検閲文書、日本国立国会図書館プランゲ文庫デジタル資料、VH1-B342。

《人民文学》编辑委员岛田政雄、日本亚非作家会议委员长堀田善卫、中国文字研究者出身的日本战后派小说家武田泰淳等人侨居中国期间均参与过《改造评论》的编辑、组稿和撰稿工作。这些日侨文人在华期间与中国左翼文化界合力构建了一个游离于美国管控之外进而能够挑战其话语霸权的对日言论空间。而在之后遣归日本的旅程中,他们不但将各自在华期间积累的中国经验、中国人脉和中国资讯带回了日本,同时还继续寻求和郭沫若等人之间的跨国合作,共同挑战美国占领下日本的言论管控体系。

1976年3—4月,时任日本郭沫若文库兼亚非文化图书馆常务理事菊地三郎在东京《日中》月刊上连载了回忆录《激荡中国与我的相遇》。[①]菊地三郎在文中回忆了1945年前后在上海参与创办《改造评论》、在华期间与郭沫若等人相约共建"中日文化研究所",以及遣归日本之后在东京创办刊物《中国资料》的一系列往事。菊地三郎原本是朝日新闻社的一名记者,1944年作为海外特派员到中国工作。1945年日本战败之后,菊地三郎作为中国国民政府的日籍技术留用人员在上海改造日报馆工作,1946年参与创办《改造评论》并在该刊发表了他个人最早的中国题材作品集《来自亚洲之旅的回忆》。1946年5月,菊地三郎在遣归日本之后与渡边和子、岛田政雄、赤津益造、青田良、齐藤玄彦等其他上海时代的日侨同事们在东京创立了"中日文化研究所",菊地三郎本人担任所长。据菊地三郎回忆,"中日文化研究所"最初是在郭沫若和茅盾的建议下创立的中日合办机构,原计划在上海设立总部,但是由于之后国共内战的爆发,而将总部改设在东京。1946年11月,菊地三郎在郭沫若和茅盾的支持下又在东京创办了"中日文化研究所"的机关刊物《中国资料》。由于菊地三郎试图将《中国资料》打造成《改造评论》的姐妹刊物,该刊在编辑过程中大量采录了来自同时期中国左翼文化界的海外资讯和中国左翼作家的作品。这一方面促使《中国资料》成为战后初期日本读者"获取当代中国文艺界作品和资讯的唯一正式通道"[②],另一方面也导致《中国资料》在前后2年不到的编辑发行过程中多次遭遇美国对日占领军的言论管控处分。

目前《中国资料》最完整的存本收藏于日本国立国会图书馆"占领期报刊图书出版物文库"。根据1946年11月出版的《中国资料》创刊号,该刊编辑部在1946年

---

① 菊地三郎「激動中国と私の出会い」、東京:『日中』、1976年3月号、第1—21頁;菊地三郎「激動中国と私の出会い 続」、東京:『日中』、1976年4月号、第2—21頁。

② 「上海通信」、東京:『中国資料』第1号、1946年11月、第63頁。

9月曾向远在中国的郭沫若和茅盾跨境约稿，请求他们支援"中日文化研究所"的运营，以及《中国资料》的编辑发行工作。[①] 作为回应，郭沫若随后向《中国资料》编辑部投稿了一篇用日文写作的评论作品《站在人民的立场》（『人民の立場に立ちて』）。该作品发表于《中国资料》创刊号的刊首，随文还附有一张郭沫若的近照。与郭沫若前后呼应，茅盾随后也向《中国资料》第2号投稿了一篇日文作品《寄语日本文化运动阵营》（『日本の文化運動陣営に寄す』），随文同样附有一张茅盾自己的近照。无论是郭沫若的《站在人民的立场》还是茅盾的《寄语日本文化运动阵营》，均为作家全集及年谱没有收录的日文佚作。而"占领期报刊图书出版物文库" VH1-C241号文件[②] 显示，1946年11月《中国资料》创刊之后，美国占领军"民间审查局"先后对郭沫若和茅盾的作品实施了言论管控处分，前述2篇佚文均遭遇了大幅度的内容删减。

例如，郭沫若的《站在人民的立场》原文总计日文2824字，主旨是强调"二战"后中日两国人民均面临着摆脱殖民统治寻求独立的共同时代课题。在样稿送审的过程中，美国占领军"民间审查局"删除了其中的1583字，也就是原文一半以上的内容。特别是《站在人民的立场》中原文出现"霸权国家""殖民主义""附庸于外国""人民日本""解放""独立"之类词句的段落被全部删除，最终致使郭沫若的作品的完整性严重受损，从而沦为一篇结构松散、语句杂乱的文章。而茅盾的《寄语日本文化运动阵营》全文总计日文1106字，它与郭沫若之前在上海《改造评论》上发表的《寄日本文化工作者》的内容高度相仿。《寄语日本文化运动阵营》同样采用讲话稿的文体，文章以日本文化工作者为受众论述中日之间构建左翼民主阵营共同战线的可能性。和郭沫若一样，茅盾也在文中将鹿地亘刻画为中国抗战的坚定盟友和日本左翼文化工作者的代表，期待他作为遣归日侨的一员回到日本之后能够扮演中国左翼文化界的传音人的角色。根据前述 VH1-C241号文件，《中国资料》编辑部原计划将茅盾的《寄语日本文化运动阵营》发表在1946年12月出版的第2号卷首。但是在向占领军"民间审查局"提交样稿之后，《寄语日本文化运动阵营》被全文删除，《中国资料》第2号的正式出版时间也延迟到了1947年6月。也就是说，郭沫若的《寄日本文化工作者》能够在上海《改造评论》上顺利刊发，而内容与之高度相仿的《寄语日本文化运动阵营》在投稿东京《中国资料》之际遭遇了全文删除。这一历史事实再

①「最近の郭沫若氏」、東京：『中国資料』第1号、1946年11月、第3頁。
②『中国資料』検閲文書、日本国立国会図書館プランゲ文庫デジタル資料、VH1-C241。

次印证了战后中国出版的日文刊物有着美国占领下日本本土刊物完全不具备的独立自主的言论空间,同时也凸显出《中国资料》编辑部利用遣归日侨文人与中国左翼文化界的纽带共同挑战美国言论封锁的不易。另外,目前日本早稻田大学中央图书馆收藏有《中国资料》通过审查后正式发售的市面流通版。① 因为市面流通版的《中国资料》既无"编辑后记"亦没有其他提及样稿审查的文字,所以读者仅从杂志版面无法察觉到美国占领军的言论管控痕迹。郭沫若和茅盾的上述作品迄今为止被历史遗忘的原因即在于此。

《中国资料》编辑部的另一个鲜为人知的历史事迹是曾经策划过郭沫若的《苏联纪行》的首个日译本。1978年郭沫若去世后不久,当时的吉林师范大学(现东北师范大学)外研所日本文学研究室曾经编译发行过一册名为《日本朋友悼念郭沫若》的资料集。该资料集收录有一篇东京"中日文化研究所"的所员"坂本德松"署名的悼文《回忆郭沫若先生》,文中写道:"日本战败后不久,我受从上海归来的朋友们推荐,参加东京中日文化研究所的工作,出版《中国资料》……一项事业,是承诺翻译郭先生的《苏联纪行》。为了联系这件事,我和朋友 S 一起访问了郭先生市川市须和田的旧居,和他的家人举行了商谈。由于各种周折,这个译本未能出版。"② 众所周知,《苏联纪行》是1945年出访苏联的郭沫若在回国之后基于日记写作的长篇纪行文学作品,该作最早连载于重庆《新华日报》,1946年3月由上海中外出版社发行单行本,随后多次再版重印,是战后初期最有影响力的中国作家访苏纪行著作。实际上,早在《中国资料》创刊之前,东京"中日文化研究所"驻上海通讯员岛田政雄曾经在《改造评论》上策划过《苏联纪行》的日文译介。岛田政雄是日本共产党员出身的社会活动家,同时也是一位中国文学翻译家和左翼作家。"二战"期间他为躲避日本政府的迫害而流亡到上海工作,战后作为中国政府的日籍技术留用人员担任过《改造评论》的编辑委员。③1946年6月经由岛田政雄的策划,《改造评论》在创刊第1号发表了《苏联纪行》的首个日文节译(匿名译者),同年9月又在杂志第2号的"近刊预告"上刊登了《苏联纪行》全译本的发售预告。1946年11月岛田政雄遣归日本,回国后继续担任东京《中国资料》的编辑委员。在岛田政雄的协助下,《中国资料》在创刊第1

---

① 『中国资料』第1—3号、早稻田大学中央図書館雑誌バックナンバー書庫、サイ 0250。

② 吉林师范大学外研所日本文学研究室《日本文学情况与研究·日本朋友悼念郭沫若》,1978年12月,第21—22页。

③ 岛田政雄『四十年目の証言』、横浜:窓の会、1990年、第6—53頁。

号设立了用于介绍战后中国左翼文化界最新动向的"上海通信"专栏。该专栏写道："郭沫若的《苏联纪行》,上海中外出版社民国三十五年(1946)三月刊。该书的作者郭沫若和《苏联纪行》的著作内容已经是广为人知,无须过多介绍。正如本机构驻上海通讯员早先的报告,郭沫若先生已经采用书面方式委任我们处理他在日本的著作翻译权,同时茅盾先生也向我们提出了相同的想法。我们将遵照郭沫若等中国作家的意愿陆续翻译出版他们的著作。"① 也就是说,《苏联纪行》最早的日文译介是《中国资料》编辑部利用其遣归日侨编委成员的海外资讯传播优势与中国左翼文化界合作推动的一项跨国出版事业。

但是正如前述郭沫若悼文中"由于各种周折,这个译本未能出版"所言,《中国资料》编辑部当时策划的《苏联纪行》日译本的出版计划最终未能实现。实际上,直到美国解除对日占领之后的1952年10月,《苏联纪行》的首个日译本在翻译家千田九一的协助下才得以正式出版。根据当时千田九一写作的"译者后记",《苏联纪行》日译本的翻译底本采用了遣归日侨从上海带回的中文原著,翻译与出版工作得到了菊地三郎和岛田政雄等人的全力支持;译稿早在1947年就已经完成,但是"自从翻译权问题出现之后,一直在书稿筐底沉睡至今"②。

所谓"翻译权问题"指的是1947年东西冷战拉开帷幕之后,美国占领军以保护著作权为借口针对日本的外文译介出版市场实施的言论管控措施。1946年12月,美国占领军"民间情报教育局"(Civil Information and Educational Section)首先制定了所谓的"盟军总司令部第12号传阅文件",次年1月由情报部涉外课转送日本外务省及其下属各部门进行学习。由于"第12号传阅文件"是美国占领军的内参机密文件,该资料直到1999年才通过日本学者的调查被公之于众。③ "第12号传阅文件"由正文和附件这2个部分构成,正文规定1947年之后所有从国外进口到日本的杂志、图书、电影、照片等资讯媒体必须通过占领军的许可审查,附件规定所有外文书籍在日本的译介出版必须事先提交原作者的翻译权转让合同,经由占领军"民间情报教育局"审核著作内容是否符合美国对日占领政策需要之后才可以译介到日本。由于苏联和中国此前一直没有加入国际著作权公约,日本出版商原本可以不受法规约束自

---

① 「上海通信」、東京:『中国資料』第1号、1946年11月、第63頁。

② 郭沫若著、千田九一訳「訳者あとがき」、『訪ソ紀行』所収、東京:日本出版協同株式会社、1952年10月、第245頁。

③ 宮田昇『翻訳権の戦後史』、東京:みすず書房、1999年、第400—407頁。

由译介两国的所有著作。但是在"第12号传阅文件"发布之后,苏联和中国来源的日文译著由原先的自由出版物转变为美国占领军的言论管控对象,特别是内容包含社会主义、共产主义意识形态的左翼出版物此后成为占领军查禁译介的主要目标。

1947年10月,《中国资料》编辑部的另一名遣归日侨成员齐藤玄彦在东京日苏文化联络协会的机关刊物《苏联文化》上发表了一篇文章,题为《访问苏联的郭沫若与茅盾》。[①] 该文采用书评的形式介绍了《苏联纪行》的主要内容、该书在中国出版后产生的社会影响,以及郭沫若之后其他中国文人意见领袖的访苏动向。根据"占领期报刊图书出版物文库"收藏的VH1-S2534号文件[②],《苏联文化》刊载的《访问苏联的郭沫若与茅盾》一文在样稿送审阶段同样遭遇了美国占领军的言论管控处分。特别是该文中介绍苏联的革命成就,以及郭沫若借助苏联视角批判中国国民党政权腐朽无能的相关内容被全部删除,理由是"明显的政治宣传"(evidently propaganda)和"批判中华民国"(critical of China)。已有学者指出,郭沫若在1945年写作《苏联纪行》的主要意图是对照苏联的社会主义建设成就针砭"二战"后国民党政权下中国社会的各类时弊。[③] 而到了美苏对抗加剧和中国国共内战爆发之后的1946年,将日本纳入亚洲冷战的反共阵营又成为美国对日占领政策的基本原则。[④] 从时代语境来说,《苏联纪行》首个日译本的出版受挫既是美国占领军在日本实行反苏反共政策的结果,同时也是亚洲冷战形成期美国遏制共产主义新中国文化传播的早期意志体现。1947年6月出版的《中国资料》第2号的"编辑后记"写道:"由于受到去年十二月份同盟国人著作翻译权问题的影响,本刊第2号的出版被迫延迟了很长时间,预计今后需要对刊物编辑方针进行相当大幅度的修正之后才能定期发行。"[⑤]《中国资料》在1946年创刊之时原本策划为每月一期的月刊杂志,但是在美国占领军一系列言论管控处分的阻挠下从1947年开始被迫改为不定期发行,"报道中国的事实,传递中国的真相"[⑥] 的创刊目标也因1948年的过早停刊而没有得到充分的实现。从这一点来看,《中国资料》是美国占领时期遣归日侨文人言论斗争史的一个缩影。《中国资料》

① 齊藤玄彦「ソ連を訪れた郭沫若と茅盾」、東京:『ソヴェト文化』第7号、1947年10月、第28—31頁。
② 『ソヴェト文化』検閲文書、日本国立国会図書館プランゲ文庫マイクロ資料、VH1-S2534。
③ 李斌《郭沫若1945年对苏联的观察与思考》,《文艺理论与批评》2018年第4期,第28—43页。
④ 「共産主義歓迎せず　アチソン米代表が表明」、東京:『朝日新聞』、1946年5月16日、1版。
⑤ 「編集後記」、東京:『中国資料』第2号、1947年6月、第32頁。
⑥ 「創刊のことば」、東京:『中国資料』第1号、1946年11月、第1頁。

的遣归日侨编委试图将战后中国的对日言论空间移植到美国占领下的日本本土,希望利用中国的战后视角制衡和对抗美国在日本的言论霸权。作为上海《改造评论》的跨国姐妹刊物,《中国资料》记录下的是遣归日侨文人穿过冷战铁幕传递中国之声、挑战美国对日言论管控体系的历史足迹。尽管《中国资料》前后不足2年的编辑发行工作在美国的言论管控处分下屡屡受挫,但这些挫折的足迹反之也正说明了遣归日侨文人群体之于战后日本社会的言论挑战性所在。

第四节 遣归日侨文学史料的可能性

在《苏联纪行》日译本的出版受挫后不久,《中国资料》编辑部和"中日文化研究所"紧接着又策划举办了战后早期日本最大规模的"中国木刻版画展"。众所周知,现代木刻版画艺术最早兴起于欧洲,20世纪30年代在鲁迅的大力推动下作为无产阶级文艺的新兴样式流行于中国,全面抗战时期又成为延安边区文艺,以及后期解放区文艺的主要创作形式。[1] 根据现存《中国资料》的刊物内容及编辑部成员的日后回忆,1947年2月"中日文化研究所"先是与朝日新闻社合作在东京银座举办了为期10天的"中国木刻展",同年8月又在《中国资料》第3号组稿了一期"中国木刻特辑";1947年10月,"中日文化研究所"又以"纪念鲁迅逝世11周年"的名义在东京附近的茨城县大子町主办为期3天的"木刻节",此后直到1949年底为止在日本全国各地陆续筹办中国木刻流动展总计超过300场。[2] 为了纪念这次前后历时近3年之久的"中国木刻版画展",1950年1月"中日文化研究所"在东京出版了一册由郭沫若亲笔题写书名的《中国木刻集》。根据《中国木刻集》的"例言"记述,"中国木刻版画展"在日本共展出200余件作品,展品大部分来自1946年9月在上海举行的"抗战八年木刻展览会",它们是在1947年初由中华全国木刻协会通过遣归日侨的协助从中国运送到美国占领下的日本本土的。[3] 由郭沫若题字的《中国木刻集》目前在国内未见藏本,这应当是前述战后早期日本最大规模的"中国木刻版画展"迄今鲜为人知

---

① 李允经《中国现代版画史》,长沙:湖南美术出版社,2018年。

② 「中国木刻展と中国民主芸術のつどい」,東京:『中国資料』第2号、1947年6月、封二頁;「特集中国の木刻について」,東京:『中国資料』第3号、1947年8月、第10—19頁; 菊地三郎「激動中国と私の出会い　続」,東京:『日中』、1976年4月号、第5—16頁。

③ 菊地三郎『中国木刻集』,東京: 中日文化研究所発行(非売品)、1950年、第4頁。

的原因之一。实际上,早在1950年,北京中华全国美术工作者协会(现中国美术家协会)就在刚刚创办不久的杂志《人民美术》第3期刊发过一篇未署名文章《中国木刻在日本的影响》。该文转述日本归国华侨版画家李平凡的报告,称"中国木刻是于一九四七年二月第一次出现于东京的。至一九四八年底,据东京中日文化研究所的统计,在一年零十一个月当中,先后在日本各地流动展览超出了二百次"[1]。但是这段重要的中日关系史足迹此后没有人进行过深入调查和考证,今天也只有在个别当事人的回忆录中还保存着一些零散记述。[2]

另外,日本国立国会图书馆收藏的《中国木刻集》还收录有一封1950年1月由菊地三郎代表"中日文化研究所"的全体遣归日侨成员执笔的感谢信。菊地三郎在信中写道:"民主日本的文化建设不能缺少新中国,如果没有建立在邻邦友谊基础上的中日文化交流,民主日本的建设就绝对不可能实现。正是在秉承这一信念的基础上,东京中日文化研究所的同仁们在过去4年克服众多困难,努力将最能直接表现中国新文化特质的新兴木刻作品整理成集,以此作为新中国和民主日本相互构建友谊桥梁的事业之一。"[3]从上海时代的《改造评论》到东京时代的《中国资料》,再到中华人民共和国成立后不久出版的《中国木刻集》,菊地三郎等遣归日侨文人在战后日本时常扮演着"杂音"制造者的角色。他们利用自身在中国的战败体验和遣归经历,将另一种"战后"的书写方式带回日本,形成不同于美国占领下日本主流言论界的异质话语空间。遣归日侨文人中有很多人善于书写中国,又或者更准确地说是善于借由中国书写日本。在美国占领军管控下的日本,他们通过"中国"这一外部视角构建的言论空间更容易形成与社会主基调相偏离的"杂音",而这些"杂音"对于战后被美国隔离的日本本土言论界来说,则是弥补外界认知断层的重要渠道。通过制造"杂音"解构美国占领下日本社会的言论主基调,寻求表述战后日本、战后中国乃至冷战阴影下的亚洲战后历史走向的另一种方式,这构成了遣归日侨文人群体在美国占领下日本公共言论空间的特殊角色职能。

美国占领期日本的中国遣归日侨文人研究是以往的中日文史关系研究领域关注较少的一个课题。之所以如此,原因之一是该课题研究所需的文史资料分散收藏于中国、日本和美国三地,基础文献的收集与整理需要大量的时间、经费,以及较为

---

[1]《中国木刻在日本的影响》,北京:《人民美术》1950年第3期,第50页。

[2] 李平凡《版画沧桑　李平凡版画60年回忆录》,北京:北京出版社,1997年,第32—34页。

[3] 日本国立国会图书馆東京本館图书別室書庫收藏、请求记号:Y994-L2142。

烦琐的跨国文献实地调查。再加上这一课题是文学、历史学、国际关系学和国别区域研究的学科交叉课题,研究的开展和推进需要借助跨学科的学术合作,以及突破一国文史观的多元化包容视角。在美国对日占领造成亚洲冷战格局成形的战后历史转折期,遣归日侨文人从中国带回不同于本土日本国民的另一种战后体验。他们借由在华期间获得的中国经历、中国资讯、中国人脉、中国视角构建游离在美国管控体系之外的遣归文人言论空间,形成隐藏于正史背后的另一种异质化的战后史叙述。这是一部长久以来一直被边缘化了的战后史,它包含了战后日本实际存在过的与社会言论主基调相背离的各类杂音,进而意味着重构多元化的战后日本史和冷战时期中日文学关系史的可能性。1948年8月11日,郭沫若为《战后日本问题》作了一篇"郭序"。文中他写道:"我自己在日本前后住过二十年,自信对于日本的认识也还比较真切。但自抗战发生以来,我离开日本已经十一年了。离开得太久,资料很不容易得到,谈到日本问题,便不免感觉到空虚。要和敌对者论辩,你如举不出具体的事实来,你是不能致敌死命,而征获第三者的信赖的。"[1] "二战"后的冷战时期,中日之间的直接交流和资讯流通被美国架设的言论管控铁幕所阻断,郭沫若期望中国的日本研究者们能够直面这一困难,用资料和事实挑战美国在日本问题上的话语霸权。而同时期菊地三郎等遣归日侨文人也认为,美国占领下的日本"严重缺乏客观正确地认识中国所需要的资讯",他们将挑战美国的言论封锁视作自己的使命,主张"了解中国就是了解世界,理解了中国就能认清日本的未来"[2]。从这个角度来说,《改造评论》和《中国资料》可以看作郭沫若联合中国遣归日侨文人群体共同对抗美国话语霸权的一次早期尝试。尽管因为受阻于美国对日占领军设置的言论管控壁垒,郭沫若在《寄日本文化工作者》结尾处呼吁的"只有中日两国成为真正的人民的国度,世界的和平才可以确保,我们共同努力发挥这个走向世界和平的桥梁作用"的愿望并没有得到完全的实现,然而正是郭沫若和遣归日侨文人所遭遇的困难说明了今天挖掘和整理冷战初期中国文人对日言论史料和美国占领期遣归日侨文学史料的重要性。针对这些稀见文学史料的实证研究,不但有助于发掘郭沫若等中国文人战后对日文化工作史的新线索和新足迹,它对于重审美国主导下亚洲冷战形成期的中日关系史轨迹,反思美国干预下的战后中日关系得失和寻找当下中日关系困境的解决途径应当也是不无裨益的。

① 思慕《战后日本问题》,上海:生活·读书·新知上海联合发行所,1949年,第2—3页。
② 「創刊のことば」、東京:『中国資料』第1号、1946年11月、第1頁。

第三部 作家作品专题篇

第九章　堀田善卫与战后占领期
日本文学的中国表述

第一节　国际作家的上海时代

1998年9月5日上午10时7分,日本"战后派"作家堀田善卫因病去世,享年80岁。继7年前的野间宏、5年前的安部公房,以及1年前的埴谷雄高和中村真一郎去世之后,同属于"战后派"作家的堀田善卫的离世象征着一代文学流派的消逝,这引发了同时期许多战后日本文学研究者的高度关注。这一时期以夏堀正元的悼文《不断冲击现代的思想家作家:哀悼堀田善卫氏》为开端,日本各界陆续发表了如木下顺二的《关于堀田善卫》、小田实的《三人的遗容:野间宏·中村真一郎·堀田善卫》、白井浩司的《追悼堀田善卫》、安冈章太郎的《堀田先生吊唁文》等大量纪念悼文。这些悼文不仅回顾了堀田善卫自20世纪40年代步入文坛之后长达半个世纪之久的文学生涯,同时也彰显了堀田善卫的战后日本文学史地位。

例如在堀田善卫去世2个月后,同年迎来79岁的加藤周一作为日本"战后派"最后健在的作家参加了东京文学杂志《昴》策划的"堀田善卫追悼特辑"对谈会。会上,加藤周一首先回顾了从学生时代开始与堀田善卫长达半个世纪的交友经历,随后对于友人的战后文学历程,他发表了这样一段总结性陈述:

> 我认为堀田善卫是最典型的战后日本文学家之一。他的文学主题总是与战争、战败,以及相关经历和历史观察有关。他不仅写小说,还写人物传记,写历史评论,写当代社会时评,用现在的话说,属于跨界写作的大师。堀田文学最重要的特征在于其国际性。在他的小说中,常常既有欧洲人又

有中国人,也就是说,文学世界并不局限于封闭性的日本民族共同体。他的作品从来不会只出现日本人的故事,而总是构建与海外有衔接点的文学世界。跨文化交涉是他的文学核心主题……尽管许多作家以各种形式展现了战争的复杂之处,但堀田善卫的书写格外犀利,他的文学特质最集中体现于上海体验及其系列作品之中。说到上海,正如你(菅野昭正——引者注)所说,那是个国际广场,是不同国籍各类人种共同聚集的地方,也可以说是国际社会的十字路口。在上海,你不知道邻桌在用什么语言讲话,会突然去到什么样的地方,但是你需要在那里确立自己的身份和存在的理由。对堀田善卫而言,上海就是一个世界广场。在那里,他第一次体验到日本之外的国际世界,对他来说上海也许可以说是国际世界的集中表现。①

加藤周一将堀田善卫定义为跨界写作的大师,认为堀田善卫一生致力于研究异民族之间的跨文化交涉问题,通过他自身独特的国际视野书写了战争题材和乱世题材的文学作品,因而代表了日本"战后派"文学的典型特征。与此同时,加藤周一还认为应当从日本战败前后的"上海体验"出发去探讨堀田善卫的作家生涯,因为正是在国际都市上海,堀田善卫走出了单一封闭的岛国风土并成长为具有世界视野的国际作家,上海在堀田善卫的文学人生之中扮演了"世界广场"的角色。

加藤周一的评语简短扼要地概述了堀田善卫的战后文学人生与中国的相关性。实际上,迄今为止日本许多文学评论家也提出过类似观点,加藤周一的堀田评语可以说是基于日本文坛共同认知产生的普遍性见解。早在20世纪50—60年代,就出现了山本健吉的《堀田善卫论》(1952)、服部达的《堀田善卫论素描》(1953)、佐佐木基一的《解说堀田善卫》(1962)、本多秋五的《国际关系视角的堀田善卫》(1966)等与加藤周一类似的见解。同样的堀田评价方式还可见于奥野健男的《堀田善卫》(1971)、大江健三郎的《典型的人、典型的文学家》(1974)、竹内泰宏的《堀田善卫和亚洲》(1978)、松原新一的《国际政治中的人》(1979)等一系列20世纪70—90年代发表的堀田文学评述之中,相同论调的评价至今仍是最常见的堀田文学阐释方式。②也就是说,堀田文学专题研究的范式在这位作家活跃于文坛第一线的半个世纪之前

① 「追悼特集　堀田善衞」、東京:『すばる』,1998年11月号、第258—259頁。
② 紅野謙介「乱世を生きる、乱世をみつめる」、『堀田善衞展: スタジオジブリが描く乱世』所収、横浜: 神奈川県立神奈川近代文学館、2008年。

就已经确立。以1945年日本战败前后的上海体验为线索讨论堀田善卫的"国际作家"特性，这构成了以往堀田善卫专题研究最基本的解读范式。

　　1945年3月24日，堀田善卫乘坐一架小型客机从东京羽田机场出发来到了上海。在晚年的自传体回忆录《邂逅的人群》（1993）中，堀田善卫将这次中国之行描述为对日本彻底绝望后的逃亡之旅。堀田善卫日后回忆，1945年3月18日清晨，他在东京市南部的富冈八幡神宫碰巧见到了出行视察的日本天皇裕仁一行。同一天早上，堀田善卫在东京四处寻找因空袭而失去联系的朋友，当他路过富冈八幡神宫时，看到一群衣衫褴褛的灾民跪拜在衣着光鲜的天皇面前，乞求天皇原谅他们的无能。据次日《朝日新闻》的报道，天皇裕仁这天出行的目的是视察美军空袭所造成的损失，以此表达"天皇陛下对东京受灾民众的担忧"[1]。堀田善卫在回忆录中写道："那个本应该为战争负责的天皇，人民非但没有追究他的责任反而在乞求他的宽恕。那个时候我对自己的国家产生了一种发自内心的绝望。"[2]

　　6天之后，堀田善卫设法从他当时供职的日本国际文化振兴会争取到了一份前往上海的驻外工作。他通过在海军任职的朋友买到了一张前往上海的机票，随后乘坐朝日新闻社的小型自用机离开了刚被美军轰炸过的东京羽田机场。在朝鲜半岛的上空，飞机遇到了盟军雷鸟战斗机的阻截，侥幸逃过一劫之后，已经破烂不堪的飞机降落在了上海北部的大场镇机场。[3]1945年3月24日，堀田善卫就这样开始了他的上海之旅，这同时也是他人生中第一次海外漂泊的经历。对于战后长年担任"亚非作家会议"日本代表的堀田善卫来说，1945年的上海是他日后行走世界、与异国他者进行对话的漫长人生旅途的原点。1918年，堀田善卫出生在日本富山县高冈市的一个名门望族。他的家族世世代代从事海运贸易，如今在其家乡还保留着由当年的豪商家宅改建成的海运历史展览馆。家族传统的海运贸易需要频繁与外国人接触，这让堀田善卫从小就生活在多元文化的环境之中，培养了他广阔的国际视野和与异国他者进行对话的意愿。

　　1936年，18岁的堀田善卫离开家乡来到东京就学于庆应大学。此时日本正处于发动全面侵华战争的前夜，堀田善卫一开始选择了热门的政治学作为自己的专业，但随后很快转入了当时颇为冷门的法国文学专业。在自传体小说《诗人们的青春

---

[1]「聖慮を安んじ奉らん」、東京：『朝日新聞』、1945年3月19日、1版。
[2]　堀田善衛『めぐりあいし人びと』、東京：集英社、1993年、第22頁。
[3]　堀田善衛『めぐりあいし人びと』、東京：集英社、1993年、第26頁。

群像》（1968）中，堀田善卫借小说主人公之口描述了侵华战争期间政治系和法文系的2种迥然不同的气氛——政治系挤满了崇拜德国法西斯、狂热拥护日本对外战争的"皇国青年"，而法文系冷清的教室里则只能看到三三两两低声朗读诗文的文艺青年。①对非理性的民族主义十分反感的堀田善卫选择了后者作为自己战争期间的生活方式，很快他就发现自己并不是孤独的一个人。

学生时代的堀田善卫爱好音乐鉴赏和诗歌写作，1939年前后是东京《月刊乐谱》的主要撰稿人之一，同时还是一种小型诗歌杂志《磁坐》的编辑委员。"二战"期间，堀田善卫和加藤周一、中村真一郎、小山弘一郎等同龄友人一起编辑发行了《山树》《诗集》等同人社团性质的文艺杂志，这些反感战时体制的日本青年知识分子聚集在一起，组成了自给自足的文学团体。这个小团体的成员大都爱好作诗，喜欢文学，厌恶战时体制。据好友中村真一郎回忆："太平洋战争爆发后，我们都想尽一切办法逃避兵役。其中要数堀田善卫最有本事，当我们都在国内亡命的时候，他设法找到了逃离日本的机会。"②

但是，从东京来到上海之后，堀田善卫很快就重新陷入失望。1941年太平洋战争爆发以后，侵华日军接收了原本由美英法三国控制的租界，占领了整个上海。此后，日本占领军成为上海的最高统治者，原本只是偏居虹口一带的日本侨民也将势力扩展到了全上海。在以大东亚共荣圈为主导思想的意识形态管制下，日军一方面对上海实行"去欧美化"的文化政策，另一方面又对当地中国文化界实行军方主导的言论审查。这样一种基于日本战争需要的排他性言论管制削弱了这座国际大都会原有的多元文化优势，来到上海之后，堀田善卫发现自己既没有摆脱战争，也没有远离日本。

日本战败1年后的1946年，堀田善卫在上海当地的日文期刊《改造评论》上发表了评论《反省与希望》。他在文章开头写道："初到上海的时候，我发现当地文化界所处的状态与我来之前所设想的大相径庭。我首先惊讶于当地报纸登载着和日本本土几乎一样内容的新闻，中国的报纸完全没有了中国的特色，只是一味地被迫转载着日本政府的官方言论。虽然我也知道那是日本占领军的言论管制所造成的结果，那种压抑的环境依然让我感到悲哀和异样。日本占领军不允许中国报纸发出任何质疑的声音。这种言论上的高压态度毫无疑问是一种暴力行为，它将无法发声的耻

---

① 堀田善衛『堀田善衛全集7』，東京：筑摩書房、1993年。

② 堀田善衛『堀田善衛全集：月報3』，東京：筑摩書房、1993年。

辱强加到了中国的身上。"①

　　从东京到上海,堀田善卫原本希望摆脱日本的战时体制,去往中国寻找更为自由的文化言论环境,现在却失望地在日军占领下的上海发现了和东京一样"空有一堆人和建筑物的文化沙漠"②。近代以来,上海一直拥有着华东、华中地区人口规模最大的日侨社群。而在1937—1945年的全面侵华战争期间,同时期拥有近10万人口的上海日侨社群依托这座国际都市一流的出版文化设施,发行了数量众多的日文报纸、期刊和图书,形成了在日伪统治下的沦陷区有广泛影响力的日侨言论界。

　　与日本国内一样,上海日侨言论界的话语主导权大部分掌握在具有高度言论表述能力和表述意愿的文人群体手中。与日本国内相比,在上海的日侨文人普遍具有更敏锐的对华问题意识且更具中国本地化特征的观察视角,但这同时也意味着日侨文人群体更具成为侵华日军政治宣传工具的言论职能潜力。堀田善卫在《反省与希望》一文中写道:"我清楚地记得,当时上海文化界的压抑气氛是如何一而再再而三地令我陷入暗淡的情绪之中;不单单是我一个人,所有那些真心诚意地关心着中日两国关系的人,那些在各自微不足道的文化工作岗位上默默关注东方全体民族命运的人,谁也无法忍受日军占领下上海文化界的惨状。我记得自己当时一肚子不满却无处发泄,那种抑郁的情绪几乎要让我发疯。我一个日本人尚且如此,可想而知当时中国的民众们心中压抑着多么难以忍受的愤恨。"③

　　比起长年在上海生活的"老日侨",作为"新日侨"的堀田善卫更善于审视在华日侨群体的双重性质,他既能利用在华日侨的本地化视角深入观察中日关系,同时又能冷静地反思日侨群体本身潜在的对华暴力性和压抑性。这种双向观察的能力保证了他日后所创作的众多中国题材文学作品具备内在的话语张力。从1945年3月24日来到上海至1947年1月4日回到日本,堀田善卫在沪上生活了总共1年9个月。与内山完造、井上红梅、小竹文夫等长年定居沪上的"老日侨"相比,堀田善卫的上海时代尽管前后持续时间不长,却留下了相当多的具有研究价值的文人史料。2008年堀田善卫逝世10周年之际,日本神奈川近代文学馆举办了大型"堀田善卫展",公开展出其馆藏的300余件堀田善卫的手稿资料,并同时发行了附有详细说明

---

①「反省と希望」、上海:『改造評論』第1号、1946年6月、第175頁。

②「反省と希望」、上海:『改造評論』第1号、1946年6月、第175頁。

③「反省と希望」、上海:『改造評論』第1号、1946年6月、第176頁。

的展品手册。^①其后神奈川近代文学馆又陆续公开了13000余件堀田善卫身后留下的日记、书信、记事本、备忘录、作品手稿、创作笔记、读书笔记等资料，并将其整理成"堀田文库"供国内外读者查阅。"堀田文库"的出现极大地推动了堀田善卫专题研究的发展，促使堀田研究获得学界的重视，并在近年成为近代中日文史关系研究领域的一个热点学术话题。^②

在堀田善卫身后所留下的数量庞大的手稿资料之中，尤其引起学界关注的是1945—1946年堀田善卫在上海期间所写的私人日记。堀田善卫的上海日记由3册平装笔记本构成，其中1册为A4版大小，另2册为A5版大小，3册日记的正文部分共计261页，采用钢笔和铅笔混合书写。该日记的手稿原件现收藏于神奈川近代文学馆"堀田文库"。

日记第1册封面处印有"支那方面舰队报道部"字样。^③正文从1945年8月6日开始，到1946年11月29日结束，记录了堀田善卫在上海前后1年多的生活经历，堀田善卫对在华日侨群体战败期行为表现的观察，以及对战后转折期中日关系的个人思考。2008年，日本学者红野谦介曾对该日记进行文字整理，并于同年通过东京集英社编著出版了《堀田善卫上海日记》。由于堀田善卫在上海生活的时期正好与日本战败和之后的日侨遣返时期相重合，他的日记是后人了解日侨群体在中日关系转折期的实际生活状态及思想变化的一级史料。堀田善卫的上海日记还涉及作家本人战后滞华时期在国民党政府机构的留用工作经历，对于研究国民政府的战后对日政策和对日宣传的工作方式具有重要的史料价值。除此以外，堀田善卫的上海日记还记录了作者对内山完造、小竹文夫、武田泰淳、林俊夫、竹本节、岛田政雄、石上玄一郎等其他日侨文人意见领袖的各类言行观察。除上海日记以外，神奈川近代文学馆的"堀田文库"还收藏有堀田善卫在上海时代使用过的记事本、地图、照片、导游手册、作品手稿、友人书信、工作文件、遣返证明等大量有研究价值的一级文学史料。这意味着针对堀田善卫的研究可以成为考察整个上海日侨文人群体的切入点。

---

① 神奈川文学振興会『堀田善衞展：スタジオジブリが描く乱世』、横浜：神奈川県立神奈川近代文学館、2008年。

② 島村輝「書評　陳童君著『堀田善衞の敗戦後文学論：「中国」表象と戦後日本』」、東京：『日本文学』、2018年5月号；黒田大河「書評　陳童君著『堀田善衞の敗戦後文学論：「中国」表象と戦後日本』」、東京：『日本近代文学』、2018年5月号；渡邊ルリ「書評　陳童君著『堀田善衞の敗戦後文学論：「中国」表象と戦後日本』」、東京：『昭和文学研究』、2019年3月号。

③ 为保证史料原貌，本书原则上不改变史料原本的"支那"记述用词，下同。

第二节 《历史》与堀田善卫的中国题材小说

1947年1月堀田善卫离开上海返回日本后,陆续发表了《波涛之下》(1948)、《共犯者》(1949)、《无国之人》(1949)、《被革命的人》(1950)、《祖国丧失》(1950)、《彷徨的犹太人》(1950)、《齿轮》(1951)、《汉奸》(1951)、《断层》(1952)、《历史》(1952—1953)、《时间》(1953—1955)等大量以中国为题材的小说作品。这一系列中国题材小说的发表很快引起了日本文坛的关注,当时还是青年文人的堀田善卫由此崭露头角,成为战后日本新生代作家的旗手。特别是日本战败后最初的10年里,堀田善卫是书写中国最为活跃的日本作家之一,在战后的日本文坛,他实际上扮演了"中国解说人"的角色。

1953年11月,堀田善卫通过日本著名的文艺出版社"新潮社"发行了一部题为《历史》的长篇小说。1年前,堀田善卫刚获得了代表日本文坛最高荣誉的"芥川奖"。作为日本战败后涌现出的新生代作家,此时的堀田善卫正是文坛和舆论界的宠儿,而《历史》则是他获得"芥川奖"之后创作的第一部中国题材的长篇小说。《历史》是堀田善卫生平所创作的所有中国题材小说中篇幅最长、叙事结构最复杂、出场人物最多的作品。这部长篇小说最初是以7个中短篇的形式分别刊载在《文艺春秋别册》《新潮》《文学界》《文艺》等杂志上。①随后作者又在这7个中短篇的基础上增加了将近一倍的内容,最终整理成了一部32万字的长篇小说。

《历史》的故事舞台设定在了1946年的上海。作品以中国国民政府战后留用日籍职员"龙田"为主人公,以他的所见所闻为出发点刻画战后中国社会的众生相。为了对战后中国的社会面貌有一个全方位的认识,除主人公龙田以外,作者还设定了诸如日本特务左林、中国革命家洪希生、工人领袖陶一亭、中国政客李安耀、军队高官罗绍良、买办资本家康正、美国金融调查员拉姆施泰德,以及法国富商露希亚等10余个主要出场人物。

在叙事方式上,小说大部分采用了对出场人物的内聚焦和多视点人物切换相结

---

① 7个中短篇发表日期如下:「歴史」,東京:『別冊文芸春秋』,1952年2月号;「無人地帯」,東京:『新潮』,1952年4月号;「石を愛する男」,東京:『文学界』,1952年5月号;「不幸への意志」,東京:『文芸』,1952年7月号;「零点運動」,東京:『別冊文芸春秋』,1952年10月号;「重慶の墓」,東京:『文芸』,1952年12月号;「危険な物質」,東京:『文学界』,1953年3月号。

合的手法，叙述者一方面将主人公龙田设定为小说的主要视点人物，另一方面又会根据故事发展的需要将视点放到其他出场人物身上。因为出场人物众多，人物与人物之间又存在着国籍、阶级属性和政治立场上的明显差异，这就使得《历史》这部作品可以从各个不同角度全面地描绘战后中国社会的样貌。

由于战败后的日本文坛还没有出现过像《历史》这样宏大篇幅的"中国"题材小说，堀田善卫的作品发表以后很快引起了文坛的关注。总的来说，对于《历史》的评价毁誉参半，评论家们之间意见的分歧明显。有的评论家盛赞《历史》是一部"通过刻画战后上海的历史脉搏来思考现代日本命运的鸿篇巨著"①，有的则批评堀田善卫好大喜功，认为《历史》这部小说名不副实，"题为《历史》，实则不过是一出'历史的滑稽戏'而已"。② 但是无论是肯定一方还是否定一方，对于《历史》这部小说的评论都没有能够深入作品的内在结构和创作手法本身，绝大多数只是一些出于评论家本人好恶的感情化议论。③

另外，1998年堀田善卫去世之后，作家的遗孤将其生前的手稿、创作笔记、读书笔记、调查取材笔记，以及其他各类一手资料共计13000多件都赠送给了神奈川近代文学馆。其中包含3册堀田善卫生前使用过的笔记手稿，内容涉及与《历史》的创作过程、创作手法和创作素材密切相关的文字记录。这些创作笔记可以向读者展示作家在写作《历史》过程中的基本思路，其中有一处内容如下：

> 要以一个宏大的视角展开描写战后上海的政治和经济。小说的长度大概为300—350张稿纸，抑或是400张。要参考茅盾的《子夜》。暴动正在向着东方发展。革命。革命总是从底层跑江湖的人开始。从大众中间产生。《人的状况》。是否应该采用与《人的状况》相同的时间处理方式？是否应当从1946年9月左右开始？究竟如何才能让小说的日本人主人公将

① 高山毅「近ごろの長篇」、東京：『都新聞』、1954年1月22日「文芸時評欄」。
② 石上玄一郎「『歴史』書評」、東京：『文学界』、1954年2月、第170頁。
③ 有关《历史》的其他一些重要的同时代评论还有中村光夫「小説案内：堀田善衛の『歴史』」、東京：『毎日新聞』、1953年12月9日；山本健吉「小説と政治の風土」、東京：『新潮』1954年11月号。

虚无之眼转化为紧张和充实的目光呢？①

　　创作笔记的这段文字虽然看似杂乱无章没有条理，实际上包含着解读《历史》所需要的几点重要线索。在这段文字中，读者可以看到堀田善卫在写作《历史》时的4个基本构想。第一，《历史》的创作目的在于"以一个宏大的视角展开描写战后上海的政治和经济"。第二，作者试图"参考茅盾的《子夜》"，将《子夜》当作《历史》的一个模仿对象。第三，作者以"暴动"和"革命"为作品的2个关键词，并且计划"采用与《人的状况》相同的时间处理方式"发展剧情。有关这一点，神奈川近代文学馆还收藏了另一份堀田善卫的手稿资料《有关安德烈·马尔罗的〈人的状况〉》。参考其内容可以知道，除茅盾的《子夜》以外，当时堀田善卫还试图将法国作家安德烈·马尔罗的长篇小说《人的状况》作为《历史》的参考对象。②第四，《历史》虽然是一部中国题材小说，但作者的问题意识在于"如何才能让小说的日本人主人公将虚无之眼转化为紧张和充实的目光"。这暗示了堀田善卫写作《历史》的最终目标，是希望借由中国视角寻找到重建战后日本知识分子主体性的途径。

　　众所周知，《子夜》是中国作家茅盾的代表作。小说以20世纪30年代的上海为舞台，描写了主人公吴荪甫为首的中国民族资本家在国际金融资本的侵蚀和国内阶级矛盾激化的情况下一步步走向毁灭的过程。《子夜》最早于1933年由上海开明书店出版，第一版发行后销量惊人，引起文化界瞩目。③日本读者接触这部作品的时间相对较晚，虽然1938年已经有部分节译④，但是首个全译本，即1951年由东京千代田书房发行的上下2卷本《真夜中》，直到"二战"结束以后才出现在日本读者面前。

　　译者尾坂德司早年曾留学北京大学文学部，日本战败前夕在上海东亚同文学院大学担任预科教授⑤，遣归日本后任教于东京法政大学，专攻中国文学的翻译和研

---

① 档案编号 t/H04/210/00093305、t/H04/210/00093306 和 t/H04/210/00093307。由于所有笔记都没有页码且涉及《历史》的相关内容分散在3册笔记的各个地方，为了避免混乱本文在引用笔记内容时，将引用来源统一记作"创作笔记"。
② 档案编号 t/H04/110/00093236。
③ 朱明《读"子夜"》，上海：《出版消息》（半月刊），1933年4月1日号；门言《从"子夜"说起》，北京：《清华周刊》，1933年4月19日号；吴组湘《新书介绍"子夜"》，北京：《文艺月报》，1933年6月号。
④ 增田涉译「上海の真夜中」，東京：『大陸』，1938年6—8月号。
⑤ 島津長次郎『支那在留邦人人名録』（第35版上海版），上海：金風社、1945年、第72頁。

究。[①]尾坂德司的译文略显生硬,也有一些误译,但用语简洁朴实、易于理解,内容总体上忠于原著,对于日本读者来说不失为一个了解《子夜》的优良译本。从创作笔记的文字记录来看,堀田善卫写作《历史》时主要通过阅读尾坂德司的译本借鉴了《子夜》的创作手法。例如,在其创作笔记中可以看到这样一段文字:

> 以《子夜》为参考对象,金融资本支配工业资本。p214苏甫,别太把他们看得不值钱了。他们有这样的野心,不过事实的基础还没十分成熟罢了。但酝酿中的计划很值得注意。尤其因为背后有美国金融资本家撑腰。听说第一步的计划是由政府用救济实业的名义发一笔数目很大的实业公债。这就是金融资本支配工业资本的开始,事实上是很可能的。

熟悉《子夜》的读者不难看出,堀田善卫在这里摘抄了来自《子夜》的一段台词。参考上面引文中"p214"这个页码,可以在尾坂德司译本的上卷第214页找到相应的出处。这一段台词出自《子夜》第7章,是经济学教授李玉亭与主人公吴苏甫二人对话中的一部分。能干但自负的民族资本家吴苏甫雄心勃勃地想靠一己之力振兴中国的民族工业,经济学教授李玉亭则提醒他国际金融资本企图控制中国工业的野心,并对中国民族资产阶级的前途持悲观态度。这段台词暗示了吴苏甫及其所代表的民族资产阶级最终走向失败的命运,也可以说是作者在借经济学家李玉亭之口表述《子夜》这部作品的主题。

如前面引文所示,堀田善卫在摘抄这段台词的同时,还在创作笔记中写下了"以《子夜》为参考对象,金融资本支配工业资本"的评语。很显然,堀田善卫对于《子夜》的兴趣在于借鉴这部作品中有关"资本"的描写,试图仿效茅盾,学习他从经济学的角度描绘中国社会全貌的方法。众所周知,《子夜》中有关20世纪30年代上海资本市场的精彩刻画是建立在作者一系列翔实的数据调查的基础之上,故而民国时期有经济学家将《子夜》视作研究中国经济的必备参考书目之一。[②]而作为一个外国作家,客观条件上的限制使得堀田善卫很难如茅盾一样获取到充足的一手调查数据,所以在模仿《子夜》建构"资本"的文学表象时,除了依靠自己在华期间对中国社会的亲身观察,堀田善卫更多的是参考了发行于战后日本的中国经济相关著述。例如,

---

① 「訳者略歴」『真夜中: 上卷』,東京: 千代田書房、1951年。
② 钱俊瑞《怎样研究中国经济》,重庆:生活书店,1940年,第1—21页。

在《历史》的创作笔记中还可以看到这样一段记述：

> 经济情况（白皮书），p164。中日战争结束的时候，中国国民政府所持有的外汇储备达到了其在中华人民共和国成立以来的最高额度。战争末期，中国政府的黄金储备和美元储备都达到了前所未有的数字。根据1945年12月31日时的统计，其主要国库资产超过了9亿美元。这里面有5亿美元是1942年美国政府给中国的借款，还有4亿美元是中国政府用法币向美国政府兑换的战争军费。

从句首的"经济情况（白皮书）p164"这句话不难推测，堀田善卫在这里摘抄了一段出自一本"中国经济白皮书"的内容。调查同一时期日本的公开出版物不难发现，堀田善卫摘引的是1949年10月朝日新闻社发行的《中国白皮书》。这部《中国白皮书》原本是美国国务院针对中国的政治、社会、经济情况在1949年所发布的调查报告，因其数据翔实可靠，"对于战败后处于锁国状态下的日本知识分子来说是研究中国及其相关国际形势的必读书目"[1]，故发布后不久就由朝日新闻社译介到了日本。

前文介绍的"p164"的引文出自《中国白皮书》第5章第1.2节，这是一段有关"中国财政地位"的分析。除此以外，堀田善卫还在《历史》的"创作笔记"中摘抄了《中国白皮书》中70余处内容，其中很大部分是有关1945年"二战"结束后美国政府对中国经济所做的数据调查和情报分析。这些信息被运用到了《历史》的写作中，在小说中的多处，作者还将摘抄自《中国白皮书》的段落作为出场人物的台词使用。[2]

摘引《中国白皮书》对于《历史》这部作品的意义主要可以归结为3点。第一，它保证了作品中有关战后中国经济的描述能带给读者具有现实感的阅读体验，使得《历史》的文本世界中建构的"资本"表象具备了和《子夜》一样"虚"中带"实"的效果。第二，由于作者将《中国白皮书》的许多段落直接或间接地引用到出场人物的台词中，这就使得《历史》这部小说在文体上呈现出明显的"论文调"，叙述者在执行

---

① アメリカ国務省編、朝日新聞社訳『中国白書：米国の対華関係』、東京：朝日新聞社、1949年、第494頁。

② 例如上面介绍的"p164"的摘抄在1953年《历史》第1版的第197页处可以找到几乎完全相同的内容。

"讲故事的人"的职责的同时，还积极地扮演"解说人"的角色，通过各个出场人物之口，不厌其烦地为读者们讲解战后中国经济的结构特点及其问题。换句话说，如果我们将《子夜》看作一部有关20世纪30年代中国经济的通俗解说，那么《历史》之于日本的读者，其功用之一就是提供了一部采用了小说叙事文体的战后中国经济白皮书。第三，由于《中国白皮书》原本是美国政府的外交报告，其内容必然包含以美国为首的"西方"的立场和视角。而将《中国白皮书》的段落有意识地融入《历史》的文本之中，则暗示着堀田善卫在模仿茅盾《子夜》的同时，试图建构的是一个包含多元视角的"中国"表象。

第三节　在茅盾与马尔罗之间

和茅盾的《子夜》一样，堀田善卫在他的作品中也着重描写了资本家之间的勾心斗角。但与茅盾不同之处在于，堀田善卫不仅着眼于探讨中国民族资本家的出路问题，而且试图通过描写中国资本与海外资本之间错综复杂的关系来表现资本的"国际化流动"对于中国、日本乃至西方各国的影响。

在小说《历史》的开头，主人公龙田以在华日籍留用人员的身份出场，他在上海的工作部门是一个叫作"亚美经济会议组织"的投资机构。这个机构表面上是一个国际贸易促进协会，实际上却是国际金融投机资本家们在中国设立的一个买办组织。除主人公龙田以外，"亚美经济会议组织"的主要成员还包括日本特务左林，中国买办资本家康正、美国金融调查员拉姆施泰德、法国富商露希亚、中国政客李安耀和中国军队高官罗绍良。其中，左林被设定为旧日本陆军的特工，侵华战争期间曾假借和平谈判的名义与重庆方面进行"对敌贸易"走私物资；康正则是买办出身的中国民族资本家，战争期间勾结左林在沦陷区和抗战区之间贩运鸦片，战争结束以后又通过左林将日本战败后遗留的军火走私到中国，利用国共内战大肆牟利。另外，伴随着"二战"期间美国的对华援助，以及"二战"后的对日军事占领，美国金融资本的势力在东亚地区快速扩张，小说中作为华尔街调查员出场的拉姆施泰德扮演了美国资本家的海外代理人角色。他联合左林和康正共同运营"亚美经济会议组织"，又借助法国富商露希亚夫人的力量汇集欧洲的投机资本，并利用中国政客李安耀和军队高官罗绍良寻求政治庇护。

通过刻画"亚美经济会议组织"这个买办机构及其运营机制，《历史》这部作品为读者描绘出了一幅宏大的"资本流动图"。在这张流动图中,中国资本、日本资本、美国资本和欧洲资本相互关联,利用一切可利用的手段谋求资本利益的最大化。在小说的开头,叙述者透过主人公龙田的视点观察美国政府将战争期间生产过剩的物资投放到中国市场后本土民族产业的凋零;随后又通过龙田在"亚美经济会议组织"的工作经历描写中、日、美、欧多国资本家以上海为据点运作国际投机资本的来龙去脉,并在此基础之上借助出场人物的台词点明《历史》①的一个核心主题——"战争是一种附带有'渗透作用'的东西"②。

"二战"期间,中日、日美虽然在战场上激烈对抗,但没有国籍属性只追逐利益的国际投机资本非但不受其影响,反而借助战争将"它"的力量渗透到交战对象国的各个角落。小说中,主人公龙田在知晓了"亚美经济会议组织"的内幕之后感叹道:"战争的结束,对于这些公司来说仅仅是意味着进行'资本'交涉所需要的距离缩短了而已。所谓'结束'只是一种假象,毫无实感可言。"③由此,龙田发现"历史并不是单层结构的东西。深入地去观察历史的底层,就可能在那里发现另一条'历史'的河流"④。

对于《历史》这部作品来说,主人公的这一感悟不仅具有点题的作用,它还同时预示了小说接下来在叙事手法上将发生的变化。在《历史》的前半部分,叙述者主要通过主人公龙田的一系列"资本"观察来完成对于战后中国宏观表象的建构;而到了小说的后半段,叙述者则开始将故事引入到一个具体历史事件的叙述当中,从微观角度去描绘战后中国的样貌。在这种情况下,一个单一人物的视角显然无法有效地承担起这一职能。这时候堀田善卫选择了模仿安德烈·马尔罗(1901—1976)的长篇小说《人的状况》的写作技巧,使用"多元视角+多元时空"的叙事手法展开故事。

前面已经提到过在小说的构思阶段,堀田善卫将"暴动"和"革命"视作《历史》的2个关键词,并计划"采用与《人的状况》相同的时间处理方式"进行创作。熟悉法国文学的读者应该知道,《人的状况》是法国文豪安德烈·马尔罗的代表作,也是近代欧美文学中最负盛名的中国题材长篇小说之一。有趣的是,取材自1927年蒋介石所发动的四一二反革命政变的《人的状况》和《子夜》一样第一版发行于1933年(伽利

---

① 为便于读者查证,本书中引用的《历史》的作品文本均出自堀田善衛『堀田善衛全集2』東京:筑摩書房、1993年。在需要引用1953年《历史》初版时,会有特别说明。
② 堀田善衛『堀田善衛全集2』東京: 筑摩書房、1993年、第73頁。
③ 堀田善衛『堀田善衛全集2』東京: 筑摩書房、1993年、第68頁。
④ 堀田善衛『堀田善衛全集2』東京: 筑摩書房、1993年、第76頁。

玛出版社),但是二者在叙事手法上存在着很明显的差异。众所周知,《子夜》主要采用全知叙事,凌驾于所有出场人物之上的全知叙述者通过自由转换叙述对象和舞台场景发展故事情节、统括小说世界的全局;与之相对,《人的状况》采用了限制性视角的叙事,作品中多个视点人物依次出场,在小说世界的每一个时段里,叙述者仅仅依附于一个特定人物的视角讲述故事。这2种手法的效果差异在于,前者有助于叙述者为读者营造一个宏观的作品世界,也有利于将全知叙述者自身的价值观清晰地传递给读者;后者则更能够帮助读者从多种微观的角度观察一个事物的不同侧面,提供给读者更为多元的价值观和思考方式。

堀田善卫的《历史》虽然从小说的开头起就模仿《子夜》从"资本"的角度勾勒战后中国社会的宏观全貌,但到了作品的后半段,叙述者开始围绕发生在1946年末上海的一场具体的"暴动事件"发展故事情节。在构思这个"暴动事件"的时候,作者选择了将模仿对象从茅盾《子夜》转换为法国作家马尔罗的长篇小说《人的状况》。

从《历史》的创作笔记中可以看到堀田善卫手抄的出自《人的状况》的小说节选共计60余处。通过对其内容和所附页码的比对,可以确定当时堀田善卫所参阅的是1950年东京创元社出版的上下2卷本的日文译本。[①]

翻开这个译本,读者可以从小说目录的独特设计上对这部作品的叙事结构有一个初步认识。小说各章节的题名均采用了类似于纪录片形式的设计(如"1927年4月11日零点半""午后1点""午后3点""午后6点"等),作者先将四一二反革命政变发生前后2天的时间划分成多个细小的区间,然后在每一个区间上设置不同的视点人物;随着时间的推移,不同的视点人物依次出场,将他们各自对于四一二反革命政变的不同观感传递给读者。由于采用了对视点人物的内聚焦而不是俯瞰式的全知视角,读者所阅读到的是来自不同视点人物由不同时间、不同空间所发出的不同信息;再加上作者刻意地为这些视点人物设定了不同的国籍、彼此冲突的政治立场和迥异的价值观,这就使得小说的读者仿佛被置于一个巨大的"万花筒"之中,看到的是一个多棱镜下反射出的五彩斑斓的历史事件。

假如将《人的状况》这种叙事手法概述成"多元视角+多元时空"的话,当我们翻开1953年《历史》初版目录时,可以很清楚地察觉到堀田善卫对于《人的状况》的模仿意图。在第一版的目录上,《历史》的第2部第4章《前夜》的各节标题依次

---

① 小松清、新庄嘉章共訳『人間の條件:上下巻』,東京:創元社、1950年。

为"1946年11月的最后一天午后7点""同日午后8点""同日午后9点""午后9点半""午后11点"和"12月1日零点"。也就是说,和马尔罗一样,堀田善卫也将小说中的一段时间细分成多个相互独立的小区间,让小说的叙述者在每一个时间分段上依附于不同的视点人物进行叙事。堀田善卫之所以要将故事聚焦到"1946年11月的最后一天",是因为和四一二反革命政变一样,这一天现实中的上海也发生了一场大规模的"暴动事件"。

1946年11月30日,上海发生了一场席卷全市的民众抗议事件。起因是国民党政府的警察在强行取缔露天商贩时对群众粗暴执法,在引起群众抗议后非但毫无整改之意反而开枪恐吓人群,最终激起民愤造成了大批民众围攻警察局和持续数日之久的波及全市范围的游行示威活动。

这次摊贩事件是抗战胜利后上海地区发生的规模最大的民众抗议活动。为了在《历史》的小说空间中全方位再现这一历史事件,叙述者安排了工人领袖陶一亭、地下共产党员刘福昌、资产阶级大小姐周雪章、革命理论家洪希生、左翼知识青年康泽、恐怖主义者史量才、日本特务左林和主人公龙田依次作为视点人物交替出场;这些视点人物的政治立场各不相同,从他们的各自角度所描述的"暴动事件"经过,以及他们对事件的评价自然也就呈现出多元化的趋向。例如,工人领袖陶一亭虽然同意接受地下共产党员刘福昌的建议武装工厂支援暴动,但对是否将工人运动用于政党斗争存在疑虑;资产阶级大小姐周雪章一方面赞同革命理论家洪希生的阶级斗争理论,另一方面又担忧自己家族的命运;左翼知识青年康泽同情无产阶级大众,但对恐怖主义者史量才的恐怖主义行为不置可否;日本特务左林质疑群众运动的力量预言暴动的无疾而终,主人公龙田却从中看到了中国革命力量的潜能。

与马尔罗一样,堀田善卫也试图通过限制性视角和多视点人物相结合的叙事手法来建构一个"万花筒"式的历史表象。在《历史》的文本中,读者们阅读到的"1946年11月的最后一天"的"暴动事件"并不是一个单一结构的历史叙事,而是由数个立场不同的视点人物所提供的片段拼凑而成的复合表象。在这种复合表象的建构过程中,作品将战后中国复杂多样的社会构成,以及不同阶级、不同国籍、不同政治立场的出场人物看待中国的不同方式传递给读者;小说的叙述者尽量避免直接表露自身的价值取向,不去特别地否定或肯定其中任何一种视点,而是将判断和选择的权利留给了读者。

第四节　他者之眼与中国之眼

《历史》的创作笔记中，堀田善卫将"如何才能让小说的日本人主人公将虚无之眼转化为紧张和充实的目光"视作自己最需要解决的课题。他写道："龙田是一个异国人。更准确地说，他处在异国人的境遇之下。但是，如果只是让龙田被动地接受这样一种异国人的境遇的话，就失去了这种设定的意义。要想主宰自我生命的时间，他必须依靠自己的行动去创造意义。而要让这种意义真正存活于世，就一定要让这意义存在与他者的对话之中。"无论是虚无之言，还是异国人的境遇，抑或是他者对话都是堀田善卫的战后文学最核心的关键词。从他的小说处女作《波涛之下》到芥川奖获奖作品《广场的孤独》，堀田善卫都会在其作品中设定一个因为经历了战败而对祖国的前途极度迷茫乃至虚无的日本知识分子，随后通过描写这位日本知识分子在异国他乡的经历，以及与异国人、异国语言、异国文化的接触，探讨如何在与他者的对话中重新建构战后日本知识分子主体性的问题。[①]

《历史》延续了对这一问题的讨论。在长篇小说的结尾部分，叙述者重新将视点聚焦到主人公龙田身上。叙述者以龙田的视角描述"暴动事件"的高潮部分，以及主人公对战后的思考。

小说中，参加抗议活动的中国民众首先聚集到了"爱多亚路角上的总巡捕房前"[②]。爱多亚路即今天上海的延安东路，当时是上海老城厢（现豫园一带）和租界区域的分界路。借用小说原文的描述，爱多亚路的一边"林立着一群代表了外国资本势力的高楼大厦，这股力量牢牢控制着这座城市"[③]，另一边"蜷缩着名为上海老城厢的杂乱街道"，"那里是赶之不尽的难民们的容身之所"[④]。小说中的爱多亚路象征着上海的"统治阶级"和"下层贫民"之间的空间隔离线，参加抗议活动的中国民众聚集到这里围攻耸立在路中间的警察大楼，随后便跨过爱多亚路朝着南京路前进。无论是今天还是过去，南京路都是上海的城市中心。跨越爱多亚路占领南京路的暴动

---

① 有关堀田战后文学的主题，更具体的研究可参考陈童君『堀田善衛の敗戦後文学論:「中国」表象と戦後日本』、東京: 鼎書房、2017年。

② 堀田善衛『堀田善衛全集2』、東京: 筑摩書房、1993年、第242頁。

③ 堀田善衛『堀田善衛全集2』、東京: 筑摩書房、1993年、第242頁。

④ 堀田善衛『堀田善衛全集2』、東京: 筑摩書房、1993年、第242頁。

路线设计,明显是叙述者在通过城市空间内民众由"边缘"到"中心"的身体移动,寓意上海自下而上的阶级革命过程。

小说中,龙田对中国的所有观察最终都还原为他审视战后日本的参考样本。龙田看到西方国家的投机资本不仅侵蚀着中国,同时也在危害日本,由此意识到在资本国际化的战后体制之下中国和日本的天然联系;他从中国民众的抗争行动中感受到底层阶级的革命潜能,并由此联想到美国占领下日本的阶级革命可能性。

龙田惊叹中国民众的抗争热情,也为刘福昌、洪希生等中国青年追求国家独立的信念所感动。但是作为一个战后滞留在中国的日侨文人,龙田又从始至终感到"我虽然身处中国,但到底只是一个异国人,不是他们中的真正一员"[1]。为了消除这种隔阂感,龙田在小说的结尾处加入了中国民众的抗争队伍。他试图通过与抗争民众的共同行动去理解中国革命的历史进程,并借由中国的他者视角寻找重建战后日本的途径。然而当龙田成为抗争队伍的一员后,他发现自己与中国的隔阂感并没有因此而消失,他察觉到作为日侨的自己始终无法做到和周围中国民众的视点完全统一。在小说的最后,龙田发现中国的他者视角既是一直以来他想要内化的对象,同时又是自己潜意识里拒绝与之完全同化的对象。在这种悖论式的双重立场之中,龙田最终找到了他与中国的对话方式,以及作为在华日侨文人的职能所在;他将这种感悟作为走出战败的虚无感重建自身主体性的手段,并决心将自己的中国体验带回美国占领下的日本。

当回过头来重新审视《历史》这部作品及其时代背景的时候,我们会发现小说的主人公龙田不仅代言了作者本人的立场,同时还表现了战后日侨遣归文人在表述中国时的一种趋向。实际上,直到日本战败为止,除改造社出版的7卷本《大鲁迅全集》(1936—1937)之外,中国近现代文学对日本文坛的影响力十分有限,特别是和日本文学对同时期中国文坛的辐射力相比,这种影响力上的不对称性就显得尤其明显。但是随着侵华战争的失败和中华人民共和国的成立,重新评价近代中国逐渐成为战后日本社会的一种潮流,日本文坛对于中国近现代文学的关注程度也随之上升。[2]

堀田善卫对茅盾作品的有意模仿既是这一时代潮流影响下的产物,同时又是

---

[1]　堀田善衛『堀田善衛全集 2』東京: 筑摩書房、1993年、第21頁。

[2]　有关此点,可参考石濱知行『新中国論』東京:実業之日本社、1947年;竹内好『現代中国論』、東京:河出書房、1951年。

展现遣归日侨文人如何向日本读者传递中国视角的实例。如前文所述,堀田善卫的《历史》在利用经济学的视角描绘宏观中国社会这一点上采用了几乎和《子夜》完全相同的手法,文本中所建构的"资本"的文学表象除更为国际化以外,基本上也沿用了《子夜》的框架。但同时,堀田善卫又尽量回避模仿《子夜》的全知叙事,转而采用马尔罗《人的状况》的限制性视角,运用多个视点人物在不同时间段的交替出场叙述同一历史事件的不同侧面;全知叙事允许一个"特权化"的叙述者的存在,多视点人物的平行出场则将"特权化"的叙事排除在外。主动地去模仿中国作家,特别是模仿茅盾这样擅长书写中国近代史进程的作家,必然伴随着对这位作家所持有的中国认知方式的理解和共鸣。而《历史》之于《子夜》的差异,则意味着堀田善卫在利用茅盾的方式书写中国的同时,又试图建构一类"万花筒"式的中国表象,通过对单一结构的历史叙事和一元化的中国表述的超越,为同时代的日本读者提供阅读中国的多元可能性。

自1952年2月《历史》的杂志连载开始到1953年11月初版单行本发行的1年多时间,日本社会经历了战后中日交流史上的一段重要转折期。1952年4月28日《旧金山和约》正式生效,宣告日本战败后6年半的"美国对日占领时期"的结束和大部分国家主权的恢复。虽然日本政府在此之后依然选择了追随美国封锁"红色中国"的反华路线,但在民间,大众希望了解新中国、接触新中国的意愿却与日俱增。1952年5月,社会活动家帆足计、高良富和宫腰喜助不顾日本政府的阻挠借道欧洲访问北京,实现了战后日本知识分子对新中国的第一次访问。这次访华在日本社会引起了巨大轰动,此后1年间通过各种途径访问新中国的民间人士急速增加,时至今日的战后中日交流史就此正式起航。[①]

另外,1952年也是战后日本的中国语教育走向大众化的元年。这一年,日本放送协会(简称 NHK)的"中国语入门讲座"开始正式上线,由东京大学的中国语言学家仓石武四郎教授担任讲师向普通民众讲习基础中文知识。据主办者日后回忆,之所以在这个时期开始"中国语入门讲座",是因为"随着亚洲在国际上的重要性不断上升,日本的年轻人希望能在学习西方语言的同时,也能有更多的机会接触亚洲其

---

① 有关战后日本知识分子的首次访华及其影响,可参考高良とみ『私は見て来たソ連・中共』,東京: 朝日新聞社、1952年; 帆足計『ソ連・中国紀行』,東京: 河出書房、1952年;「新中国の扉を叩く」,東京:『中央公論』,1953年12月号特集。

他国家的语言"①。堀田善卫本人也在这一时期全力投入了他自上海时代开始的中文学习之旅。例如,日本神奈川近代文学馆保存有堀田善卫在20世纪50年代学习中文时使用过的8册教材课本,其中甚至还包括仓石武四郎战后早期举办私塾教育时自制的油印本中文教科书,由此可见堀田善卫很早就预见并亲自参与了战后日本的中文学习热潮。长篇小说《历史》问世于这样的时代自然不是一种巧合,它是堀田善卫对于"想要了解中国"这一大众思潮的反应,也是对于"如何表述中国"这个战后日本社会的时代课题的回答。

---

① 引自『NHK ラジオテキスト中国語入門講座』1956年4—5月合刊号的"序言"。本资料收藏于东京大学东洋文化研究所图书室。

第十章 《广场的孤独》与占领末期
日本文学的范式转向

第一节　1951年的芥川奖问题

　　1945年8月日本正式宣布投降之后,美国政府为了防止对日本的管制出现德国一样美苏对立的不利局面,于1945年8月28日开始迅速派遣美陆军第6军、第8军进驻并占领了日本。同时,美国政府又委派美军将领麦克阿瑟出任所谓的"同盟国对日占领军最高司令官"(GHQ/SCAP),此后假借同盟国的名义对日本实施了长达6年半之久的"美国对日单独占领"。①1951年9月,美国与日本签署《旧金山和约》(*Treaty of Peace with Japan*),协定约定于1952年4月正式结束对日占领,恢复日本的主权。但在签署《旧金山和约》的同时,美国又与日本签署了所谓的《日美安保条约》(*Security Treaty Between the United States and Japan*)。由于该条约旨在将美国在日本的驻军长久合法化,条约的签署意味着日本政府放弃了独立自主的外交政策选择附庸于美国的冷战体系之下。《旧金山和约》和《日美安保条约》的同时签订引起了战后日本的知识分子对于国家主权和民族独立性的大讨论,而同时期作家堀田善卫写作的小说《广场的孤独》则代表了来自日本文坛的声音。这部作品在公开发表后引起了巨大的社会反响,随之推动了美国占领末期日本文学的书写范式的转向。

　　堀田善卫是日本战败后在文坛崭露头角的新生代"战后派"小说家,《广场的孤独》是他在1951年9月发表于东京《中央公论》月刊文艺特辑号的一部引起社会话题的小说作品。东京《中央公论》月刊是当时日本公认的最具影响力的知识分子言

---

① 豊下楢彦『日本占領管理体制の成立』、東京: 岩波書店、1992年、第27頁。

论阵地,按照当期"编辑后记"的记述,《中央公论》编辑部在收到堀田善卫的《广场的孤独》的手稿之后,"立刻就直觉到这部小说有可能将成为本年度最引起社会话题的作品"。[①] 出于对作品重要性的认识,编辑部不惜超过期刊版面限制一次性全文发表了这部8万字的小说。《广场的孤独》以主人公木垣的视角描写朝鲜战争爆发之后日本知识分子的不安、彷徨,以及对美国占领体制的怀疑。正如《中央公论》预计的那样,《广场的孤独》发表以后立刻引起了强烈的社会反响。堀田善卫凭借这部作品获得了1951年下半年度的第26届日本芥川文学奖,同时期的文艺评论家们也将《广场的孤独》归入战后日本文学的杰作之一。[②] 直至今日,这部小说依然是日本学界讨论和研读的经典作品对象。[③]

1966年,文学史家本多秋五出版了长篇巨著《物语战后文学史》。在这部日本最早的战后文学史著作中,本多秋五写道:"所谓'占领下的文学'应当指那些对于日本被占领的事实缺乏自觉,意识不到占领带来的禁锢的文学作品。这种'占领下的文学'无法诞生出像《广场的孤独》这样的作品。《广场的孤独》的独特价值在于,这部作品明确意识到美国占领下的日本已经不存在任何脱离国际环境的所谓纯粹的国内政治。"[④] 本多秋五将《广场的孤独》的问世视作美国占领末期日本文学的转向标志。他认为堀田善卫具有领先于同时代作家的国际视野和对日本国内外冷战政治局势的敏锐观察力,主张这是《广场的孤独》能够摆脱"占领下的文学"的禁锢获得空前成功的最重要原因。本多秋五的文史评价为后人解读《广场的孤独》提供了基本视角,在他之后的研究者们也普遍将《广场的孤独》视作分析美国占领末期日本文学转向方式的经典案例作品。但是,本多秋五的文史评价也存在着解读方式过于概念化、论据不足、缺乏实证性,以及分析视角局限于日本和美国的二元模式的短板,而这也是迄今为止《广场的孤独》研究一直未能解决的问题。

① 「編集後記」,東京:『中央公論』,1951年9月文芸特集号、第228頁。
② 山本健吉「解説」,『現代日本名作集　広場の孤独』所収、東京: 筑摩書房、1953年、第211頁。
③ 竹内栄美子「堀田善衛『広場の孤独』と崔仁勲『広場』」、東京:『日本古書通信』、2020年3月号。
④ 本多秋五『物語戦後文学史』、東京: 岩波書店、1992年、第30頁。

本章将通过调查日本神奈川近代文学馆藏的堀田善卫的手稿文献 [1]，采用一手资料实证的方式重新解读《广场的孤独》。笔者认为《广场的孤独》真正的文史价值应当体现在以下3点：第一，《广场的孤独》的价值首先体现于堀田善卫在创作过程中采用了中国遣归日侨文人的外在视角，日本战败后堀田善卫本人在中国的经历构成了《广场的孤独》的创作原点。第二，堀田善卫在创作《广场的孤独》的过程中借用了美国作家霍华德·亨特（Howard Hunt，1918—2007）的长篇小说《城中异乡人》（*Stranger in Town*，1946）的故事框架，《广场的孤独》是一部能够管窥美国占领时期日本作家接受美国文学的方式及其问题意识的重要案例作品。第三，《广场的孤独》的写作理念直接受到了法国作家萨特的影响，法国文学专业出身的堀田善卫在创作中融入了自己对萨特的文人参政和介入文学理念的理解。通过《广场的孤独》的写作，堀田善卫一方面实践了战后日本作家摆脱美国占领的思维禁锢的方式，另一方面《广场的孤独》也成了他之后寻找日本的"第三世界"文学方向的起点。以下将聚焦这3点文学价值进行具体论证。

第二节 从中国体验到《广场的孤独》

1952年3月，刚以《广场的孤独》获得芥川奖的堀田善卫参加了日本近代文学会和日本中国文学研究会共同为他举办的获奖庆祝会。堀田善卫在会上阐述了自己创作《广场的孤独》的主要缘由，其中重点提到了日本战败之时他在中国的经历对于写作的影响。堀田善卫回忆道：

> 我是在1947年1月从中国回到日本的。前一年的12月我在上海的时候，当地发生了中国民众的暴动。在上海我看到的是一个处在革命前夜的躁动不安的中国。我在现场感受到当时中国政局的动荡和紧张的气氛。处在革命前夜的中国民众的不满、绝望，以及与之相反的充满期待的情绪，我自认为是有所了解的。在我回国1个月后的1947年2月，日本也发生了

---

[1] 日本神奈川近代文学馆收藏有13000余件堀田善卫身后留下的日记、书信、记事本、备忘录、作品草稿、创作笔记、读书笔记等作家手稿资料，总称"堀田文库"。其中与小说《广场的孤独》相关的资料包括2份作品手写稿、1份创作笔记手写稿和1份日记手写稿，档案编号依次为H04/00093240、H04/00093230、H04/00093305和H04/00141133。

全国总罢工。但是日本的罢工队伍表现出和中国完全不同的井然有序的样子。我震惊于日本和中国的巨大差异,同样是民众的抗争,日本的模式和我在中国看到的完全不同。一个是"二战"胜利后被解放了的中国形态,另一个则是"二战"失败后被置于占领管制之下的日本形态。这2种形态的差异让当时刚回国的我受到巨大的心灵震动。①

堀田善卫认为"二战"结束后的中国和日本出现了2种截然不同的"战后形态",他在中国看到的是革命前夜混沌但同时充满活力的一种"战后",回到日本之后目睹的则是表面井然有序实质对美国占领的暴力性缺乏自觉的另一种"战后"。堀田善卫曾于1945年3月作为日本国际文化振兴会的外派职员到上海从事文化宣传工作。1945年8月日本战败之后,他作为日籍留用工作人员受聘于中国国民党中央宣传部对日文化工作委员会,1947年1月遣归日本。在中国期间,堀田善卫有笔录日记的习惯,当时他手写的日记原件现在保存于日本神奈川近代文学馆的"堀田文库"中,档案编号 H04/00141133。据日记内容,堀田善卫在上海工作期间的职务之一是编译中文报纸、刊物和图书出版物上刊载的各类中国对日言论作品。这段工作经历带给堀田善卫最大的收获是接触到了不同于日本本土的另一种有关"战后日本"的表述方式。1946年7月27日,堀田善卫在日记里写道:"今天我在三民书局看到一本介绍战后日本的书,书中有一段内容描写了日本儿童和美军士兵的交往场景。东京的孩子们一见到美军的吉普车都兴奋得哇哇大叫,仙台的孩子们见到美军士兵后却都沉默不言。读过之后,很有些感同身受。"② 这一天堀田善卫阅读的是日本华侨作家谭若水的报告文学作品《战后日本秘闻录》,这是抗战胜利后中国出版的第一部描写战败后日本的单行本著作,1946年8月由上海五洲书报社经销发行。《战后日本秘闻录》全书共10章,作品主要从社会生活、政权体制、政党活动、战犯审判、遣归复员、对日占领等6个方面描绘了战败后第一年的日本。其中,描述美国占领军和被占领的日本民众之间的关系是《战后日本秘闻录》的主要着眼点。根据堀田善卫的日记,他是在《战后日本秘闻录》发行后第一时间阅读了这部作品并在日记中抄录了上述描写美国对日占领场景的段落。

从"占领/被占领"的对立视角论述日本社会是战后中国言论界经常使用的对

---

① 堀田善衛「芥川賞授賞祝賀会の記」、東京:『近代文学』、1952年5月号、第14頁。

② 堀田善衛『上海日記』肉筆原稿、日本神奈川近代文学館蔵、H04/00141133。

日批评范式，同时这也是美国占领下的日本本土言论界最为缺失的元素。在美国对日占领时期，日本主流舆论媒体为了降低国内民众对占领军的抵触情绪而刻意回避了对"占领"一词的使用。以东京的主流大报《读卖新闻》为例，根据笔者针对该报旧刊数据库（Yomiuri Database Service）的调查发现，从1945年8月至次年8月的战后第一年间，《读卖新闻》各类有关美国对日占领的报道的标题中出现"占领军"字样共有14次，而出现"进驻军"则有220次；"占领军"一词被代以"进驻军"、"占领地区"被代以"进驻地区"，其他类似的还有"进驻部队""进驻人员""进驻车辆""进驻设施""进驻景点""进驻接待处"等。也就是说，战后初期的日本主流言论界通过排除与"占领"相关的各类话语表述，试图极力营造一种和谐、非对抗、无冲突的日美关系假象。与之相对，在堀田善卫滞留中国期间，通过"占领"的视角论述战后日本的言论模式不但普遍见于《中央日报》《大公报》《申报》《新闻报》等中文大报，同时也是《改造日报》《改造周报》《改造评论》《新生》等中国发行的日文报刊的常用言论范式。这种言论对于美国占领下的日本来说构成了一种背离社会言论主基调的异质声音。堀田善卫震惊于中国和日本在看待和表述"战后"的方式上的巨大差异，而针对这种差异的思考成为日后他写作《广场的孤独》的原动力。

除此以外，同样是在上海时代的日记里，堀田善卫还写道："上海《字林西报》报道了联合国善后救济总署（UNRRA）在华职员提交给纽约总部的控诉书。该文以'We, the staff and employees of Unrra in China, feel the time has come to bring to your attentat'的字句开头，控诉国民政府将救济物资当作政治斗争的武器使用，迟迟不将物资发送给真正需要救济的人。"[1]《字林西报》（North China Daily News）是同时期上海最有影响力的英文报纸。1946年7月10日，该报头条报道了联合国善后救济总署对国民政府的抗议。报道称："昨日，UNRRA纽约总部的署长拉瓜迪亚收到来自上海办事处的300名职员的联名报告，认为中国国民政府没有能力妥善利用联合国支援的救济物资，要求将救济物资转送其他国家。这证实了联合国善后救济总署对于国民政府错误使用援华物资的担忧是有现实依据的。"[2]

《字林西报》的报道抨击国民政府恶意扣留联合国救济物资的行为，认为国民政府故意不将物资发送到内陆，特别是中共政权控制的地区；报道还援引联合国善后救济总署上海事务所的抗议书，称"有迹象表明，国民政府是根据灾区民众的政治信

---

① 同前，1946年7月10日。

② "UNRRA Staff Protests Misuse Of China Relief", *North China Daily News*, July 10, 1946, p. 1.

条有选择地决定物资发放对象。也就是说,联合国的救济物资正在成为国民政府的政治斗争工具"①。

1945年11月,联合国善后救济总署开始将美国的战争剩余物资援送中国。上海当时是救济物资运送到中国后的主要接收口岸之一。②但是此后,联合国的救济物资大多没有能够及时转送内地灾区,特别是中共控制地区仅获得少量配给,③大量救济物资转而流入上海黑市成为政府部门贪腐的工具,国民政府的行政院善后救济总署也被讥讽为"China Never Really Receive Anything"。④在1946年8月9日的日记中,堀田善卫又写道:"上个月的时候,UNRRA 的外籍职员和署长曾经联名要求中止联合国对华救济物资的运输。我们这些在国民政府机关工作的日本人几乎人人都在各自的部门听闻过贪污腐败的事情。这种事情听得多了,我们都觉得似乎整个中国国民政府都已经腐朽透了的样子。"

出于对国民党政权的失望,上海时代末期的堀田善卫开始关注中共政权。在1946年7月17日的日记中,他写道:"晚上我去三民书局购买了《红色中国的挑战》,作者是 G. 史坦因。我买了这套书的第1册和第2册,总共花了1300元。"《红色中国的挑战》是美国记者 G. 史坦因于1944年跟随"中外新闻记者西北考察团"前往延安访问后写作的报告文学作品。该书英文原名为 *The challenge of Red China*,1945年在纽约和伦敦同时发售,是当年欧美图书市场介绍中共政权的热点著作。⑤1946年6月至7月间,一家名叫晨社的上海出版社将 *The challenge of Red China* 的10章内容拆成10辑,分别由不同译者翻译,作为《红色中国的挑战》系列丛书在国内出版发行。堀田善卫从7月17日开始陆续购入了中译版《红色中国的挑战》,其中他最感兴趣的是这套丛书的第8辑《延安的日本俘虏》(谷桃译)。

---

① 同前,1946年7月10日。

② 《美剩余物资五万吨将运沪》,上海:《大公报》,1945年11月25日,3版;《第二批救济物资本月下旬可运抵沪》,天津:《大公报》,1945年12月13日,2版。

③ 《中共区首次得救济》,上海:《大公报》,1946年1月29日,2版;《市面发现美补给品》,上海:《大公报》,1946年2月2日,3版;《黑市米商万恶套购运沪救济米　联总对此事严重关切》,上海:《大公报》,1946年4月11日,2版;《社评　评联总对华停运事》,上海:《大公报》,1946年7月13日,1版。

④ 千兵《姑妄听之》,上海:《大公报》,1946年7月12日,8版。

⑤ Harley Farnsworth MacNair, "Book Review, The Challenge of Red China. By Gunther Stein"(New York; London, Whittlesey House, 1945), *The American Political Science Review*, Vol. 40, No. 1(Feb., 1946), pp. 148–150.

在1946年8月29日的日记中,堀田善卫写道:"今天我读了《红色中国的挑战》系列中的一部,书名《延安的日本俘虏》。根据这本书的描述,延安的日俘行动上非常自由,几乎完全没有被当作俘虏看待,那些不想留在延安的日俘,延安政权还允许他们自由离开。"

《延安的日本俘虏》是中译版《红色中国的挑战》丛书的第8辑,这是一本共23页的小册子,主要描述中共治下的日俘反战团体"日本人民解放联盟"及其日籍领导人野坂参三(化名"冈野进")的风貌。书中,史坦因重点介绍了他对野坂参三的访谈,其中介绍了中共治下的日俘"生活和工作在这个他们以前从来不知道的一种自由的气氛里","八路军并不把他们当作俘虏,他们仅是军事学生而且和中国的军事学生有着同样的自由,穿着同样的制服"①。《延安的日本俘虏》还介绍了野坂参三对于战后日本重建方式的构想,其认为改造日本最有效的方法是"给予日本人民充分的言论自由、出版自由,以及让他们自己运用这种自由的必要的民主权利"②。

堀田善卫在留用"对日文工会"期间的主要职务之一是接待国民党系统的反战日俘。日记中,堀田善卫对这些日俘的评价普遍很低,"颓废""虚无""阴暗""肤浅"是他经常使用的词。但是在史坦因的《红色中国的挑战》一书中,堀田善卫发现了另一种"陌生"的日俘形象,他在日记中写道:"和延安相比,在重庆的日俘完全是一副相反的惨状。日俘们被收监在日俘集中营里,国民党不信任他们,还克扣他们的生活费,只把他们当成升官发财的工具。从延安回来的日本人和从重庆回来的日本人,在这2个不同政权下生活过的日本人对中国将会产生2种非常不同的认知方式,而其中更有可能胜出的恐怕会是延安一方。"(1946年8月29日)

借由《红色中国的挑战》的文字信息,堀田善卫开始尝试将"延安"和"重庆"进行比较,寻找两者对于战后日本的不同意义。这种方式也是同时期欧美出版市场的东亚相关论著在分析战后中日局势时经常采用的视角。③也就是说,堀田善卫在阅读《红色中国的挑战》的过程中,不但吸收了史坦因的著述内容,还承袭了他所使用的东亚观察视角。

除史坦因的《红色中国的挑战》之外,上海时代末期的堀田善卫还阅读了另一本

① G·史坦因著,谷桃译《延安的日本俘虏——红色中国的挑战之八》,上海:晨社,1946年,第8页。
② G·史坦因著,谷桃译《延安的日本俘虏——红色中国的挑战之八》,上海:晨社,1946年,第18页。
③ L. E. S. "Books on the pacific area", *Far Eastern Survey*, Vol. 15, No. 1 (Jan. 16, 1946), pp. 15–16.

介绍中共的英文名著 *Red Star Over China*。众所周知,这是美国记者埃德加·斯诺在1936年访问延安后写作的长篇报告文学,中译作《红星照耀中国》(早期译作《西行漫记》)。《红星照耀中国》给予了中共政权及其领导人毛泽东很高的评价,该书1937年在英国出版发行后,作为当年的畅销书成功树立了中共在国际上的正面形象。[①]

在1946年8月24日的日记中,堀田善卫写道:"昨天我提早了一会儿去上班,想在工作开始前的间隙看一会儿斯诺的书。看书的时候,同事翁凯纲和郑天承凑了过来,对我手上的书很是有兴趣的样子。小郑还拼命翻书找贺龙的照片,他看到我给《红星照耀中国》装了一个书套,赞赏我的做法明智,告诉我如果在公共场合被人看到斯诺的书,可能会惹祸上身。"据堀田善卫日后回忆,在国民政府"对日文工会"任职期间,他经常在上下班间隙阅读《红星照耀中国》,"有一天我在公交上遇到了一名中国青年,他建议我带上书套加以掩饰,提醒我由于内战局势的恶化,国民党特务遍布上海街头监视群众,在公共场合被人看到阅读《红星照耀中国》是非常危险的"[②]。

1946年6月国共全面内战爆发之后,国民政府开始在上海查禁左翼色彩鲜明、或是带有亲共立场的报刊书籍。最初查禁对象主要为中文出版物,[③]之后范围陆续扩大到"介绍中共状况及批评中国政府之英文原本书籍"[④]。《红星照耀中国》和前文提到的《红色中国的挑战》均在此类禁书之列。1946年10月30日,郭沫若、沈钧儒、章伯钧、张君劢等人代表上海文化界向国民政府提交备忘录,要求"一切限制言论自由、出版自由的特别法规必须立即明令废止","过去发布之查禁书刊命令必须宣布无效","各地方政府及党军警宪机关应严加约束,不得滥用职权对出版物之流通散布横加阻扰"。[⑤]由此也可窥见同时期上海的言论环境已经恶化到相当严重的程度。

对于文人来说,文字体验往往具有和现实体验相同程度,甚至是更高质量的体验效果。尤其是在行为自由受到限制的状况下,文字体验会成为文人群体获取外界认知的基本手段。战后滞留上海期间,堀田善卫虽然名义上是国民政府的日籍留用职员,但作为战败国的侨民行动上并不自由,他在1946年10月21日的日记中也感叹

① "Book Review, Red Star Over China. By Edgar Snow" (1937. London: Gollancz), International Affairs. Vol. 17, No. 1 (Jan, 1938), pp. 138–139.
② 堀田善衛『めぐりあいし人びと』,東京: 集英社、1993年、第44頁。
③《市当局查禁刊物　共有一百零九种》,上海:《大公报》,1946年8月31日,5版。
④《禁书令范围扩大　洋文书也难幸免》,重庆:《大公晚报》,1946年12月31日,1版。
⑤《争取出版自由　沪杂志界提出备忘录》,上海:《大公报》,1946年11月2日,3版。

"有时候觉得自己不是俘虏就是奴隶"。在这种境况下,借由文字信息认识中共政权是堀田善卫能够体验"红色中国"的几乎唯一一途径。无论是《红色中国的挑战》还是《红星照耀中国》,对于国民党政权来说都是偏离社会言论主基调的"杂音"。而在日本,这些介绍"红色中国"的著述也是长期被列为禁书,一样具备了成为"杂音"的社会言论功能。[1] 借由这些"杂音"的文字信息获取对"红色中国"的认知,通过作品的书写生产新的"杂音",最终形成具有作家自身特质的中国表述空间,这是堀田善卫体验中国的方法之一,也是他遣归之后带给战后日本文坛的重要"土产"。

在创作《广场的孤独》之时,堀田善卫将小说的主人公木垣设定为一位"二战"后被从中国遣归日本的文艺青年,这显然是将作者自身的中国经历用作了小说的创作素材。小说中的木垣原本在中国工作,"二战"结束后他作为遣归日侨的一员回到日本,此后一直通过翻译美国通俗小说谋生。朝鲜战争爆发后不久,木垣经由朋友介绍进入东京一家大型报社的东亚涉外部担任兼职译员,负责美国从军记者自朝鲜战场发回的战事通讯。他发现报社在编译朝鲜战事新闻时,一方面刻意将北朝鲜及其社会主义阵营的盟友描绘成日本的敌人,另一方面又支持朝战爆发后美国占领军在日本的言论管制。木垣察觉到表面上保持中立的报社实际已经成为美国冷战政略的宣传喉舌,他意识到美国占领下的日本正在沦为半殖民地,由此产生了需要通过自己的文学书写介入战后日本历史进程的紧迫感。

《广场的孤独》是一部带有浓重自传性质的作品。在1946年7月27日的日记中,堀田善卫还写道:"除通过思考、写日记和写作进行自我测验之外,我在中国还应该和各种各样的文化人打交道,通过交流和沟通建立相互理解的基础。"遣归回国之后的堀田善卫一直致力于为日本读者书写他们尚不熟悉的处于革命前夜的战后中国,这一方面为他赢得了"具备国际视野的国际作家"[2] 的文坛声誉,同时也为他的战后文学写作提供了源自中国的外在视角。1951年9月发表《广场的孤独》的同时,堀田善卫还刊发了另一篇题为《国际情势》的评论文章用于阐述自己的创作理念。文中堀田善卫提出朝鲜战争的爆发意味着当前与日本相关的一切国内问题都必定包含冷战环境下的国际要素,作家必须学会突破美国占领军的冷战话语体系,用更全面

---

[1] 例如《红星照耀中国》最早的日文全译本直到1946年才被许可在日本出版。参考宇佐美诚次郎、杉本俊朗共訳『中国の赤い星』,東京: 永美書房、1946年。

[2] 矢内原伊作「堀田善衛論」,東京:『近代文学』、1951年8月号、第126頁。

的国际视野观察战后日本的现状。① 也就是说,堀田善卫利用从中国带回的外在视角审视战后日本及其所处的冷战国际环境,中国体验教会了他另一种书写战后日本的方式。这是《广场的孤独》能够突破"占领下的文学"的局限性推动战后日本文学书写范式转向的首要原因,也是作品在发表之后能够迅速轰动社会并对日本读者形成话语冲击的主要缘由。

但同时值得注意的是,堀田善卫对于中国体验的重视并不意味着他的国际视野仅仅局限于中国。实际上,美国在对日占领时期曾以官方名义直接推动针对日本的文化输出。这一时期,来自美国的文学、电影、绘画、舞台剧、流行歌曲等文化产品大量涌入日本,战后初期经由占领军当局许可被翻译到日本的外文书籍也以来自美国市场的图书为主。② 在这种美国文化席卷日本的时期,如何接受和拒斥美国的文化影响力是占领期日本文学的基本课题,同时也是堀田善卫在写作《广场的孤独》的过程中遇到的关键问题。

第三节　美国小说《城中异乡人》与战后日本的"萨特热"

遣归日本之后,堀田善卫陆续发表了一系列以中国为题材的小说作品。如前文所述,这些中国题材小说虽然各有特色,但是几乎所有作品中都可以看到一个相近的故事模式。堀田善卫通常会在其作品之中设定一个因为经历了战败而对祖国的前途极度迷茫乃至虚无的日本知识分子,随后通过描写这位日本知识分子在异国他乡的经历,以及他与异国人、异国语言、异国社会的接触,探讨如何在与文化他者的对话中重建战后日本人的价值观和主体性的话题。

在堀田善卫的小说中,主人公在中国的战败体验通常意味着他能够获得一种不同于本土日本人的"战后"认识。由于主人公的"战后"开始于和中国的对话,而不是对美国占领军的膜拜,因此他首先会作为侵略者一方的国民对战争进行反思,他会从侵华日军对华占领的失败中发现中国民众抵抗异国占领的方式,又通过战败后的在华生活领悟到借助中国的视点重新审视世界的方法,由此获得一种从亚洲而不是西方的维度思考战后的眼光。这种眼光让他能够更为冷静地去观察美国对日占领的得失,同时也更为积极地将重新审视近代以来的中日关系作为战后日本重建的

---

① 堀田善衛『堀田善衛全集 14』,東京: 筑摩書房、1994 年。

② 「翻訳出版に米書四十冊割当」,東京:『読売新聞』,1946 年 1 月 16 日、1 版。

首要课题来对待。简而言之,用文学的方式去书写主人公在中国的战败体验和对战后中国的见闻感悟,再通过这种书写来反思日本自己的"战后";借由中国的视点去寻找不同于美国占领下日本的另一种战后重建的可能性,思考日本作为一个亚洲国家的主体性所在,这就是堀田善卫的战后文学最核心的主题。

　　从另一方面来说,堀田善卫对亚洲主体性的强调并不意味着他排斥利用西方视角。实际上,堀田善卫战后滞留上海的这一年,正是美国的杂志、图书、戏剧、电影等文化商品大量涌入中国市场的时期。在1945年11月1日的日记中,堀田善卫写道:"今天从北井先生那里借来了2册 LIFE 画报,是今年的1月号和6月号。1月号的内容比较平淡,除一些德国枪杀间谍的图像之外,没什么和战争有关的照片和报道。有意思的是6月号,不但有大和战舰等日本海军舰队的图片,还有美军轰炸日本的示意图,被轰炸过的城市都用红笔做了标记。除此之外,更有视觉冲击力的是描绘贝里琉岛战役的画作。这是一位从军画家的作品,这些画作所描绘的战争图像没有一点勇敢雄壮的色彩,整体上阴暗凄惨,有的甚至令人反胃。其中最震撼我的是一幅题为 The Last Step 的画作。这幅画描绘了一个被炮弹击中快要倒下的士兵,他的肩膀上喷出大量鲜血,好像长出了一条流血的冰柱。从这些作品来看,美国的从军画家似乎完全没有想要使用艺术创作鼓舞军队士气的意图。"

　　LIFE 是美国著名的画报型期刊,"二战"时期以刊载珍贵的战事照片和画作闻名。"二战"结束后,LIFE 和其他美国文化商品一起涌入上海出版市场。由于 LIFE 经常刊载西方记者拍摄的各类有关日本的照片,是战后迫切了解祖国现状的滞沪日侨群体最为看重的英文信息渠道之一。[1]

　　堀田善卫在前述日记中提到的 The Last Step 刊载于 LIFE 1945年6月11日号,这是美国从军画家托马斯·李的系列画作《贝里琉岛战役》(PELELIU)中的一幅。他在《贝里琉岛战役》的作品说明中写道:"1944年9月15日美国第1海军师团进攻了贝里琉岛—太平洋帕劳群岛中日军占领着的一个小岛屿。画家托马斯·李参与了这次贝里琉岛战役的全过程,他用画笔向读者描绘了人之于战争、战争之于人意味着什么。"[2] 托马斯·李的作品偏重展现阴森、血腥的恐怖战场画面,以及美军士兵疲惫、绝望、痛苦的表情;它在表述战争时所使用的负面视角截然不同于战时日本的同类作品,这引起了本身也是文化宣传工作者的堀田善卫的浓厚兴趣。

---

① 黒木圭「集中区生活記録:喫茶店放送」,上海:『新生』第4号、1946年4月25日、第11頁。

② "PELELIU Tom Lea Paints Island Invasion", LIFE, Vol. 18, No.24(June 11, 1945), p. 61.

堀田善卫战时供职的日本国际文化振兴会曾出资创办过一种英文画报 *NIPPON*。该画报由日本著名摄影师名取洋之助负责编辑,主要用于针对欧美国家的文化宣传。"二战"期间,*NIPPON* 大量刊载日本所谓"战时生活"的宣传照片,偏向于展现日本后备役和现役军人健美、威严、勇敢、正义、常胜不败的正面形象。塑造高大全的军人形象是战时日本对外文化宣传的基本范式之一,对堀田善卫来说是他最为熟悉的战争表述方式。与之相对,*LIFE* 画报采用负面视角描绘战场和本国军人形象,形成一系列不仅具有反战色彩,还带有反民族主义趋向的战争表述;"昏暗"是 *LIFE* 画报描绘战争的主基调,这与 *NIPPON* 画报刻意营造的"明亮"色彩正相反,是堀田善卫此前不常接触的战争表述方式,也是他对 *LIFE* 画报产生浓厚兴趣的原因。

除战争作品以外,*LIFE* 画报还经常刊载西方记者拍摄的战后日本照片,这是堀田善卫对其感兴趣的另一个重要原因。1945 年 10 月,*LIFE* 画报刊载了特约摄影师沃顿·埃尔曼的作品《东京急行列车》(*THE TOKYO EXPRESS*),这是 *LIFE* 画报最早的"战后日本"题材作品。《东京急行列车》开头附有一段 *LIFE* 画报编辑撰写的作品解说,其中写道:"每天早上 8 点半,东京车站都会有一辆急行列车从日本的首都出发驶向本州西南部的下关。这辆东京急行列车将会穿越日本一些重要地区,通常被视作全日本首屈一指的旅客列车。上个月,*LIFE* 画报的特约摄影师沃顿·埃尔曼乘坐这辆东京急行列车前往广岛记录战后日本的景象。这是近 15 年来东京急行列车第一次允许摄影师沿途自由拍摄照片。"

在《东京急行列车》收录的一系列照片作品中,日本人的"眼睛"和"身体"是沃顿·埃尔曼最经常聚焦拍摄的对象。通过"眼睛",埃尔曼试图发现日本人看待美国的方式,特别是周围日本人投向埃尔曼本人的目光之中包含的敌对感情和与之相反的对话意愿;通过"身体",埃尔曼记录日本民众的战争痕迹,特别是广岛地区社会底层群体遭受的核打击创伤。同时,埃尔曼还仔细拍摄了他所乘坐的急行列车从东京驶往广岛途中的沿路变迁。埃尔曼想要在物理空间的移动过程中将日本的"中心"和"边缘"进行对比,由此捕捉到尽可能多元化的战后日本风景。

和埃尔曼一样,上海时代的堀田善卫同样也是一个旅行在异国的文化越境者。在上海的多元文化环境下,堀田善卫接触到另一种"战后日本"的表述方式,它包含清晰的中国视角,同时又不局限于特定的单一民族、国家或语言,也不受困于一国文史观的束缚,这成了堀田善卫遭归日本之后进行文学创作的基本出发点。

　　堀田善卫是一位学者型作家,他在创作之时习惯于将作品的主题构思、故事框架、参考素材和写作手法等内容编辑成"创作笔记"以便于反复推敲。《广场的孤独》的创作笔记同样收藏于日本神奈川近代文学馆的"堀田文库",档案编号H04/00093305。从创作笔记的内容来看,堀田善卫在构思《广场的孤独》之际特意为这部作品设计了"小说套小说"的套装结构。《广场的孤独》中的主人公木垣以报社译员的身份出场,但随着故事的发展,他逐渐不满足于翻译的工作,开始构思创作一部属于自己的小说。木垣首先阅读了一部名为《城中异乡人》的美国小说,受其启发之后他自问:"若我以一个任意的异乡人为主人公写一篇小说,则如何呢?"① 随后木垣通过独白的形式阐述自己的小说创作理念,他说道:"与描写一个普通人的小说不同,要用反向计算的方法求得未知数 X,也就是要探测出那个让每个人都区别于他人而成为特定人物的无法预测的场域……那个无法预测的场域,好比台风眼,不就是被人们称为灵魂的东西吗? 假若灵魂已经死去,就必须呼唤回来。至于'小说'的题目,对了,我可以暂且借用那部美国小说 Stranger in Town 的题目,把它意译一下,就叫'广场的孤独'好了。"②

　　"小说套小说"是堀田善卫经常使用的创作手法,他通过在《广场的孤独》中嵌入主人公正在构思的另一部"广场的孤独",使得这部作品成为作者针对自身的小说创作手法进行内省化叙述的"元小说"。众所周知,比起重视叙事的传统小说,"元小说"更为偏重展开有关小说的创作手法的叙述,这有助于堀田善卫将《广场的孤独》的创作理念清晰地传递给读者。根据堀田善卫的创作笔记手稿,《广场的孤独》的故事架构部分借鉴了美国小说家霍华德·亨特的长篇小说《城中异乡人》。霍华德·亨特曾担任过美国战略情报局(OSS)的谍报人员,"二战"期间他在情报局的中国支部工作,1946年回到美国后根据自己的战争经历创作了长篇小说《城中异乡人》。堀田善卫在创作笔记中抄录了《城中异乡人》的部分段落并将其用作《广场的孤独》的素材,他写道:"佛莱明还记得自己刚从中国回来后的最开始的那几天,当时的他彷徨又困惑,不知道自己应往哪走。现在他坐在那儿,觉得当初的迷茫已经至少消失了一部分。他想起自己对艾伦的承诺、对佛雷迪的承诺、对大学的承诺和对所有人的承诺。"③ 这段文字摘引自《城中异乡人》的英文原著第169页,是主人公佛莱明描述

① 堀田善衛『堀田善衛全集1』、東京: 筑摩書房、1993年、第344頁。
② 堀田善衛『堀田善衛全集1』、東京: 筑摩書房、1993年、第344頁。
③ 堀田善衛「創作ノート」、日本神奈川近代文学館蔵、H04/00093305。

自己的"异乡人"心结的一段内心独白,同时也是表述《城中异乡人》的故事框架主线的一段文字。《城中异乡人》的故事主线描写主人公佛莱明从中国回到美国之后重新发现故乡的过程。他因为无法忘记在中国的战争记忆对故乡产生疏离感,随后转而利用自我的"异乡人"视角重新审视不再熟悉的故乡,最终在一系列的寻找和尝试中重新发现自己在故乡的位置。

在写作《广场的孤独》之时,堀田善卫借用了《城中异乡人》的故事框架描绘主人公木垣被从中国遣归日本后审视自己的"异乡人"心结的过程。堀田善卫首先借用《城中异乡人》的作者霍华德·亨特的名字塑造了一位同名的美国从军记者。在《广场的孤独》的开头,霍华德·亨特作为木垣的美国友人出场,小说的前半部分主要描写了亨特和木垣在朝鲜战争爆发后的一天晚上游历东京和横滨的经过。刚从朝鲜战场回到日本的亨特质疑木垣的旁观者姿态,他认为日本事实上已经作为美国爪牙参与战争,提醒木垣要重新认识自己的故乡。随后亨特邀请木垣结伴出行,两人从东京市中心出发,先后游历美国占领军总司令部所在的第一生命大厦、在日美军的羽田空军基地、川崎军火工厂和美军对朝鲜作战的兵站基地横滨税关大厦。经过这趟小型的"占领地"环游之旅,木垣发觉故乡已经沦为美国的殖民地。他重新审视自己的"异乡人"心结,意识到日本和其他亚洲国家一样面临着摆脱西方奴役寻求自身主体性的时代课题。

《城中异乡人》和《广场的孤独》都描写了"二战"后从海外战场回日本的主人公通过"异乡人"的视角重新发现故乡的过程。但是,2部作品之间也存在绝对性的差异,主要表现在两者对于美国的书写方式和价值判断的不同。《城中异乡人》设计了一个好莱坞式的圆满结局,主人公佛莱明通过重新融入美国社会解开"异乡人"心结,完成新的主体建构;与之相对,《广场的孤独》的故事则是朝着完全相反的方向发展,主人公木垣从始至终拒绝融入美国占领下的日本社会,他选择保留自身的"异乡人"心结,以此来维系自我的精神独立性。这种差异体现了堀田善卫对于接受和拒斥美国文化的双向立场。他一方面借鉴《城中异乡人》的故事框架及其描绘"异乡人"心结的故事主线用于创作素材,另一方面又拒斥《城中异乡人》对于美国社会的理想化形象建构,转而将美国的对日占领及其殖民主义暴力性作为《广场的孤独》的书写对象。这种书写方式是《广场的孤独》能够赢得日本读者共鸣的原因,同时也是堀田善卫在美国占领末期有关战后日本作家如何通过文学书写介入历史进程的时代议题中采取的言论立场。

在堀田善卫写作《广场的孤独》的1951年，日本文坛正出现一股学习法国作家萨特的文学理念、哲学思想的"萨特热"现象。众所周知，萨特在"二战"后通过创办杂志《现代》，以及频繁的海外讲学活动成了具有国际影响力的世界级作家。另外，美国在对日占领初期曾经一度禁止非英语类外文图书进口到日本，但有赖于1950—1951年间京都人文书院出版的首个日译本《萨特全集》，日本在美国占领末期出现了席卷知识分子言论界的"萨特热"。① 法国文学专业出身的堀田善卫也是萨特的热心读者。在《广场的孤独》的创作笔记手稿中，堀田善卫将1951年7月东京《展望》月刊发表的刊首文章《萨特是如何看待朝鲜战争》列入了自己写作的参考文献之一。《萨特是如何看待朝鲜战争》是萨特针对美国在东亚的反共政策，以及可能的第三次世界大战的危机而发表的一篇评论作品。刊载萨特文章的《展望》是东京筑摩书房出版社在1946年1月创办的面向青年知识分子的偏文学型综合杂志，当时33岁的堀田善卫也是它的热心读者。根据编辑按语，《展望》之所以刊发《萨特是如何看待朝鲜战争》，一是因为"萨特是法国战后最活跃的代表作家，他的作品全集正在被译介到日本"，二是"萨特虽然是小说家，却勇于在世界性的重大政治问题上发表自己的具体见解，这在日本文坛是难以想象的事情，但是仔细想来真正的文学家本来就应该像萨特一样，不正常的其实是日本文坛"。② 《展望》编辑部将萨特视作"真正的文学家"，希望以萨特为镜反照日本作家普遍缺乏政治言论表达意识的文坛弊病。而《广场的孤独》正是堀田善卫在接受萨特的文人言论职责意识和介入文学理念（Littérature engagée）的基础上写作的小说。

在《广场的孤独》的创作笔记手稿中，堀田善卫抄录了萨特阐述介入文学理念的著名文章《〈现代〉创刊之"提言"》（Présentation des Temps modernes）。这篇文章原本发表于1945年10月《现代》创刊号。文中，萨特认为经历了"二战"洗礼后的作家们需要在书写行为的个体独立性和社会责任之间作出新的抉择，作家应该积极介入重大社会性和政治性话题的讨论，寻找自我的时代位置是战后作家履行文人言论职责的基本出发点。而有关战后作家的社会责任问题，同样也是堀田善卫希望探讨的文学课题。在《广场的孤独》的创作笔记中堀田善卫模仿萨特的笔调写道："木垣正在死去，他受困于自身无法预判的场域之中。参与社会性、政治性的论争并从中发现

① 増田靖彦「サルトルは日本でどのように受容されたか」，東京:『人文』，2008年3月号、第85頁。

② 「サルトルは朝鮮動乱をどう見るか」，東京:『展望』，1951年7月号、第6頁。

永恒真理,这才是作家应当履行的义务。"① 堀田善卫设想将《广场的孤独》的主人公木垣塑造成美国占领期日本文坛的象征,他通过描写木垣的作家责任意识的觉醒及其过程中的矛盾冲突探讨日本作家转型的方式。小说中,作者借助美国记者亨特对木桓的采访阐述自己的日本批判,"日本的知识分子要比一般的法国人还了解萨特,可在国际形势的认识上只是停留在幼儿阶段,感伤得近乎幼稚。有人一味强调日本的孤立和孤独,却没意识到紧迫的形势之下,特别是朝鲜战争以后,任何地方都不可能有孤立、孤独的存在"②。这段话是《广场的孤独》的点题之笔,同时也是堀田善卫在接受了萨特的介入文学理念之后针对美国占领期日本文学的范式转向提出的方案。木垣在中国亲历过日本的侵华战争,回国后又目睹了战败后日本社会的价值反转,曾经被视作死敌的美国摇身一变成了日本的实际统治者和追捧对象。木垣心灰意冷,陷入价值虚无之中,他无法找到日本作家的战后主体性所在,每天只是依靠翻译美国小说维持生计,同时还畏惧书写自己的作品,声称"在这个摸不清方向的时代,不留下任何证据才是明智的做法"③。但是在朝鲜战争爆发后,木垣发现日本不仅已经沦落为美国占领军的殖民地,同时正在成为冷战体制下美国在亚洲的前线基地。"二战"时期在中国的经历让木垣产生了日本将要重蹈覆辙的危机感,在小说的结尾处,他重新燃起了通过文学写作介入战后日本历史进程的意愿。

《广场的孤独》描写了主人公木垣如何重新认识美国占领下的日本,并由此发现作家的社会职责和时代课题的过程。在这部作品中,小说主人公的作家责任意识的形成过程和作者堀田善卫本人的创作问题意识的形成过程实际上是一种对应发展的关系。在《广场的孤独》的创作笔记手稿中,堀田善卫将《广场的孤独》定义为"解剖当代世界和当代日本的一次尝试",他强调"今天的日本已经不再是一个孤立的岛国,日本只有在找回日本的自我之后才能获得拯救"④。堀田善卫认为,在朝鲜战争之后的东西冷战体制下日本必然要参与国际政治的角逐游戏,日本文坛需要摆脱美国占领的束缚寻求更适合书写国际政治事件的多元视角和国际化视野,如此作家们才能通过文学写作介入战败后日本重建的历史进程。从这个角度来看,《广场的孤独》可以视作一篇以小说文体写成的文坛评论。堀田善卫借由中国视角、美国文学素材

---

① 堀田善衛「創作ノート」、日本神奈川近代文学館蔵、H04/00093305。

② 堀田善衛『堀田善衛全集1』、東京: 筑摩書房、第342頁。

③ 堀田善衛『堀田善衛全集1』、東京: 筑摩書房、第311頁。

④ 堀田善衛「創作ノート」、日本神奈川近代文学館蔵、H04/00093305。

和法国文学理念的多元手法创作《广场的孤独》，以此实践日本作家如何摆脱美国占领造成的缺乏国际视野的思维禁锢，如何转向多元化视角获取书写战后日本的全新方式。《广场的孤独》能够在发表之后获得空前的社会反响并获得当年度文坛最高荣誉的芥川奖，说明它正符合了美国占领末期日本文学书写范式的转向需要。而对于堀田善卫本人来说，《广场的孤独》不但是他摆脱占领束缚的创作实践，同时还是他寻找"第三世界"文学方向的新起点。

第四节　从占领转向到第三世界文学

1952年1月堀田善卫凭借《广场的孤独》获得芥川奖之后，随即又写了一篇题为《断层》的短篇小说，发表在东京《改造》月刊的1952年2月号上。《断层》的手稿同样收藏于日本神奈川近代文学馆，档案编号 H04/00093230。《断层》最初的手稿采用了实名形式，主人公以"堀田善卫"的名字出场，回忆日本战败前后他在中国的生活经历并论述其意义。在手稿的最后，堀田善卫写道："今天我们没有办法直接了解到中国文人对于日本现状的具体看法，但我想中日之间应该是存在着相互认识上的断层。这个断层有的地方或许差距不大，有的地方却有巨大的鸿沟，并且这个鸿沟每天都在不断地扩大。"[①] 堀田善卫在"二战"结束后作为中国遣归日侨的一员回到了日本，他在战后日本文坛和知识分子言论界时常扮演着"杂音"制造者的角色。他利用自身在中国的战败体验和遣归经历将另一种"战后"的书写方式带回日本，主动创造不同于美国占领下日本主流言论界的异质话语空间。堀田善卫善于书写中国，又或者更准确地说是善于借由中国书写日本。在美国占领军管控下的日本，他通过中国这一外部视角构设的言论空间更容易形成与社会主基调相偏离的"杂音"，而这些"杂音"对于战后被美国隔离的日本本土言论界来说则是弥补外界认知断层的重要渠道。堀田善卫将"置身于断层之中"视作自己应当履行的战后责任。通过制造"杂音"解构美国占领下日本的言论主基调，寻求表述战后日本、中国乃至世界的另一种可能性，这构成了堀田善卫作为中国遣归文人在战后日本的言论职能，同时也是这一寻求自我异质化的日本作家最重要的研究价值所在。

实际上，就在堀田善卫发表《广场的孤独》的1951年，日本文坛正出现一股推

---

① 堀田善衛「断層」肉筆原稿、日本神奈川近代文学館蔵、H04/00093230。

崇所谓"国风文学"和"固有文化"的排外民族主义风气。1951年7月,战后日本最有影响力的左翼文学团体"新日本文学会"以会员作家水野明善的名义发表长篇论文《为了文化文学战线的统一》。该文批驳对抗美国占领体制的正确方式不是所谓的"民粹文化运动",而是应当选择"渗透到大众中去的真正的国际主义性质的和平运动"①。堀田善卫赞同这一观点,因此会在写作《广场的孤独》之际同时利用中国视角、美国文学素材和法国文学理念构设多元文化形式的作品空间。另外,"新日本文学会"还将1951年以后的美国对日占领末期定义为"国际性的反战反帝斗争逐渐激化步入高潮的时期"②,这同样也符合堀田善卫的时代认知立场。他一方面希望通过《广场的孤独》的写作介入战后日本反抗美国占领的历史进程,但同时又拒绝将反占领运动和民粹主义运动进行简单的二元置换,以此警惕日本重回"二战"时的排外民族主义老路。在凭借《广场的孤独》获得芥川奖成为战后日本文坛的焦点人物之后,堀田善卫继续通过文学书写介入反对美国管控日本的社会运动,此后陆续发表了《美国海军基地横须贺》(1952)、《鹿地事件的小说解释》(1953)、《被囚禁中》(1954)、《阴天》(1955)等作品。另一方面,堀田善卫从1956年开始参与中国和苏联主导的旨在实现"第三世界"文学阵营大团结的"亚非作家会议",此后一直积极担当日本文坛与"第三世界"文坛的联络人角色。1959年,堀田善卫以自己的"亚非作家会议"的经历为题材发表了报告文学作品《河》。1960年,《河》作为日本的"第三世界"文学的代表作之一被翻译成中文,之后被发表在当时新中国唯一的介绍外国文学的刊物《世界文学》1960年9月号上。1961年12月和1962年春节期间,中国作家巴金和刘白羽又先后向堀田善卫寄送书信,感谢他在推进"第三世界"文学发展上的贡献,今天在日本神奈川近代文学馆还保留着书信原件,档案编号H04/00113717。堀田善卫本人此后也历任"亚非作家会议"日本协议会事务局长和委员长,最终于1979年获得代表当时"第三世界"文学最高荣誉的"路特斯奖"(Lotus Prize for Literature)。

在解读堀田善卫的战后文学时,日本的文学研究者们常常会出现一种二元对立式的矛盾。有些人会将堀田善卫定位成竹内好的"战友",一位同样带有强烈民族主义和亚洲主义倾向的"国民文学"作家;另一些人则会将他描绘成"无国籍"作家,一位为了追求多元文化而放弃民族国家的世界主义者。无论是前者还是后者,似乎都没有真正理解堀田善卫对于主体性的定义。正像《广场的孤独》中主人公木垣所说

---

① 水野明善「文化·文学戦線統一のために」,東京:『新日本文学』,1951年7月号、第8頁。
② 水野明善「文化·文学戦線統一のために」,東京:『新日本文学』,1951年7月号、第8頁。

的那样，在堀田善卫的文学世界中，主体总是意味着一个不确定的"X"；它就像一个台风眼，看起来平静，实际上永远处于持续剧烈变化的风暴中心。

对于堀田善卫来说，战后日本知识分子的主体性首先意味着承担与他者对话的主体责任。这个"他者"既是战后中国，也是占领日本的美国，是受到旧日本帝国侵略过的亚洲，也是战后主导新日本重建的西方。堀田善卫战后50余年的文学生涯，实质上就是一次不断寻找他者、履行对话责任的漫长旅行。他用自己的战后文学和战后人生阐释了一个越境者的诗学。1956年之后，堀田善卫就任"亚非作家会议"的日本代表。他带领着年轻的大江健三郎、开高健和小田实等新生代日本作家行走在世界文学的大舞台上，将自己的诗学传承给下一代的战后日本知识分子。在狭隘的民族主义和贸易保护主义甚嚣尘上的今天，重读堀田善卫，重新去理解堀田文学之于日本文学、中国文学乃至世界文学的意义恐怕是有必要的。这对于我们突破一国文史观的局限性重新发现"战后"这个词的多样性含义，对于我们从多元文化的角度重新审视日本的战后轨迹应当有着重要的参考价值。

在《广场的孤独》的最后，堀田善卫特意设计了一段寓意主人公的冷战立场和作家道路抉择的场景作为小说的结尾。"木垣使劲甩了甩头，重新仰望天空。他发现星光不知何时已经消失了，天空和以往一样地阴暗，似乎光芒只会闪耀在克里姆林宫红场和华盛顿广场那样的地方，令人心生虚无。木垣感到自己孑然而立，生平第一次他为自己祈祷。就好像镜头对准了焦点一般，他提笔写下了自己的作品开篇语——广场的孤独。"[1] 木垣拒绝在苏联和美国之间选择任何单一性的立场，他决意跳出两极对立的冷战思维寻找新的文学道路，而这也正是堀田善卫自己的选择。从《广场的孤独》出发，堀田善卫此后一直致力于追问日本文学摆脱美国占领的影响建立文化主体性的道路所在。他毕生将法籍非裔的后殖民主义理论先驱弗朗茨·法农（Frantz Fanon）视作自己的学习对象，在亚非"第三世界"文学中寻找突破冷战思维的多元对话形态的反殖民文化方向。[2] 从这个角度来说，《广场的孤独》不仅是战后日本文学的经典作品，同时也是战后东亚反殖民文学的代表作品。研究这部作品对于我们重新审视和书写战后东亚区域文学史应当是不无裨益的。

---

[1] 堀田善衛『広場の孤独』、東京：集英社、第365頁。

[2] 堀田善衛「アジア・アフリカにおける文化の問題」、『岩波講座現代　第10巻』所収、東京：岩波書店、1964年、第291頁。

第十一章 "对日合作者"的战后占领期日本文学史

第一节 《汉奸》的凝视

1947年,从上海遣归日本之后的堀田善卫在一篇回忆录文体的随笔作品中以自省的笔调描述了战后在华生活时期的心境:

> 在上海这个特别的城市生活期间,很多时候我都会陷入一种自闭的状态。这个时期唯一能触动我的是阅读上海报刊上登载的各类有关汉奸审判的文章……现在大家都说抗战才是帮助日本最正确的方式。这对于今天被谴责为"汉奸"的中国人来说可能是最残酷的客观事实。但是情感和操守都不允许我去非难他们。我并不认识那些背负"汉奸"罪名的中国人,但是从道义的角度来说,在目睹"汉奸"们的悲惨命运之后,我作为一个日本人是感到万分羞愧的。

这篇题为《在上海的思考》的随笔刊载在了杂志《中国文化》1947年6月创刊号上。《中国文化》是"民国35年夏在京都的7名留日学生创办的中国文化协会"[①]的机关刊物,它是中国留日学生战后在日本的主要言论媒体之一。在《中国文化》的创刊号上,主编邱玉成写道:"现在留日中国学生身价贬值了,大家普遍开始轻视留日学生,我不想过多抱怨这种现象,只希望各位读者能明白,我们留日学生有自己的文化

---

① 「編輯後記」,京都:『中国文化』第1号、1947年6月。

责任感,我们都希望能尽力完成自己的文化交流使命。"日本战败后,留日中国学生群体陷入了身份危机,抗战时期他们生活在日本,如今存在被贴上"汉奸"标签的可能性,因而对"汉奸"的话题讨论十分敏感。《中国文化》之所以在创刊号上发表《在上海的思考》,正是因为堀田善卫的文章表述了当时中国留日学生普遍关心的"汉奸"话题。

众所周知,"汉奸"是中文词汇里谴责民族叛徒最严厉的用词,今天中国人的日常对话中依然会经常使用这一词语。而在全面抗战时期,"汉奸"通常被用来指涉与日本合作的中国人,也就是通称的"对日合作者"。1945年日本战败之后,中国政府进行了大规模的汉奸审判工作,众多"对日合作者"被判汉奸罪受到法律制裁,仅在堀田善卫当时侨居的上海,抗战结束后的第一年就有数千名"对日合作者"被判处汉奸罪,[1] 而全国被逮捕的"对日合作者"总数则超过了3万人。[2]

关于"对日合作者"的历史命运及其包含的战争责任问题,堀田善卫在其战后文学的创作活动中频繁涉及,其中最重要的一部作品是1951年9月发表于东京《文学界》月刊的小说《汉奸》。《汉奸》是一部4万字的中篇小说,作品描写了伴随日本战败陷入悲剧命运的"对日合作者"们的历史曲折经历。小说《汉奸》一经发表就获得了许多好评,有些评价家认为其对日本战败前后中国大陆地区"令人眼花缭乱的历史境况进行了深刻描写"[3],有些评论家认为"作者巧妙摒弃了那些一不小心就会让作品沦落为猎奇故事的低级趣味素材,成功地将小说写成了生动色彩的作品"[4]。1952年1月,《汉奸》与堀田善卫同时期发表的另一部小说《广场的孤独》一起成为1951年度暨第26届"芥川奖"获奖作品,它也因此成为战后日本文学史上第一部以"汉奸"为题的经典小说。

但是如果重新返回历史现场审视一下1951年度芥川奖的评选过程,就不难发现彼时日本文坛对于《汉奸》的关注方式实际上存在着严重的局限性。《汉奸》和本书前章论述的《广场的孤独》是堀田善卫同一时期的代表作,尽管这2部作品共同入围了1951年度芥川奖评审,相对于《广场的孤独》在9名评选委员之间引起的热烈讨

① 《上海年鉴　民国三十六年》,上海:华东通讯社,1947年。

② 《中华年鉴　民国三十七年》,南京:中华年鉴社,1948年,第494页。

③ 武田泰淳「文芸時評　惚れる文学」、東京:『毎日新聞』,1951年8月23日。

④ 吉田健一「文芸時評　虚無感に基く行動の実感」、東京:『東京新聞』(夕刊),1951年9月3日。

论,《汉奸》只有泷井孝作和川端康成在评选会上对其提及了只言片语。[①] 而参考同时期有关《汉奸》的负面评论,不难发现这种关注程度差异的原因在于占领期日本文坛存在的本土中心主义倾向的文学作品价值评价尺度。同时期的日本文学评论家认为《汉奸》只不过描写了战后上海这样一个"对于战败后的日本人来说是失去了祖国和民族立场的特殊历史舞台",《广场的孤独》则是描写了"经历战败5年之后逐渐复苏成形的日本社会"[②]。像这样基于国内本位主义和民族主义的评价尺度在《汉奸》发表的20世纪50年代普遍见于日本文学评论界。[③] 受其影响,迄今为止战后日本文学的研究者们对于《汉奸》一直缺乏关注,由此造成同样是芥川奖获奖作品的《汉奸》至今仍是战后日本文学研究和文学史书写的边缘化对象。

另外,战后日本文学之中被研究者们长期忽视的"对日合作者"题材作品并不仅限于《汉奸》。实际上,在美国对日占领时期,"对日合作者"曾一度成为日本文坛的热点题材,为数众多的作品先后发表,由此形成了"对日合作者"相关题材作品群。除前述堀田善卫的《汉奸》以外,同时期还有阿部知二的《绿衣》(《新潮》1946年1月)和《邻人》(《新潮》1946年12月),田村泰次郎的《肉体的恶魔》(《世界文化》1946年9月),武田泰淳的《才女》(《随笔中国》1947年9月)、《野兽的徽章》(《新潮》1950年10月)和《女人的国籍》(《小说新潮》1951年10月),洲之内彻的《鸢》(《文学草纸》1948年6月)和《枣树之下》(《群像》1950年1月),中园英助的《烙印》(《近代文学》1950年2月)和《黑色的自由》(《近代文学》1950年6月)等来自不同作家、不同视角的同题材作品陆续发表。这些作品中的大部分和《汉奸》一样至今极少受到学界关注,而针对战后日本文学的"对日合作者"表象空间的宏观考察迄今为止也是进展缓慢。[④] 作为其结果,曾经借由文学作品书写形成于战后日本社会公共言论空间的"对日合作者"表象正在随着战争记忆的风化逐渐被掩埋于历史的废墟之中。

本章将以堀田善卫的小说《汉奸》为坐标轴,首先对战后日本文学的"对日合作者"作品群进行典型文本的精读分析和相关文学史料梳理,在此基础上再针对"对日合作者"的文学表象空间与社会公共言论空间的双边关系进行宏观考察;本章将堀田善卫的《汉奸》与阿部知二、武田泰淳等同时代其他作家的"对日合作者"题材作

① 「第26回芥川賞選評」,『芥川賞全集第四巻』,東京: 文芸春秋社、1982年。

② 河上徹太郎等「創作合評」,東京:『群像』、1951年12月号。

③ 本多秋五「物語戦後文学史　第108回」,東京:『週刊読書人』、1962年5月14日号。

④ 杉野要吉『交争する中国文学と日本文学: 淪陥下北京1937—45』,東京: 三元社、2000年。

品进行比较,一方面研究小说《汉奸》之于战后日本文学史的特殊价值,另一方面阐明"对日合作者"作品群的文学表象空间之于"汉奸"言论史的特殊意义。

第二节 "对日合作者"的历史荒诞剧

众所周知,日本天皇宣布无条件投降是在1945年8月15日。但是对于当时侨居上海的近10万日本侨民来说,4天前的8月11日日本战败的消息就已经传遍了日侨社区。据堀田善卫回忆,1945年8月10日半夜,苏联莫斯科广播电台在接收到日本同盟通讯社发出的天皇接受《波茨坦公告》的消息之后,第一时间向全世界播报了该消息。当晚,上海的地下抗日组织立即向市民公布了日本接受无条件投降的消息。[①]到了次日1945年8月11日,上海当地出版的中文报纸《中华日报》避开日军的言论管控突击发布了一份《和平号外》,其以"日本接受波茨坦三国公告,世界全面和平实现"为标题正式报道了日本接受《波茨坦公告》的消息。[②]作为其结果,对于和堀田善卫一样生活在上海的日本侨民来说,从1945年8月11日到8月15日的4天时间实际上构成了政权统治势力发生交替前的"缓冲期"。

《汉奸》以一句"占领即将结束"拉开小说故事的帷幕。小说叙述者首先将叙事焦点置于一名叫"安德雷"的中国诗人身上,叙述者通过讲述安德雷的战败经历,描绘一位"对日合作者"在1945年8月11日至15日的权力交替"缓冲期"之中发生的一系列生活剧变。

安德雷是一位于上海土生土长的中国诗人,他热爱日本翻译的法国超现实主义诗学,全面抗战爆发后选择了留在日军占领地做顺民,受聘于上海日本占领军御用报纸《大华报》担任文艺记者。1945年8月11日,安德雷从《大华报》的"号外"得知日本投降之后,丝毫没有意识到自己即将到来的悲剧命运,他为和平的到来感到欢喜,四处拜访在上海的日本友人传递战争结束的祝福。小说叙述者从多个视角描绘了安德雷对于时局变动的天真反应和他身边日本友人们对于战败的绝望认知的鲜明反差。借助这种反差设计,小说叙述者试图将"对日合作者"的安德雷塑造为"非政治化"的艺术至上主义者形象。与此同时,叙述者又借助另一位日本主人公"匹田"的视角刻画战败前后安德雷的时局认知转变过程。小说通过叙事镜头和叙事视

① 堀田善衛『上海にて』,東京: 筑摩書房、1959年、第170頁。
②《和平号外》,上海:《中华日报》,1945年8月11日。

角的不断转换,尽可能全面描绘安德雷作为"对日合作者"在日本战败前后的戏剧化生活变迁。

匹田和安德雷同为《大华报》的文艺记者。1945年8月11日,匹田在得知日本投降之后,拒绝了友人安德雷庆祝战争结束的要求,独自一人走上街头暗自神伤。不久后,匹田在上海市中心的"北四川路""南京路"的繁华街道上又遇到了诗人安德雷。日军占领上海时期,"北四川路""南京路"曾经是日本军政机关和侨民机构的聚集地,而在小说世界中的1945年8月11日,"北四川路""南京路"随处可见中国国旗,中国人涌上街头庆祝抗战胜利,"电车中也挤满了群众,难以通行"。小说叙述者借助一系列有关中国人群庆祝抗战胜利的场景,描绘同样是中国人的安德雷在面对抗战胜利之时的情感反差。起初热衷于庆祝战争结束的安德雷在南京路目睹同胞们的胜利狂欢之后反而引起了他的内心恐惧,安德雷开始意识到自己作为"对日合作者","祖国的胜利即是他自身灭亡的开始"。小说叙述者借助主人公匹田的在华日本人视角描绘安德雷的内心动摇和他在战后命运凋零的过程。1945年8月15日,日本天皇正式宣布投降之后,在华日本人及"对日合作者"们不得不面临来自抗战胜利者的战争责任审判,《汉奸》的小说叙事随之进入"审判时间"的阶段。在"审判时间"之中,小说叙述者再次采用一系列对比镜头,描绘安德雷和匹田的境遇反差。作为"对日合作者"的安德雷被送上中国军事法庭接受审判,而过去扮演了侵华日军集团成员的日侨匹田被中国政府机关聘为日籍留用技术人员,再次加入了政权统治集团的行列。面对这种不合理的战后境遇,匹田一直怀揣着无法自洽的疑惑。安德雷以汉奸罪被逮捕之后,匹田去看望他的家人。安德雷的妻子注意到匹田身上佩戴有国民政府授予的"留用徽章"。小说叙述者通过描绘匹田对安德雷妻子的表情观察,反向映射主人公本人的内心疑问。

女人的表情,一开始表达的是对于见到这枚贵重徽章的无法理解和不可思议的情绪,看着看着又变成了无法言说的愤怒之情……如果她的丈夫是汉奸的话,那么这个东洋鬼子难道不应该是战犯吗?这个战犯,这个东洋鬼子,这个将一位中国母亲和她的四个孩子丢弃到垃圾堆的元凶,难道不正是造就汉奸的罪魁祸首吗?他到底有什么脸面佩戴经历了十多年抗战的中国政府的官方徽章?又有什么脸面来这里看望我们?

抗战胜利后，原本应当被追究战争罪责的日本人匹田却获得了国民政府"留用徽章"这一新的权力者象征，而曾经是"对日合作者"的中国诗人安德雷则成为背负汉奸罪名的囚徒。在华日本人和中国人的权力地位原本应当在抗战胜利后发生反转，然而对安德雷来说，实际发生的却是一个荒诞的境遇"反转"。在这种荒诞的现实面前，自称超现实主义诗人的安德雷以自己为对象演绎了一场超现实的历史荒诞剧。小说《汉奸》就是通过设计这样一种荒诞的剧情来描绘"对日合作者"曲折的历史命运。

《汉奸》中出场的中国主人公安德雷是以真实存在的中国诗人路易士为原型创作，这一点在作者堀田善卫的上海日记中已有明确记述。[①] 路易士是一位现代主义诗人，他在20世纪30年代曾参与并推动过中国新诗运动发展。全面抗战时期，路易士在日军占领下的上海主办了当地唯一的中文诗歌杂志《诗领土》，此后一度活跃于沦陷区诗坛。根据目前中国现代文学馆收存《诗领土》的记述，路易士当时虽然在沦陷区日伪文化系统工作，但他反对政治干预的"伪自由诗"，倡导"纯文艺的新文坛建设"。[②] 已有学者指出，20世纪40年代的路易士虽然在沦陷区文坛倡导艺术的非政治化，但是面对日本侵华战争和对华军事占领的现实，他的诗歌创作时常表现内心的挣扎和矛盾。[③] 特别是到了战争末期，路易士的诗作开始大量用来表现对于政治世界纷争的无力感和诗人自身的虚无情感，[④] 这种倾向明显可见于他在日本投降前夕发表的作品《黑色的大谱表》。

> 啊啊一切美好的和宁静的音符们逃去了，逃去了，逃去了，从我的生活的大谱表。——因为战争的骚音使她们发抖、害怕和丧胆。/ 啊啊逃去了，逃去了，逃去了，她们。/ 剩下的是每个傍晚孤独地坐在时有风的联队驰过去的窗前的空虚的我，悲哀的我。不，连悲哀也扑着翅膀逃去了，这里是绝对的空虚，绝对的无感动。

---

① 紅野謙介『堀田善衛上海日記　滬上天下一九四五』，東京: 集英社、2008年。

② 路易士《谬论一扫》，上海:《诗领土》，1944年4月号；《一面创造一面战斗》，上海:《诗领土》，1944年6月号；《伪自由诗及其他反动分子之放逐》，上海:《诗领土》，1944年12月号；等等。

③ 鈴木将久「日中戦争下の『純粋詩』: 路易士の詩と詩論」，東京:『明治大学教養論集』，2010年1月；杉野元子「路易士と日本: 戦時上海における路易士の文学活動をめぐって」，東京:『比較文学』，2009年、2010年3月。

④ 路易士《我不知道》，上海:《新申报》，1945年5月25日。

《黑色的大谱表》发表于上海月刊《新世纪》1945年7月终刊号。《新世纪》是"二战"末期流通于沪上的日系中文杂志,该刊自我宣传为"上海唯一的大型综合豪华杂志",目标受众主要是上海的中国青年读者。①《新世纪》的创刊人是时任日本朝日新闻社驻上海特派员的林俊夫,他同时还担任日本海军舰队报道部顾问兼中国报界联络员,主要负责监察上海七大中文报纸上刊载的中日关系言论。②林俊夫与堀田善卫关系密切,借助于其人脉和媒体资源,堀田善卫得以近距离接触沦陷区中国文坛。与路易士一样,堀田善卫在战争时期也曾一度执着于"切断与外界事物联系"的艺术至上主义生活方式。对于堀田善卫来说,艺术至上主义和文学服务于政治的二元对立不仅是困扰路易士的问题,同时也是所有身处大时代转折期的文人共同面对的普遍性课题。

第三节　中国留日学生的二重性表象

除诗人安德雷以外,小说《汉奸》还塑造了另一位名叫程仲权的"对日合作者"。程仲权在作品中被设定为一名中国留日学生,留学时代是主人公匹田的同学。太平洋战争时期,程仲权通过写作一篇《世界史与日本道德生命力》的哲学论文获得日本政府论文比赛一等奖,他也因此被任命为侵华日军在上海的御用宣传报纸总编,随后一直扮演着日本占领军的忠实合作者。然而日本投降的消息传开之后,程仲权在报纸上发表了一篇左翼色彩的抗日宣言,随后就离开上海奔赴中共的抗日前线。在目睹友人的身份突变后,匹田开始重新审视所谓"亲日"留学生在日本侵华战争时期的心迹路程。匹田认识到留学时代的程仲权"真正学习的根本不是日本的道德生命力","对日合作无非是对日抗战的另一种形式而已"。

与安德雷不同,小说《汉奸》将同样是"对日合作者"的程仲权塑造为双重身份形象,而这种双重形象根源于程仲权的留日学生身份设定。根据作者堀田善卫身后留下的创作手稿,"程仲权"这个名字借用自汪伪《新中国报》的编辑程仲权,而人物造型则是以堀田善卫的中国留学生友人吴玥为原型设计。③吴玥原籍江苏松江(现上海松江区),1939年从上海大夏大学毕业后以汪伪国民政府公费生的身份赴京都

---

① 《〈新世纪〉广告语》,上海:《锻炼》(月刊),1945年7月,第59页。

② 林俊夫《致中国报人书》,上海:《政治》(月刊),1944年9月,第47页。

③ 堀田善衛「創作ノート (2)」、日本神奈川近代文学館蔵、H04/00093305。

帝国大学经济学部留学,1942年吴玥从京大毕业后又接受日本政府的奖学金资助进入东京帝国大学法学部研究生院深造。[①] 据堀田善卫回忆,"二战"末期日本国际文化振兴会招募吴玥到调查部工作,"因为这个关系我们才开始意识到了解中国文化的重要性,这也是调查部决定开设中文学习班的原因之一"[②]。1945年3月堀田善卫赴上海工作后不久,吴玥也结束日本的留学生活回到上海,同年5月就任伪《申报》总主笔。[③] 堀田善卫回忆在上海伪《申报》任总主笔期间的吴玥"尽管表面上声称对日军绝对信赖,其实私底下常对我暗示他对日本的看法并非那么单纯"[④]。

吴玥留日期间曾经数次撰文主张维护中国文化的主体性。1943年6月,吴玥在东京《中央公论》上发表论文《中国的历史推动力和道义生命力》。该文强调中国文化自身不同于日本的主体性价值,批判战时日本文化界无视中国文化特质的种种言论是"落入了俗套的日本对华优越感","因为偏离了考察对象的实际情况,作为对中国的批评甚至可以说是丧失了意义和价值"。[⑤]1943年8月,吴玥又在东京《朝日新闻》的"学艺栏"发表评论《中国文学的前进方向:寄语大东亚文学者大会》。文中吴玥主张"文学家不应当只将视角局限于作为客体的文学,而应当去追求具有主体性的文学","中国文学在向'大东亚文学'发展的同时,首先应当明确的是作为中国自身的主体自觉性,这才是中国文学今天必须追求的前进方向"[⑥]。1945年3月,即将结束留日生活的吴玥发表了一篇名为《怀祖国》的抒情散文。文中他写道:"我将踏出异国学问的殿堂,我将鼓棹归到乡土的怀抱,祖国的怀抱。现在不是追求崇高的哲理,制造理想的计划的时代。我觉悟了。我不能离开祖国,也不能离开乡土。乡土是我生命之根源,祖国是我献身的处所。"[⑦]

实际上,中国留日学生的对日双重立场是战后日本文学的"对日合作者"作品群共同关注和反复书写的主题。除堀田善卫的《汉奸》以外,同时代的另一部代表性作品是阿部知二发表于东京《新潮》月刊的小说《邻人》。

《邻人》刊载于《新潮》1946年12月号上。这是一部采用第一人称叙事的短篇

---

① 日華学会『第18回中華民国留日学生名簿』,1944年、第1頁。

② 前述『わが文学わが昭和史』,第122頁。

③ 丁二《沪市各界代表访问苏省记》,上海:《申报》,1945年5月17日,2版。

④ 前述『わが文学わが昭和史』,第126頁。

⑤ 「中国の歴史推進力と道義的生命力」,東京:『中央公論』1943年6月、第39頁。

⑥ 「中国文学の進路:大東亜文学者大会に捧ぐ」,東京:『朝日新聞』1943年8月17日、4版。

⑦ 《中华月报》,1945年3月号,第3页。

小说,作品以"'二战'最后一年冬天的上海"为舞台,通过主人公"我"的视角描写了留日学生吴心波在日军占领下于上海的生活。主人公"我"是一名在上海"圣 G"大学任教的日本知识分子,因为战争末期的时局动荡失去了在上海的住所,随后接受了吴心波的好意搬去与他同住。吴心波是"我"的一位大学后辈,他早年留学日本,之后回到上海任职于一所日伪机关。小说有意将侵华日军集团成员的"我"和留日归国学生的吴心波设计为共居一处的"邻人",这也是小说《邻人》的标题来源。借助于"邻人"的境遇设定,日本主人公的"我"不仅可以近距离观察吴心波的生活方式,同时还能够仔细观摩他的内心情感世界。小说《邻人》通过"我"的第一人称视角描绘了一位留日归国学生在沦陷区生活过程中产生的各种内心纠葛。

　　小说中的吴心波出生于上海富商家庭,他原本在租界拥有气派的家宅,现在却和"我"一起躲避在"环境脏乱的拉屎桥附近过着租房生活"。小说中吴心波居住的"拉屎桥"是以当时真实存在于上海的"垃圾桥"为原型设计。"垃圾桥"是一座连接上海租界和闸北地区的现代桥梁,它的著名之处在于附近建有一座名为"西牢"的英租界监狱。"垃圾桥"和"西牢"位于"苏州河"的中段,在方位上正好处于上海都市空间的南北交界处。在其北侧是底层中国人居住的闸北贫民区,南侧则是富裕阶层中国人和外籍人士居住的租界中心地带。另外,现实中的上海"西牢"两侧建有 2 座"垃圾桥",分别是"旧垃圾桥"(现浙江路桥)和"新垃圾桥"(现西藏路桥)。如果从租界出发,穿过东部的"旧垃圾桥",很快就能走入当时被称为"日本人租界"的虹口地区。相反,如果沿着西部的"新垃圾桥"直行,就会走到 1937 年"八一三淞沪抗战"之时中国守军的最后据点"四行仓库",也就是今天坐落于上海光复路 1 号的"四行仓库抗战纪念馆"。[①]

　　小说中,吴心波在上海的住所正好位于英美租界、中国闸北、日本虹口和抗战四行仓库的中间位置。小说叙述者之所以赋予吴心波的住所如此特殊的空间坐标,意图是通过都市空间方位的可视化表象描绘吴心波在亲日 / 反日的二元对立之间不断摇摆的内心纠葛。作为留日归国学生的吴心波平日里与日本人有许多来往,他在日伪机关工作,表面上已完全融入沦陷区日本人社群之中,过着惬意的"对日合作者"生活。但是在与吴心波的共同生活中,"我"逐渐发现他的亲日表面之下隐藏着强烈

---

① 有关上海城市空间的地理考察,参考《老上海地图》,上海:上海画报出版社,2001 年;木之内誠
　『上海歴史ガイドマップ　増訂版』,東京:大修館書店、2011 年。

的反日情感,"他的内心非但没有因此感到满足,反而被一种强烈的反感与憎恶的情感持续包围"。同时"我"又观察到,吴心波对于沦陷区的中国同胞一样有着严重的心理隔阂,他常常"排除众人而超然于世,沉溺于自己的世界之中",无论在何处都扮演着不合群的异类角色。"我"从生活的各个方面不断观察吴心波的内心挣扎,一步步走进他的内心情感深处,最后借由一段"我"的内心独白总结吴心波作为留日归国学生的双重对日立场:

> 他或许远比那些已经外国化了的日本人更加懂得日本人的一切东西。但与此同时,他又拼命想丢弃自己身上已经日本化了的那部分东西。即便无论如何日本依然还是存在于他的精神之中。另外,当他身处中国同胞人群当中时,他又总是显得格格不入。他无法保持内心平静。生活在沦陷区的他,对于中国的爱和对日本的憎恶是毋庸置疑的。然而,他却不知道究竟应该如何去传递自己对于中国的爱。

《邻人》就是这样一部描绘中国留日学生在抗战沦陷区受困于对日合作和抗日爱国的双重矛盾立场而无法自洽的故事。小说将日本主人公的"我"设定为留日学生的共情同伴,这种设定来自作者阿部知二将自身的战时矛盾境遇投影到"我"的视角之中。阿部知二毕业于日本东京帝国大学英文学科,他在文学创作的同时还长年从事英美文学教育工作,"二战"末期任教于上海著名的西式教会学校圣约翰大学。战时日本盛行以"鬼畜英美"为口号仇视西方文化,小说世界内的"我"与吴心波之间的"邻人"关系正源自作者的现实世界境遇投射。这种"邻人"关系的共情视角确保了小说叙述者能够成功构建吴心波作为留日学生的二重性表象。

小说《邻人》最明显的局限性同样来自它的"邻人"共情视角设定。小说主人公的"我"虽然被设定为一名良心日本知识分子,但是在日军占领下的沦陷区依然属于侵华利益集团的一员,"我"与吴心波之间理应存在客观上的对立要素和紧张关系。但是从小说开端起,"我"与吴心波就形成了相处、相守的"邻人"关系,这使得作为侵华日军集团成员的"我"与吴心波之间客观存在的国族对立关系被排除在小说叙事的对象之外。在《邻人》的结尾处,"我"赶在日本宣布投降之前离开上海返回了日本,"我"和吴心波在日本战败后必然会出现的关系转变由于"我"的提前离场,不再需要成为小说叙事的对象。这种情节设定实际上起到了回避冲突的作用。"对日合作者"作为战后中日关系的热点公共性话题,写作小说《邻人》不仅是一个文学创作行为,同时也可以看作阿部知二借助文学书写参与"对日合作者"话题讨论的公共言论行为。但是由于《邻人》刻意回避了描写日本人的"我"与"对日合作者"吴心波之间的矛盾冲突,这部小说的言论效用仅停留在表现战后日本知识分子与"对日合作者"之间的境遇共情关系。表述这种境遇共情关系虽然具有一定的人文关怀价值,但是《邻人》的小说叙事对于矛盾冲突的回避也导致这部作品丧失了从战争责任视角进一步追究"对日合作者"问题的可能性。也就是说,境遇共情的"邻人"关系视角成就了阿部知二《邻人》的独创性,但同时也限制了作品问题意识的拓展性。如果试图从战争责任和战后责任的角度书写"对日合作者",就势必要求采用另一种包含更强批判意识的新视角。

第四节　占领者与合作者的共犯叙事

在堀田善卫的小说《汉奸》中,除主人公匹田之外,作者还塑造了另一位名叫大岛的日侨文人,其同样扮演"对日合作者"的命运旁观者。大岛被设定为一位中国文学研究者,他擅长中文,熟悉中国文化,在"二战"末期从东京来到日军占领下的上海从事翻译工作。大岛嫌恶上海日侨社区的帝国主义风气,他生活在"几乎没有日本人居住的法租界里",与友人匹田一起"租住了一套日军从英美人那里作为敌产没收的四层洋房"。小说中,大岛虽然不是叙事的中心视点人物,但时常作为主人公匹田的谈话对手出场,从对立视角指正主人公的"对日合作者"认知的种种局限。正因为如此,相较于匹田投射于"对日合作者"的共情视角,大岛观察"对日合作者"的视角更为冷峻、严厉甚至无情,这种对立视角的交错和冲突构成了《汉奸》的另一个创作特色。

在战后发表的一系列中国题材小说中,堀田善卫经常会以友人武田泰淳为原型塑造作品人物,《汉奸》中出场的大岛就是这样一个半写实型的小说角色。武田泰淳比堀田善卫年长6岁,1912年他出生于东京的一个僧侣家庭,1931年考入东京帝国大学"支那"文学科,同年因为参加左翼运动被捕入狱,次年退学后开始独立进行现代中国文学的研究和翻译。1934年,武田泰淳与同为中国文学研究者的竹内好、饭塚朗、小野忍等一起创立了日本"中国文学研究会"。1943年,武田泰淳因发表长篇文学评论《司马迁》获得文坛关注而开始作家生涯。1944年,武田泰淳为躲避兵役远赴上海工作,在汪伪国民政府下属中日文化协会东方文化编译馆担任主任一职。[①]
侨居上海时期,武田泰淳居住在旧法租界西部福世花园(现安化路200弄内),这是一
栋西式别墅,当时除他以外还居住着一名任职于日伪政府机关的中国女性。武田泰
淳对这名女性"对日合作者"很感兴趣,遣归日本之后,他基于上海时代的观察和体
验创作了短篇小说《才女》。

小说《才女》发表于杂志《随笔中国》1947年9月号。小说讲述了主人公杉和周
女士在日军占领下的上海共同生活的一段经历。杉是一位在上海工作的日侨文人,
他租住在日军占领上海后没收的一套花园洋房,同屋还居住着一位姓"周"的中国女
性。周女士曾经在国民政府驻东京大使馆担任办事员,回国后定居上海,从事与日
本相关的工作。周女士不但日语熟练,还善于玩转权力游戏,她以"对日合作者"的
姿态游走于日伪政权和日侨社群,在杉的眼中是一位能力出众的"才女"。与周女士
的"才女"形象相反,杉在小说中则是以"无能者"的形象出场。杉虽是日本人,却不
善于利用侵华日军的权力,在沦陷区的中国人眼里"是一个既不能保护他们,也无法
威胁他们的无能之人"。杉原本应当是日军占领地的权力集团成员,如今他却在"对
日合作者"周女士面前唯唯诺诺,时常被她嘲弄为无能的"好人"。这种"无能者"与
"才女"的反差式人物造型使得小说世界中出现了日军占领者(杉)和"对日合作者"
(周女士)在权力关系上的"扭曲";杉虽然承认在权谋之术方面自己远不及周女士,
但当周女士称赞他为"好人"时仍感到莫大的屈辱。除杉以外,小说中还出场了另一
位同样被周女士称为"好人"的黄先生。黄先生是周女士的恋人,他虽然也在沦陷
区日伪机关工作,但是性格温顺、反应迟钝,其在周女士眼中是与杉一样的无能"好
人"。因为有了黄先生的存在,原本自尊心受挫的杉得到慰藉,他和周女士之间存在
的权力"扭曲"关系也随之得以缓解,两人同住一处相安无事直至"8·15"的到来。

在1945年8月15日日本宣布无条件投降之后,杉开始重新认识自己作为日本
侵华集团成员的身份。他开始明白自己虽然一直被嘲笑为无能"好人",但凭借在华
日侨的身份,实际上一直在使用侵华日军的权力保护伞。但在日本投降之后,杉才
发现自己真正失去了权力保护伞从而流落街头,至此第一次体会到所谓"好人"的实
质。杉还发现伴随着日本的战败,原本被他视作"才女"的周女士也在逐渐丧失才
华。作为"对日合作者"的周女士同样是以侵华日军为后盾玩转权力游戏,在日本投

① 「作家に聞く·武田泰淳」,東京:『文学』,1952年10月号; 武田泰淳『武田泰淳全集:第18巻』,
東京:筑摩書房、1979年。

降之后,她失去了发挥"才华"的舞台,命运随之反转。与之相对,曾经与杉一起被周女士嘲讽为"好人"的黄先生却在战后荣升国民政府高官。杉发现黄先生原来是一名地下抗日工作者,此前为了隐藏身份而伪装成周女士的恋人。最后在主人公杉的一句"才女周女士原来也是好人"的戏谑台词中,《才女》的故事就此收场。

与阿部知二的《邻人》类似,武田泰淳的《才女》同样设定了日本主人公杉和"对日合作者"周女士在居住空间上的"邻人"关系。这种"邻人"关系的设定有利于小说叙述者从日本主人公的视角近距离描绘"对日合作者"的生存境遇,因而在同时期战后日本文学的"对日合作者"作品群之中被广泛采用。但是相对于以境遇共情为主基调的《邻人》,武田泰淳的《才女》采用了戏谑和嘲讽的笔调描绘"对日合作者"从战时权力者跌落为战后丧家犬的人生没落过程。这种书写方式偏向以"罪人"形象塑造"对日合作者",它与同时期中国文坛的"汉奸"书写方式具有高度亲缘性,体现了武田泰淳作为中国文学研究者善于采用中国视角审视"汉奸"问题的特点。

另外,以"罪人"形象书写"对日合作者"的意愿同时来自武田泰淳自身的侵华战争体验。武田泰淳从学生时代起专门研究中国文学,但他第一次来到中国是以侵华日军士兵的身份。1937年日本全面侵华战争爆发后,武田泰淳应征入伍,当时作为"中支派遣军柳川军团吉野部队"的一名日军士兵转战上海、杭州等地。① 这段从军经历一方面打破了他此前对于中国的抽象认知,另一方面促使他不得不面对参与侵华战争的罪责意识。② 1946年被从中国遣归日本之后,武田泰淳陆续写作了《秋天的铜像》《审判》《庐州风景》《非革命者》《蝮蛇之末裔》《月光都市》《F花园19号》等大量中国题材小说。这些取材自战时中国体验的小说或多或少折射了武田自身的罪责意识,小说中出场的"对日合作者"们也大多被赋予了"罪人"的形象。除前述《才女》以外,发表于东京《新潮》1950年10月号上的《野兽的徽章》是同时期他写作的另一部具有代表性的"对日合作者"题材小说。

《野兽的徽章》是一部短篇小说,作品讲述了战后被从中国遣归日本的主人公"一色"在东京与侨居上海时期的友人"仓""王君"先后相遇的故事。一色是一位日本知识分子,"二战"时期他依靠在日军部队当官的好友仓在华从事文化工作。日本战败后,仓被当作战犯受到中国政府的法律制裁,一色却安全回国,在东京过上了安稳的公司职员生活。对于两人的战后境遇差异,一色将其归结为命运的变幻莫测以

① 「武田泰淳　戦地からの手紙」、東京:『辺境　第3次』、1988年5月号。

② 武田泰淳「北京の輩に寄するの詩」、東京:『中国文学月報』、1938年11月号。

求心安,但同时也对自己的无情和逃避责任的事实一直抱有疑问。小说《野兽的徽章》围绕主人公一色对于自身战争责任和战后责任的一系列疑问展开故事。

在小说故事的前半部分,叙述者将一色的内心疑问投射于仓的"白靴"之上,通过象征手法表现主人公一色自身的"战犯"意识。日本投降之后,仓被关进国民政府的战犯监狱,一色不辞而别,临走时从仓的行李中擅自拿走了一双"白靴"带回日本。对于独自回国的一色来说,仓的"白靴"是一种"承载着自己精神上某种挥之不去的东西,日渐破损的靴子渗透出恶心的液体,时刻提醒与过去的密切关联"。一色自身的"战犯"意识不断被投射于仓的"白靴"之上,它不断唤起一色的战时记忆,提醒他尚未清算的战争责任和有待承担的战后责任。

另外,仓的"白靴"原本是一名叫"王君"的中国留日学生赠予他的礼物。"白靴"在小说中不仅投射主人公一色的"战犯"意识,同时它还表征着一色内心的"汉奸"问题情结。和《才女》中的周女士一样,《野兽的徽章》中出场的王君同样被设定为一名抗战沦陷区的"对日合作者"。在塑造王君的"对日合作者"形象之际,《野兽的徽章》采用了和《才女》相近的"罪人"形象设计手法,小说叙述者以嘲讽和非难的笔调描绘王君在战时投靠侵华日军唯利是图,日本投降之后因失去权力后盾而沦落为"汉奸"审判对象的过程。王君曾经留学日本,回国之后他选择就职于抗战沦陷区的日伪机关,战争期间作为侵华日军忠实的合作者风光一时。侨居上海期间,一色与王君关系密切,在一色眼中王君"典型代表了日军占领地区那一类有点才华、急于出人头地的中国青年"。日本投降之后,一色目睹了"汉奸"审判风暴,出于对战争追责的恐惧,他在遣归日本之后尽可能回避与曾经熟悉的那些"对日合作者"再次发生联系。与此同时,一色也认识到制造"汉奸"的正是像自己一样战时在日军占领地区从事对华宣抚工作的日本知识分子,"汉奸"问题原本是他应当承担的战争责任之一。某一天,结束了战犯服刑回到日本的仓和躲避汉奸审判流亡到日本的王君先后出现在一色家中。一色对仓心存警戒,害怕与战犯产生瓜葛,而面对逃亡中的王君更是精神紧张。王君察觉到了一色的戒心,不辞而别并从此销声匿迹,仓则是向一色讲述了"野兽的徽章"的寓言故事。"野兽的徽章"是仓在中国服刑期间从《圣经启示录》上看到的一则故事。据说在远古时代曾经存在过一只主宰世界的巨兽,所有臣服于巨兽的人类都被刻上了"野兽的徽章"。不久之后,上帝派来的天使打败了巨兽,随后便开始清算巨兽统治时代的合作者们,所有被刻上"野兽的徽章"的人类都被视作背叛上帝的罪人而受到了严厉制裁。仓讲述的这个古老故事让一色产生了共鸣,他从"野兽的徽章"中看到了自己、仓和王君的共同之处。一色认为自己和仓都是日本侵华战争的罪人,"两人都清晰地烙刻有野兽的徽章",而"对日合作者"王君"同样也是被刻上了野兽徽章烙印之人"。

《野兽的徽章》在小说世界中设计了2条并行发展的叙事路线,一边是以"战犯"为主题的仓的故事,另一边是以"汉奸"为主题的王君的故事。2条故事线首先以主人公一色为衔接点各自展开,在小说后半段又借助"野兽的徽章"的寓言交汇在一起,最终形成新的"共犯"主题的故事。在小说的最后,一色认识到仓、自己和王君之间存在一种共同犯罪关系。仓代表了侵华日军集团,一色代表了依附于日军的在华日本侨民集团,王君代表沦陷区的"对日合作者"集团,三者共同构成了日本侵华战争的责任担当主体。通过这种多线叙事设计,《野兽的徽章》从"共犯"关系的视角表述了战后日本的"战犯"问题与中国的"汉奸"问题之间的相关性。这种表述方式与同时期中国言论界的日本侵华责任追究方式高度一致,它不仅体现了武田泰淳作为中国文学研究者善于采用中国视角审视日本战争责任问题的特点,同时也构成了武田泰淳的"对日合作者"文学书写在战后日本最重要的社会公共言论价值。

另一方面,尽管武田泰淳有意借助文学书写参与战后日本社会的战争责任问题讨论,但当问题涉及具体的责任担当主体时,他的笔调时常流变为抽象化的宿命论咏叹。在《野兽的徽章》的故事最后,小说叙述者设计了一段主人公一色的内心独白作为小说的结尾。一色困惑于"如果拒绝徽章就会被野兽杀害,接受徽章之后,又会被打败了野兽的天使杀害"的命题。在这一悖论中,一色发现了权力游戏受害者们的宿命。一色苦恼于无法寻找到悖论命题的解决方案,但是随着战后的时间流逝,他发现自己已经开始遗忘战时的记忆,"仓和王君的白靴经过处理后现在已经焕然一新,不管是谁都已看不出来它的过去来源"。在这样一种对于战争记忆风化的宿命性咏叹中,小说的故事就此结束。

尽管武田泰淳从战争责任视角书写了"对日合作者"们的历史命运,带有虚无主义和宿命论倾向的写作风格却阻碍了他的作品进一步探究"汉奸"产生的历史责任主体问题。武田泰淳将"汉奸"与"战犯"的产生归结于人类在政治权力斗争中无法逃脱的永恒宿命,同时暗示这些历史问题伴随战争记忆的风化终将逃脱不了被遗忘的命运。这种书写方式一方面体现了武田泰淳文学作品一贯的虚无主义美学特征,另一方面凸显了他的"对日合作者"题材作品在战争追责问题上的局限性。实际上,在战后日本文学的"对日合作者"作品群中,试图追究日本战争责任的作品不在少数,但是日本文坛自身的战争责任问题几乎是所有作家共同回避书写的对象。而堀田善卫的《汉奸》之于战后日本文学最重要的意义,正是体现于这部作品针对日本文坛的"汉奸"制造责任问题的追究意识和行为实践之中。

第五节　《汉奸》的文学史射程

尽管《汉奸》是战后日本文坛第一部以"汉奸"为题名的小说,但在堀田善卫发表这部作品的1951年,日本文坛对于"汉奸"问题的关注程度较之战后初期已经大幅度下降,曾经大量涌现的"对日合作者"题材作品也在逐渐消失踪迹。小说《汉奸》诞生于"对日合作者"题材创作逐渐淡出日本文坛的时期,据堀田善卫晚年回忆,他写作《汉奸》的动机也是源自"对日合作者"正在日本文坛被遗忘的危机感。[1]堀田善卫希望借助小说《汉奸》促使"对日合作者"主题在日本文坛获得重生,同时推动日本文坛在有关"汉奸"的社会公共议题讨论方面发挥更重要的言论职能。为了达到这一目的,堀田善卫特意在小说中设计了一段"汉奸"审判的场景描写,作品中的这段内容虽然篇幅不长,但已经足够促使小说《汉奸》成为同时期日本文坛参与"汉奸"话题讨论最重要的文学作品文本。

在《汉奸》的小说结尾处,堀田善卫采用史实与虚构相结合的手法设计了一段"汉奸"审判场景作为故事的结局。主人公安德雷在日本投降后锒铛入狱,随后被送上"汉奸"审判法庭,最终被判处一年零六个月刑期。尽管安德雷的人物原型来自中国诗人路易士,但是小说中安德雷接受"汉奸"审判的情节与原型路易士的实际遭遇并不相符。路易士在日本投降之后受到了来自中国文坛的附逆非难,但是他最终并没有沦为"汉奸"审判的对象,自然更没有锒铛入狱的经历。[2]有关小说中这段"汉奸"审判的场景设计,在堀田善卫的创作笔记手稿中记录有"刘宇生,5年,刘宇生年长的妻子,凝视着匹田佩戴的国民政府徽章"的一段内容。[3]参考这段手稿记述可以推测,小说结尾处的"汉奸"审判场景应当取材自沦陷区上海文坛的中国文人柳雨生(1917—2009)的战后经历。

关于柳雨生,在今天绝大多数市面流通的中国现代文学史著作中都找不到相关

---

① 堀田善衞『堀田善衞全集1』,東京:筑摩書房、1993年、第644頁。

②《纪弦回忆录:第一部·二分明月下》,台北:联合文学出版社,2001年,第154页。

③ 堀田善衞「創作ノート（2）」,日本神奈川近代文学館蔵、H04/00093305。

记录,他在中国现代文学研究领域属于早已被遗忘的无名角色。柳雨生毕业于北京大学中文系,1937年卢沟桥事变之后他随家人迁居上海,1942年参加汪伪国民政府担任宣传部编审,此后在沦陷区上海文坛扮演了"对日合作者"的领军人物。1942—1944年期间,柳雨生作为侵华日军占领地的中国文坛代表先后3次参加了由日本文学报国会主办的"大东亚文学者大会"。同一时期,柳雨生还在上海主办亲日文学杂志《风雨谈》,他与路易士一样游走于沦陷区中日文坛,特别是与在华日侨文人社群交往密切。[1] 日本投降后,柳雨生随即被国民政府逮捕,1946年以"文化汉奸罪"被判处3年有期徒刑。[2] 据堀田善卫回忆,他在柳雨生入狱之后曾经冒着"汉奸帮助罪"的危险帮扶过他的家人。[3] 1955年中日文化界恢复人员往来之后,堀田善卫又委托友人阿部知二前往中国寻访柳雨生的踪迹。[4] 在1953年前后写成的一份未公开发表的作品手稿《腐蚀》中,堀田善卫陈述自己长年关注柳雨生等人命运的原因是"作为曾经生活在日军侵华占领地的日本文人,对于中国的汉奸问题一直心怀自责与愧疚"[5]。堀田善卫认为,日本在侵华战争期间推动的所谓"日华亲善"事业是导致中国文坛出现"文化汉奸"群体的主要原因,战争期间积极参与侵华日军文化宣抚工作的日本文坛是事实上的"汉奸制造者"之一。堀田善卫主张所有参与过战时日本对华文化工作的文人作家都应当有作为"汉奸制造者"的责任自觉。这种对于战时日本文坛的强烈批判意识不仅源于堀田善卫的个人良知,更重要的原因在于他是实际在中国现场目睹过"汉奸"审判场景的极少数日本作家之一。

中国虽然在抗战胜利后即开始了针对附逆分子的审查工作,但是一直到抗战胜利1年后的1946年4月才正式启动"汉奸"审判的法律程序。[6] 这一时期,阿部知二、武田泰淳等绝大多数在华日本文人都已经离开中国,当时尚留在中国并亲眼见证"汉奸"审判现场的日本作家屈指可数。堀田善卫在战后选择了作为日籍留用技术人员继续在上海工作,这使得他成为日本文坛极少数的"汉奸"审判现场见证者之

① 杉野元子「柳雨生と日本」,東京:『日本中国学会報』,2003年総第55号。
② 《拘获陶亢德柳雨生等49人》,上海:《文汇报》,1945年10月3日;《柳雨生等昨亦定罪》,上海:《申报》,1946年6月11日。
③ 堀田善衛『上海にて』,東京:筑摩書房、1959年、第179—180頁。
④ 「堀田善衛宛て・阿部知二書簡」,1955年3月9日,神奈川近代文学館所蔵。
⑤ 手稿部分内容曾以「鹿地事件に於ける小説の解釈」为题发表于东京《新潮》1953年2月号,引用内容是未公开发表的部分,收藏于神奈川近代文学馆。
⑥ 劉傑『漢奸裁判:对日協力者を襲った運命』,東京:中公新書、2000年、第186頁。

一。据堀田善卫日后回忆，1946年"汉奸"审判开始之后，他意识到"'对日合作者'的悲惨结局应当有日本人亲自去现场见证"，于是千方百计寻找能够旁观"汉奸"审判的机会。堀田善卫认为"无论汉奸审判的场面有多么残酷，能够亲眼见证这段历史的日本人哪怕只有一个也好"，这种责任意识促使他为后世读者留下了一段来自日本文人视角的"汉奸"审判现场记述：

> 汉奸从脖颈到脊背被高高的牌子绑缚，牌子上用黑墨写着姓名和罪状。士兵们押送来的一名男子，被从护送车上扔下来，跪倒在草坪上。在大声宣读完判决书之后，一名士兵拔出手枪，瞄准了犯人的头后部……我想吐却又不能吐出来，因为胸口发闷和极度恐惧而无法动弹。那人很快倒下。我快速瞥了一眼刚才还活着的那人的尸体，他的头好像被风吹跑了一样。[1]

堀田善卫在中国现场见证了"对日合作者"们被中国同胞处以极刑的场面。面对这一残酷的结局，他愤慨于"身为汉奸问题当事人的日本文人们，战后却无人谈论自身的历史责任"[2]。正是这样一种针对日本文坛的战争责任和战后责任的追究意识构成了小说《汉奸》的创作原点。在小说《汉奸》中，堀田善卫借助主人公匹田的独白发出质疑——"个人是否能够超越政治权力的利己主义承担自身的主体责任"。堀田善卫批判日本文坛的战争责任意识缺失现象，他试图唤起日本文坛在"汉奸"历史问题上的主体责任意识，这贯穿于小说《汉奸》的整个创作过程，它构成了作者以文学书写参与战后日本"汉奸"议题讨论的核心观点。同样的主体责任意识又促使堀田善卫在小说中塑造了同时包含受难者、施难者、非难者和解难者等多元化形象的"对日合作者"。堀田善卫试图借助小说虚构书写的包容力重构已经逐渐单一固化的"汉奸"形象，以此追求超越单一国族立场的"汉奸"多元认知的可能性。堀田善卫将"汉奸"定义为日军侵华占领的历史产物，他意识到战后被置于美国军事占领下的日本也存在相同课题，主张"曾经的半殖民地中国与今天作为美国军事殖民地的日本之间存在相似之处"[3]。与此同时，堀田善卫还坚持将"对日合作者"定义为

---

[1] 堀田善衛『上海にて』東京：筑摩書房、1959年、第209頁。
[2] 堀田善衛『上海にて』東京：筑摩書房、1959年、第180頁。
[3] 详见「鹿地事件に於ける小説の解釈」。

"异民族间交涉者"，他认为"汉奸"问题是所有从事跨文化交涉工作的文人在追求异民族他者对话之际需要面对的普遍性课题。[①] 从这一点来看，小说《汉奸》不仅是一部书写"对日合作者"的日本文学经典作品，它试图探索的"异民族交涉"的普遍性课题对于今天生活在复杂国际关系中的现代人来说同样具有现实参考意义。在国际政治与国内政治逐渐变得不可分割，对话异文化他者已成为人类生活常态的今天，小说《汉奸》正在向我们发起跨越时空的对话。而那些仍旧被封印在战后日本文学作品中的"对日合作者"，至今依然在等待着我们来自当下的回应。

---

① 堀田善衛『堀田善衛全集1』、東京：筑摩書房、1993年。

第十二章 东京审判与南京大屠杀战后文学史

第一节 东京审判与南京大屠杀

1946年5月3日,由美国主导的远东国际军事法庭在东京市谷台的原陆军士官学校大讲堂正式开庭。众所周知,远东国际军事法庭在日本东京对第二次世界大战中日本首要战犯的国际审判俗称"东京审判",它不仅是战后处理日本战争责任问题最重要的历史事件,同时也是美国占领时期日本公共言论空间的话题中心。战后日本主流言论界针对东京审判的话语表述最早形成于《朝日新闻》的平行追踪报道。1946年5月4日,《朝日新闻》首先在头版发布题为"世界注视一级战犯审判开庭"的新闻报道,同日2版又以报告文学笔调刊发了日本前首相东条英机的出庭实录《市谷台的东条审判序幕》。[1] 以此为开端,此后《朝日新闻》针对东京审判进行了持续2年的平行追踪报道。

《朝日新闻》的东京审判报道善于将镜头聚焦在个别关键人物和重要话题事件上。这种报道手法旨在为日本读者呈现法庭审理过程的同时,对其社会价值、政治功用和历史意义进行阐释性表述。《朝日新闻》的平行追踪报道不仅形成了战后日本最早的东京审判叙事,在此基础上还进一步构建了讨论日本战争责任和战后责任的公共言论空间。而在当时《朝日新闻》的平行追踪报道中,侵华日军南京大屠杀事件是东京审判叙事的核心主题。

众所周知,侵华日军南京大屠杀是1937年12月日军在侵占南京前后针对中国

---

[1] 「世界注視第一級戦犯裁判開く」,東京:『朝日新聞』,1946年5月4日、1版;「市谷台に東條裁判の序幕」,東京:『朝日新聞』,1946年5月4日、2版。

军民实施的严重违反国际法的集体杀戮事件。东京审判针对南京大屠杀的审理工作开始于1946年7月25日,次日《朝日新闻》刊登了题为"威尔逊氏揭露南京大屠杀　连幼儿也不放过"的首篇追踪报道。[①] 该报道记叙了南京大屠杀事件在东京审判法庭的首日审理过程,内容主要涉及战时在南京大学附属医院工作的美国医生罗伯特·威尔逊针对大屠杀的一系列证词。以该报道为开端,此后《朝日新闻》陆续刊发了《人类的悲剧南京大屠杀》(1946年7月27日)、《大学校园内的连日暴行》(1946年7月30日)、《南京事件》(1946年8月8日)、《南京事件师团长的责任》(1946年8月9日)、《战栗的白日梦　南京大屠杀实证》(1946年8月30日)等一系列专题文章。1946年10月开始,朝日新闻社又以法庭记者团名义陆续编辑出版了8卷本的《东京审判》丛书,其中第1卷《东京审判之军阀侵略大陆》收录了南京大屠杀东京审判记录的主要内容,该书也成为南京大屠杀事件于战后在日传播的源流文本之一。借助于《朝日新闻》的一系列东京审判追踪报道和相关丛书的出版,此前因为日本政府的言论管控而鲜为人知的南京大屠杀事件第一次成为日本社会广泛关注的热点话题。

另外,东京审判开庭前的1945年12月,石川达三的长篇小说《活着的士兵》出版了首个战后单行本。《活着的士兵》最早发表在东京《中央公论》1938年3月号上。由于该作品描写了侵华日军在上海、南京等地的种种战争暴行,1938年刊发之后随即遭受禁售处分,一直到日本战败之后才得以重新出版。战后版《活着的士兵》由东京河出书房发行,单行本底页印有初版印刷"五○○○○部"的字样,[②] 在物资匮乏的战后初期属于日本文学出版市场的现象级印数作品。

尽管早有学者详细论证过《活着的士兵》最初的写作意图在于书写战争的普遍残酷性而并非批判日军的战争暴行,[③] 并且石川达三本人也在战后版序言中提到"写作之初未曾预料到会因这部作品受到处罚",[④] 但正是在东京审判开庭前后,《活着的士兵》被日本舆论追捧为"揭露南京大屠杀的罕见文学作品"并引起社会关注,石川达三也因此被视为最早书写大屠杀事件的有良知的作家。[⑤] 由于南京大屠杀事件的社会话题性,战后版《活着的士兵》在东京河出书房发行之后又以各种形式不断再

---

① 「幼な子にも暴行　ウイルソン氏　南京虐殺を暴露」、東京:『朝日新聞』、1946年7月26日。

② 石川達三『生きてゐる兵隊』、東京: 河出書房、1945年、奥付頁。

③ 白石喜彦『石川達三の戦争小説』、東京: 翰林書房、2003年。

④ 石川達三『生きてゐる兵隊』、東京: 河出書房、1945年、第1頁。

⑤ 「裁かれる残虐『南京事件』石川達三氏語る」、東京:『読売新聞』、1946年5月9日。

版。作为战后日本文学经典作品,《活着的士兵》先后被收录于1948年东京八云书店版《石川达三选集》、1952年东京筑摩书房版《现代日本名作选》和1953年东京讲谈社版《现代长篇名作全集》。因此,从1945年日本战败至美国对日占领结束,《活着的士兵》一直被认为是日本唯一的南京大屠杀题材文学作品,它长期代表了战后日本文学的大屠杀叙事范式。

实际上,河出书房发行的战后版《活着的士兵》除少数字句修改之外,与战时禁售的早期版本内容如出一辙。这意味着《活着的士兵》虽然广泛流传于战后,但本质上依然是一部诞生于战时言论环境下的文学作品。而当东京审判第一次将南京大屠杀作为热点话题引入日本的公共言论空间之后,战后新生代的日本作家对于南京大屠杀的书写方式势必会受到来自东京审判的话语影响进而形成全新的大屠杀表述空间。这意味着只有通过比较《活着的士兵》与东京审判之后诞生的新时代的大屠杀题材作品,才能够清晰梳理日本文学的南京大屠杀表述史并在此基础上客观评判其得失。

以往有关日本南京大屠杀文学的研究由于过度聚焦于《活着的士兵》导致视野自我设限,一直到近年,国内外学界才逐渐出现拓展研究方向的新趋势。[①]受其影响,针对日本文学南京大屠杀表述史的系统化梳理由于作品精读和相关文学史料整理等基础研究工作的不足,长期处于相对停滞的状态。[②]

本章以东京审判为切入点,在作品精读和相关文学史料整理的基础上,尝试梳理战后70年日本文学南京大屠杀表述模式的历史演变轨迹。本章首先将《活着的士兵》与东京审判法庭审理记录进行比较,通过确认两者之间的南京大屠杀表述模式差异,重新审视《活着的士兵》作为第一部日本大屠杀题材作品的文学史价值及其局限性。在此基础上,本章针对石川达三在"后东京审判"时代创作的另一部反映南京大屠杀小说《旧恶》(1953)进行文本分析,并结合战后新生代作家堀田善卫的《时间》(1953—1955)、榛叶英治的《城墙》(1964)、五味川纯平的《劫火猎人》(1968)等

---

① 竹内栄美子「東アジアの終わらない戦争: 堀田善衛の中国観」,『アジアの戦争と記憶』所収、東京: 勉誠出版、2018年; 陈童君《〈时间〉与堀田善卫的战后警世钟》,《外国文学动态研究》,2019年第3期。

② 迄今为止尝试系统梳理日本南京大屠杀文学表述史的唯一先行研究来自笠原十九司「日本の文学作品に見る南京虐殺の記憶」,『記憶の比較文化論: 戦争・紛争と国民・ジェンダー・エスニシティ』収録、東京: 柏書房、2003年。

其他有关南京大屠杀题材的战后日本文学作品进行多向比较,以此解读东京审判前后日本文学大屠杀叙事的范式转向过程。同时,本章还将梳理本多胜一《中国之旅》(1972)、铃木明《南京大屠杀的幻影》(1973)、丰田穰《小说东京审判》(1983)、山崎丰子《两个祖国》(1983)、伊藤桂一《南京城外》(1997)、山本弘《神不再沉默》(2003)、船户与一《灰尘之历》(2009)、村上春树《刺杀骑士团长》(2017)等1972年及其之后的50余年间日本有关南京大屠杀的文学的演变轨迹。此外,本章还将以中国文学的南京大屠杀作品作为参考对象,通过综合利用相关文学史料和多元国族视角的比较分析,梳理南京大屠杀的战后日本文学表述史演变轨迹。

第二节　丛书《东京审判》与小说《活着的士兵》

1946年9月,朝日新闻东京审判法庭记者团开始着手编辑一部8卷本的《东京审判》丛书。[①]该丛书是战后日本出版时间最早的东京审判法庭实录,丛书第1卷《东京审判之军阀侵略大陆》发行于1946年10月,其中首次收录了南京大屠杀审理记录的主要部分。《东京审判之军阀侵略大陆》(以下简称《东京审判》)在出版后获得了不俗的销量成绩。除1946年的初刊本以外,还于1947年再版2次,次年1948年再次加印,它不仅是同时期日本出版市场最有影响力的东京审判专题书籍,作为南京大屠杀在战后日本传播的早期源流文本也发挥了举足轻重的作用。

《东京审判》开篇第1章标题为“梦的残迹”,文中写道:“白色与红色杜鹃花在土堤的青草中散发着香味,沿着这个土堤斜坡往上走,就是通往东京审判法庭的道路……这里即将审判的不仅是28名头号战犯,同时接受审判的还有所有日本人过去十几年愚蠢而又悲惨的历史。”[②]《东京审判》采用现场报道与故事叙述相结合的表述方式,文本的叙述者同时扮演“法庭记者”和“讲故事的人”的双重角色。叙述者在向读者介绍法庭审理整体流程的同时,会有选择性地聚焦于法庭审理过程中出现的个别社会关注度高的热点话题,再以这些热点话题为中心形成近似小说文体的故事,从而描绘战犯心理、战争罪行事件的发展经过并阐释东京审判的历史意义。也就是说,《东京审判》虽然名义上是记录法庭审理过程的史料型文献,但是由于朝日新闻记者团在编写过程中采用了近似于小说叙事的笔法,在文体上它更接近一部

① 朝日新聞法廷記者団『東京裁判』第1輯—第8輯、東京:ニュース社、1946—1949年。
②「夢の跡」、同前第2頁。

以东京审判为主题的报告文学作品。事实上,南京大屠杀真正意义上的东京审判史料集直到1973年才在日本首次出版。[①] 在此之前,南京大屠杀的东京审判法庭审理记录都是以朝日版《东京审判》之类报告文学作品的形式传播于日本社会。从这一点来看,朝日新闻记者团编写的《东京审判》和石川达三的小说《活着的士兵》共同构成了南京大屠杀的战后日本文学表述史原点。

朝日新闻记者团编的《东京审判》的南京大屠杀章节标题取作"世纪之惨 南京事件",它的正文部分由"对幼儿同样施暴""三个月无休止的残暴""面临死亡的恐惧""大学校园连日暴行"这4个故事片段组成。这4个故事片段总共描写了32件日军在华暴行,所有暴行故事均发生在1937年12月13日日军占领南京之后;4个故事片段由威尔逊、许传音、伍长德、尚德义等6名当时实际在南京生活的大屠杀亲历者轮流担当故事叙述的视点人物,借由大屠杀亲历者的视角讲述日军在南京杀害中国军民、强奸妇女、抢劫财物、纵火等暴行。

与之相对,石川达三的长篇小说《活着的士兵》则是将故事发生时间设定在1937年夏末。这部小说采用随军记者的外在观察视角与战场士兵的内在心理视角相结合的手法,描写以侵华日军第16师团为原型的"高岛部队"登陆天津后途经上海、常熟、无锡直至侵占南京为止的作战过程。与《东京审判》类似,《活着的士兵》同样描写了日军在侵华战场屠杀、强暴、抢劫、纵火的一系列暴行,这也是该作品在1945年战后版发行之后能够被日本舆论追捧为揭露南京大屠杀的反战文学经典的原因。[②] 实际上,小说《活着的士兵》描写的总计22件日军暴行之中仅有4件发生在南京沦陷之后,其余18件均被设定为日军进攻南京行军途中发生的战场行为。而当小说故事进行到南京沦陷之后,叙述者采用"处置真正的士兵变得越来越困难"等抽象语句来回避书写南京沦陷后日军对中国俘虏的屠杀行为,同时又强调"进驻南京的日军士兵们过上了难得的悠闲日子",以此刻意营造沦陷后南京城的和平安宁假象。作为其结果,《活着的士兵》形成了与《东京审判》大相径庭的大屠杀叙事,叙述者在"激烈"的南京攻防战和"悠闲"的南京沦陷期之间划出明显的分界线,并将叙事重点聚焦于前者的"战场"空间。由于今天世人熟知的大屠杀事件发生于1937年

① 洞富雄『日中戦争史資料8 南京事件Ⅰ』、東京: 河出書房新社、1973年。此外,1948年日本富山房也策划过《远东国际军事裁判公审记录》(笹森顺造主编)的多卷本全集出版计划,但在1949年出版第2卷后放弃了。
②「裁かれる残虐『南京事件』石川達三氏語る」、東京:『読売新聞』、1946年5月9日。

12月13日南京沦陷之后,这意味着大屠杀最重要的历史时段实际上并没有成为《活着的士兵》的叙事对象。从这一点来看,《活着的士兵》书写的只是南京大屠杀的前奏,它与《东京审判》相比缺少直击大屠杀现场的核心叙事部分。

《活着的士兵》与朝日版《东京审判》的另一个差异在于两者选择了不同国籍形式的叙事视角。《活着的士兵》完全采用了侵略者一方的视角进行叙事,小说叙述者交替使用笠原下士(反应迟钝的农家二儿子)、平尾一等兵(作为原报社校对员的浪漫青年)、福山一等兵(忠厚老实的工人出身青年)、近藤一等兵(医学院毕业的敏感青年)、仓田少尉(情感细腻的下级军官)等多名日军士兵的流动式内在视角描绘南京战役经过。作为视点人物出场的日军士兵们被赋予了不同的阶级出身、教育水平和性格。日军士兵的人物形象生动具体,丰富的战场对话和内心独白构成了小说叙事的主体内容,《活着的士兵》的小说题名正是源自这些日军士兵形象的鲜活性。与之相对,《活着的士兵》使用了"姑娘""你"等一般名词或代名词指称大屠杀中的中国受害者,小说中出场的所有中国人角色除了一名叫"老张"的日军帮工,均以不带姓名的"无名氏"形象出现。这些没有名字的中国人缺乏特定的脸孔、身份、台词、对话和内心情感的语言表现,他们被剥离了自我表述的主体性,以寡言的"沉默者"或是无法用语言交流的"异类"形象出场,在小说世界中仅作为日军凝视的客体而存在。而当小说的故事情节发展到南京沦陷之后,叙述者又使用"空无一人的大街""空虚的城市""毁灭之都""几乎没有中国人的身影"等语句将日军占领下的南京刻画为"无人都市",而当时实际生活在南京城内的几十万中国难民在《活着的士兵》的小说叙事中被完全抹去了存在的痕迹。

与《活着的士兵》正相反,《东京审判》的大屠杀叙事不但完全聚焦于1937年12月南京沦陷之后,它还优先采用中国当事人的主体视角展开叙述,这与《活着的士兵》的大屠杀叙事模式形成鲜明对比。朝日版《东京审判》前后总共记述了4位中国当事人的大屠杀体验,其中包括南京沦陷后担任南京安全区国际委员会委员的许传音,担任南京市交通警察的伍长德,以及南京市民尚德义和陈福宝。《东京审判》的叙述者首先介绍每位中国当事人的履历,随后以直接叙述法的第一人称视角讲述他们各自的南京大屠杀经历。其中,许传音的故事讲述了他参与创建南京安全区保护难民,以及之后协助掩埋大屠杀遇难者尸体的经过;伍长德讲述了他被日军当作俘虏遭遇集体枪决,但最终侥幸逃生的故事;尚德义同样讲述了他在日军枪下九死一生的经历,他在日军入城后的第三天被无端逮捕,随后亲身经历了下关的集体大屠杀;陈福宝讲述了自己先后2次被日军逮捕的经历,在此过程中他目睹了日军屠杀战俘、强暴妇女和强征劳役的恶行。4名中国当事人均以第一人称"我"的口吻讲述各自主体视角的大屠杀故事。借由《东京审判》重新建构的中国视角叙事,曾经以"无姓名""无面容""无声音"的虚无形象在《活着的士兵》中登场的中国受害者们成了大屠杀叙事的主体表述者。也就是说,朝日版《东京审判》突破了《活着的士兵》偏向日军加害者视角、抑制中国受害者视角的局限性,它通过推动中国当事人成为自我体验的主体表述者,创造了日本南京大屠杀叙事的全新表述范式。当这种全新的表述范式借助朝日版《东京审判》的影响力在战后日本社会得到广泛传播之后,南京大屠杀的日本文学表述史也进入了新的阶段。

第三节 《旧恶》与《时间》的中国主人公视角

1955年1月,石川达三在文学杂志《小说新潮》上发表了一部题为《旧恶》的短篇小说。《旧恶》是石川达三继《活着的士兵》之后创作的另一部南京大屠杀相关题材作品。但是和早已成为日本文学经典作品的《活着的士兵》不同,《旧恶》迄今为止鲜为人知,它是一部被文学史家们遗忘许久的无名作品。

小说《旧恶》开头写道:"拜启前略,有关您委托的针对吴孝直氏的当前职业与过往履历的调查请求现已得出结果,由于吴孝直氏的外籍人士身份调查尚存在若干不充分之处,现将初步报告予以交付。"[1] 石川达三在小说《旧恶》中虚构了一份所谓"鸟井侦探事务所调查报告",小说叙述者采用介绍调查报告的形式,讲述在南京大屠杀中失去至亲的中国主人公吴孝直战后赴日追查杀人凶手的故事。小说中的吴孝直是一名出生于南京商贾家庭的中国留日学生。1937年日军侵占南京时,吴孝直的父母和2个妹妹遇害,之后吴孝直离开日本回国,抗战期间他四处漂泊寻找幸存的亲人。1946年,吴孝直再次来到日本从事黑市买卖,他在积累了巨额财富之后开始追查南京大屠杀的日军凶手。不久,吴孝直在东京偶然发现了母亲生前常用的一块手表,以此为线索他找到了侵华战争时期担任过日军下级军官的羽田音次郎。吴孝直想方设法接近羽田音次郎,在确认其曾经参与过南京大屠杀之后,用计将其置于死地,最终完成了自己的复仇计划。

---

① 「旧悪」、東京:『小説新潮』、1955年1月号、第44頁。

　　《旧恶》的故事情节和人物设定与《活着的士兵》存在明显的相关性。例如,在《旧恶》之中,作为南京大屠杀凶手出场的羽田音次郎下士与《活着的士兵》中出场的笠原下士几乎如同一人,他们的军衔、出身、性格、行为逻辑,以及大屠杀暴行的情节设定雷同,显然是同一人设的二次运用。再例如,《旧恶》的主人公吴孝直追查大屠杀凶手的线索源自羽田音次郎在南京掠夺的中国遇难者随身饰物,而相同的情节在《活着的士兵》中也多次出现。2篇小说的故事相互关联,《旧恶》实际上是石川达三为《活着的士兵》创作的一部短篇外传。但是,《旧恶》作为一部"后东京审判"时代的文学作品,它的大屠杀表述方式与《活着的士兵》亦存在重要差异,特别是其叙事视角明显带有来自东京审判的影响痕迹。例如,在《活着的士兵》之中,石川达三没有允许任何一位中国人角色作为视点人物讲述自己的南京大屠杀故事;而在创作《旧恶》时,作者主动选择了一位南京大屠杀的中国受害者担任小说的主人公兼视点人物。再例如,《活着的士兵》刻画的所有中国人角色均以"无姓名""无面容""无声音"的虚无形象出现,而在《旧恶》中,大屠杀的中国受害者则转变为小说故事的中心人物,叙述者对其人物性格、内心情感进行了深入细节的描绘。也就是说,在创作《旧恶》之际,石川达三采用了与朝日版《东京审判》一致的中国受害者视角代替《活着的士兵》的日军士兵视角,通过讲述小说主人公吴孝直从一名亲日中国留学生转变为对日复仇者的经过,尝试向日本读者提供新的中国视角下的南京大屠杀文学叙事。

　　从《活着的士兵》到《旧恶》的转变体现了日本文学在"后东京审判"时代的大屠杀表述范式的转向痕迹。但是受限于短篇小说的篇幅长度,《旧恶》仅聚焦于讲述主人公吴孝直的复仇过程,针对南京大屠杀事件经过本身并没有形成详细、完整的叙事。而在"后东京审判"时代,真正标志日本文学大屠杀表述范式转向的里程碑作品是堀田善卫的长篇小说《时间》。

　　小说《时间》是日本"战后派"作家堀田善卫在1953—1955年创作的一部以南京大屠杀为题材的长篇小说。这部作品以抗战时期生活在南京的一位中国人的手记形式,以主人公陈英谛的见闻和思索为中心,描绘了1937年日军入侵南京,以及后来占领南京的情况。《时间》最早以6个短篇的形式分别刊载于《世界》《文学界》《改造》这3种日本文坛的主流期刊上,之后又经过作者的整理和推敲,于1955年4月由日本新潮社发行了第一版单行本。2年后,新潮社又推出了更便于阅读的文库本,并在随后30年间不断再版重印了23次;20世纪80年代中期虽然一度绝版,但在2015

年又由日本岩波书店重新制作发行了新版文库本，2014—2016年还经改编被搬上了话剧舞台，是战后日本文学史上非常少见的对大众读者具有60年以上持久号召力的严肃类纯文学作品。

堀田善卫虽然没有像石川达三一样曾经跟随日军部队亲历南京大屠杀的现场，但他在"二战"末期曾经到访过南京，而这段发生于日本战败前夜的南京之旅对他日后创作《时间》起到了至关重要的作用。

1945年5月，堀田善卫在朋友名取洋之助的资助下前往南京旅行。在前往南京之际，堀田善卫随身携带了一册日本华中铁道有限公司在上海出版的导游手册《南京》。导游手册《南京》旨在面向初次到南京的日本读者介绍"南京概况""南京名胜古迹""南京游览路线""南京市内交通""南京地图"，其中贯穿手册前后反复论述的对象是所谓"皇军南京攻略战"的经过。导游手册《南京》开篇首先详细回述了1937年日军侵攻南京时与中国守军激战的场景，随后强调"南京归根到底是我们回顾皇军浴血奋战史的地方"，要求导游手册的日本读者"必须秉承正确、强健的战时意识，认真、谨慎地考察南京"[1]。

导游手册《南京》特意为日本读者指定了2处必到景点，一是南京城墙，二是与城墙对望的紫金山，理由是"这些地方都是皇军将士曾与敌军血战的场所，到此的每个日本人都应该怀抱虔诚的爱国热诚记住这段历史，努力回报阵亡同胞们在南京洒下的尊贵鲜血"。手册《南京》试图为第一次到访南京的日本读者预先规制"南京之旅"的意义所在，它将南京定义为日军浴血奋战的圣地，而"南京之旅"则是重新确认日本对外战争"合法性"之旅。

受到导游手册《南京》的影响，城墙和紫金山也成为堀田善卫游历南京期间的主要关注对象。在结束南京之旅回到上海后，堀田善卫写了一篇随笔《上海与南京》，该随笔被发表在上海日文杂志《新大陆》1945年8月号上。文中堀田善卫写道："我登上南京的城墙，遥望对面的紫金山和玄武湖的美景。我将目光聚焦在远处山脉肩部的塔楼上，心头上涌出'哀而不伤'这4个字，我痛感到中华民国的复兴大业将会是多么困难的一件事。"[2]文中堀田善卫提到的塔楼指涉今天南京紫金山风景区内的"国民革命阵亡将士纪念塔"。该塔是中国国民政府定都南京后建造的烈士纪念塔，

---

[1] 『南京』、上海：華中鉄道株式会社、1944年、第7頁。

[2] 「上海·南京」、上海：『新大陸』、1945年8月、第92頁。

建成之时是南京地区最高的传统式塔楼建筑。①

　　尽管随笔《上海与南京》对于南京之旅的记述并不详细,但是从中已经可以看到堀田善卫试图重构导游手册《南京》的话语空间、构设全新"南京"意象的表述意愿。导游手册《南京》将南京定义为"日军浴血奋战的圣地",叙述者通过构设"南京城墙—紫金山—皇军奋战之地"的意象组合,强调"南京之行"作为在华日侨进行"爱国"教育之旅的意义。堀田善卫的随笔《上海与南京》对"南京之行"的表述方式则是反其道而行之。叙述者将视角聚焦在国民革命阵亡将士纪念塔之上,通过构设"南京城墙—紫金山—中国革命之地"这一意象组合来消解导游手册《南京》为日本读者规制的"南京之旅"的旧有意义,同时尝试从中国视角出发重新发现"南京"之于日本读者的意义所在。

　　1945年5月访问南京之际,堀田善卫随身还携带有一册封面印有"临诊录"字样的记事本。在《临诊录》中,堀田善卫写道:"我看到南京城墙上还保留着打仗时留下的防御碉堡,碉堡墙上乱涂着一些日本人写的和歌,当中有一首'为君舍命何足惜,若樱散尽,生命有意',真是拙劣透顶。"②堀田善卫称其为"拙劣透顶"的和歌,实际上是当时日本广为人知的所谓"军神辞世歌"。这首和歌的作者是日本海军青年军官古野繁实,他在1941年12月担任特攻队小队长,并参加了日本海军偷袭珍珠港的作战,阵亡后被海军报道部奉为"军神"进行宣传。"为君舍命何足惜,若樱散尽,生命有意"是古野繁实出征之际写作的所谓"辞世歌"。这首和歌词句简单,直白表达日本军人为"君"(天皇)舍命的意愿,在"二战"时期日本出版的各类"军神"系列作品中经常被引用,是当时军国主义意识形态宣传常用的文学言论道具。③

　　不管是对于导游手册《南京》,还是古野繁实的"军神"辞世歌,堀田善卫都表现出通过作家的个体书写重构社会公共言论空间的表述意愿。1945年5月的南京之行是堀田善卫到上海后仅2个月之际的一次短暂旅行。此时的堀田善卫对南京几乎一无所知,他对南京的了解,一是通过旅行途中的现场体验,二是借由阅读各类与南京相关的言论信息,而后者对于在华时间不长的堀田善卫来说尤为重要。堀田善卫身处侵华日军占领下的中国沦陷区,当地流传的各类言论信息大部分服务于侵华

---

① 卢海鸣、杨新华《南京民国建筑》,南京:南京大学出版社,2001年,第489页。

② 「臨診録」、日本神奈川近代文学館「堀田文庫」所蔵。

③ 朝日新聞社『特別攻撃隊: 九軍神正伝』,東京: 朝日新聞社、1942年; 日本少国民文化協会『九軍神の御靈に捧ぐ: 少国民作品集』,東京: 童話春秋社、1943年。

日军的政宣系统。要利用这些言论信息形成具有作家主体性的个人化书写，必然要求堀田善卫具备解构社会公共言论空间的能力。从南京回到上海之后，堀田善卫继续阅读了大量关涉南京的报刊书籍。他通过对社会公共言论信息的解构，寻找自身表述南京的独特方式，最终写作了战后日本第一部正面描写南京大屠杀的长篇小说《时间》。

作为"后东京审判"时代日本首部南京大屠杀题材的长篇小说，《时间》的大屠杀叙事很大程度上受到东京审判的影响，其显著表现在它是第一部利用中国受害者的东京审判法庭证词写成的南京大屠杀文学作品。《时间》的主人公被设定为一名名叫"陈英谛"的中国知识分子，他在小说中的人物背景及其大屠杀见闻与实际参加东京审判的数位中方证人高度重合，特别是1937年南京沦陷后担任安全区委员的许传音博士和担任南京市交通警察的伍长德构成了"陈英谛"的人物原型。

许传音博士毕业于美国伊利诺伊大学，南京沦陷前在国民政府铁道部工作，1937年南京沦陷后曾出任安全区委员和世界红卍字会南京分会副会长，他在大屠杀期间作为少数中方官员参与了难民救援和遇难者尸体的掩埋工作。伍长德原本是南京市的一名交通警察，日军攻占南京之后他被当作中国守军与其余数千人一起遭遇集体枪决。当时伍长德身受重伤但侥幸逃过一劫，在市民帮助下他逃入安全区，随后被送往南京大学附属医院得到美国医生罗伯特·威尔逊的救治，成为少数大屠杀幸存者之一。

在前述朝日新闻法庭记者团编写的《东京审判》中，许传音和伍长德扮演了中方最重要的大屠杀见闻讲述者。许传音的留洋知识分子背景使他能够不借助翻译与法官及辩护人直接进行对话，他以政府官员的视角讲述了自己在难民救助过程中目睹"日军占领南京城之后行径野蛮，一旦见人立刻射杀"[1]的大屠杀见闻。伍长德是极少数从大屠杀现场生还的中国幸存者，他在《东京审判》中以直接受害者的视角讲述自己"被日军强行带往南京西大门执行枪决""在机关枪射击前瞬间卧倒装死""从尸堆中爬出来躲进附近的空房""目睹西大门外有2000余人被日军枪杀"[2]等经历。在创作《时间》之际，堀田善卫选择了将许传音和伍长德的身份背景及两人的东京审判证词整合在一起，并联系其他相关史料运用到小说主人公"我"（陈英谛）的人物塑造，以及作品的南京大屠杀叙事之中。小说中，"陈英谛"以第一人称"我"

---

① 朝日新聞法廷記者団『東京裁判1 軍閥大陸へ侵攻す』，東京：ニュース社、1946年、第275頁。

② 朝日新聞法廷記者団『東京裁判1 軍閥大陸へ侵攻す』，東京：ニュース社、1946年、第282頁。

的形式登场,他同时担当故事的主人公和故事叙述者的双重角色。"我"是一名留洋归国后在国民政府工作的下级官员,南京沦陷后"我"被日军误当成中国战俘在西大门遭遇集体枪杀。侥幸逃过一劫后"我"在南京城中四处逃难,在前后半年多的城内流亡生活中"我"历经磨难,同时也得以近距离观察了日军在南京的暴行。"我"为了谋生搬运过遇难者尸体,做过日军帮工,同时也暗中协助地下抗日活动。在此过程中"我"尽力坚持每天书写日记,《时间》即是以日记体小说的形式讲述了"我"作为南京大屠杀亲历者和幸存者的故事。

已有学者考证过堀田善卫写作《时间》之际使用的小说素材,主要包括朝日新闻社的《东京审判》丛书(1946—1949)和日本富山房出版的《远东国际军事法庭公判记录》丛书(1948—1949)。① 史料与小说的结合使得《时间》成了一部虚实相联的复合型文本——在小说虚构的外壳下,内嵌了来自东京审判的中方证言。《时间》第一次以文学书写的方式将中国受害人视角的南京大屠杀叙事导入了战后日本的公共言论空间,它的诞生标志着战后日本文学的大屠杀表述史正式进入了"后东京审判"时代。

作为开启"后东京审判"时代的里程碑作品,《时间》的价值不但体现在它继承了东京审判的南京大屠杀叙事成果,更重要的是这部长篇小说尝试创造了以"他者对话"为理念的大屠杀文学表述的全新范式。前述朝日版《东京审判》虽然借助中方证人的证词构设了中国受害者视角下的南京大屠杀叙事,但是文本叙述者在描绘东京审判审理过程之际有意省略了日方被告辩护人的法庭发言,所有日方辩护人的法庭发言以"冈本、克莱曼、伊藤等辩护律师起立"②,"神崎、伊藤这2名辩护律师进行了讯问,结束后证人退庭"③ 等形式被省略了正文内容,结果导致朝日版《东京审判》形成了一个只有原告发声却没有被告回应的非对称性单向话语空间。这种单向话语空间不但见于朝日版《东京审判》,1947年日本东京新闻社出版的《被审判的日本　亚洲失乐园》是同时期另一部报告文学体式的东京审判法庭实录,它的南京大屠杀叙事同样缺少原告、被告之间的对话内容。也就是说,东京审判及其相关报告文学作品在战后日本的出版与传播虽然改变了《活着的士兵》以来日本文学的大屠

---

① 秦剛「堀田善衛『時間』が問いかけたこと」『戦後日本を読みかえる　第5巻』所収、京都: 臨川書店、2018年。

② 朝日新聞法廷記者団『東京裁判1　軍閥大陸へ侵攻す』、東京: ニュース社、1946年、第274頁。

③ 朝日新聞法廷記者団『東京裁判1　軍閥大陸へ侵攻す』、東京: ニュース社、1946年、第280頁。

杀叙事缺少中国受害者视角的弊病，但是由于没有成功构建加害者和受害者之间的对话平台，故而没有能够在南京大屠杀的文学叙事中实现民族立场不同的异国他者之间的视角共存。堀田善卫写作《时间》的出发点之一正是为了突破同时期日本文学的南京大屠杀叙事缺失异国他者对话视角的局限性。1955年诞生的《时间》不仅为战后日本文学的南京大屠杀表述史打开了新的发展局面，如果将其与"二战"后中国出版的大屠杀作品进行比较，不难发现《时间》对于中国文学大屠杀叙事模式的继承与变革同样具有重要的文史意义。

第四节 《南京的虐杀》的受容与变容

就在东京审判开始前夕的1946年2月，中国第一本以南京大屠杀为书名的单行本作品《南京的虐杀》在上海出版。《南京的虐杀》的副书名为"抗战以来报告文学选集"，它是一部以中国抗日战争为主题的报告文学作品集。该书由中共党员作家叶以群主编，通过作家书屋出版发行。[①]《南京的虐杀》总共收录了12篇报告文学作品，作者大部分是参加抗战的中国军人、医生、记者、学生、市民等非职业作家。《南京的虐杀》收录作品的内容涉及抗战各个方面，其中，倪受乾的《我怎样退出南京的》和汝尚的《当南京被虐杀的时候》是2部与南京大屠杀关系最为密切的作品。

倪受乾的《我怎样退出南京的》采用"我"（一名南京守军下级士官）的第一人称视角展开大屠杀叙事，作品描绘了"我"在与日军激战和撤退途中目睹的大屠杀惨状。汝尚的《当南京被虐杀的时候》则采用了南京市民的视角，故事的主人公"我"在日军攻占南京时因为患病没有撤离，南京沦陷后"我"躲避城中近距离观察了日军大屠杀的一系列暴行。《我怎样退出南京的》和《当南京被虐杀的时候》均采用第一人称视角展开叙述，作品以接近实况直播的方式讲述大屠杀当事人"我"的所见所闻，并在此基础上形成了中国受害者主体视角的大屠杀叙事。尽管叶以群在编辑《南京的虐杀》时将其归入"报告文学"的范畴，但实际上《南京的虐杀》的文体和一般的报告文学作品存在明显差异。一般报告文学作品的文本叙述者通常聚焦于报告相关历史事件的发展经过、塑造事件相关人物的形象。但是，在《南京的虐杀》中，

---

① 叶以群编，作家书屋刊。另外，《南京的虐杀》曾在1943年11月以《战斗的素绘》之书名由作家书屋在重庆出版。《南京的虐杀》是作家书屋迁址上海之后，配合1946年2月国民政府南京国防部审判战犯军事法庭的开庭重新编辑出版的书籍。

相对于事件经过,叙述者更偏向于细致描绘当事人内心情感的波折,特别是大屠杀受害者对于日军暴行的恐惧、伤痛、愤怒、仇恨等心理活动构成了作品的叙事主体对象。这种以主观能动认知代替事件经过描述的文体设计是《南京的虐杀》的编者叶以群当时大力提倡的报告文学新方向,[①]它与堀田善卫的《时间》的文体设计实际上十分近似。堀田善卫的《时间》采用了日记体小说的文体,主人公"陈英谛"同样以第一人称"我"的视角讲述自己的南京见闻,以及亲临大屠杀现场时的心理活动。与《南京的虐杀》相仿,《时间》的大屠杀叙事同样采用强调临场感的实况直播形式结合不间断的第一人称独白,叙事内容聚焦于当事人的大屠杀体验和在此过程中的内心情感思索。也就是说,尽管《时间》和《南京的虐杀》使用的书写语言不同、面向的读者群体不同,并且公开出版时间也相隔了近10年,但它们不约而同地使用了相似的大屠杀叙事形式。这意味着早在20世纪50年代,中日文学作品的南京大屠杀表述空间就已经出现了跨国交汇现象。

实际上,1946年2月《南京的虐杀》在上海出版时,《时间》的作者堀田善卫当时正在中国国民党中央宣传部对日文化工作委员会上海分会工作。在华工作期间,堀田善卫主要负责搜集整理《中央日报》《申报》等上海当地新闻报刊上所登载的各类日本评论,随后再根据国民政府的需要将其中一些重要文章翻译成日语,提供给滞留上海的几十万日侨俘阅读。同时他还承担了一个对日广播电台的播音员工作,并且不定期地参加部门组织的中日知识分子讨论会。一直到1947年1月回国为止,堀田善卫都在协助中方开展战后对日舆论交流的工作,这一段特殊经历使他比起日本国内其他作家更早地接触到有关日本战争罪行的信息。例如,上海本地所发行的日文报纸《改造日报》早在1945年12月就有了关于南京大屠杀的详细报道,同时期《申报》《大公报》《中央日报》等中文报纸上也刊发了各类专题讨论。不论是日文《改造日报》还是《申报》等中文报刊,战后中国传媒的大屠杀报道均采用了受害人视角叙述日军在南京的暴行,其大屠杀叙事重视传递来自中国受害者的情感表达,目的是以此形成民族伤痛的共同记忆。[②]从这一点来看,《时间》之于《南京的虐杀》的相似性实际上是堀田善卫在华期间接纳中国大屠杀表述范式的结果。

---

① 叶以群《抗战以来的中国报告文学》,《中苏文化》,1941年第1期,第43—123页。

② 「専論　南京虐殺に関して」,上海:『改造日報』,1945年12月24日、1版;「特輯　宛らダンテの地獄篇　南京大虐殺」,上海:『改造日報』,1945年12月24日、2版;《血的日子血的案子　南京大屠杀八周年忌》,上海:《申报》,1945年12月16日。

在创作《时间》的同一时期,堀田善卫还写作了另一部题为《夜之森林》(1955)的长篇战争小说。与《时间》一样,这部作品也采用了日记体小说的形式,以第一人称"我"的视角审视日本的战争罪行。由此可见,这一时期的堀田善卫相当执着于从行为主体的直观视角反思战争的叙事方式。① 但是,由于《时间》的主人公被设定为南京大屠杀的直接被害人,采用日记体小说的形式就不可避免地会带来叙事逻辑上的矛盾——主人公不可能在受到日军屠刀直接威胁的同时还有机会详细记录下自己的经历,更不可能在身负重伤性命垂危之际还有余力书写每天的日记。为了在保留日记体小说形式的同时防止日本读者质疑作品中有关大屠杀叙事的真实性,堀田善卫选择了将主人公陈英谛的日记分成"实况直播"和"倒叙闪回"这2个部分。一方面通过陈英谛每天所书写的日记实时地向读者报告主人公当天的所见所闻,另一方面又通过他对大屠杀经历的回忆生动展现日军在南京的暴行。这种双重时间轴的叙事方式既能有效地保证《时间》为日本读者提供来自中国主体视角的大屠杀表述,又能防止右翼的历史修正主义分子恶意解释作品,质疑主人公所书写的日记内容的真实性。《时间》作为自揭民族伤疤的大屠杀文学能够无障碍地流通于日本文艺市场长达60年之久,巧妙的叙事技巧也是其中一个重要原因。

双重时间轴叙事手法的另一个效果在于将《时间》的大屠杀叙事细分为"体验"表述和"记忆"表述这2个层面,从而有利于小说的叙述者从多个维度去展现更为立体的大屠杀画面、探讨更为多元化的大屠杀话题。在日记体小说的"实况直播"部分,《时间》的主人公兼第一人称叙述者的"我"专注于将自身的大屠杀见闻尽可能清晰地传递给读者,力求在小说主人公"我"——一名大屠杀的中国受害者与小说的日本读者之间构设一个"体验"共同体,以便将中国人的大屠杀体验内化于日本读者自身的阅读体验之中。而在小说的"倒叙闪回"部分,主人公"我"则站在大屠杀发生1年后的时间点上回忆往事,叙述者通过反复描述大屠杀的"记忆"对"我"本人及其他中国人所造成的心灵创伤,探讨如何处理大屠杀记忆的问题并试图以此唤醒日本读者的战争责任意识。

尽管《时间》在文体上有刻意模仿《南京的虐杀》的痕迹,但同样值得注意的是,2部作品描绘大屠杀加害者与被害者形象的方式存在明显差异。一方面,《南京的虐

---

① 日本神奈川近代文学馆所收藏的堀田善卫的手稿资料中,《夜之森林》和《时间》的小说构思和素材调查记录被写在了同一册创作笔记里(档案编号 H04/00093039)。由此可见,当时这2部小说在作者的写作计划中同属一个系列。

杀》刻画了南京守军的武排长,步兵上士徐金奎,以及南京市民金宝、蔡君等众多大屠杀的中国亲历者,作品通过总共41处的人物对话设计和贯穿故事始终的人物心理描写再现中国受害者的面容、会话、思想和内心情感。另一方面,《南京的虐杀》对于大屠杀加害者的形象塑造较为粗浅,作品中所有日军角色均以"敌军""敌人""暴敌""魔鬼""鬼子"的称谓出场,他们没有名字、对话台词和心理描述,只在故事中作为无面容、无声音、无情感的形象出现。实际上,形象丰满的受害者与脸谱化的加害者的不对称性人物构图是同时期中国作品中南京大屠杀叙事常用的手法。除《南京的虐杀》以外,同样出版于1946年的谭道平的战记作品《南京卫戍战史话》(东南文化事业出版社)和张恨水的长篇小说《大江东去》战后版(南京新民报社)都使用了类似的叙事手法。这种不对称性人物构图的优势在于能够凸显日军大屠杀行为的反人类性,缺陷在于容易造成日军加害者的形象脸谱化,最终导致大屠杀叙事中出场的日军角色只能扮演没有任何对话可能性的"绝对他者"。

　　堀田善卫的《时间》在模仿《南京的虐杀》的同时,还试图创建包含"他者对话"可能性的新型大屠杀叙事。在堀田善卫身后留下的一份《时间》的手稿中,作家本人写道:"对于主人公'我'来说,最大的苦恼在于思考何为敌人,一个国家的国民对抗另一个国家的国民,一个共同体对抗另一个共同体,一个组织对抗另一个组织,当这种二元对立成为一切的时候,世间就会血流成河。"① 由于主题的特殊性,中国作家的南京大屠杀题材作品往往不会采用纯粹中立、客观的叙事视角,因为这种方式既不符合中国读者的需要,也会削弱大屠杀叙事自身的冲击力和感染力。但是,肤浅的脸谱化描写和简单的二元对立式故事结构会大大降低作品的读者,特别是中国以外的海外读者的阅读意愿,这也是大屠杀题材的文学创作及其海外传播历来面对的难题。实际上,在《时间》之前,日本的出版社曾经译介过中国作家崔万秋的大屠杀题材小说《第二年代》,但由于作品的叙事模式单一、描写刻板,读者反响不佳,很遗憾地没有能够获得日本社会的关注。② 与之相比,《时间》的双时间轴叙事模式赋予了这部作品更多元化的表现方式,这有利于小说的叙述者在"临场"与"事后"的2个时间维度之间进行灵活转换,以获取更具弹性的话语空间。在"实况直播"部分,主人公兼第一人称叙述者的"我"偏向于进行更具临场效果的感情化描述,以此提供给读者更具冲击力的大屠杀叙事;而在"倒叙闪回"部分,"我"则会转向更为冷静的事后

---

① 日本神奈川近代文学馆藏、H04/00093039。手稿资料,原文为日文,笔者译。

② 崔万秋著、大芝孝訳『抗戦第二年代』,石川: ジープ社、1950年。

思索,通过不断的提问和反思,尝试与作为叙事接受方的日本读者就大屠杀的话题进行对话。双重时间轴的叙事模式带给了作品更具包容性的话语空间,这使得《时间》能够构建具有"他者对话"功能的大屠杀叙事,在小说的世界中创设日本与中国、加害者与被害者间的对话通道。

作为一部日记体小说,《时间》的主人公"我"必须同时担当小说的第一人称叙述者和作品内部的日记书写者。叙述者与书写者的双重立场使"我"既能从当事人视角讲述自己的大屠杀体验,又可以从审视者视角记录自己对于大屠杀的思考。与此同时,"我"在小说中还被赋予了"抵抗者"和"合作者"的双重身份。南京沦陷后,"我"除了作为国民政府的地下特工从事抗日活动,同时还在一位名叫桐野的日本军官家中假扮帮佣,表面上充当"对日合作者"。桐野的军官寓所正巧是南京沦陷前"我"居住的家宅,以及"我"与桐野同居一处的设定象征了日军占领下南京城内敌我关系的空间构图。

与桐野的每次见面都会唤起"我"的大屠杀记忆。"我"用日记书写自己的大屠杀伤痛和对日军的仇恨,同时又自我警惕地回避使用"鬼子"之类的非人化表述。"我"在日记中写道:"如果不使用'鬼子'一词来称呼日本人,我就觉得无法释怀,但是如果一味轻率地去使用'鬼子'这个词,又可能会蒙蔽自己的眼睛,僵化自己的思维。"[1]民族情感和大屠杀的记忆使"我"无法宽恕桐野的侵华责任,但是作为知识分子的理性又让"我"意识到必须将桐野表述为"人",因为只有如此,才能追究他作为"人"的责任。在日记中,"我"将桐野描述为侵占南京的"敌人",同时又认为他作为"一位临时参军的原大学教授""某种程度上也是一个可以与之交谈的日本知识分子"。[2]桐野热衷与同样是知识分子的"我"讨论各类文艺话题,却始终无法感受到"我"作为大屠杀受害者的仇恨与伤痛。知识分子的良知虽然让桐野对日本侵华的现实一直抱有疑问,但是每当我委婉谈论起战争责任话题时,桐野的反应是忧郁、逃避、手足无措和情绪化的暴怒。"我"在日记中不断书写着与桐野的对话,借由这些对话,"我"描绘着桐野在侵略者和良心知识分子之间左右摇摆的双重性格。"我"将这种双重性格归结为日本知识分子作为历史事件参与者的主体性缺失表现,认为逃避历史责任、习惯屈从强权和缺乏历史变革意识是近代日本知识分子的集体特性,

---

① 『時間』,東京:新潮社、1955年、第76頁。
② 『時間』,東京:新潮社、1955年、第138頁。

同时将其阐释为"南京大屠杀暴行的潜在原因"①。

在《时间》问世的20世纪50年代,有关南京大屠杀的历史研究远远没有达到今天的成熟程度,除东京审判的证词以外,可供堀田善卫参考的史料也极其有限,日本史学界对于大屠杀的研究更是一片空白。②从历史学研究的当代成果来看,《时间》对南京大屠杀的描写并没有达到展现历史事实全貌的程度。特别是小说的后半段,作者采用了过多形而上的描写和独白讨论普遍人性、革命者人格,以及政治斗争永恒性的话题。这些内容抽象难懂,既不利于理解,也有可能分散读者对于大屠杀本身的注意力,削弱在战争罪行控诉上的具体性和批判力度。

即便如此,《时间》在建构他者对话型大屠杀叙事模式上的尝试依然保证了这部作品在文学史上的里程碑意义。实际上,就在《时间》初版发行的1955年,和堀田善卫同时代的另一位"战后派"作家三岛由纪夫也发表过一部大屠杀题材小说《牡丹》。《牡丹》刊发于东京《文艺》1955年7月号,小说讲述了一个"据说是南京大屠杀主谋的男人"退伍之后受困于大屠杀记忆的故事。③三岛由纪夫的《牡丹》虽然同样写作于"后东京审判"时代,但它沿用了传统的单向性叙事模式,故事中既没有出现中国受害者,也没有出现加害者与受害者的对话场面,无论是叙事视角还是叙事内容都没有突破以往的大屠杀表述范式。与之相对,《时间》成功克服了《活着的士兵》《东京审判》《南京的虐杀》等先行大屠杀作品文本一贯使用的非对话性叙事模式的局限性,作者借助小说虚构性内含的叙事包容力,设计出带有一定理想化色彩的中日对话场景,试图以此消解加害者与受害者之间的绝对二元对立,最终创造出南京大屠杀题材文学作品的全新书写范式。

第五节 《城墙》的大屠杀文学史相位

1964—1965年,日本东京集英社编辑发行了一套《昭和战争文学全集》(全15卷、别卷1)。《昭和战争文学全集》是日本战后出版的首个战争文学作品汇编,它按题材分类收录了20世纪30年代初至20世纪50年代末在日本出版的百余部战争小

---

① 『時間』、東京:新潮社、1955年、第217頁。

② 例如:日本史学会『太平洋戦争史Ⅱ中日戦争』、東京:東洋経済新報社、1953年,其中仅1页内容涉及南京大屠杀。

③ 三島由紀夫「牡丹」、東京:『文芸』、1955年7月号。

说、报告文学和军民日记体作品。①《昭和战争文学全集》第三卷题为《无尽的中国前线》。该卷专门收录与侵华战争相关的文学作品，其中石川达三的《活着的士兵》和堀田善卫的《时间》被选为卷首的2部小说代表作。据全集编者的解说，《无尽的中国前线》在卷首收录《活着的士兵》和《时间》的原因是"希望读者了解日军在所谓圣战面具之下在中国实施的暴行和腐败堕落的一面，因为只有通过这些可怕的事实才能认识中国战场的全貌"②。也就是说，从20世纪60年代开始，南京大屠杀已经成为日本战争文学侵华罪行叙事不可缺少的核心主题。

但是就在《昭和战争文学全集》出版问世的同一时期，日本文坛实际上还出现了一部题为《城墙》的大屠杀题材长篇小说。《城墙》的作者榛叶英治（1912—1999）毕业于早稻田大学英语系，"二战"期间在中国长春伪满洲国外交部担任过6年日籍官员，当时还是一名活跃在伪满日文杂志《艺文》的英美文学评论家。③1945年日本战败后，榛叶英治一度成为战俘，1946年经由东北日侨善后联络总处长春分会被遣返回国。1949年，榛叶英治以战败后在长春的经历为素材发表了短篇小说《铁丝网中》④，1958年他再次发表以长春为舞台的长篇小说《赤雪》，同年凭借该作品获得了日本最有影响力的大众文学奖"直木奖"，并由此一跃成为文坛宠儿。⑤

《城墙》是榛叶英治获得直木奖后创作的第一部长篇战争小说。这部作品于1964年8月首先发表在东京《文艺》月刊上，同年11月经作者增补内容后以单行本形式由东京河出书房结册出版。⑥《城墙》是继《活着的士兵》《时间》之后日本第三部南京大屠杀题材的长篇小说。由于在那之后日本文坛没再出现新的大屠杀题材长篇小说，《城墙》实际上构成了南京大屠杀之于战后日本文学史的长篇叙事终结点。

相较于采用日军视角的《活着的士兵》和聚焦中国视角的《时间》，《城墙》的大屠杀叙事特色在于同时使用了侵华日军、中国受害者和第三国欧美人的多元化综合

① 阿川弘之、大岡昇平等『昭和戦争文学全集』（全15巻・別巻1）、東京：集英社、1964—1965年。
② 村上兵衛「解説」『果てしなき中国戦線　昭和戦争文学全集3』所収、東京：集英社、1965年、第468頁。
③ 榛葉英治「英国的知性の没落」、新京（長春）：『芸文』、1943年4月号、第76—86頁；榛葉英治「榛葉英治　人と作品」、東京：『丸』、1983年7月号、第186—187頁。
④ 榛葉英治「鉄条網の中」、東京：『文学者』、1949年2月号、第59—67頁。
⑤ 榛葉英治『八十年現身の記』、東京：新潮社、1993年。
⑥ 榛葉英治『城壁』、東京：河出書房新社、1964年。

视角。通过多元视角的使用，小说《城墙》塑造了侵华日军南京占领部队的江藤少尉和他的部下仓田中士，生活在南京城内的中国青年知识分子黄士生，南京安全区国际委员会的德国负责人拉贝、美国秘书史密斯和传教士米尔斯神父等多位来自不同国家、使用不同语言并体现不同国族视角的小说人物。他们在小说的不同阶段交替担任中心视点人物，最终促使《城墙》形成了不同国族视角相互交错的多元化大屠杀叙事。

例如，在小说《城墙》开篇处首先作为视点人物登场的是侵华日军南京占领部队的江藤少尉和他的部下仓田中士。江藤少尉在小说中被设定为大学生出身的良心知识分子，他被动地参与日军在南京的大屠杀暴行，内心不断质疑战争的荒谬和罪恶。与江藤少尉相反，小说的另一位日军视角人物仓田中士则是以典型的"鬼子"形象出场。仓田中士出身于平民阶层，他蔑视江藤的人道主义和超国籍立场，行事遵循极端民粹主义，在小说中被塑造成日军残暴性的化身。小说《城墙》反复描绘了人道主义者江藤少尉和极端民族主义者仓田中士之间的对峙和冲突，以此形成日军加害者视角之下带有一定反思侵华史功能的南京大屠杀叙事。另外，《城墙》刻画的江藤少尉 vs 仓田中士的二元对立实际上完全模仿了《活着的士兵》之中仓田少尉 vs 笠原伍长的构图，2 部作品之间可以看到明显的承袭关系。这意味着从1945年战后版《活着的士兵》的问世直至《城墙》出版的1964年，战后日本文学的南京大屠杀叙事在经历20年的演变之后已经形成了清晰的继承与发展的历史脉络。

除《活着的士兵》之外，《城墙》和《时间》之间也存在着明显的文学史承袭关系。例如，在小说故事的中段，《城墙》设计了一名名叫黄士生的中国青年作为大屠杀受害者一方的叙事视点人物出场。黄士生是南京市教育局的职员，同时又在南京基督教会担任干事，他和《时间》的主人公陈英谛一样被设定为兼具民族视角和国际化视野的中国知识分子。出场之初的黄士生对政治漠不关心，对于战争局势的发展也只是被动旁观，但是在目睹日军侵占南京的暴行之后，黄士生逐渐产生强烈的抵抗意志，他在经历从逃避旁观到顺从合作再到全面对抗的一系列转变之后，最终决意离开沦陷区奔赴抗战前线。与《时间》的主人公陈英谛相比，仅作为视点人物之一出场的黄士生尽管不是《城墙》的故事主角，但是作品借用大屠杀受害者视角描写日军占领下南京的中国知识分子在逃避、合作与抵抗的夹缝中寻求自我变革的故事设计与《时间》如出一辙。事实上，在《城墙》发表后不久，同时期日本的文学评论家也偏向于将其视作《时间》的后续作品进行比较，其原因正是意识到了 2 部作品之间存在的文学史承袭关系。①

除大屠杀文学史的传承意识以外，《城墙》最成功之处在于第一次将中日以外的第三国欧美视角真正运用在了战后日本文学的南京大屠杀叙事之中。尽管早在1946年东京审判之时，威尔逊、贝茨、拉贝等欧美人士在南京的见闻及其证词就已经成为世人了解南京大屠杀必不可缺的历史记忆来源，但即便是在"后东京审判"时代，日本文学的大屠杀叙事一直存在缺失第三国欧美视角的局限性。例如，堀田善卫的《时间》虽然采用了东京审判的南京大屠杀审理记录作为小说的创作素材，但是整部长篇小说仅有3处故事情节出现了欧美籍大屠杀目击者的相关情节，整体上而言并没有成功构建中日以外第三国视角的大屠杀叙事。与之相对，在《城墙》的初刊单行本"后记"中，榛叶英治不但主动阐明了自己从欧美第三国视角书写南京大屠杀的创作意愿，同时还明确指出《城墙》的"小说素材大部分源自田伯烈著《外人目睹中之日军暴行》"②。

众所周知，《外人目睹中之日军暴行》是澳大利亚记者田伯烈在1938年根据南京安全区国际委员会的公函、报告，以及欧美籍委员们书写的信件、日记等编辑而成的南京大屠杀纪实著作。该书最早以《战争意味着什么：日军在华暴行的文献记录》（*What War Means: The Japanese Terror in China; a Documentary Record*）的书名出版于英国伦敦，问世之后作为系统介绍南京大屠杀的第一部书籍迅速引起国际社会的关注。1938年7月，中国汉口民国出版社第一时间推出了该书的首个中译本《外人目睹中之日军暴行》。③而在日本，由于受到政府言论管控，直到日本战败后的1946年，东京的一种左翼文化杂志《人民评论》才公开发表了《外人目睹中之日军暴行》的首个日文节译本。④

据榛叶英治自述，1944年战争期间，他曾以伪满洲国外交部官员身份访问南京，"当时我从南京大使馆的同事山本永清那里借阅过《外人目睹中之日军暴行》的日译版"⑤。而在晚年写作的另一篇回忆文章中，榛叶英治又称"我在日本战败之后意

① 河上徹太郎「文芸時評　上」、東京：『読売新聞』（夕刊）、1964年7月27日；奥野健男「八月号の文芸雑誌」東京：『東京タイムズ』、1964年7月30日。

② 榛葉英治『城壁』、東京：河出書房新社、1964年。

③ 田伯烈著，杨明译《外人目睹中之日军暴行》，武汉：汉口民国出版社，1938年。

④ 金子廉二訳「天皇の軍隊」、東京：『人民評論』、1946年3月号、第56—65頁。

⑤ 榛葉英治『八十年現身の記』、東京：新潮社、1993年、第241頁。

外获得了一册日译本,后来以它为基础写作了以南京大屠杀为主题的长篇小说《城墙》①。1982年,榛叶英治将自己私藏的《外人目睹中之日军暴行》以复刻本形式在日本出版,前述回忆文章收录于复刻本的"解说"之中。根据这篇"解说",榛叶英治私藏的《外人目睹中之日军暴行》日译本既没有译者署名,也没有出版信息,只在书上加盖有"日侨前后联络总处"印章。② 榛叶英治回忆的"日侨前后联络总处"应当指涉抗战胜利后国民政府在东北地区设立的日本侨民管理机构"日侨善后联络总处",该处在榛叶英治当时居住的长春设有分会,主要负责伪满洲国地区日本侨民的战后遣返工作。③

在写作《城墙》的过程中,榛叶英治将《外人目睹中之日军暴行》作为一个内嵌文本融入了小说的叙事设计之中。首先,《外人目睹中之日军暴行》的书名关键词"外人"虽然指涉南京安全区国际委员会的欧美籍委员,但是田伯烈在编著该书时出于安全考虑隐匿了大多数"外人"的姓名,以实名形式出现于书中的只有安全区委员长拉贝、委员会秘书史密斯,以及兼任安全区国际委员会委员和南京基督教会负责人的米尔斯神父。榛叶英治在为小说《城墙》设计欧美第三国视角的大屠杀叙事之时采用了实写为主、虚构为辅的方式。作者一方面借用《外人目睹中之日军暴行》的3位实名"外人"作为《城墙》的小说人物登场,同时又为3人设计了不同的角色职能,通过拉贝、史密斯和米尔斯的不同立场构建3种不同的欧美人视角下的南京大屠杀叙事。

例如,日军南京大屠杀期间担任安全区国际委员会委员长的德国人拉贝在小说中被塑造成一个黑白分明、充满正义感,但同时又带有西方文明优越意识的两面形象。拉贝为了保护中国难民利用自己的德国人身份与日军谈判周旋,但同时又以西方文明人自居,将日军在南京的暴行解释为东方人的野蛮习性。与拉贝相对,担任委员会秘书的美国人史密斯在小说中以怀疑主义者的形象出场。史密斯认同拉贝的人道主义正义感,但同时又厌恶拉贝的纳粹党员身份。他一方面协助拉贝管理安全区救助中国难民,另一方面时常讥讽拉贝的西方文明自负,认为纳粹德国也是日军的侵华帮凶,批判拉贝自身的战争责任意识缺失。拉贝和史密斯以双人组合的形式在《城墙》中登场,小说叙述者通过不断描绘两人对待同一事件的不同看法和对立

① 榛葉英治「解説」,『外国人の見た日本軍の暴行』(復刻版)所収、東京: 評伝社、1982年。
② 榛葉英治「解説」,『外国人の見た日本軍の暴行』(復刻版)所収、東京: 評伝社、1982年。
③ 日僑俘管理処監修、長春日僑善後連絡処校閲『遣送便覧』,長春: 東北導報社長春分社、1946年。

观点,以此形成差异化、多元化和有层次感的欧美视角大屠杀叙事。

除拉贝和史密斯以外,米尔斯神父是另一个体现《城墙》的多元视角设计理念的小说人物。与拉贝、史密斯不同,米尔斯神父原本在田伯烈《外人目睹中之日军暴行》中只是众多"外人"里的一个次要角色,《城墙》对他的人物重塑体现了小说作者的原创理念。小说中的米尔斯神父出生于美国但常年旅居海外,他在南京基督教青年会工作,精通中文和日文,在《城墙》中扮演了使用多国语言、穿梭于多民族阵营的"越境者"角色。小说中,米尔斯神父一方面同情中国青年黄士生的遭遇并为其提供人道主义援助,同时他又担当着日军江藤少尉的忏悔倾诉对象,尝试理解其作为大屠杀加害者的良知纠葛。这样一种"越境者"的角色设定确保了米尔斯神父能够与大屠杀的受害者和加害者展开双向对话,而基督教传教士的身份又促使他可以在受害者和加害者间起到对话桥梁的作用。但在另一方面,《城墙》的作者并无意将小说设计为简单的中日和解故事。恰恰相反,这部作品重点描绘了米尔斯神父在消解大屠杀受害者和加害者的对立隔阂过程中不断遭遇的挫折,以及随之产生的各类矛盾,以此凸显出南京大屠杀叙事的历史沉重感和深厚的民族创伤记忆。

除了设计拉贝、史密斯和米尔斯等的不同角色职能,《城墙》还将《外人目睹中之日军暴行》收录的安全区国际委员会公文和书信大量运用在拉贝等人的小说台词、对话、独白及心理描写之中。作为其结果,《城墙》实际上是将《外人目睹中之日军暴行》作为一个元文本内嵌入小说之中,由此形成了一类套装结构的复合文本。这种小说设计同样保证了《城墙》能够形成既有多元层次感、同时又基于真实历史文献的大屠杀叙事。

总体而言,榛叶英治的《城墙》继承和发展了《活着的士兵》《东京审判》《时间》《外人目睹中之日军暴行》《南京的虐杀》等先行文本的叙事模式和大屠杀表述空间。借助综合运用多国籍视角、多语种文献和多类型人物设计,《城墙》成为战后日本文学史上篇幅最长、视角最全面、史料使用最丰富的南京大屠杀文学作品。在《城墙》问世4年后的1968年,当时日本文坛的超人气作家五味川纯平在他的长篇小说《战争与人:劫火猎人》中使用一个章节的篇幅描写了南京大屠杀事件。《战争与人:劫火猎人》的小说叙述者从中国军人梁恩生、日军少校柘植、匿名白人医生三方视角平行推进故事情节发展,这种叙事方式完全套用了《城墙》的手法。从这一点也可以看出《城墙》在战后日本文学大屠杀表述史之中的相位。

据作者榛叶英治晚年回忆,1964年《城墙》初版发行后"因为不明理由被迫绝版"①。再加上日本社会在进入20世纪60年代后逐渐出现所谓的"南京事件否定论"的言论浪潮,这致使《城墙》迄今为止鲜为人知,几乎所有现行战后日本文学史都没有将其列入"正史"书写的对象。②然而正是这种相对于"正史"书写的离散性确保了今天重读《城墙》的价值所在。尽管《城墙》也存在诸多硬伤,比如为了追求多元化视点频繁使用蒙太奇手法导致叙事碎片化,小说出场人物过多导致个别角色塑造乏力形象模糊,过多引用史料文献导致小说故事的原创性受损,等等。即便如此,作为一部长久以来被战后日本文学的"正史"书写所忽略的无名小说,《城墙》为今天重新审视和书写南京大屠杀的战后日本文学表述史提供了必不可缺的研读对象。

第六节　在文学与历史学之间

从1945年无条件投降到战后美国对日占领时期,再经由"五五年体制"直至20世纪60年代中期完成战后重建的近20年,是日本文学中南京大屠杀题材作品不断推陈出新,大屠杀叙事范式不断自我革新,同时其表述空间的内涵与外延不断发展的黄金时代。但是如果从历史学的角度来看,1945年至20世纪60年代的战后20年是日本的南京大屠杀史学研究处于停滞状态的荒原时代。尽管早在东京审判之前,美国占领军民间情报教育局就已经开始了针对南京大屠杀的历史书写,③但是一直到20世纪60年代后期为止,日本学界的史学论著关涉南京大屠杀的内容极其稀少,相关专题研究在战后出现了长达20年的空白期。例如,1953年日本历史学研究会编辑出版的《太平洋战争Ⅱ 中日战争》与南京大屠杀相关的内容只有1页篇幅,而且该部分也并非其原创内容,只是借助翻译转引了埃德加·斯诺的著作《为亚洲而战》(The Battle for Asia)的部分段落。④再例如,1961年日本学者秦郁彦出版了个人专著《日中战争史》,该书通常被认为是日本学界在侵华战争史研究领域的早期奠基之作。但其实《日中战争史》一书关涉南京大屠杀的内容仅不到3页篇幅,相对于10

---

① 榛葉英治『八十年現身の記』,東京: 新潮社、1993年、第242頁。
② 2022年,日本学者和田敦彦发现并整理了榛叶英治的日记同时开始重新评价这位被文学史遗忘的作家,详见和田敦彦『職業作家の生活と出版環境』,東京: 文学通信社、2022年。
③ 連合軍総司令部民間情報教育局『太平洋戦争史』,東京: 高山書院、1946年、第54—58頁。
④ *The Battle for Asia*, Random House, New York, 1941, pp. 56-57.

年前的《太平洋战争Ⅱ　中日战争》进展有限。[①]事实上，一直到1967年洞富雄的著作《近代战史之谜》出版之后，日本才有了第一部南京大屠杀的专题研究著作。[②]也就是说，在战后最初的20年间，日本的文学家们对于南京大屠杀的表述意愿要远强于历史学家，以文学作品形式在日本社会传播的大屠杀言论无论是质还是量都要远胜于史学论著。从这一点来看，可以认为战后日本的南京大屠杀表述空间构建工作最早是由文人作家群体而不是历史学者群体完成的。

　　但是从20世纪70年代开始直至今日的又一个50年间，日本的南京大屠杀表述空间又出现了文学家和历史学家的言论职能相互对换的奇妙现象。1972—1973年，日本记者本多胜一和铃木明相继出版了各自针对南京大屠杀事件的长篇调查报告《中国之旅》和《南京大屠杀的幻影》。由于这2份报告针对南京大屠杀的调查方式、调查过程，以及主旨和结论都大相径庭，其后在日本引发了所谓"南京事件论争"的社会公共言论热潮。"南京事件论争"的话题争议性反过来又刺激了南京大屠杀专题研究的发展，其标志之一是20世纪70年代以后大量相关论著在日本陆续出版，南京大屠杀事件成为日本史学界的热门研究课题。[③]但是与历史学界的积极发声形成鲜明对比，进入20世纪70年代后日本文坛陷入了奇妙的集体沉寂。根据笔者针对同时期日本文学出版市场的调查，在"南京事件论争"的社会言论热点程度最高的20世纪70—80年代，日本文坛仅出现了2部与南京大屠杀间接相关的作品，分别是丰田穣的《小说东京审判》（1983）和山崎丰子的《两个祖国》（1983）。这2部长篇小说都描写了东京审判的南京大屠杀审理场景，但2部作品都没有形成完整的南京大屠杀叙事，并且对于《活着的士兵》《时间》《城墙》等先行文本的大屠杀叙事模式既没有继承意识也没有拓展意愿，实际上并不能视作严格意义上的南京大屠杀题材新作。也就是说，从20世纪70年代开始，南京大屠杀逐渐从战后日本文学的主题书写对象中消失，文人作家群体也不再扮演日本社会的大屠杀言论主导者。作为其结果，战后日本文学的南京大屠杀表述从20世纪90年代开始出现集体性的叙事碎片化特征。1990—2020年，以单行本或杂志发表形式在日本出版的南京大屠杀相关文学作品有村上春树的长篇小说《奇鸟行状录　贼喜鹊篇》（1994）、古山高丽雄的短篇小说《过去》（《昂》，1995年6月号）、伊藤桂一的短篇小说《南京城外》（《丸》，1997

---

① 秦郁彦『日中戦争史』，東京：河出書房新社，1961年。

② 洞富雄『近代戦史の謎』，東京：人物往来社，1967年。

③ 笠原十九司『南京事件論争史』，東京：平凡社，2007年。

年8月号)、山本弘的长篇小说《神不再沉默》(2003)、船户与一的长篇小说《灰尘之历》(2009)和同样来自村上春树的长篇小说《刺杀骑士团长》(2017)。这些作品均有部分内容涉及南京大屠杀,但是无一例外都只将其当作日本侵华战争的一个插曲略作素描,没有任何一部作品以南京大屠杀为主题形成完整的叙事。因此,战后日本文学时至今日仍然没有出现继石川达三《活着的士兵》、堀田善卫《时间》、榛叶英治《城墙》之后的第四部大屠杀题材长篇小说。

如果今天要书写一部关于南京大屠杀的战后日本文学史,那么可以将1945年战败直至今天的日本大屠杀文学的历史发展轨迹划分为"三大长篇与后东京审判时代"(1945年至20世纪60年代)、"文坛转向与集体沉寂时代"(20世纪70—80年代)、"叙事碎片化时代"(20世纪90年代至今)这3个阶段。回顾这3个历史阶段,不难发现伴随着战后的时间推移和战争记忆的风化,日本作家书写南京大屠杀的意愿、能力和参与大屠杀话题讨论的公共言论职能意识均呈现出不断下降的趋势。特别是从20世纪末开始,战后日本文学的南京大屠杀叙事出现了视角日渐趋向单一、内容重复性高和保守倒退色彩日益浓重的问题。例如,1995年是日本战败50周年的重要历史节点。这一年前后,日本社会各界发表了大量旨在总结战后史发展轨迹的文章、专栏、特辑、论著和广播电视节目,南京大屠杀也是其中一个重要的公共言论话题。1997年8月,东京著名的军事爱好者杂志《丸》发表了战记作家伊藤桂一的短篇小说《南京城外》。该小说中有一段描写了侵华日军攻占南京的历史记忆的文字:

> 他用十分感慨的语气说道,"班长,我自从来到南京城外之后,脑子里一直浮现出几年前的事情,根本睡不着。南京战役的时候,我当时是一名喇叭手,和那个最先攻占中华门的部队在一起打仗"。岩崎上等兵竟参加过南京战役。这件事让周围的人很惊讶。不过转念一想,现在这支部队里,岩崎上等兵是从军时间较长的老兵,他可能是听到河村队长说起与八路军激战的往事,再加上正好驻扎在南京城外,所以勾起了南京战役的回忆,想要把当时的故事说给别人听……岩崎上等兵说完之后,河村中士和他并肩靠着墙壁说道,"我们这支部队既有和八路军打过仗的队长,又有在南京战役中最先攻入城内的喇叭手岩崎上等兵,简直可以说是所向无敌了,还需要担心什么呢?今后一起好好努力吧"。说完,岩崎上等兵也松了口气,他

回应道，"听班长这样说，我就可以安心睡觉了。班长，你看天上不停地有星星划过呢。今晚我好像能做个美梦了"。①

小说《南京城外》描写了1944年侵华日军的一支小分队行军至南京之时2名士兵之间的一段谈话。主人公岩崎上等兵曾作为熊本第6师团的一名军号手参加了1937年日军侵占南京的战役，7年之后他再次驻扎南京，当年的记忆让他连日失眠无法入睡。一天晚上，岩崎上等兵向分队小队长河村中士讲述了7年前自己的南京战役经历。听完岩崎上等兵"如临其境决死奋战的故事"之后，从山西战场回来的河村中士感叹"我们这支部队既有和八路军打过仗的队长，又有在南京战役中最先攻入城内的喇叭手岩崎上等兵，简直可以说是所向无敌了，还需要担心什么呢"。在得到队长的肯定之后，岩崎上等兵终于松了口气，他从南京战役的记忆困境中解脱出来，回答"今晚我好像能做个美梦"，小说就此结束。

众所周知，岩崎上等兵所属的侵华日军熊本第6师团是参与南京大屠杀的主力部队。日本战败之后，时任熊本第6师团长的谷寿夫被南京国防部军事法庭以"作战期间纵兵屠杀俘虏及非战斗人员"的罪名处以极刑。② 正因为如此，熊本第6师团的退役官兵们在战后一直试图为大屠杀翻案，最早提出所谓"南京事件虚构论"的也正是这一群体。③

《南京城外》的作者伊藤桂一出生于1917年，他长年从事战记文学写作，和1918年出生的堀田善卫及1912年出生的榛叶英治同属于战后新生代作家。伊藤桂一将《南京城外》的主人公设定为第6师团的一名士兵，显然是有意将这部作品和南京大屠杀事件相互关联。但是如果将《南京城外》（1997）与《时间》（1955）、《城墙》（1964）进行纵向时间轴比较，可以清晰地看到战后日本文学的大屠杀叙事在临近世纪末之际发生的变质与倒退。堀田善卫和榛叶英治在创作各自的南京大屠杀题材作品之际都以超越前辈作家石川达三的《活着的士兵》为目标，他们通过不断尝试新的叙事视角、新的叙事模式和新的史料文献，推动战后日本文学的南京大屠杀表述空间朝着更全面、更多元、更具包容性的新层次发展。与此同时，在南京大屠杀的历史学研

---

① 「南京城外にて」，東京：『丸』，1997年8月、第197頁。

② 《南京大屠杀案主角　谷寿夫处死刑　军事法庭昨日宣判》，香港：《大公报》，1947年3月11日，2版。

③ 五島広作『南京作戦の真相　熊本六師団戦記』，東京：東京情報社、1965年。

究尚处于一片荒芜的战后最初20年间,堀田善卫和榛叶英治借助于文学书写将东京审判的南京大屠杀审理成果传播于日本社会,他们替代历史学家完成了南京大屠杀在战后日本公共言论空间的早期话语构建工作,展现了"战后派"日本作家以文学之力积极介入社会公共议题的言论职能意识。

但是到了伊藤桂一的《南京城外》,主人公岩崎上等兵讲述南京往事的唯一目的是重现日军奋战的"英勇事迹"并以此消解他内心的战争罪行内疚感。小说构建的所谓"南京战役"叙事实际上与侵华战争时期日本媒体极力宣扬的"军国美谈"如出一辙。伊藤桂一的《南京城外》没有直视战争责任的勇气,没有拥抱异国他者视角的包容力,也没有对抗历史记忆风化的战后责任意识。作为一部南京大屠杀相关作品,《南京城外》缺失建设性价值,战后日本文学此前积累的大屠杀叙事成果在这部作品中完全找不到继承和发展的痕迹。从《活着的士兵》经由《东京审判》《南京的虐杀》到《时间》的诞生,再到《城墙》的问世直至《南京城外》的漫长历程之中,南京大屠杀的战后日本文学史描绘了一条从探索、创新、突破逐渐转向保守与倒退的历史轨迹。在中日两国即将走向战后80年的今天,返回历史现场,重新梳理和反思这幅文学史图景的全貌,不仅是研究日本南京大屠杀表述史、认知史和公共言论空间建构史的基础工作,而且对于重新审视战后日本文学与日本战后社会史、政治史、传媒史,以及知识分子言论史之间的相关性应当也是至关重要的。

后　记

　　本书是笔者撰写的第三本著作。和前两本著作一样，笔者在写完本书后收获到的不是更多的满足感，而是诸多不满与遗憾。笔者在撰写本书时，最初是希望解决前两本著作中留下的三个问题，最终却留下了更多的新问题。

　　笔者的前两本著作都是关于日本作家堀田善卫的专题研究：第一本著作《堀田善卫的战败后文学论》（2017）基于作家手稿史料；第二本著作《在华日侨文人史料研究》（2020）基于报刊媒体史料。

　　本书作为前两本著作的后续，一开始是希望能够解决三个问题：一是传统的文学作品精读研究和广域的文学言论空间研究的结合问题；二是与堀田善卫同类型的中国遣归日侨文人群体的社群研究问题；三是异民族交涉型文人知识分子的言论职能问题。前两个问题是相对纯粹的学术问题，第三个问题对笔者而言不仅是学术问题，而且是笔者希望得到答案的个体人生追求问题。

　　本书的基本框架其实在2020年就已经打好，但是在一场所有人都未能预料的全球性磨难——新冠肺炎疫情到来之后，世界改变了很多。笔者自身也改变了很多，无论是生活还是工作，都发生了许多或喜或忧的变化。本书正诞生于这些变化之中。这些变化既是推动笔者完成本书的动力，也是本书留下诸多遗憾的原因。正如2014年世界杯上贺炜解说西班牙小组出局时说的，"人生当中成功只是一时的，失败却是主旋律，但是如何面对失败却把人分成了不同的样子。……这个世上只有一种真正的英雄主义，那就是认清生活的真相，并且仍然热爱它"。

　　谨将本书赠予一直陪伴、支持并且包容我的妻子李菲菲女士。

陈童君
2024年4月写于南京